Doris Cramer
Die Wolkenfrauen

Autorin

Doris Cramer ist gelernte Buchhändlerin und leitete jahrelang eine Gemeindebibliothek, bevor sie schließlich zum Schreiben fand. Sie ist durch und durch Bücherwurm. Ab 1984 unternahm sie regelmäßige, ausgedehnte Reisen nach Nordafrika und darüber hinaus, von Marokko bis nach Syrien, davon allein siebzehn Touren durch den äußersten Süden Marokkos. Die Landschaft, die Berberkultur und das Leben in den Wüstenregionen Südmarokkos waren für sie ein spannendes Gegenkonzept zum übererschlossenen, überregulierten Deutschland.

Doris Cramer

DIE WOLKEN FRAUEN

Roman

blanvalet

Sollte diese Publikation Links auf Webseiten Dritter enthalten, so übernehmen wir für deren Inhalte keine Haftung, da wir uns diese nicht zu eigen machen, sondern lediglich auf deren Stand zum Zeitpunkt der Erstveröffentlichung verweisen.

MIX
Papier aus verantwortungsvollen Quellen
FSC® C014496

Verlagsgruppe Random House FSC® N001967

1. Auflage

Dieses Werk wurde vermittelt durch die Literarische Agentur
Thomas Schlück GmbH, 30161 Hannover

Redaktion: Andrea Stumpf
Umschlaggestaltung: www.buerosued.de
Umschlagmotive: © Susan Fox/Trevillion Images; www.buerosued.de
KW · Herstellung: wag
Druck und Einband: GGP Media GmbH, Pößneck
Printed in Germany
ISBN 978-3-7341-0259-2

www.blanvalet.de

Für Aminatou Haidar,
die an die Selbstbestimmung ihres sahraouischen Volkes glaubt

Prolog

SEPTEMBER 1942

Er wartete hinter der Mühle auf sie, hatte Fahrräder ausgeliehen, wollte mit ihr zum oberen Mühlteich. Früher, als Kinder, hatten sie dort endlose Sommer verbracht … Inzwischen war nichts mehr wie früher.

Vor dem Garderobenspiegel kämmte sie ihr Haar, dunkel und störrisch, und nahm die Schürze ab. Aus dem Speisezimmer verkündete der Volksempfänger den Vormarsch der heldenhaften deutschen Armee. Von Generalfeldmarschall Paulus war die Rede, von Stalingrad und dass man den Großteil der Stadt bereits erobert habe.

Russland war unvorstellbar weit entfernt, auch deshalb war sie froh, dass Gernots Kompanie nicht dort zum Einsatz kam. Das stand fest. Doch wohin es als Nächstes ging, wusste niemand. Dabei konnte sein neuer Marschbefehl jeden Moment eintreffen. Bald begann es also wieder, dieses Warten, bis der erste Feldpostbrief eintraf.

Sie brachte die Decken am Küchenfenster an, damit die Gnädige später zum Verdunkeln nicht auf die Leiter klettern musste. Frau Koch war nicht mehr die Jüngste, und Herr Koch kam meist erst spätabends aus der Fabrik. Offiziell war sie ihm zugeteilt und arbeitete nur nebenbei hier im Haus, in Wahrheit sah es umgekehrt aus.

Alles erledigt. Laut rief sie in den Flur: »Ich gehe«, schloss die Tür und lief die Hintertreppe hinunter. Personal und Lieferanten hatten diesen Weg zu nehmen, das prachtvolle Treppenhaus der Villa war den Herrschaften und Gästen vorbehalten.

Sie überquerte den Fabrikhof. Wegen der Fliegerangriffe hatte man die Fahnen abgenommen, die Hallen mit feldgrauen Planen getarnt und die Lastwagen unter strohgedeckten Pergolen geparkt. So war die kriegswichtige Koch'sche Metallfabrik aus der Luft nicht zu erkennen. Nachts lag die Stadt dunkel da, am nahen Bahnhof löschte man sogar die Notbeleuchtung, sobald Alarm gegeben wurde.

Immer öfter hörte man jetzt die englischen Bomber, die gegen die nahe Großstadt flogen, und sah den Widerschein der Brände am Himmel. Rotglühende Wolken, eigentlich ein schönes Bild. Die Leute aber, die hier durchkamen – Alte und Mütter mit verstörten Kindern –, berichteten von Feuerwalzen, von eingestürzten Häusern, verschütteten Menschen und Straßen voller Trümmer.

Sie passierte das Tor. Auf den ersten Blick sahen die Wohnhäuser in Fabriknähe aus, als trügen sie Wollsocken. Dabei hatte man die Fenster zu den Kellern, in denen sich die Bewohner bei Alarm in Sicherheit brachten, mit Sandsäcken abgedeckt. Tagelang hatten sie dafür schaufeln müssen, Ortsgruppenleitung und NS-Frauenschaft hatten diesen »Freiwilligen Arbeitsdienst der Heimatfront« angeordnet. Dabei gab es im Torfwerk am Ende der Stadt und auch hier in der Metallfabrik genügend Arbeitskräfte, Juden, Polen und Franzosen, die man zu derart schwerer Arbeit hätte heranziehen können. Aber nein, um die Verantwortung der Bevölkerung hervorzuheben, hatte man Frauen und junge Mädchen dazu eingeteilt. Noch jetzt spürte sie die Schwielen an den Händen.

Endlich außer Sicht lief sie los: An der Mauer entlang, die Garten, Villa, Fuhrpark und Fabrikhallen umschloss, den Karrenweg runter zur Bahntrasse, den Bahndamm hoch und über die Gleise. Sie nahm den Trampelpfad nahe der Flugabwehrstellung, dann bog sie auf den Mühlweg ein. Inzwischen rannte sie, flog geradezu. Gernot hatte überraschend Heimaturlaub bekommen, er wartete auf sie, und sie hatte frei bis morgen Abend!

Natürlich hatte die Gnädige geseufzt, schließlich aber doch ihre Einwilligung gegeben. »Ihr jungen Leute habt nichts als Vergnügen im Sinn! Sie sollten lieber an Ihre Zukunft denken.«

Sie lächelte. Ihre Zukunft? Sie trug einen Namen: Gernot! Und an ihn dachte sie unentwegt.

Die Uniform stand ihm hervorragend. Er trug sie mit Stolz, erst recht, seitdem auf Kragenspiegel und Schulterklappen silberne Leutnantsabzeichen glänzten.

Sie fuhren durch die seidenweiche Septemberluft, während sich auf den abgeernteten Feldern Schwärme von Zugvögeln zum Abflug bereit machten. Manchmal drehte er sich zu ihr um und lachte, wenn ihr der Fahrtwind den Rock über die Knie hochschlug. Es war dieses unbeschwerte Lachen, in das sie sich verliebt hatte, dieses Aufstrahlen, das sein normalerweise nachdenkliches Gesicht wie von innen erhellte. Das und seine strohfarbenen Locken und tiefblauen Augen.

Ewig hätte sie so mit ihm von Hecken gesäumte Wege entlangfahren können, bis ans Ende der Welt.

1. Teil

März 1988

Kapitel 1

Doro spannte den Bogen in die Schreibmaschine und tippte Absender, Adresse, Datum und Anrede. Der Anfang war gemacht. Wie weiter? Jedes Wort hatte sie im Kopf vorformuliert, und doch zögerte sie jetzt.

In Mutters Arbeitszimmer war es still, nicht einmal die Standuhr gab ein Geräusch von sich. Vor Monaten, noch vor der Beerdigung, hatte sie das Pendel angehalten. Zeit verging auch ohne Uhr.

Sie stand auf, wanderte vom Schreibtisch zum Sofa zu den überquellenden Bücherregalen. Hier die Makramee-Eule, die sie vor Jahren für ihre Mutter geknüpft hatte, dort an der Wand Van Goghs Sonnenblumen, ein Fotokalender und der grünseidene Teppich. Die Welt ihrer Mutter, ihr Zimmer, das Arbeitszimmer einer Lehrerin, und demnächst ihr eigenes. Sie trat auf den Balkon. Schneereste auf dem Rasen und kahle Sträucher, der Frühling war noch weit. Sie fröstelte.

Mutters Tod war erst nach und nach, wie in Zeitlupe zu ihr durchgedrungen, obwohl sie in ihrem Arm eingeschlafen war. Sie fehlte ihr, und zugleich war sie wütend auf sie. Wie konnte sie sie allein lassen? Wie konnten Ärzte diesen Tod zulassen, wie konnte heutzutage ein Mensch mit fünfundvierzig sterben? Hieß es nicht, die medizinische Forschung mache riesige Fortschritte, und ausgerechnet bei

Brustkrebs sollte das nicht gelten? Vielleicht hatte sich Mutter aber auch selbst aufgegeben. Zuerst verausgabt, dann resigniert, schließlich kapituliert. Das war es, was sie ihr nachtrug, diese fixe Idee! Und dass sie sich niemandem anvertraut hatte. Als es gegen den Krebs gehen sollte, waren ihre Kraftreserven erschöpft.

Irgendwie waren Beerdigung und Prüfungen, waren Sommer und Herbst vergangen. An Weihnachten bei ihrem Vater und seiner neuen Familie war sie erstmals wieder zu sich gekommen, und nun begann bereits der Frühling.

Unter der Hecke kamen die Schneeglöckchen heraus. Sie wusste es, ohne nachzusehen. Unnötig, wenn man jeden Quadratzentimeter von Haus und Garten kannte. Nach den Amtspapieren gehörte alles nun ihr, das Reihenhaus, die Möbel und Haushaltssachen, die Sparverträge, das alte Auto. Alles. Ihr Erbe. Und Mutters Suche nach ihrer Identität – war auch das Teil des Erbes?

Sie schloss die Balkontür, drehte die Heizung auf. Das Knacken, Gluckern, Fließen in den Rohren unterstrich die Stille. Sie trat an den Schreibtisch, malte Das-Haus-vom-Nikolaus in den Staub der Tischplatte, zwischen Telefon und Urlaubsfoto.

Mutter und sie am Strand. Mutter lächelte, obwohl sie zu jener Zeit bereits von der Krankheit gewusst haben musste. Eigentlich unvorstellbar, ihre Verschwiegenheit, andererseits hatte sie jahrelange Übung darin. Hatte Mutter denn nie bemerkt, wie unerreichbar sie hinter diesem Schweigen war? Und wie die Unsicherheit der Tochter wuchs?

Nur zu gut erinnerte sie sich an Mutters innere Abwesenheit, die sie gelegentlich mit übertriebener Zuwendung auszugleichen versucht hatte, an ihre Stimmungsschwankungen, und sie hatte noch ihr Mantra im Ohr: »Vertrau mir, wenigstens du sollst unbeschwert aufwachsen.«

Vertrauen? Bis fast zum letzten Augenblick hatte Mutter ihr Geheimnis gewahrt. Erst als sie immer weniger wurde, hatte sie sich in einem langen, ungeordneten Monolog geöffnet. So viel zum Thema Vertrauen.

Ein Jahr lag das nun zurück.

Doro sah sich auf Mutters Bettkante sitzen, sah das veränderte Gesicht der Mutter, die wimpernlosen Augen, die transparente Haut, durch die ein Netz zarter Adern schimmerte. Sie hielten sich an den Händen. Keine sprach es aus, doch beide wussten, ein Später gab es nicht.

Wie getrieben bekannte Mutter, dass sie sich zeitlebens »falsch« gefühlt und erst am Tag ihrer Verlobung den Grund erfahren hatte: Sie war ein adoptiertes Kind.

Oma und Opa Wagner hatten ihr den Namen Christa gegeben, sie großgezogen, ihr Anstand und Benimm beigebracht und das Studium ermöglicht. »Opa Wagner sagte immer, als Lehrerin hast du Zeit, dich um Mann und Kinder zu kümmern, und außerdem: Beamtin!« Mutter küsste ihre Fingerspitzen, eine vertraute Geste. Sie lachten beide. Es tat gut, Mutter lachen zu sehen.

Danach gab es kein Halten mehr. Mehrmals wiederholte Mutter Opa Wagners Worte: »›Wir als solide, urdeutsche Familie haben dich an Kindes statt zu uns genommen.‹ Geahnt habe ich schon immer etwas, doch plötzlich gab es eine Erklärung für dieses Gefühl der Fremdheit«, sagte sie. »Niemand sah mich an und sagte ›Die Nase hat sie vom Vater‹ oder ›Genau wie Großtante Ilse‹. Ich war ein falsches Kind. Zuerst dachte ich, ich werde verrückt. Und bis heute frage ich mich, was für ein Mensch ich wohl geworden wäre, wäre ich ein richtiges Kind gewesen.« Mutter zog sich in ihre Erinnerungen zurück.

»Dennoch haben Klaus und ich ein Jahr später geheiratet.

Damals war es üblich zu heiraten, außerdem strahlte er diese Zuversicht aus … Wir kriegen das hin, hat er gesagt.« Sie drehte den Kopf.

»Nichts haben wir hingekriegt. Selbst als du zur Welt kamst, mein kleines Gottesgeschenk, und wir eine richtige Familie waren, fühlte ich mich immer noch nicht ›richtig‹. Die Frage blieb: Was an mir war falsch, dass mich meine leiblichen Eltern nicht bei sich haben wollten? Waren sie Nazis gewesen oder Juden, wurden sie verfolgt, waren sie an Kriegsverbrechen beteiligt?«

Hustenanfall, Schweißausbrüche, piepsende Monitore, eine neue Infusion, Erschöpfung. Der Tod – kam er jetzt? Doro wäre am liebsten geflohen. Doch sie nahm Mutters Hand und blieb. Mutter hielt sich fest an ihr. Spürte sie die Zerrissenheit der Tochter, ihre Fluchtbereitschaft?

»Verzeih mir, aber einmal muss ich es loswerden. Anfang der siebziger Jahre, du warst in der zweiten Klasse, drehte sich alles nur noch darum. Ich hatte einen Nervenzusammenbruch, kam in ein Sanatorium, und danach, ich weiß noch, es ging auf Weihnachten zu, fühlte ich mich eine Weile besser.«

An diese Zeit wollte sich Doro nicht erinnern. Sie wollte vergessen, wie hektisch Mutter Plätzchen gebacken und jeden Winkel des Hauses mit Zweigen, Engeln und Weihnachtskugeln geschmückt hatte, als seien Zimt und rote Kugeln eine Gewähr für Glück.

Zur gleichen Zeit begannen die Streitereien. Doro sah sich auf dem Bett kauern, ein Buch auf den Knien und die Finger in den Ohren. Streit, Tränen, laute Stimmen. In ihrem Beisein sprachen die Eltern kaum miteinander. Niemand erklärte, worum es ging, und zu fragen traute sie sich nicht. Sicher war ohnehin alles ihre Schuld. Sie konzentrierte sich nicht in der Schule, räumte ihr Zimmer nicht auf, trödelte, hatte Widerworte …

Sie wusste noch, wie es im Haus kälter und kälter geworden war, bis Klaus, wie sie ihren Vater seit Neuestem zu nennen hatte, auszog. Ausgerechnet Mutters Sehnsucht nach Wurzeln hatte die ihrer Ehe gekappt.

Was hatte die Trennung, die Scheidung damals mit ihr gemacht? Genau wusste sie es nicht mehr, nur, dass sie lange Zeit Schuldgefühle gehabt hatte und dass sie sich seither zweimal überlegte, wem sie vertraute.

Mutter erzählte in Wendungen, kam aber immer wieder darauf zurück, dass eines Tages eine juristische Frist verstrichen war und sie begonnen hatte, in Archiven und Registern zu forschen.

Vage erinnerte sich Doro an Umschläge mit amtlichen Stempeln auf dem Schreibtisch. Gesprochen wurde darüber nicht. Nicht über die Umschläge, nicht über Oma und Opa Wagner und schon gar nicht über Mutters Kummer. Er war spürbar, immer, Doro kannte es nicht anders, doch sie stellte keine Fragen. Fragen brachten Traurigkeit in Mutters Augen.

Irgendwann, erzählte Mutter, habe sie nach langwieriger Suche im Archiv einer Lungenheilanstalt den entscheidenden Eintrag gefunden. »Unter meinem Geburtsdatum war eine einzige Geburt verzeichnet. Kind: Weiblich, Gewicht: 2.900 Gramm, Länge: 50 cm, Mutter: Elisabeth Müller, geboren 1922, Vater: unbekannt. Verstehst du? Elisabeth Müller, geboren 1922, war die Frau, die mich geboren hat.« Sie weinte ohne Kraft.

Später fuhr sie fort: »Ich fand heraus, dass Elisabeth Müller nicht nur den Krieg überlebt hatte, ich erfuhr sogar ihren Ehenamen und ihren Wohnort. Mir war sofort klar: Ich musste zu ihr, musste mich mit eigenen Augen von der Existenz dieser Frau überzeugen. Nur ihr konnte ich meine Fragen stellen.«

Doro starrte auf Mutters Hände, diese dünnen, bläulich

geäderten, von zahllosen Spritzen zerstochenen Hände, und sah, wie ihre Finger an der Bettdecke rieben und zupften, am Stoff drehten und zwirbelten, bis genug beisammen war, um die Faust darum schließen und sich festhalten zu können.

»Es dauerte, bis ich ausreichend Mut gesammelt hatte, doch dann tat ich es. Ich fuhr in ihre Stadt und beobachtete einen ganzen Tag lang eine energische, ältere Frau, die Fahrrad fuhr und in einem gepflegten Haus inmitten eines Gartens voller Apfelbäume lebte, allein. Meine Mutter. Meine Mutter? Ich spürte nichts, keine Verbundenheit, kein Erkennen, nichts. Nach einer Nacht im Bahnhofshotel, in der ich keine Ruhe fand, ging ich zu ihrem Haus und klingelte.«

Von der Begegnung unter der Haustür hatte Mutter kaum eine Erinnerung, nur, dass sie wie ein Staubsaugervertreter abgewimmelt worden war. »Mir fehlten die Worte. Sie schloss die Tür, ich legte meine Karte auf den Fußabstreifer und fuhr nach Hause. Ja, so war das.«

Doro trocknete ihr die Tränen.

Auf dem Foto lächelten sie. Mutter und Tochter in Ferienlaune, beide mit welligem Haar, die eine blond, die andere dunkel, und beide mit leuchtend blauen Augen. Sie waren einander wirklich ähnlich. Hatte sie deshalb ebenfalls Lehramt studiert? Sie könnte in Mutters Lebenshülle schlüpfen, es wäre die einfachste Sache von der Welt.

Sie entstamme einer Dynastie von Schulmeistern, hatte man schon in der Abizeitung gespottet. Zu Recht. Mutter: Lehrerin an der Realschule, Vater: Studiendirektor am Gymnasium, wie auch schon sein Vater zuvor. Also hatte sie Englisch und Französisch auf Lehramt studiert.

Bisher hatte sie den Schuldienst in beruhigender Ferne gesehen, doch nun lag das Angebot auf dem Tisch. Das

Ministerium schrieb, nach den Sommerferien könne sie sich an Vaters Schule auf das zweite Staatsexamen vorbereiten, bis zum kommenden Dienstag solle sie sich geäußert haben. Mit kollegialen Grüßen … Hatte ihr Vater seine Beziehungen spielen lassen?

Doro starrte die Schreibmaschine an. Sie musste nur noch den Termin bestätigen, einen Dank formulieren und den Brief abschicken.

Lehrerin, Schule – das hieß Übersichtlichkeit und Sicherheit, vom kommenden Herbst bis zum Tag ihrer Pensionierung, Tag für Tag. Wollte sie das, sozusagen die Fortsetzung dessen, was sie in- und auswendig kannte, eine Wiederholung, ein Parallelleben? Aber was konnte sie denn anderes? Wer war sie überhaupt, besser, was war sie? Kopie oder Original? Andauernd hieß es, man müsse Verantwortung für sich selbst und seine Entscheidungen übernehmen. Einerseits selbstverständlich, andererseits aber doch nur Gerede. Konkreter waren die Stimmen, die forderten, man müsse Neues wagen, sich von Fesseln befreien und Herausforderungen suchen. Lernte man sich und seine Fähigkeiten dadurch wirklich besser kennen?

Sie presste die Handballen auf die Augen, bis hinter den geschlossenen Lidern Sterne tanzten. Wo konnte sie Rat finden? Ihre Freunde waren längst in alle Winde verstreut. Vater? Er kannte nichts als Schule und Lehrersein. Erschwerend kam hinzu, dass sie schlecht war im Fragenstellen. Wer fragte, machte sich angreifbar.

Sie drehte eine weitere Runde durch Mutters Arbeitszimmer. Regale, Sofa, Sessel. Ihre Fingerspitzen fuhren über den marokkanischen Wandteppich, folgten seinen Dreiecken, Rauten und Wellenlinien. Geheimnisvolle Symbole. Im Licht schimmerte er, wie man sich einen fliegenden Teppich vorstellte, auf der Rückseite aber erkannte man die feste Knüpfung. Ingrid, ihre frühere Seminarleiterin, hatte ihr diesen Teppich geschenkt. Seit der Pensionierung lebte sie in Marokko, wo sie sich eine neue Aufgabe gesucht hatte. Selbst im Alter schaffte Ingrid noch alles, was sie sich vornahm.

Doro sah sich um. Alte Unterrichtsmaterialien, Ordner, jede Menge Papierkram und unter dem Schreibtisch die verschrammte Munitionskiste aus dem Zweiten Weltkrieg, die Mutter jahrelang als Fußstütze gedient hatte. Hier musste dringend aufgeräumt werden. »Ordnung im Haus schafft Ordnung im Kopf« war einer von Mutters Lieblingssprüchen gewesen.

Doro zog die Kiste hervor. Graues Holz, angerostete Klappverschlüsse und eine eingebrannte Nummer auf der Oberseite. Entweder Anschauungsmaterial für den Geschichtsunterricht oder ein Flohmarktfund. Irgendwann hatte sie gemeinsam mit Mutter den Inhalt der Kiste untersucht, fiel ihr ein, bewahrte sie nicht Zeichnungen darin auf? Die Verschlüsse schnappten auf.

Der Duft von altem Papier wehte Doro an. Eine Mappe kam zum Vorschein, darunter lagen ein Bildband über Wüsten und ein in Seidenpapier eingeschlagenes Schmuckstück. Die Mappe enthielt Aquarelle und Skizzen, einige düster, andere recht hübsch. Merkwürdige Motive. Auf den Rückseiten der Blätter standen Bezeichnungen wie »RAM RAM« und »Ouazazarte«, und eines nannte sich »Bou Saalam«. Waren das die Titel? Unverständlich, aber gut lesbar, genau wie die Signatur: »G. Schlüter 1944«.

Als echten Künstler konnte man diesen G. Schlüter kaum bezeichnen. Erinnerungen eines Fremden hatte Mutter damals gemeint. Warum hatte sie den Kram dann aufgehoben? Und was bedeuteten die Angaben? Ouazazarte kam ihr bekannt vor. Hatte nicht Ingrid eine marokkanische Stadt mit diesem Namen erwähnt? Wenn sie nicht von abgelegenen

Dörfern sprach und die mangelhafte Ausstattung dortiger Schulen beklagte, erzählte sie von den Bergen des Hohen Atlas, von Lehmburgen und Oasen, von Teppichkunst und Minaretten. Sie kannte sich aus in Marokko.

Doro schaltete die Stehlampe ein. Im Licht wurden Farben und Konturen der Aquarelle intensiver. Ein Blatt zeigte eine Oase, ein anderes die geschwungene Linie einer Sanddüne, das nächste halb im Sand versunkene Palmen, wieder andere Stachelkakteen oder steinige Bergpfade. Auch die Bleistiftskizzen von Baracken hinter Drahtzäunen gewannen im Licht, dennoch wirkte alles irgendwie unbelebt. Landschaften aus Marokko hatte dieser Mensch im Jahr 1944 gemalt, aber weder Tiere noch Menschen. Nur das Blatt mit dem Titel »Bou Saalam« zeigte ein Kind. Offenbar kämpfte es gegen Wasserfluten. Das Buch mit Bildtafeln in Schwarzweiß befasste sich ebenfalls mit der Wüste und mit Marokko. Über dieses Land wusste sie lediglich, was Ingrid erzählt hatte.

Ingrid. Seit Mutters Tod klebte ihre Karte unter einem der Kühlschrankmagneten. »Leg dein Examen ab, das muss sein. Dann aber pack zusammen, komm her und bleib, solange es dir gefällt.« Den ganzen Winter hindurch war Doros Blick immer wieder an diesen Worten hängen geblieben.

Ingrid lebte in Agadir, nur ein- oder zweimal pro Jahr kam sie nach Deutschland, um Leute zu besuchen und Spenden zu sammeln. Der eingefleischten Lehrerin war die Alphabetisierung von jungen Marokkanerinnen ein Herzensanliegen. Daher hatte sie ein Hilfsprojekt ins Leben gerufen, mit dem sie den Schulbesuch von Mädchen auf dem Land förderte. Pausenlos schrieb sie Bettelbriefe, organisierte Berge von Sachspenden französischer und deutscher Firmen und verdonnerte Freunde und Bekannte zu Transportdiensten. Auch ehemalige Seminarteilnehmer, die lediglich

Urlaub an Marokkos Stränden machen wollten, wagten nicht, mit leeren Händen anzureisen.

Doro wickelte das Schmuckstück aus dem Papier. Der silberne Anhänger in Form einer Tulpe war über und über mit Gravuren bedeckt. Sie wirkten wie arabische Kalligraphie. In der Mitte trug der Anhänger einen dunklen Stein mit Einschlüssen, der seltsam belebt wirkte, auch, weil seine Form an ein Auge erinnerte.

Doro bewegte das Stück unter dem Licht, folgte den eingeschnittenen Schwüngen. Fremd und schön, wie der seidene Wandteppich.

Ingrid. Bei ihr konnte sie sich Rat holen.

Bevor sie ihren Entschluss noch einmal überdenken konnte, durchsuchte Doro das Telefonbuch nach der Nummer eines Reisebüros, holte den Kalender aus der Küche, ein Notizblatt, einen Stift, und wählte. Warten, warten, warten. Das Knacken und Piepsen in der Leitung erinnerten sie an die Geräusche der Überwachungsgeräte in Mutters Sterbezimmer.

Endlich meldete sich jemand.

Innehalten, nur einen Moment, dachte Doro zwei Wochen später. Sie stand im Flur, lauschte. Das Haus blieb still.

Draußen wartete das Taxi.

Aufbrechen, Neues wagen …

Sie tastete nach dem Geldgürtel, dem Brustbeutel für Pass und Bargeld, nach Ingrids Adresse in Agadir. Hatte sie an alles gedacht?

Ihr Blick fiel auf den vergilbten Spruch über der Haustür. Mutter hatte ihn einst dort angebracht. »Jenseits dieser Grenze werden Drachen sein.« So hatten frühe Kartographen über das spekuliert, was außerhalb der ihnen bekannten Welt lag.

Das Taxi hupte.

»Wo geht's denn hin?« Der Fahrer warf einen Blick auf ihr Gepäck.

»Nach Marokko«, antwortete sie, »in die Wüste.«

Kapitel 2

MAROKKO

Doro war es, als sei ihr dieses Flirren aus Licht, Wärme und Farben, aus fremden Gestalten und Gerüchen bereits seit Langem vertraut. Nie hatte sie Ähnliches gesehen, und doch schien sie es zu kennen. Absurd, dachte sie, Einbildung. Sie hob ihr Gesicht der Sonne entgegen und ließ sich vom Strom der Urlauber aus dem Flugzeug über das hitzeflirrende Vorfeld in den Schatten der Ankunftshalle treiben.

Jenseits der Absperrung wartete Ingrid mit ausgebreiteten Armen. Sie wehrte heranstürmende Träger und Taxifahrer ab und lotste Doro zu ihrem kleinen japanischen Geländewagen. »Du siehst blass aus, meine Liebe, aber das gibt sich, sobald dich die Sonne küsst. Schön, dass du da bist!« Ihre Freude war echt.

»Hier geht's ja drunter und drüber!« Doro deutete auf die Straße.

Taxis mit qualmenden Auspuffen hupten sich den Weg frei, Fahrer gestikulierten aus offenen Autofenstern, Männer in langen Kapuzengewändern und verhüllte Frauen überquerten die Straße, dazu Palmen im Wind, Staub, von der Sonne vergoldet, und Reiter auf bunt gezäumten Pferden. Eine Betonbrücke spannte sich über einen Fluss ohne Wasser, im Sand neben der Schnellstraße hüteten Kinder Ziegen, und Uniformierte bewachten ein Anwesen, über dessen Mauern sich Kaskaden von Bougainvillea und Jasmin ergossen. Auf der Straße Eselskarren, turmhoch beladene japanische Pick-ups, Mopedfahrer und rostfleckige Taxis, die jede Ampel ignorierten. Und bei all dem Trubel schienen alle guter Dinge zu sein. Was für ein Kontrast zu Deutschland!

Ingrid lachte und redete und erklärte. Die Reiter seien unterwegs zu einem Auftritt vor Touristen, Agadirs Taxifahrer wahre Virtuosen im Straßenverkehr und jeder achte auf jeden. Ihre Erklärungen glitten an Doro vorbei.

»Wie kommst du bloß damit zurecht?«

»Es ist, wie es ist.« Typisch Ingrid.

Zur Linken blitzte das Meer zwischen Hotelklötzen, entlang der Straße blühten Hibiskus und Oleander, und irgendwie schien hier alles aus dem Inneren heraus zu leuchten.

»Ich muss für ein, zwei Stündchen ins Büro, danach bring ich dich nach Hause, und wir richten uns gemütlich miteinander ein«, sagte Ingrid. Sie erläuterte ihre Arbeit, aber Doro hörte nicht wirklich hin.

Dieses merkwürdig vertraute Gefühl des ersten Augenblicks hielt an. Das konnte nur an Ingrid liegen. Von Anfang an hatte sie sie als Vorbild empfunden. Sie war einfühlsam, aber bestimmt, und stets objektiv, was ihr den Respekt von Schülern einbrachte. Wenn ihre Studenten fragten, wie sie das mache, antwortete sie: »Es gibt keinen Trick. Man muss auf sich selbst vertrauen. Das ist alles: Sich an den eigenen Rat halten.« Ingrids Maxime.

Sich an den eigenen Rat halten – wenn das so einfach wäre! Doro beobachtete Ingrid. Obwohl sie sich über ein Jahr nicht gesehen hatten, war es, als hätten sie sich erst gestern getrennt. Ungeachtet ihres Alters war Ingrid wahrscheinlich der lebendigste Mensch, den sie kannte.

»Schicke Frisur.« Doro deutete auf Ingrids kurze graue Haare.

Ingrid lachte. Sie erzählte von Mohammed, ihrem Friseur, den sie immer dann aufsuchte, wenn ihr nach Klatsch und Tratsch bei einem starken Mokka zumute war. Er kannte jedes Mitglied der kleinen deutschen Gemeinde in Agadir. Sie bestand aus Managern und Kaufleuten mit ihren Familien, aus deutsch-marokkanischen Paaren, Rentnern und Künstlern, und wenn möglich, hielt sich Ingrid von ihren Clubabenden und Partys fern. »Oktoberfest in Marokko? Darauf kann ich gut verzichten.« Dennoch hielt sie zumindest losen Kontakt, und sei es über ihren Friseur.

Furchtlos kurvte sie durch den Verkehr, hupte und gestikulierte wie die anderen Autofahrer und erzählte dabei vom Ringen mit der Zollbehörde und von ihrem Hilfsprojekt. In Doros Wahrnehmung vermengten sich ihre Worte mit den Straßenszenen, mit dem Licht und den Gerüchen zu einem aufregenden Kaleidoskop. Sie war heilfroh, hergekommen zu sein.

Aus einem ummauerten Gebäudekomplex, über dem die marokkanische Flagge wehte, fluteten Scharen von Kindern mit Schultaschen. Andere Kinder trieben ihnen entgegen.

»Schichtunterricht.« Ingrid deutete auf die Ströme. »Sonst kriegen sie nicht alle Kinder unter. Auf dem Land sieht es anders aus, dort werden die Mädchen als Arbeitskräfte gebraucht. Jungen sind selten besser dran, doch wenn es sich eine Familie irgend leisten kann, ermöglicht man ihnen wenigstens für ein paar Jahre regelmäßigen Schulbesuch. Bei Mädchen hingegen empfindet man Schule als Verschwendung, schließlich heiraten sie ja irgendwann.« Ingrid schnaubte.

Das alte Reizthema. Schon immer hatte sich Ingrid für die Förderung von Frauen, ihre Karriere und eine gleiche Bezahlung starkgemacht. Ihre Studentinnen konnten die Parolen rauf- und runterbeten. Doro schmunzelte.

»Lach nicht! Natürlich ist meine Arbeit nur der sprichwörtliche Tropfen auf den heißen Stein, aber solche Verhältnisse akzeptieren? Ganz gewiss nicht.«

»Ich weiß gar nicht, worüber ich lache, jedenfalls nicht über dich. Das alles hier ist so chaotisch, so widersprüchlich, und dabei wunderbar.«

Ingrid bog auf einen Platz ein, dessen Boden von abgefallenen blauen Blüten bedeckt war, während sich im Blätterdach darüber gleichzeitig unzählige frische Blüten öffneten. Eine blaue Wolke, unter der Autos parkten.

»Wer Chaos und Widersprüche mag, ist in Marokko goldrichtig. Nimm zum Beispiel diese Jacarandabäume. Sie sind Schattenspender, schon klar, aber sind sie nicht zugleich eine Augenweide? Sicher hat man sie auch deswegen angepflanzt. Die Blüten halten nicht lange, verdrecken die Autos, faulen irgendwann ... Ja und? Hauptsache, sie erfreuen Auge und Herz. *Voilà*, mein Hauptquartier: Büro, Lager und überhaupt Lebensmittelpunkt.« Sie deutete auf die schmalen Läden, die den Platz umrahmten. Über einer der Türen prangte der Name »Alphabétisation des Femmes«.

»Etwas theatralisch, dieser Name, nicht wahr? Aber für meine Spenderfirmen genau richtig. Und ein paar Straßen weiter liegt mein Appartement. Nur eine kleine Wohnung, doch ich hoffe, es wird dir bei mir gefallen.«

Doro kletterte aus dem Wagen. Rundum Asphalt, Beton und Autoblech, dazwischen Bäume und dunkelrote Erde, bedeckt von welkender Blütenpracht. Es stank aus den Gullys, und doch lagen zugleich die Frische des nahen Meeres und süßer Blumenduft in der Luft.

Neben Ingrids Büro saßen Händler zwischen Taschen und Wasserpfeifen vor ihren überquellenden Geschäften.

Sie schlürften Tee aus kleinen Gläsern, warfen Ingrid Scherzworte zu und winkten freundlich. »Das sind meine Nachbarn Salamah, Abdu und Omar. Du wirst sie noch kennenlernen.«

Gegenüber schöpfte ein Junge mit beiden Händen Wasser aus einem Eimer und spritzte es über das Pflaster. Die Wassertropfen glitzerten in der Sonne wie flüssiges Silber. Doro hatte den Eindruck, einer archaischen Kulthandlung beizuwohnen. Ingrid war ihrem Blick gefolgt. »Gegen den Staub. Außerdem kühlt es die Luft.« Wie prosaisch.

Quietschend ruckten die Rollläden an Tür und Schaufenster von Ingrids Büro nach oben. Ingrid lachte. »Ibrahim! Woher weiß er, dass wir gerade angekommen sind? Er muss den sechsten Sinn haben.«

Groß und dünn, gekleidet in ein knöchellanges Hemdgewand, stand ein älterer, dunkelhäutiger Mann zum Empfang bereit.

»Ich bin Ibrahim, *Lâlla*[1] Ingrids Helfer«, strahlte er und bot Doro auf einem Tablett Datteln und Milch an. »Willkommen in Marokko, *bienvenue,* Mademoiselle Dorothea. *Le bäs,* wie geht es dir? Tritt ein und bringe *baraka* ins Haus.« Er sprach eine wilde Mischung aus Französisch und etwas, das in Doros Ohren arabisch klang.

»Vielen Dank, ich bin aber keine Mademoiselle, ich bin einfach Dorothea«, sagte sie, »oder Doro, das ist noch besser.«

»Doro, wie Gold? *Swuina,* ein schöner Name. Er passt zu deinem Haar.«

»Wer zum ersten Mal ein *masirisches* Haus betritt, wird traditionell mit Orangenmilch und Datteln begrüßt«, erklärte Ingrid, »und mit dem Spruch ›Mein Haus ist dein Haus‹.

---

1 Siehe Glossar am Ende des Romans

So gehört es sich. Marokkaner sind nicht nur freundlich und hilfsbereit, sie legen auch Wert auf würdiges Verhalten.«

Doro trank von der Milch und aß eine Dattel, erst dann gab Ibrahim die Schwelle frei.

Im Inneren roch es nach Staub. Der Schreibtisch mit Telefon, Ordnern und Ablagen dicht an der Schaufensterscheibe bildete das Zentrum, im hinteren Bereich gab es einen Abstelltisch mit Kochplatte, Tellern und Gläsern, und an der Wand hingen Plakate und ein Porträt des marokkanischen Königs. Ingrids Reich.

»Nicht besonders komfortabel.« Ingrid öffnete die Tür zu einem fensterlosen Nebenraum. Im Licht der nackten Glühbirne erkannte Doro raumhohe Regale, darauf Kisten und Kartons, und in der Ecke ein Waschbecken und eine Matratze am Boden. »Wie gesagt, nichts Tolles, doch für meine Zwecke ausreichend. Und jetzt die entscheidende Frage: Hast du etwas mitgebracht?«

Doro deutete auf ihre prall gefüllte Reisetasche.

»Gutes Kind! Wir können jeden Kuli gebrauchen.«

Im Handumdrehen leerte sich die Tasche. Tuschkästen, Kugelschreiber und Blöcke wurden in Listen eingetragen, Hefte und Stifte sortiert. Ein Stück nach dem anderen wanderte ins Regal, während Ibrahim mit Wasserkocher und Teekanne hantierte und zugleich Doro unauffällig musterte.

Ingrid erzählte von ihren Fahrten über Land, von der Mühsal, behördliche Genehmigungen zu erhalten, von der Gastfreundschaft der Marokkaner, von der Armut auf dem Lande, der Freude der beschenkten Mädchen, der Scheu der zumeist blutjungen Lehrer, als liefe ihr das Herz über.

Jetzt nahm sie das silberne Schmuckstück aus der Tasche. Am Boden blieb nur die Mappe mit den Aquarellen zurück. »Eine Hand der Fatima«, erklärte Ingrid, die den Anhänger ausgewickelt hatte, »ein Amulett. Fünf Finger, siehst du? Der

Zahl Fünf werden magische Kräfte zugeschrieben. Sehr schön, diese Gravuren. Sieh nur, Ibrahim.«

Ibrahim nahm den Anhänger behutsam, als sei er zerbrechlich, betrachtete ihn von allen Seiten, schließlich räusperte er sich. »Ein gutes *gris gris*«, sagte er. »Und du hast es wirklich aus Deutschland mitgebracht?«

Doro nickte.

Ingrid nahm die Mappe zur Hand und öffnete sie. »Und das hier? Was hat es mit den Bildern auf sich?«

»Später. Es ist eine etwas komplizierte Geschichte.« Doro legte die Mappe zurück und schloss die Tasche. Irgendwann würde sie Ingrid zu den Bildern befragen, aber nicht jetzt.

Sie wandte sich an Ibrahim. »Also ein Amulett? Und wofür hilft es?«

Der hagere Mann schien mit seinen Gedanken woanders zu sein. Er starrte Doro und Ingrid an. Dann besann er sich und hob seine Hand, Daumen und kleinen Finger leicht abgespreizt. »*Al khamsa*, die Fünf, hilft gegen den bösen Blick. Aber eigentlich ist es für alles gut.«

Ingrid lachte. »Ausgezeichnet, Schutz und Hilfe können wir schließlich alle gebrauchen. Ibrahim, besorg bitte ein Lederband bei den Nachbarn, dann hängen wir es Doro gleich um.«

Sie klang munter, aber nicht wirklich fröhlich. Etwas schien Ingrid auf der Seele zu liegen. Doro spürte es, schreckte jedoch vor Nachfragen zurück. Probleme und ihre Lösungen waren Ingrids Spezialgebiet, nicht ihres.

Kapitel 3

Die dürren Äste der Akazie spendeten kaum Schatten. Wind kam auf, trieb Sand vor sich her, wirbelte ihn umher und legte ihn schließlich an einem Grasbüschel ab. Der junge Mann erhob sich aus seiner Kauerstellung und suchte den Horizont ab. Nichts. Sie waren jetzt seit fast zwanzig Stunden überfällig. Er schwang sich auf die unteren Äste der Akazie. Auch aus dieser erhöhten Position: Nichts. *Hamada,* leere Steinwüste und ewiger Wind.

Nach Osten wurde die Ebene begrenzt durch die Sanddünen des *Erg,* im Westen von den Steilküsten und Schwemmsanden des Atlantiks und im Norden, in seinem Rücken, von den Bergen des *Atlas al Khalfiyah.* Sie stemmten sich gegen den Sand aus den Tiefen der Sahara, der alles unter sich begrub, auch die Palmwedel, die den Weg zur Küste markieren sollten.

Solche Orientierungshilfen benötigte er nicht. Immer noch kannte er alle Pisten dieses Gebiets in- und auswendig, auch die, die parallel zur algerischen Grenze und weiter bis zum Atlantik verlief.

In London hatte er beeindruckende Satellitenfotos gesehen, die die Spur eines unter dem Sand verschwundenen Flusses nachzeichneten, der schon seit Jahren seine Mündung am Ozean nicht mehr erreicht hatte. Ihm folgte diese

Piste. Eine andere Route, weiter südwestlich, führte in sechs, sieben Tagesetappen in die einstige Heimat der *Sahraouis*. Auch sie kannte er. Und versperrte nicht *El Berm*, die marokkanische Mauer der Schande, diesen Weg, er fände noch heute blind und im Dunkeln dorthin zurück!

Die Schatten wurden länger. Er rollte einen Kieselstein im Mund, um den Speichelfluss anzuregen. Seine Flasche war leer. Erst wenn die anderen eintrafen, konnte er mit Wasser rechnen.

Der Esel döste vor sich hin, nur gelegentlich schlug er mit dem Schwanz. War das abgemagerte Tier überhaupt kräftig genug für die schweren Lasten? Warum nur hatte er diesen Auftrag übernommen? Weil Mahmud ihn herausgefordert hatte? Wollte er ihm oder sich selbst etwas beweisen? Waffen über die streng bewachte algerische Grenze zu schmuggeln war riskant. Im Grunde aber machte ihm nicht so sehr die Gefahr zu schaffen. Er war im Begriff, gegen die Stimme seines Gewissens zu handeln, und das trieb ihn um.

Die Augen des jungen Mannes starrten in die Ferne, als versuchten sie, die hinter dem Horizont liegenden Landschaften zu erreichen. Was, wenn sie auch heute nicht kamen? Es gab keine Wasserstelle in erreichbarer Nähe. Er müsste mit leeren Händen umkehren. Mahmud würde falsch lächeln und erklären, er laste das Scheitern dieser Schmuggelaktion keinesfalls seinem alten Freund *Sheïk* Amir Tahar an. Garantiert aber würde er sich nicht verkneifen können, das leichte Leben in London hervorzuheben und zu behaupten, dort verlören offenbar selbst die Edlen der Sahraouis ihre ererbten Fähigkeiten. Dabei wäre Mahmud damals nur zu gern selbst nach London gegangen. Als man jedoch ihn, den nach Mahmuds Ansicht ohnehin privilegierten Sheïk-Sohn, dafür auswählte, begann sich sein latentes Minderwertigkeitsgefühl zu unversöhnlichem Groll zu wandeln.

Schon seit Kindertagen lebte Mahmud in Konkurrenz zu ihm, wegen jeder Nichtigkeit fühlte er sich gekränkt. Möglicherweise aber wurde es jetzt, da er in den Kreis der Polisario-Kommandeure aufgerückt war, endlich leichter für ihn.

Da, eine Bewegung. Amir kniff die Augen zusammen. Inmitten eines Sandnebels tauchten in der Ferne Schemen auf. Nachdem sein Blick sie einmal gefunden hatte, hielt er sie fest. Sie kamen näher, wurden zu menschlichen Gestalten, obwohl sie sich scheinbar ohne Bodenkontakt bewegten. Sie gingen gebeugt unter den geschulterten Lasten. Trotzdem bewegten sie sich gleichmäßig, nichts störte ihren Rhythmus. So gingen nur die Menschen der Wüste.

In ihren dunklen Gesichtern regte sich kein Muskel, als sie ihn endlich erreichten, die Verschnürungen ihrer Lasten lösten, die Kisten absetzten und sich neben Amir unter der Akazie niederließen.

Seit Mademoiselle Doros Ankunft beobachtete Ibrahim, wie Lâlla Ingrid aufblühte. Das gefiel ihm. In letzter Zeit war Lâlla Ingrid häufig geistesabwesend gewesen. War sie nicht gesund? Vermisste sie Deutschland? Jeder Mensch brauchte eine Heimat, wer wüsste das besser als er.

War Mademoiselle Doro gekommen, um Lâlla Ingrid nach Hause zu holen? Keine Lâlla Ingrid, keine Alphabétisation des Femmes … Was würde aus ihm werden, falls Lâlla Ingrid in ihre Heimat zurückkehrte? Schließlich hatte er hier eine Aufgabe, und eine bessere Tarnung als ihre Hilfsorganisation konnte man sich nicht wünschen. Davon abgesehen hatte er Lâlla Ingrid in sein Herz geschlossen, er würde sie schmerzlich vermissen. Manchmal wünschte er, er könnte sie ins Vertrauen ziehen, aber er hatte gelernt zu schweigen. Sollte er seine Befürchtungen Mahmud mitteilen? Noch nicht, vorläufig genügte es, wachsam zu bleiben. Und den Mund zu halten.

Alle schwiegen sie, Presse, Rundfunk, Fernsehen mussten mit der Zensur leben. Selbst französische Tageszeitungen mit unliebsamen Meldungen wurden schon an den Flughäfen abgefangen und vernichtet. Den Geheimdiensten des Königs entging nichts. Ihre Spitzel lauerten in der Moschee, im Café, auf der Straße – überall, sogar im Freundeskreis wog man seine Worte ab.

Er wusste, dass seine Lâlla Ingrid von der politischen Realität im Lande keine Ahnung hatte. Ebenso nicht von dem UN-Referendum oder den verminten Grenzen oder den Völkerrechtsverletzungen in der Westsahara. Westsahara? Ibrahim biss die Zähne zusammen, dass es schmerzte. Offiziell musste man seine Heimat seit 1975 »südliche Provinzen« nennen!

Jedenfalls schien Lâlla Ingrids Kummer zurzeit gelindert. Mademoiselle Doro munterte sie sichtlich auf mit ihrer Begeisterung, mit ihrem Staunen und ihren Fragen. Die junge Frau war harmlos. Mahmud hatte gemeint, diese Unbedarftheit sei ein Geschenk und es sei dumm, das nicht zu nutzen.

Ibrahim sah den beiden Frauen nach, die Arm in Arm über den Platz schlenderten. Und diese Hand der Fatima, die die junge Deutsche mitgebracht hatte und nun am Hals trug? Wie kam sie in ihren Besitz?

Nazar sherifa, das Auge der Edlen – er hatte es sofort erkannt. Wie auch nicht? Es sah genauso aus wie in der Überlieferung beschrieben, von den Gravuren bis zu dem Stein in der Mitte. Mit seinen Einschlüssen erinnere er an ein Auge, erzählte man.

Wie alle Kinder seines Stamms hatte auch er einst an den Lippen der Großmutter gehangen. Geschichtenerzählen war eine Kunst. Abend für Abend, wenn sie genügend trockene

Kamelköttel für das Feuer gesammelt hatten, wenn im Zelt Ruhe eingekehrt war und alle sich um die Feuerstelle versammelt hatten, erzählte Großmutter.

Eine dieser Geschichten handelte von Nazar sherifa und dem Silberschmied aus Dakhla, der es einst aus Silber erschaffen hatte. Er hatte heilige Verse eingraviert und es mit einem kostbaren rauchblauen Augenstein verziert. Dieses *gris gris* sei eines Heiligen oder eines Königs würdig, so hieß es.

Die eigentliche Legende hatte er vergessen, er wusste nur noch, dass es von einem Sheïk zum anderen weitergereicht worden war, bevor es verschwand. Vor zwanzig Jahren dann, unmittelbar nach dem Massaker von Zemla, waren plötzlich die ersten Nachbildungen aufgetaucht.

Zemla. Ibrahim hob die Hände in Gebetshaltung und gedachte der Opfer dieses Blutbads. Er sah sie erneut vor sich, die Demonstranten in dem Vorort von El Aiyoun, sah, wie ihre Fahnen gegen den Himmel leuchteten, bevor sie in den Dreck sanken, sah, wie sich die Fahnenträger unter den Knüppeln der Legionäre krümmten, und hörte ihre Schreie.

Lange her, 1970 war er noch ein junger Mann gewesen. Doch wie damals roch er Sand und Pulver und Blut, und die Ohnmacht jenes Tages legte sich bleiern auf sein Gemüt.

Seine Onkel, den Großvater, alte Frauen und andere, deren Kräfte nachließen, hatte er am Ende des Protestzugs auf der Ladefläche seines Lastwagens eingesammelt. Von dort hatten sie mitangesehen, wie Hunderte Soldaten aus den Seitengassen vorrückten, wie sie die sahraouischen Demonstranten einkesselten, niederprügelten und zusammenschossen. Er hatte ihr Blut gesehen und das versteinerte Gesicht seines Großvaters, hatte gesehen, wie Freunde um ihr Leben rannten, und sich wie gelähmt gefühlt. Erst spät hatte er den Lastwagen wenden und die Alten in der Wüste in Sicherheit bringen können.

Ibrahim dachte an frühere Zeiten, an die Zelte der Familie, die Boote am Strand von Dakhla und die vollen Netze der Fischer. Er sah die lange Dünung des Meeres vor sich, roch den Rauch der Schmiede und hörte ihr metallisches Hämmern, das Zischen, wenn glühende Klingen, Haken und Ankerketten in Öl oder Wasser abgekühlt wurden. Schon immer lagen ihre Werkstätten abseits der Dörfer. Man nahm sich in Acht vor der Magie der Männer, die das Feuer beherrschten und Metalle verwandelten.

Bald nach dem Massaker von Zemla hatten sie begonnen, einfache Kopien von Nazar sherifa herzustellen. Seit damals diente es den *shabiha* als Erkennungszeichen – jenen gespensterhaften Männern, die wie aus dem Nichts erschienen und unerkannt ihre Anschläge durchführten. Er aber hatte das Original in der Hand gehalten. Warum tauchte es jetzt plötzlich auf, noch dazu in der Hand einer offensichtlich ahnungslosen Fremden? Allahs Wege waren unergründlich.

Das Telefon riss ihn aus seinen Gedanken. Hassan? Er rief selten an. Meistens schickte er einen Kurier. Ibrahim schloss die Ladentür und zog sich in den hinteren Teil des Raums zurück. »*Ça va*, Hassan, ist etwas passiert?«

»Man wird unruhig. Zwei Lieferungen sind überfällig. Ist bei dir auch wirklich alles gut?«

Hassan, der zu Mahmuds engsten Vertrauten gehörte, erkundigte sich nach den ausstehenden Lieferungen? Soweit Ibrahim wusste, kümmerte er sich normalerweise um den Ausbau des Flugfelds bei Gleibat El Foula. Ibrahim beruhigte ihn. »Kein Grund zur Sorge, mein Freund. Ich musste lediglich umplanen, um unsere neue, äh, Mitarbeiterin einzuarbeiten.«

Schweigen. Ibrahim hörte Hassans Atem, dann die vorsichtige Frage: »Eine Frau?«

»*Al hamdullillah*, ich verspreche mir viel von ihr.«

Tat er das wirklich? Schnell redete er weiter. »Eine junge Deutsche, unerfahren, aber nützlich. Du wirst sehen, bald gibt es für mich nichts mehr zu tun, und ich werde wie ein Urlauber am Strand faulenzen.« Ibrahim lachte.

Hassan lachte nicht mit. »Vertraust du ihr?«

Vertrauen, einer Fremden? »Verlass dich auf mich, mein Freund.« Ibrahim räusperte sich. »Abgesehen von dieser kleinen Verzögerung bleibt alles wie besprochen. Heute Nacht werden die Ladungen vervollständigt, ein Teil geht morgen auf die Reise, den anderen schicke ich einen Tag später los. Sind weitere Lieferungen zu erwarten?«

»Wie du selbst sagst, alles bleibt wie besprochen. Der Plan steht.«

»Allah schütze euch.« Ibrahim legte den Hörer auf.

Der Plan! Er sah Attacken entlang des Berm vor.

Während die Polisario dort an den Grenzanlagen Ablenkungsmanöver ausführte, konnten Hassans Pioniere unbemerkt das neue Flugfeld in den Dünen fertigstellen und das Kerosinlager anlegen. Hassans Männer benötigten noch etwa eine Woche, um die einzelnen Segmente der Landebahn vor Ort zu gießen. Eine Woche, und zwar jetzt, bevor es in der Wüste für Betonarbeiten zu heiß wurde.

Es eilte, der Start- und Landeplatz für die Kleinflugzeuge von den Kanaren musste endlich Wirklichkeit werden. Unbemerkt Waffen ins Land zu bringen wurde immer riskanter und teurer, selbst als Beiladung von Fischkuttern. Kapitäne und Hafenarbeiter ließen sich ihr Schweigen vergolden.

Ibrahim sah, dass Lâlla Ingrid und Mademoiselle Doro zurückkehrten. Sie hatten sich untergehakt und kicherten wie junge Mädchen. Er öffnete ihnen die Tür.

Beinahe hätte Amir den unauffälligen Kutter, der zu später Stunde einlief, übersehen. Jetzt aber ließ er die Estrella del Mar nicht mehr aus den Augen. Reglos hockte er hinter Stapeln von Fischkisten, kaute an einem Stück *miswak* und wartete. Die Kauerhaltung entspannte ihn, und Geduld war jedem Sahraoui vertraut.

Die Tore des Hafens waren längst geschlossen, die Arme der Kräne erstarrt und das nachtdunkle Gelände menschenleer. Wasser gluckste, Seile knarrten, und hin und wieder hörte man einen Nachtvogel rufen, sonst gab es kein Geräusch.

Plötzlich ein Blinkzeichen. Ein Mann huschte durch die Dunkelheit. Das Entladen begann. Auf dem Schiff stemmten zwei Männer flache Kisten über die Bordkante, der andere hievte sie auf die Kaimauer.

Hinter einem der Schuppen wartete schon seit Anbruch der Nacht ein alter Lieferwagen. Jetzt erschien dort ein Mann und öffnete die Hecktüren des Autos. Ibrahim, der seit Jahren in Agadir als Agent der Polisario wirkte.

Bisher kannte er Ibrahim nicht persönlich, wusste aber um seinen guten Ruf und dass Mahmud diesem Mann dennoch plötzlich Verrat unterstellte. Seit zwei Tagen überwachte er ihn nun, ohne triftigen Grund, wie er fand, und vor allem ohne Beweise für Mahmuds Verdacht zu entdecken. Für morgen Abend war ein Treffen mit ihm vereinbart.

Aus den Schatten näherte sich der Oberaufseher des Fischereihafens, der seit Langem seine Hand aufhielt und doch bei Allah schwor, ein treuer Diener des marokkanischen Königs zu sein.

Laut Ibrahim entwickelte sich dieser Mann mit seinen Forderungen nach mehr Geld zu einem unkalkulierbaren Problem. Bei zwei Transporten pro Woche anstatt wie bisher einer Lieferung sehe er sich gezwungen, seinen Preis zu verdoppeln. Er könne die erhöhten Kosten plus das zusätzliche Risiko nicht allein tragen, müsse andere ins Vertrauen ziehen und mit ihnen teilen, hatte er ausrichten lassen. Ibrahim vermutete für die Zukunft weiter steigende Ansprüche, sogar Erpressungsversuche seien vorstellbar, hatte er gewarnt.

Für Amir klang das nachvollziehbar, nicht so jedoch für Mahmud. Er argwöhnte Betrug.

Bereits die zweite Nacht in Folge musste Amir in Mahmuds Auftrag die Vorgänge im Hafen beobachten, dabei hasste er jede Form von Bespitzelung. Und wer wusste das besser als Mahmud?

Doch sein Aufstieg in die Führungsriege der *Frente Polisario* war Mahmud zu Kopf gestiegen, so kam es Amir jedenfalls vor. In anderer Hinsicht allerdings – etwa bei der Organisation der Waffentransporte oder der Ausbildung junger Kämpfer – machte er seine Sache gut. Deshalb und auch um unnötige Debatten zu vermeiden, hatte Amir dieser nächtlichen Schnüffelei zugestimmt. Kämpften sie denn nicht gemeinsam für die eine große Sache? Unabhängigkeit der Westsahara, darum ging es doch. Und um politische Anerkennung ihrer Regierung, um Freiheit für das Volk der Wolken und um Rückkehr aus dem Exil. Diese Ziele würde er niemals aus den Augen verlieren, mochte der Weg dorthin noch so lang und dornig sein.

Amir reckte den Hals. Ibrahim und der Vorarbeiter redeten. Geduckt schlich er näher. Verstehen konnte er nichts, doch die angekündigten zehn Kisten auf der Ladefläche des Autos konnte er erkennen. Eine Spende des großen libyschen Bruders zur Unterstützung ihres heroischen Freiheitskampfes, hatte Mahmud getönt. Heute zehn Kisten plus jene, die er neulich über die Grenzpiste geleitet hatte, das ergab insgesamt zweihundert Kalaschnikows mit Munition.

Jetzt hob Ibrahim die Hände gen Himmel, als riefe er

Allah als Zeuge an, der Vorarbeiter streckte seine Hand aus, Ibrahim legte ein Bündel Geldscheine hinein, und schon gingen sie auseinander. Amir begab sich zurück in sein Versteck.

Auch wenn er diesmal eher indirekt beteiligt war, so hatte er sich doch bereits zum zweiten Mal in die Beschaffung von Gewehren hineinziehen lassen. Heiligte der Zweck wirklich jedes Mittel? Sollte die Zukunft seines Volkes, der *A hel es Sahel,* mit Waffen gestaltet werden oder ausschließlich durch Verträge? In dieser Frage konnte er zu keiner eindeutigen Haltung finden.

Mahmud und seine Frente Polisario behaupteten, erst mit der marokkanischen Invasion vor dreizehn Jahren hätten die Sahraouis begonnen, als Volk zusammenzufinden, der bewaffnete Kampf befördere und stärke also das nationale Bewusstsein.

Einiges sprach für diese Argumentation. Seit Menschengedenken waren die sahraouischen Nomaden unabhängig gewesen, und jeder Mann hatte Sitz und Stimme bei den Beratungen. Sie lebten sozusagen eine natürlich gewachsene Demokratie, aber hatten sie sich deshalb als Nation gefühlt?

Es hätte sich gelohnt, darüber nachzudenken, zumal sich die Zeiten gerade grundlegend änderten, doch für theoretische Überlegungen war jetzt nicht der ideale Moment. Zumindest das Ziel war klar, und wie Tausende war auch Amir bereit, dafür seine Kraft einzusetzen.

Für ihn hieß das überwiegend Öffentlichkeitsarbeit. Er nahm an Konferenzen teil und verfasste Berichte für internationale Bündnispartner, außerdem schrieb er Abhandlungen für ausländische Magazine, sammelte und veröffentlichte Fakten, stellte richtig, klagte an. Niemand sollte das Unrecht vergessen können, das Marokko über das sahraouische Volk gebracht hatte.

Seit Kurzem wurde die Idee einer Wirtschaftsgemeinschaft des Maghreb neu belebt, einer *Union du Maghreb Arabe*. Derzeit liefen bereits die Vorgespräche zur Gründungskonferenz in Marrakesch, und er, Sheïk Amir, sollte im Auftrag der sahraouischen Regierung daran teilnehmen. Neben Delegierten aus Algerien und Tunesien würden auch mauretanische und libysche Abgesandte anwesend sein. Sie verhielten sich diplomatisch, um die Marokkaner nicht unnötig zu verärgern, plädierten aber doch mehr oder weniger offen dafür, nicht nur das Post- und Fernmeldewesen mit der *Demokratischen Arabischen Republik Sahara*, der DARS, vertraglich zu regeln, sondern auch weitergehende Wirtschaftsfragen zu diskutieren. Natürlich galten ihre Hauptinteressen – neben den unerschöpflichen Fischgründen – den Phosphatlagern von Bou Craa, das war jedem klar, und natürlich konnte man über die Ausbeutung dieser Bodenschätze verhandeln. Sollten solche Verhandlungen jedoch überhaupt eine Chance haben, müsste zuvor die neue Wirtschaftsunion die DARS als souveränen Staat anerkennen.

Auf diesem Ohr aber hörten Männer wie Mahmud schlecht.

Amir sah den einstigen Freund vor sich, breitbeinig, das Kinn vorgereckt, wie er seine Zuhörer fixierte. »Auf Konferenzen setzen, auf Beschlüsse der UNO? Nichts anderes tun wir doch seit November 1975!«, hatte er gerufen. »Hat sich in dieser Zeit etwas verändert? Seit damals, seit dem gottverdammten *Grünen Marsch*, verschwinden unsere Männer im Gefängnis, während König Hassan im großen Stil marokkanische Bauern auf unserem Land ansiedelt. Schon bald werden in unserer Heimat mehr Marokkaner leben als Sahraouis! So wird jede Volksabstimmung zur Farce!«

Er spuckte aus. »Haben wir nicht längst unseren eigenen Staat gegründet? Und erkennen ihn nicht bereits viele Länder der Welt an?« Er hob die Hände in Predigermanier. »Zu diesem Referendum wird es niemals kommen. Denn worum geht es wirklich? Der marokkanische König giert nach Bodenschätzen. Und nach Land, nicht nur nach unserem, auch nach algerischen, malischen und mauretanischen Gebieten. Er träumt von einem ›Grand-Maroc‹, einem Riesenreich vom Mittelmeer bis zum Senegalfluss. Er brennt nach Macht und danach, seinen persönlichen Reichtum zu mehren. Dazu ist ihm jedes Mittel recht.«

Besser als andere wusste Amir, wie recht Mahmud hatte. Erst kürzlich hatte ihm ein amerikanischer Reporter ein Videoband zugespielt. Darin antwortete König Hassan auf die Frage des Journalisten, ob sich Marokko Verhandlungen mit der Polisario vorstellen könne: »Verhandeln? Wir werden sie verschlingen!«

Immerhin, der gemäßigte Flügel um den Präsidenten der Sahraouischen Republik hatte es trotzdem geschafft, dass über eine endgültige Waffenruhe verhandelt wurde. Etliche westliche Zeitungen und Fernsehkanäle hatten Korrespondenten nach El Aiyoun entsandt, die über diese Verhandlungen berichteten. Dank seiner, Amirs, guten Kontakte erlangte die Konferenz inzwischen internationales Interesse.

Hassan II., dem marokkanischen König, war nicht zu trauen, doch in diesem Fall hatte sein Renommee auf dem Spiel gestanden. Er war nicht umhingekommen, ebenfalls Unterhändler nach El Aiyoun zu entsenden. Erstmals saßen nun Marokkaner, Algerier, Mauretanier, sahraouische Abgeordnete und natürlich die UNO an einem Tisch!

Gleichzeitig aber, und das machte Amir besonders zu schaffen, landeten am Verhandlungsort marokkanische Flugzeuge im Stundentakt. Tonnenweise schafften sie Nachschub für die Besatzungsarmee herbei, kaum getarnt und unbehelligt.

Warum berichteten die internationalen Beobachter vor Ort nicht darüber, warum dokumentierten die Kameras der Weltpresse keine dieser Lieferungen? Durchschaute denn niemand das Doppelspiel des marokkanischen Königs?

Freie Presse?, hatte Mahmud gehöhnt. Amerikaner und Europäer seien genauso korrupt wie der Rest der Welt, und wer das nicht wahrhaben wolle, sei ein Träumer.

Amir hatte die bittere Wahrheit hinter Mahmuds Worten gespürt. Natürlich sah er sich selbst nicht als Träumer, eher als Idealist, dennoch hatte er Mahmuds Auftrag akzeptiert. Er würde diese Waffen bis ans Ziel begleiten. Danach aber stand er für die Polisario nicht mehr zur Verfügung.

Auf der Estrella del Mar wurden die Luken geschlossen. Hinter dem Schuppen startete Ibrahim den Wagen und rollte ohne Licht aus dem Fischereihafen.

Die Nacht war lang. Erst mit dem einsetzenden morgendlichen Verkehr überkletterte Amir den Zaun des Hafenareals, sprang auf die andere Seite der Straße und nahm durch Gestrüpp und Steine den Weg bergauf zur alten Kasbah von Agadir. Wer sich auskannte, war in ihren Ruinen und eingestürzten Kellern sicher.

Kapitel 4

Nach zwei Wochen hatte Doro alle Sehenswürdigkeiten der Stadt erkundet, hatte an Ingrids Seite die Trümmer der alten Kasbah besichtigt, war durch Hafen, Markthallen und den *souq* gestreift. Sie war im Meer geschwommen, hatte Postkarten verschickt, und sie hatte gelernt, mit den Fingern zu essen. Wie unkompliziert hier alles war, wie friedlich die Leute und wie wunderbar die Sonne, die Farben und Düfte.

Deutschland, das vergangene Jahr, die bedrückenden Zukunftsfragen – jeden Tag entfernte sie sich ein Stück weiter davon. Manchmal streiften sie Gedanken, was ihre Mutter wohl zu diesem Farbenrausch gesagt hätte, zu diesem Menschengewimmel und dem Sprachengewirr. Hätte sie es genossen oder sich geängstigt? In solchen Momenten, meistens kurz vor dem Einschlafen, war ihr das Herz schwer. Doch mit dem Licht des Morgens schwanden Wehmut und Trauer.

Nur zu gern überließ sie sich dem Sog dieses Landes. Sie freute sich auf jeden neuen Tag, und sie lachte viel. Hatte sie in den vergangenen Monaten überhaupt jemals gelacht? Zu Hause wirkten ihre Probleme bedrückend, hier hatten sie kaum Bedeutung. Diese Leichtigkeit wollte sie sich erhalten, auch deshalb schob sie das Gespräch mit Ingrid vor sich her.

Heute ging es endlich los. Nach einem Fahrtraining unter Ibrahims strengen Augen und versehen mit Ingrids Erklärungen und Ibrahims Ermahnungen durfte sie erstmals allein zu einer der kleinen Dorfschulen fahren. Es handelte sich um eine Tagestour und, wie Ibrahim sagte, um die Vorbereitung auf größere Aufgaben. Was er damit andeuten wollte? Ibrahim winkte ab.

Doro ließ die protzigen Villen am Stadtrand hinter sich, die hinter hohen Mauern liegenden weiten Areale von Golfplatz und Königspalast und bog auf die Überlandstraße Richtung Süden ein. Hier begann es mit der Armut, der Ödnis, mit dem Staub, mit den winzigen Dörfern hinter Kaktushecken und den barfüßigen mageren Kindern. Drei Mal hatte sie Ibrahim bereits zu abgelegenen Dorfschulen begleitet, ihr war klar, was sie erwartete. Das schroffe Nebeneinander von knalligem Grün und staubigen Feldern, von ausgedörrten Flusstälern neben üppigen Oasengärten war beunruhigend, gleichzeitig konnte sie nicht anders, als die wilde Schönheit der Landschaft zu bewundern.

Die Sonne brannte, auf den winzigen Feldern verdorrte das Viehfutter bereits auf dem Halm zu Heu. Das Dorf bestand aus einer Ansammlung von Häusern aus Feldsteinen und Lehm, dazwischen enge, steile Wege. Der letzte Sturzregen hatte Brücken und Stege zerstört, so dass sie Mühe hatte, das winzige Schulgebäude zu erreichen. Es war das einzige im Umkreis vieler Kilometer und leuchtete im typischen Himbeerrosa aller Dorfschulen. Im Handumdrehen war sie umringt von Kindern, die wie junge Zicklein umhersprangen.

Ein sehr junger Lehrer nahm die drei Kartons von Ingrid mit Dank entgegen und versprach, die Spenden gerecht unter den Mädchen zu verteilen. Die Dorfleute bewirteten sie mit Tee und Datteln, mit frischem Brot und hellem Berghonig. Das durfte man nicht ablehnen, hatte Ibrahim ihr eingeschärft.

Doro blieb, bis sie die vorgeschriebenen drei Gläser Tee geleert hatte, dann trat sie den Rückweg an. Im Rückspiegel sah sie Kinder, Schule und Häuser im Pistenstaub versinken.

Sie dachte an die herben Gesichter der Frauen, an das Gewicht der Wasserkrüge, die sie vom Brunnen bis nach oben ins Dorf wuchten mussten, an die kräftigen Farben der Teppiche, die sie webten und knüpften. Vielleicht entstammte ihr grünseidener »fliegender« Teppich zu Hause einer ähnlich kargen Umgebung?

Die Frauen liebten ihre bestickten bunten Tücher und ihren Silberschmuck, den sie auch während der Arbeit nicht ablegten. Und die war mühselig und schwer! Berge von Brennholz und Viehfutter auf dem Rücken heranschleppen, beim Kochen auf der Erde vor dem Feuer kauern, Brotteig kneten, Wäsche waschen im Bach … Woher sollten sie die Zeit zum Lernen nehmen? Ingrid hatte von einer bestürzend hohen Analphabetenrate auf dem Land berichtet.

Endlich endete die Piste und die Asphaltstraße kam in Sicht. Jetzt konnte sie zügiger fahren. Zufrieden summte Doro vor sich hin.

Sie freute sich darauf, Ibrahim und Ingrid am Abend alles haarklein zu berichten. Vielleicht sollte sie endlich auch das Gespräch mit Ingrid suchen, ihre Zukunftsfragen zumindest andeuten? Mit den Bildern aus Mutters Kiste waren sie ebenfalls noch nicht weiter, eher flüchtig hatte Ingrid sie neulich durchgesehen.

»Merkwürdige Titel, Bou Saalam, und Ram Ram«, hatte sie gesagt. »Ouazazarte kenne ich, das ist eine Stadt weiter östlich. Aber hier, diese Baracken? Dabei denkt unsereiner doch sofort an Konzentrationslager.«

»Gibt oder gab es denn in Marokko Lager?«

Ingrid war aufgesprungen und hatte die Balkontür geschlossen. »Sag so etwas niemals in der Öffentlichkeit.« Sie schien besorgt.

»Warum flüsterst du?«

»Wände und Türen sind dünn. Ibrahim sagt, wer fragt, gilt als gefährlich.«

Doro musste lachen. »Meine Fragen – gefährlich? Na hör mal!«

»Wenn ich es sage. Nach den Attentatsversuchen auf König Hassan vor ein paar Jahren wurden Militär, Gendarmerie und Geheimpolizei massiv verstärkt. Heutzutage kontrollieren sie alles und jeden. Der Arm des Königs reicht bis in den hintersten Winkel des Landes, sagt Ibrahim. Alle schweigen, sobald ein Wort fällt, das eventuell als Kritik am König verstanden werden könnte. Sogar mein Friseur, und der hält sonst nie den Mund. Ich halte mich an Ibrahim, er weiß, wovon er redet. Und jetzt lass uns das Thema wechseln.« Seitdem ruhten die Aquarelle in der Mappe.

Ingrid ging früh zu Bett, kam aber erst um die Mittagszeit in Form, außerdem wirkte sie oft bedrückt und unkonzentriert. Es schien ihr nicht besonders gut zu gehen. War sie krank? Sollte sie sie darauf ansprechen?

Etwas in Doro sträubte sich dagegen. Sie wollte niemandem zu nahetreten. Und welche Hilfe außer allgemeinen Ratschlägen hätte sie anzubieten? Darauf aber konnte jemand wie Ingrid ganz sicher verzichten.

Die Straße schwang sich durch wüstenhafte Ödnis, über den Asphalt züngelten Sandfahnen. Rötliche Erde, Steine und Sandhügel beherrschten die Landschaft. Diese Weite, diese Leere – wie am ersten Tag der Schöpfung.

In der Ferne tauchten die Stadtmauern von Tiznit auf. Doro musste lachen, als sich prompt ihr Magen meldete, wie von Ibrahim prophezeit.

Die rote Karawanenstadt lag an einem Ausläufer des Antiatlas, der sich wie eine Barriere zwischen die fruchtbare Sousse-Ebene und die Sahara schob. Doro parkte das Auto im Schatten. Mit steifen Gliedern stieg sie aus, schlang ihr Tuch um Kopf und Schultern und nahm Platz auf der Straßenterrasse eines Cafés.

In unmittelbarer Nähe schien eine Backstube zu sein, der Duft von frischem Brot ließ ihr das Wasser im Mund zusammenlaufen. Auf den von Orangenbäumen beschatteten Bürgersteigen sah sie Kinder spielen und breithüftige, verschleierte Frauen volle Einkaufstaschen schleppen. Eselskarren schafften Viehfutter in die Stadt, Pick-ups, die unter den hoch aufgetürmten Ladungen beinahe zusammenbrachen, rumpelten vorüber. Zwei junge Männer mühten sich ab, ein Moped in Gang zu bringen. Es stank und gab röchelnde Laute von sich, doch zum Laufen brachten sie es nicht.

Bilder wie diese waren ihr inzwischen ebenso vertraut wie der Geruch, diese Mischung aus Blüten und Benzin, aus Urin, Obst und Staub. Sie fühlte sich wohl, ein bisschen müde, aber zufrieden.

Ihre *Tajine* wurde serviert. Wie die Einheimischen aß sie mit der rechten Hand, mit Brotstückchen als Hilfe gelang das inzwischen recht gut. Sie war eben kein Neuling mehr.

Auf der gegenüberliegenden Caféterrasse saßen Männer im Schatten, tranken Tee, lasen Zeitung, redeten. Zugleich verfolgten sie das Treiben auf der Straße. Auch sie wurde beobachtet, taxiert. Niemandem entging die geringste ihrer Regungen, das wusste sie. Doch der Wirt ihres Cafés behandelte sie respektvoll. Gelegentlich trat er an ihren Tisch und wechselte ein paar Worte mit ihr. Damit machte er klar, dass sie unter seinem Schutz stand.

Plötzlich raste ein Jeep die Straße entlang und bremste scharf vor dem Café auf der anderen Seite. In dem offenen Geländewagen saßen außer dem Fahrer drei Uniformierte mit Maschinenpistolen, ihre Mündungen wiesen nach oben.

Unauffällig glitten auf der gegenüberliegenden Caféterrasse die Männer davon. Sie verschmolzen mit den Schatten dunkler Torbögen und wurden von Gassen und Hauseingängen verschluckt. Zurück blieben lediglich einige halb volle Gläser sowie ein paar Zeitungsseiten, die im Wind kreiselten.

Zwei der Uniformierten sprangen aus dem Wagen. Sie trugen gefleckte Tarnuniformen, rote Barette und Schnürstiefel mit genagelten Sohlen. Kaum hatten sie den Straßenstaub berührt, breitete sich Schweigen aus, so als hielte die Stadt den Atem an.

»Polisario« und »Militärpolizei« hörte Doro einen Alten murmeln, gefolgt von halblauten Flüchen. Unversehens fand sie sich im Inneren des Cafés wieder. Instinktiv war sie aufgesprungen und den anderen Gästen gefolgt. Sie reckte den Hals, um etwas zu sehen. Kein Wort fiel. Stumm warteten alle, was gegenüber geschah.

Die Uniformierten stürmten das Lokal. Nach wenigen Augenblicken erschienen sie wieder, zerrten einen hochgewachsenen Mann durch den Eingang. Er war dunkel und hager und trug Jeans unter dem weiten Gewand der Wüstenleute. Sein blauer *chêche* war verrutscht.

Sie stießen den Mann vorwärts, traten nach ihm, und einer rammte ihm den Gewehrschaft so hart in den Rücken, dass er auf den Knien im Straßendreck landete. Der andere Uniformierte riss seine Waffe hoch und brüllte etwas.

In Doros Ohren rauschte das Blut. Sie würden ihn doch nicht umbringen, hier, vor aller Augen?

»Nein!«

Sie drängte sich durch die Cafébesucher nach vorn, schrie: »Nein, nicht! Um Gottes Willen, das dürfen Sie nicht! Schießen Sie nicht! Nicht schießen!« Vor Aufregung rief sie die Worte auf Deutsch. Sie schob die Umstehenden beiseite. Doch bevor sie die Straße erreicht hatte und hinüberlaufen konnte, packte sie der Wirt am Arm.

Der Verhaftete gegenüber erhob sich wie in Zeitlupe. Er richtete sich auf, verschränkte die Hände im Nacken und hob den Kopf. Über die Straße hinweg schaute er umher, suchend, mit weit geöffneten Augen, dann bemerkte er Doro. Er blickte sie an und nickte, als habe sich für ihn plötzlich eine wichtige Frage geklärt.

Doro war es, als spüre sie seinen Blick körperlich. Sie schlug die Augen nieder.

Mit Fußtritten und Flüchen wurde der Mann in den Jeep gestoßen. Der Motor heulte auf. Wieder spritzten Steine, wieder wirbelte Staub auf, dann waren sie fort.

Einen Augenblick später erwachten die Männer im Café aus ihrer Erstarrung. Einige ballten stumm die Fäuste, andere brüllten etwas von Allahs Gerechtigkeit und riefen »Unabhängigkeit und Freiheit«.

Kapitel 5

Betty kämpfte sich aus dem Schlaf. Die Wände ihres Hauses fehlten, das Dach schwebte über ihr, ohne Stützen ... Sie wusste, es war ein Traum, und doch empfand sie den Druck des Dachs, das im nächsten Augenblick über ihr zusammenstürzen würde, als reale Gefahr.

Mit einem Schluchzer fuhr sie hoch. Ihr Herz schlug wild. Seit Jahren suchte sie dieser immer gleiche Traum heim, ohne dass sie etwas dagegen unternehmen konnte.

Herrn Kochs Stimme dröhnte. »Jugendschutzlager« sagte er, und ob sie sich davor nicht fürchte? Bisher hatte sie jeden Gedanken an das, was kam, beiseitegeschoben. In ihrem Leib spürte sie ein Stupsen und Treten. Immer eindeutiger wurden diese Bewegungen im Bauch. Ihre Knie zitterten. Herr Koch sollte schweigen!

»Triebhaftigkeit wird bestraft. Doch ich weiß Rat.« Er sprach von sittlicher Ordnung und gesunden deutschen Nachkommen und von Entbindungsheimen. »Das Geburtshaus in Wernigerode ist eine Art Ferienheim.«

Lebensborn, dröhnte es in ihrem Kopf. Hinter vorgehaltener Hand wurde darüber geredet, über die Kinder von SS-Männern mit ledigen, deutschen Frauen, die noch im Kreißsaal verdienten Parteileuten zur Adoption zugeteilt wurden. »Es wird Ihr Schaden nicht sein.« Sie wollte das nicht hören.

Immer weiter wichen die Wände zurück, die Möbel lösten sich auf, die Zimmerdecke senkte sich, und aus der Ferne Herrn Kochs Worte: »... nicht Ihr Schaden sein.« Dann sanken die Wände ohne einen Laut um.

Furchtbar. Unheimlich zu wissen, es handelte sich nur um einen Traum und sich dennoch nicht daraus hervorarbeiten zu können, ihn im Gegenteil wieder und wieder erleiden zu müssen ...

Ein unbestimmter Schein erhellte die Umgebung. Schlafsack, Zelt – endlich konnte sie sich orientieren: Sie war in Marokko.

Als sie sich zu dieser Reise entschloss, schien es eine ausgezeichnete Idee zu sein, schließlich hatte sie bei früheren Touren gute Erfahrungen mit dem Wanderring gemacht. Die Jahreszeit war günstig, und in Begleitung Gleichgesinnter traute sie sich hierher, um das fremde Land mit eigenen Augen zu sehen. Früher hatte sie gedacht, sie könne alles lassen, wie es war, versunken, wie nie geschehen. Irgendwann aber war diese Reise dann plötzlich wichtig geworden.

Betty schwitzte. Sie schlüpfte aus dem Schlafsack. Dieses Herzrasen – wo war die Medikamententasche? Sie hatte vorgesorgt. Von Desinfektionsmitteln über Malaria-Prophylaxe bis zu sterilen Einwegspritzen hatte sie alles dabei, und für ihr Herzmedikament hatte sie die flüssige Form gewählt. So war sie nicht auf Wasser zum Runterschlucken der Tabletten angewiesen. Sämtliche Reiseratgeber warnten vor Leitungswasser. Aber wo steckte sie nun, die Medikamententasche? Wieso erinnerte sie sich nicht? Manchmal vergaß sie das Banalste, während lang Vergangenes nach oben drängte.

Betty tastete den Boden rund um ihr Lager ab. Waschbeutel, Taschenlampe und Wasserflasche fand sie, sonst nichts. Also musste die Tasche beim Gepäck sein, im Land-Rover.

Sie öffnete den Zeltverschluss, kroch ins Freie und schlüpfte in ihre Schuhe.

Stille, das Lager lag in tiefem Schlaf. Eine leichte Brise trug den Duft fremder Blüten herbei. Die Köpfe der Palmen, unter denen sie gestern Abend gekocht, gegessen und die Zelte aufgeschlagen hatten, hoben sich wie Scherenschnitte gegen den Himmel ab. Betty legte den Kopf in den Nacken. Sterne, wohin sie sah, Punkte und zitternde Lichter. Sie konnte die Wölbung des Himmels erahnen. Unendlichkeit, dachte sie, so also sah sie aus.

Sie rief sich zur Ordnung. Tropfen einnehmen und dann weiterschlafen, morgen stand eine Wanderung auf dem Plan.

Die eckigen Silhouetten mussten die Geländewagen sein. Dort die Autos, hier unter den Palmen die Zelte im Halbkreis – ja, jetzt kannte sie sich wieder aus. Das Gepäckfahrzeug hatte eine besonders große Ladefläche, erinnerte sie sich, es würde also leicht von den anderen zu unterscheiden sein. Außerdem gab es die Taschenlampe.

Etwas bewegte sich zwischen den Fahrzeugen.

Betty stolperte, fing sich wieder. War außer ihr noch jemand unterwegs, einer der Wächter vielleicht? Sollte sie sich bemerkbar machen? Lieber nicht, als älteste Teilnehmerin dieser Tour stand sie ohnehin unter Beobachtung. Ob sie denn glaube, den Strapazen gewachsen zu sein, war sie mehrmals gefragt worden. Als sei man mit Mitte sechzig reif fürs Altersheim!

Reglos fixierte sie den Punkt, wo sie die flüchtige Bewegung ausgemacht hatte. Doch der Schatten war verschwunden.

Betty schaltete ihre Taschenlampe ein und näherte sich den Wagen. Glück gehabt, gleich der erste in der Reihe war der mit dem Gepäck. Sie tastete sich bis zur Hecktür mit dem wuchtigen Reserverad vor. Man konnte sie weit aufschwingen und bequem sein Zeug verstauen. Sehr praktisch.

Die Tür stand offen! Dabei hatten die Fahrer geschworen, das Gepäck sei sicher. Betty ließ das Licht ihrer Lampe herumwandern.

»Hallo, ist da jemand?« Obwohl sie flüsterte, hatte sie das Gefühl, das gesamte Lager aufzuwecken. Sie lauschte. Keine Antwort.

Sie leuchtete ins Wageninnere. Statt der Gepäckstücke, der Wasserkanister und Proviantkisten, die sie vorhin gesehen hatte, schaute sie jetzt in geöffnete Holzkisten. Eng verpackte Teile lagen darin, eingeschlagen in Wachspapier.

Ihre Finger erkannten das fettige Papier sofort. Auch seinen speziellen Geruch kannte sie. Damals, während des Krieges, hatte man darin Granaten, Patronen und anderes militärisches Gerät verpackt …

Der Lichtstrahl ihrer Lampe zitterte. Eines der länglichen Bündel war aufgerissen. Sie blickte auf mattschwarzes Metall, auf Gewehre.

Gewehre? Konnte das sein? Ungläubig beugte sie sich vor.

Kein Irrtum!

Betty wich zurück und stolperte über einen Kanister am Boden. Dumpf dröhnte es durch die Nacht. Sie hielt sich die Ohren zu, als könne sie den Lärm dadurch ungeschehen machen.

Die Taschenlampe fiel ihr aus der Hand und rollte unter das Auto. Bevor sie sich danach bücken konnte, nahm sie aus den Augenwinkeln einen Ruck wahr, einen Luftzug und ein Geräusch, das wie ein Grunzen klang.

Ein Schmerz an der Schläfe ließ sie aufschreien. Danach nichts mehr.

Kapitel 6

Noch lag Nebel über der Bucht von Agadir, wie an fast jedem Morgen, doch sobald er sich verzog, würde die Sonne brennen.

Doro erreichte den Jacarandaplatz, als Ibrahim einen blendend weißen Geländewagen belud. Diesmal musste sie also nicht erneut mit der alten Kiste fahren. Sehr gut. Selbst mit einem neuen Auto würde die Fahrerei anstrengend werden. Heute, zwei Tage nach ihrer ersten Solo-Tour, lagen mindestens dreihundert Kilometer vor ihr. In Deutschland kein Problem, doch hier ging es streckenweise über kurvige Bergpisten. Die Dorfschule von Id Sebha in einem schwer zugänglichen Tal des Antiatlas war jedenfalls unmöglich an einem Tag zu erreichen.

»Du wirst in Aït Arba übernachten, der dortige *Imam* erwartet dich«, hatte Ingrid gesagt. »Freu dich: Die Frauen seiner Familie kochen vorzüglich.«

Ja, sie freute sich, auf die Fahrt, die Landschaften, auf die beiden Dörfer, die sie kennenlernen würde, und auf die Schule. Mehr noch allerdings freute sie sich, dass Ingrid ihr diese anspruchsvolle Tour zutraute.

Aus ihrem Gespräch war bisher immer noch nichts geworden. Ständig hatte Ingrid zu tun. Nicht einmal für den Bericht über die letzte Fahrt hatte bisher die Zeit gereicht.

Von der Verhaftung, die sie beobachtet hatte, hätte sie allerdings ohnehin nichts erzählt. Warum Ingrid beunruhigen? Sie machte sich sowieso zu viele Gedanken.

Etwas bei ihr lief nicht rund. Offenbar schlief sie schlecht, und unter ihrer Sonnenbräune war sie blass. Welche Probleme bedrückten sie? Gleich nach ihrer Rückkehr würde sie sie danach fragen, nahm sich Doro vor.

Ibrahim verstaute die letzten Kartons im Kofferraum.

»*Ça va*, Ibrahim.«

»*Ça va*, Mademoiselle Doro, *bonjour, le bäs*. Alles gut, alles klar? *Al hamdullillah*. Ich bin gleich fertig, dann kannst du los.«

Durch ihn hatte sie schon verschiedene arabische und masirische Begriffe aufgeschnappt, die ihr in den Dörfern von Nutzen waren. Dort haperte es mit der Verständigung, da die Kinder wenig und die Frauen gar kein Französisch sprachen. Oft konnte nur noch der örtliche Lehrer helfen.

Ibrahim entfaltete eine schon brüchige Straßenkarte und zeigte auf markierte Punkte. »*Voilà*, Aït Arba. Von dort bis Id Sebha nimmst du diese Piste, du kannst sie nicht verfehlen. Auf dem Weg dorthin durchquerst du sieben *oueds*. Einige der Flüsse werden jetzt im Frühling Wasser führen. Du musst die Furten finden. In der Regel sind sie markiert, trotzdem heißt es: Augen auf. Soll ich nicht doch mitfahren?« Eine rhetorische Frage.

Doro lachte. »Ich bin kein Baby mehr.«

Ibrahim zwinkerte ihr zu.

Er war eine Perle. Um alles Technische kümmerte er sich, während Ingrid den Kampf mit der neunköpfigen Hydra führte, wie sie die marokkanischen Behörden nannte. Meistens schilderte sie das bürokratische Vorgehen mit launigen Worten, erzählte von unverständlichen Fragebögen und Aktenvermerken, die, da war sie sicher, bloß nutzlos in irgendwelchen Ordnern vergammelten. Dennoch befolgte sie jede Anordnung, und sei sie noch so unverständlich.

Ibrahim wiederum schien sämtliche Schrauben an Autos persönlich zu kennen, außerdem stand er mit Händlern, Handwerkern und Autovermietern auf vertrautem Fuß – kurz: Jeder hielt die Arbeit des anderen für ein Mysterium. Schon deswegen konnten sie einander nicht hoch genug loben.

Bei Ingrids erstem Besuch in Marokko, damals noch im Auftrag einer politischen Organisation, war Ibrahim ihr Fahrer gewesen. Später hatte er ihr geholfen, Wohnung und Büro zu finden, hatte sie bei den Händlern des Quartiers eingeführt, hatte Schreiner, Elektriker und sonstige Handwerker organisiert und in vielfältiger Weise dafür gesorgt, dass sie sich rasch einleben konnte. Jetzt arbeiteten sie bereits im vierten Jahr als Team und vertrauten einander blind.

Wie alt mochte Ibrahim sein? Sein Gesicht war von Falten durchzogen, seine Augen aber glänzten wie die eines Jungen. Seine Familie lebe weit entfernt irgendwo im Süden, hatte Ingrid gesagt, er hier in der *Medina* von Agadir. Häufig logierte er aber auch auf der Matratze in Ingrids Lager.

Ibrahim stapelte flache Holzkisten mit dem Doppelsymbol von Rotem Kreuz und Rotem Halbmond in den Kofferraum, offiziell aussehende Kisten, mit Metallbändern verschlossen und versiegelt.

»Was ist das?«

»Nichts weiter, nur eine Beiladung für den Schmied in Aït Arba. Youssefs Schwager rief gestern Abend an, aber da wart ihr schon fort. Youssef hilft und gibt den Armen, wie es Allahs Gebot ist, er ist ein guter Mensch. Aber er ist auch ein Geschäftsmann, und dieses Auto hier hat noch keine neuntausend Kilometer drauf. *Voilà,* ein fast neues Auto gegen den Transport einiger Kisten!« Ibrahim grinste.

Youssef war Ingrids Joker unter den Autovermietern. Er vermittelte ihr zuverlässige Autos, notfalls auch kostenlos, wenn sich gegen Ende der Saison kaum noch Geld in der Kasse befand. Ingrid achtete zwar darauf, seine Hilfsbereitschaft nicht zu sehr zu strapazieren, doch öfter, als ihr lieb war, musste sie auf ihn zurückgreifen. Deshalb nutzte sie ihrerseits jede Gelegenheit, sich zu revanchieren.

Ibrahim schloss die Hecktür.

»Hast du alles? Geld, Papiere, unsere Telefonnummer?«

Doro klopfte auf ihren Brustbeutel.

»Gut. Denk an die Tankstelle, ich habe sie auf der Karte markiert. *Bismillah*, Allah schütze dich. Gute Fahrt.« Er klopfte mit der flachen Hand auf die Motorhaube, als tätschele er ein Pferd.

Doro startete. Im Rückspiegel sah sie, wie Ibrahim ihr nachblickte.

Schnurgerade führte die gut ausgebaute Asphaltstraße nach Süden. Inzwischen wusste sie, was jeder wusste, aber nicht aussprach: Diese Nord-Süd-Verbindung diente hauptsächlich militärischen Zwecken. Weiter südlich zweigten Pisten in den Antiatlas ab, und noch weiter südlich gabelte sich die Straße. Einer der Arme führte direkt nach Süden, in die Wüste, nach Mauretanien und Senegal, der andere bog nach Osten ab und folgte der umstrittenen Grenze mit Algerien. In diesem Grenzbereich, hatte Ingrid gesagt, könnte es jede Menge Straßensperren geben, doch zum Glück werde sie die Straße ja vorher Richtung Berge verlassen.

Sie konnte zügig fahren, abgesehen von gelegentlichen Kontrollposten bei den Dorfeinfahrten. »Fahr langsam. Verhalte dich unauffällig. Sieh sie nicht an«, hatte Ibrahim eindringlich geraten.

Mit »sie« meinte er Militärs und Polizisten und wer sonst

eine Uniform trug. Sie repräsentierten den *makhzen*, König und Staat, das Geflecht der Mächtigen und Reichen. Davon hielt man sich am besten fern.

Heute aber lehnten die meisten Kontrolleure im Schatten, tranken Tee, unterhielten sich und schienen sie kaum zu beachten. Dennoch befolgte sie Ibrahims Ermahnung. Mit der Polizei wollte sie nichts zu tun haben, nicht, seitdem sie deren Rohheit hatte mit ansehen müssen.

Ihr Protest bei der Verhaftung neulich hatte einen Aufruhr ausgelöst. Der Wirt und seine Freunde hatten auf sie eingeredet, hatten gestikuliert und Allah und seinen Propheten um Hilfe angerufen. Sie klangen eher besorgt als aggressiv, doch worum es eigentlich ging, hatte sie nicht verstanden. Jedenfalls waren alle froh gewesen, als sie gefahren war. Wie hätte sie Ingrid und Ibrahim davon berichten können, ohne einfältig oder hysterisch zu wirken? Außerdem wollte sie weiterhin allein fahren dürfen.

Außerhalb von Städten und Dörfern gab es kaum Verkehr. Meistens hatte sie die Straße für sich, konnte sich umschauen und ihre Gedanken spazieren gehen lassen. Es roch nach Erde, Safran und Stroh, und gelegentlich wehte der Geruch einer Ziegenherde ins Auto. Die schnell höhersteigende Sonne löschte die Konturen der Landschaft aus. Über dem sich aufheizenden Boden begann die Luft zu wabern, mit der Wahrnehmung zu spielen. Aus niedrigem Dornengestrüpp wurden groteske Fabelwesen, aus mickrigen Steinhäufchen scheinbar mächtige Felsen, und manchmal flirrten in der Ferne plötzlich Wasserflächen, von Ibrahim *bahr el sheitan,* Teufelsmeer, genannt. Erst beim Näherkommen verschwand dieser Scheinsee, auch Felsen und Büsche nahmen ihre wahre Gestalt und Größe an.

Wie mochten solche Luftspiegelungen erst in der Wüste wirken? Sie musste gewaltig sein, die Sahara, eine eigene

Dimension, wie ein fünftes Element. Und wie geheimnisvoll das klang, Sahara, Land ohne Wasser. Die Aquarelle in ihrer Reisetasche fielen ihr ein, der Bildband. Die Lautlosigkeit der Wüste verändere jeden Menschen, behauptete der Autor. Einmal würde sie dorthin reisen, irgendwann, bestimmt.

Doro passierte Gruppen von Kamelen, die ohne Hirten umherstreiften, und einen strahlend weiß getünchten, quadratischen Kuppelbau. Ibrahim hatte erklärt, dabei handele es sich um Gräber angesehener, sogar als heilig verehrter Menschen, *Marabout* genannt, zu denen Menschen pilgerten, um zu beten und Hilfe zu erbitten.

Wie ein Band lag die Straße vor ihr, schnurgerade und gleißend im Licht. Gelegentlich wurde sie begleitet von Bewässerungsrohren auf Stelzen, von Eukalyptusbäumen, von Palmen. Meistens aber verlief sie zwischen sandfarbenen Hügeln, Steinen und kleinen Sanddünen.

Doro kontrollierte Karte und Kilometerzähler. Bald musste sie die Tankstelle erreicht haben, auf die Ibrahim so eindringlich hingewiesen hatte. Der Betreiber sei seriös, er verkaufe reines, ungepanschtes Benzin, in Grenznähe keine Selbstverständlichkeit, hatte er erklärt. Sicherheitshalber solle sie dort volltanken. Der gute Ibrahim, immer in Sorge.

Kurz darauf kam die Tankstelle in Sicht. Doro fuhr den Wagen in den Schatten, übergab dem Tankwart die Schlüssel und betrat die Terrasse. Sie streckte sich und lockerte die Nackenmuskeln, dann wählte sie einen Platz, um den ein Lufthauch strich, und schloss die Augen.

»Erschrecken Sie bitte nicht.«

Doro fuhr hoch. Vor ihr stand der Mann, dessen Verhaftung sie vor zwei Tagen miterlebt hatte! Ein Phantom?

»*Bonjour,* wie geht es Ihnen?« Er lächelte mit nur einem Mundwinkel.

»Aber wieso …? Ich meine …?« Sie verstummte. Er war jünger als gedacht und größer. Unwillkürlich erhob sie sich. Das rohe Vorgehen der Polizei und der folgende Aufruhr waren ihr noch sehr gegenwärtig – und nun stand er hier? Seine dunklen Augen glänzten. Über Stirn und eine Braue verlief eine frische Narbe.

»Wir haben uns kürzlich getroffen, nicht wahr?« Sie musste beinahe den Kopf in den Nacken legen, um ihm ins Gesicht sehen zu können.

Jetzt erreichte das Lächeln auch seine Augen. »Charmant ausgedrückt!«

Fester Händedruck, weiche Stimme, und er sprach Französisch wie seine Muttersprache. Eine beunruhigende Ausstrahlung ging von ihm aus. Wie intensiv er sie neulich angesehen hatte, selbst über die Distanz war ihr gewesen, als berühre er sie. Doro wich einen Schritt zurück.

»Hat man Sie wieder freigelassen? Ich befürchtete schon, ich meine … Eigentlich dachte ich …« Verwirrt brach sie ab.

»Sie waren beunruhigt? Meinetwegen? Wie schmeichelhaft.«

»Wären Sie das an meiner Stelle etwa nicht gewesen?«, gab sie zurück.

Seine geteilte Augenbraue zuckte. »Ganz sicher hätte man eine junge Dame wie Sie niemals verhaftet. Doch ich kann Sie beruhigen, auch bei mir handelte es sich eher um eine, sagen wir, Verwechslung. Sie verstehen?«

Doro konnte kaum den Blick von ihm wenden. Sie nickte, obwohl sie nichts verstand.

»Sie kommen aus Deutschland, nicht wahr? Sind Sie zum ersten Mal in Marokko? Übrigens, ich heiße Amir, *enchanté*, Mademoiselle.«

»Und ich bin Dorothea, genannt Doro. Ich arbeite für eine deutsche Hilfsorganisation, die Schulen in abgelegenen

Dörfern unterstützt. Ich besuche sie und bringe ihnen Hefte, Stifte und anderes Material. Hauptsächlich geht es dabei um Mädchen.« Sie redete zu viel.

Sein Blick ruhte auf ihrem Amulett. »Ein schöner Name. Willkommen in Marokko, Doro. Der Wirt hier bereitet eine gute Tajine zu, und sein Fladenbrot schmeckt wie das, das in der Wüste gebacken wird. Kommen Sie, bitte, und essen Sie mit mir.«

Ohne ihre Antwort abzuwarten, rückte er einen Stuhl zurecht, rief den Wirt und bestellte das Essen.

Sie beobachtete ihn. Dunkle Augen, dunkles Haar, dazu scharf geschnittene Züge und eine schmale, leicht gebogene Nase – Abenteurer sahen so aus, oder Piraten. Die Narbe über Stirn und Augenbraue und der lässig um den Hals geschlungene Chêche unterstrichen noch sein verwegenes Aussehen.

Doro meinte, er müsse ihr Herzklopfen hören können. Verwechslung, versehentlich inhaftiert? Seine Handgelenke waren aufgerieben, vermutlich von Handfesseln. Und dann die brutalen Tritte, die auf ihn gerichtete Waffe und besonders die Furcht der Männer im Café, fast mit Händen zu greifen – und das alles wegen einer Verwechslung? Hielt er sie für blöd? Die Stille zwischen ihnen dehnte sich aus. Er strahlte jedoch völlige Gelassenheit aus.

»Gefällt es Ihnen in Marokko?«

Im gleichen Moment platzte sie heraus: »Verwechselt? Wie denn, und mit wem?«

Amir lachte.

Sie hätte sich ohrfeigen können.

»Wollen wir uns nicht lieber an die guten, alten marokkanischen Gesprächsregeln halten? Also, wie gefällt Ihnen Marokko?«

Trotz seines Lächelns fühlte sich Doro gemaßregelt. »Gut,

sehr gut, natürlich«, antwortete sie. »Ein umwerfendes Land, wunderschöne Landschaften, und die Leute sind sehr freundlich zu mir.«

Jetzt war er an der Reihe. »Meine Verhaftung? Ein Fehler der Verwaltung, nehme ich an. Jedenfalls war ich der Falsche, und so kam ich wieder frei.« Er tat, als sei die Angelegenheit nicht der Rede wert.

Bei Ingrid hatte Doro einen Bericht von Amnesty International überflogen, der sich unter anderem mit marokkanischen Gefängnissen befasste. Grauenhaft! Er musste heilfroh sein, dem entgangen zu sein.

Der Wirt brachte das Essen. Sie aßen schweigend. Erst als der Tee serviert wurde, sprach er weiter. »Sicherheitshalber sollte ich aber dennoch für eine Weile verschwinden. Kann ich ein Stück bei dir mitfahren? Ich darf doch du sagen?«

»Nimm keine Fremden im Auto mit, niemals, unter keinen Umständen.« Ingrids Warnung. Sie würde sie in den Wind schlagen. Doro spürte, wie sie errötete.

»Ich fahre Richtung Djebel Bani, genauer nach Aït Arba, und von dort weiter nach Id Sebha, einem winzigen Dörfchen weiter östlich. Wenn das deine Richtung ist?«

Sie sprachen über das Auto, die Route, das Wetter, und Doro entspannte sich.

Erst während der Fahrt und eine gute Stunde später antwortete Amir auf ihre unausgesprochenen Fragen. »Du als Einzige hast gegen meine Verhaftung protestiert. Wer wagt so etwas?, fragte ich mich. Auf den ersten Blick eine x-beliebige junge Frau aus Europa. Auf den zweiten jedoch erkannte ich einen Menschen, der Unrecht nicht ertrug, der dagegen aufbegehrte. Du allein hast widersprochen. Das gab mir Hoffnung. In dunklen Zeiten bewahrt oft nur die Hoffnung den Menschen vor Verzweiflung.«

Unrecht, Hoffnung, Verzweiflung? Große Worte, dachte Doro. Sie wehrte ab. »Jeder könnte Halt, Stopp rufen.«

»Ganz recht. Doch du hast es getan.«

Sie nickte. Wenn sie nur an diesen grässlichen Amnesty-Bericht dachte …

Aus einer der Bodensenken, in denen die Straße vor ihnen regelmäßig zu verschwinden schien, tauchten plötzlich Militärlastwagen auf, ein Konvoi aus Jeeps und geschlossenen Mannschaftswagen in gefleckter Wüstentarnung.

Amir sah die Kolonne ebenfalls.

Ohne ein Wort ließ er sich in den Fußraum vor seinem Sitz gleiten und zog den Chêche über sich. Er hatte kaum genug Platz für seine Beine, doch ein flüchtiger Blick würde dort nur ein Kleiderbündel vermuten.

Amirs blitzartige Reaktion erschreckte Doro. Die wildesten Gedanken schossen ihr durch den Kopf.

Kapitel 7

Wie tot wirkte die Landschaft unter dem Bleigrau des Himmels. Die Farben waren verschwunden, puderfeiner Staub lag in der Luft, und jeden Augenblick könnten Hitze und Wind die Steine zum Kochen bringen, dachte Betty.

Sie schloss die Augen. Hatte sie ihr Gedächtnis verloren? Sie konnte sich an nichts aus der vergangenen Nacht erinnern. Die Fahrer meinten, sie sei im Dunkeln über einen Stein gestolpert, dabei habe sie sich den Knöchel verstaucht und den Kopf angeschlagen. Die Fahrer, der Reiseleiter, die Mitreisenden, alle sagten übereinstimmend, sie habe auf dem Boden vor ihrem Zelt gelegen. Hatte sie austreten wollen? Sie wusste es nicht. Karl-Heinz, der Reiseleiter, gab ihr einen Schnaps, Notfallmedizin genannt. Er brannte und die Luft blieb ihr weg, die Erinnerung kam trotzdem nicht zurück.

Der Fahrer reichte ihr sein langes Tuch. »Befeuchten Sie den Chêche mit Wasser und legen Sie ihn auf Ihren Nacken. Das hilft.«

Betty konnte sich seinen Namen nicht merken, obwohl sie zweimal nachgefragt hatte. Heute Morgen war er in irgendein Dorf gefahren und hatte mit seiner Firma in Agadir telefoniert. Mit dem Ergebnis, dass sie nun gegen ihren Willen zu einer Familie hier in der Gegend verfrachtet wurde. Dort sollte sie sich erholen, während die anderen wie geplant ihre Bergwanderung unternahmen.

»So schnell wie möglich schicken sie jemanden, der Sie nach Agadir zurückbringt, *insha'allah.*«

Dieses ständige insha'allah konnte sie bald nicht mehr hören! »Also gut, aber nur für eine Nacht. Morgen bin ich sicher wieder fit und kann mit euch weiterreisen.«

Hoffentlich, insgeheim hatte sie ihre Zweifel. Wenn nur ihr Kopf nicht so schmerzen würde, vom Knöchel ganz zu schweigen. Was, wenn er doch gebrochen war? Gelenkbrüche waren heikel, als Rotkreuzhelferin wusste sie das nur zu gut. Und was steckte hinter dieser Ohnmacht, von der die Fahrer sprachen? Deutlich konnte sie an der Schläfe eine Beule ertasten. Wie komisch Karl-Heinz geschaut hatte. Er sprach es nicht aus, doch sie war überzeugt, dass er sie für eine Schlafwandlerin hielt. Garantiert bereute er ihre Teilnahme an dieser Reise.

Wenn sie sich nur erinnern könnte! Rabat, Essaouira und die Fahrt hierher, all das wusste sie. Auch die Bilder von unterwegs hatte sie vor Augen, die Berge, die sattgrünen Oasengärten und die Ziegen, die auf Bäume kletterten. Alles Spätere aber war, als habe es nicht stattgefunden. Beklemmend.

Der Wagen rumpelte über Felsbrocken und Steine durch ein ausgetrocknetes Flussbett. Der Fahrer deutete auf die gegenüberliegende Bergflanke. Felsbrocken, Kaktusfeigen und Gestrüpp, darüber Mauern und Häuser. »Das weiße Haus mit den Zinnen ist das Haus des Sheïk, dort finden Sie Ruhe, und wenn er so viel von Medizin versteht, wie man sagt, sind Sie Ihre Schmerzen bald los.«

Sie musste ihrem Unmut Luft machen. »Ich möchte noch einmal betonen: Ihre Firma hat sich da etwas Verrücktes einfallen lassen! Nehmen Sie zur Kenntnis, dass es mir ganz und gar nicht recht ist, bei wildfremden Menschen hereinzuplatzen.«

»*Pas de problème, makhel mushkil.* Unangemeldeter Besuch ist bei uns normal.« Der Fahrer lachte.

Betty nickte müde. Insha'allah, wie Gott will, und *makhel mushkil,* kein Problem, Phrasen, die sie vom ersten Tag der Reise an begleiteten. Zuerst hatte sie sie entzückend gefunden, etwas kindlich vielleicht, aber doch liebenswert. Und nun? Niemand tauchte irgendwo uneingeladen auf, das konnte man ihr nicht erzählen. Außerdem passte es ihr nicht, wie ein Baby herumgeschoben zu werden.

An einem mit Feldsteinen ummauerten Brunnen füllten Kinder Wasser in Plastikkanister. Der Fahrer fragte etwas, die Kleinen deuteten auf eine kaum erkennbare Piste zwischen Felsblöcken, und der Wagen ruckelte weiter.

Sofort veranstalteten die Kinder ein Wettrennen mit dem Auto und streckten ihre Hände ins Wageninnere. »*Madame, Madame, donnez-moi bonbons, donnez-moi stylo, donnez-moi ...!* Bonbons, Kugelschreiber, Madame, geben Sie, geben Sie!« Furchtbar. Wo immer sie bisher Halt gemacht hatten, waren sie von bettelnden Kindern umringt gewesen! Diese Jungen und Mädchen rannten außerdem neben dem Geländewagen und feuerten den Fahrer zu höherer Geschwindigkeit an. Wenn nun eines unter die Räder geriet?

Schließlich gab es nur noch Stufen im Fels, die ins Dorf führten. Eng stehende Häuser aus Feldsteinen auf der einen Seite, auf der anderen ging es steil abwärts. Angstvoll schätzte Betty die Wegstrecke ab, dann begann sie mit Hilfe des Fahrers und eines der Jungen den Aufstieg.

Die magere Schulter des Kindes bot nur wenig Halt. Von irgendwoher erklangen Stimmen von Frauen. Die Menschen konnte sie nicht sehen, und doch war ihr, als verfolgten unsichtbare Augen ihren Weg. Nur Kinder standen am Rand der Treppen und beobachteten, wie sie sich nach oben quälte. Schrecklich, diese Gafferei.

Am höchsten Punkt des Weges erwartete sie ein alter Mann im offenen Tor seines Hauses. »*Bonjour,* Madame, herzlich willkommen.«

Zum Sprechen fehlte Betty der Atem.

»Mein Name ist Idriss, ich bin Sheïk und Imam dieses Dorfs. Die Menschen hier nennen mich *Sîdi* Idriss. Treten Sie ein, mein Haus ist Ihr Haus.«

Klare Augen in einem Gesicht voller Falten blickten sie an, dann rief er einige Sätze ins Haus. Als hätten sie nur darauf gewartet, rannten zwei junge Frauen herbei. Sie griffen Betty unter die Achseln, halfen ihr über die hohe Schwelle und geleiteten sie in einen schattigen Hof.

Betty ließ sich auf ein Polster sinken. Endlich konnte sie das Bein entlasten und zu Atem kommen.

Kinder zwängten sich in einem Durchgang. Vorne drängelten Jungen, dahinter reckten sich die Mädchen, einige mit Kleinkindern auf dem Rücken. Stumm starrten sie herüber. Mit einer Handbewegung schickte der Alte sie fort.

»Die Kinder stören mich nicht«, behauptete Betty. Sie erkannte ihre spröde Stimme kaum wieder. Zudem hatte sie Mühe, die richtigen Worte zu finden, trotz ihrer vier Semester Französisch an der Volkshochschule.

Der Alte reichte ihr ein Glas Wasser. »Kinder können lästiger sein als Fliegen«, sagte er. »Und dennoch sind sie unsere Freude und unsere Zukunft. Allah möge sie behüten.«

Er betrachtete Betty, und was er sah, schien ihm zu gefallen. Betty senkte den Blick. Sie achtete auf ihr Äußeres und war normalerweise gepflegt und wohlfrisiert. Gegenwärtig allerdings klebten ihre verschwitzten grauen Locken am Kopf, ihre Hose war fleckig, und dann noch die Beule – sie ahnte, wie ramponiert sie aussah.

Das Gesicht des alten Sheïk war tief gefurcht. Mit dem sorgfältig gewickelten Tuch auf dem Kopf, dem strahlend weißen Gewand und dem gepflegten Kinnbart strahlte er Würde aus. Sein Französisch kam ihr geschliffen vor, und nach der Ausstattung seines Hauses zu urteilen schien er wohlhabend zu sein.

»Ihr Fahrer berichtete, Sie seien bei Dunkelheit gestürzt?«

Betty deutete auf ihr Fußgelenk. »Ich kann nicht auftreten. Meine Reisegruppe, die Wanderung – es geht nicht.«

Der Sheïk betrachtete die geschwollene Stelle, ohne sie zu berühren. »Cadijah, Halima, *yallah*.« Er rief die jungen Frauen herbei und erteilte ihnen in seiner Sprache verschiedene Aufträge.

Betty fühlte sich ausgeschlossen. Welche medizinischen Kenntnisse konnte dieser alte Berber schon haben? Warum bloß hatte sie nicht energischer darauf bestanden, zu einem richtigen Arzt gebracht zu werden?

Halima, die ältere der beiden Frauen, griff nach ihrem Fuß. Betty zuckte zurück.

Sîdi Idriss beruhigte: »Wir müssen herausfinden, ob etwas gebrochen ist.«

»Und wie?«

»Indem wir das Gelenk bewegen.«

Falsch war das nicht. Widerstrebend streckte Betty ihr Bein aus. Behutsam streifte Halima den Schuh ab, legte ihre Handmulde unter die Ferse und beugte und drehte vorsichtig den Fuß. Der Alte beobachtete Bettys Gesicht.

Ja, es tat weh, aber Knochen waren nicht gebrochen, daran bestand kein Zweifel.

Sîdi Idriss nickte. »Allah sei Dank, nur eine Verstauchung. Ich bereite einen Kräuterumschlag vor. Außerdem braucht Ihr Bein Ruhe, dann wird alles gut, insha'allah.« Er erhob sich, schritt über den Hof und verschwand.

Halima wickelte feuchte Tücher um Bettys Fuß und lagerte ihn auf einem Kissen. Der Fahrer brachte ihren Rucksack und die Reisetasche, wünschte ihr alles Gute und verließ sie.

Betty schluckte. Offenbar hatte sie Glück im Unglück gehabt.

Cadijah servierte einen Imbiss aus Oliven und Brot und stellte einen Krug mit Wasser in ihre Reichweite, dann war sie allein. Das Essen rührte Betty nicht an, dem Wasser konnte sie jedoch nicht widerstehen. Wie oft hatte Karl-Heinz davor gewarnt, so etwas zu trinken? Immerhin schwammen ein paar Minzeblättchen obenauf …

Sie schaute sich um. Von außen wirkten marokkanische Häuser wie Wehrburgen. Zu ihrer Überraschung besaß dieses hier im Inneren einen zweistöckigen Innenhof mit Arkaden und Treppe, über die man die Zwischenstockwerke und Zimmer erreichen konnte. Filigrane geometrische Mosaike, bemalte Holzsäulen und geschnitzte Geländer, dazu Blumen in Töpfen und in der Mitte des Hofs ein achteckiges Wasserbassin – fremd, aber recht hübsch, außerdem sauber.

Für diese eine Nacht ging das, beschloss Betty. Morgen brachte man sie ohnehin nach Agadir, wo es richtige Ärzte gab. Dort würde sie versorgt werden und in Ruhe nachdenken können, was letzte Nacht geschehen sein könnte. Und ihre Pläne? Die konnte sie vermutlich abschreiben.

Halima und Cadijah geleiteten sie zur Toilette – ein Loch im Boden! –, dann brachten sie sie in ein halbdunkles Zimmer. Dort bereiteten sie ihr ein Lager, legten einen Kräuterumschlag um den Knöchel und reichten ihr Wasser und Tücher, um ihre Beule zu kühlen. Schaden konnte das alles nicht.

Kapitel 8

Amir zog die Knie an. Vom Fußraum aus beobachtete er Doro. Blonde Locken, helle Hose, T-Shirt und Jeanshemd. Jung, hübsch, auf der Suche nach Abenteuer, eine Touristin wie viele andere. So hatte Ibrahim sie angekündigt, und so hatte auch er zunächst gedacht. Andererseits: Hatte sie nicht als Einzige gegen seine Verhaftung protestiert?

Wie kam sie zu diesem Amulett? Er konnte kaum seinen Blick davon lösen. Nazar sherifa – und ausgerechnet das Original? Sollte Ibrahim damit richtigliegen?

Gesehen hatte er das von Mythen umrankte Stück bis jetzt nie, doch seine Mutter hatte ihm die Gravuren und den Augenstein oft genug beschrieben. Dieses Stück trug in der Mitte jedenfalls einen nebelblauen Rauchtopas mit hellen Einschlüssen, von denen seine Mutter gesprochen hatte, und auch die eingravierten neunundneunzig Namen Allahs waren eindeutig. *Allah al husna,* Gottes schöne Namen. Wer sie aufzählte, ging ins Paradies ein, hieß es. Den hundertsten Namen kannte nur Gott selbst. Und doch, so war es überliefert, trug Nazar sherifa auf der Rückseite einen weiteren Namen. Nicht Allahs hundertsten, sondern den des Silberschmieds. An unauffälliger Stelle habe er sich selbst verewigt, wusste seine Mutter. Er würde Doro bitten, das Amulett genauer anschauen zu dürfen.

Sie war erst seit Kurzem im Land, hielt nicht viel vom Strandleben, unterstützte lieber ihre alte Lehrerin, hatte Ibrahim weiter berichtet. Ahnte oder wusste sie etwas über den Inhalt der Kisten? Ibrahim schwor, sie habe keine Ahnung, andererseits gehörte er zu Mahmuds Leuten. Wie auch immer, Ibrahim hatte recht, eine bessere Tarnung als diese junge Frau konnte man sich nicht wünschen. Jeder Kontrolleur würde sich viel lieber mit ihr unterhalten, als die Ladung zu untersuchen.

Lehrerin sei sie, hatte Ibrahim berichtet, zum ersten Mal und nur für einige Wochen im Land. Sie fuhr zügig und versuchte, sich von der Militärkolonne nicht beunruhigen zu lassen.

Ihr Amulett ließ ihm keine Ruhe. Wie es wohl in ihren Besitz gekommen war?

Einst hatte Nazar sherifa seiner Familie gehört, seit vielen Jahren war es jedoch verschollen. Für ihn hatte seine Mutter eine Nachbildung anfertigen lassen, mit einem schwarzen Himmelsstein anstelle des gesprenkelten Rauchtopas. Er trug es in einem Ledersäckchen auf der Haut.

Inzwischen waren außerdem jede Menge einfacher Kopien von Nazar sherifa in Umlauf. Sie dienten irregulären jungen Kämpfern, die unter dem Dach der sahraouischen Armee einen geheimen Bund bildeten, als Erkennungszeichen.

Doro drosselte das Tempo.

Amir hob den Kopf. »Sind sie weg?«

»Leider nicht. Aber hier kommen Schlaglöcher und Sandwehen.« Gleich darauf gab sie wieder Gas.

Fast tat sie ihm leid. Weder Mahmud noch Ibrahim würden ihr die Wahrheit gesagt haben, doch Nichtwissen schützte nicht. Nicht mit ihm als Beifahrer, und schon gar nicht mit diesen Kisten im Wagen.

Für einen Moment trafen sich ihre Blicke, und er lächelte ihr zu.

»Europäische Touristen sind unverdächtig«, hatte Mahmud gemeint und die Aufteilung der Ladung angeordnet. Eine Hälfte verbarg sich in diesem Wagen, die andere zwischen dem Gepäck einer ausländischen Wandergruppe.

Sie waren willkommen im Land, die Urlauber aus aller Welt. Ihretwegen, beziehungsweise ihrer Devisen wegen, wurden prächtige Hotelanlagen geschaffen und Arbeitskräfte nach westlichem Standard ausgebildet. Sie sicherten Marokkos Status als international verlässlicher Wirtschaftspartner.

Ausländer wurden zudem selten besonders gründlich kontrolliert. Außerdem würde es sich die Geheimpolizei zweimal überlegen, sie in irgendwelchen Kerkern verschwinden zu lassen, hatte Mahmud dargelegt. Für die Presse in den Heimatländern der Touristen wäre das ein gefundenes Fressen, mit verheerenden Folgen für Investoren und Unternehmen. Die Waffen aber wären dennoch im Land.

Hatte er in Tripolis oder in Moskau gelernt, so raffiniert zu denken? Viele sozialistische Bruderstaaten hatten sahraouische Vertragsarbeiter zu sich eingeladen. Von Kuba bis Russland wurden sie in der Landwirtschaft, in Fabriken und Kombinaten eingesetzt und zugleich erstklassig ausgebildet für den Freiheitskampf. Mahmud war ein hervorragendes Beispiel für die Effektivität dieser Schulungen.

Wenn Amir dagegen an seine Zeit in London dachte, an die Vorlesungen, die Exkursionen und Diskussionsrunden, an denen er teilgenommen hatte. London, England, dieses gesegnete grüne Land! Ein Leben in Sicherheit und Freiheit, ein Jahr des Lernens und der Gespräche, ein Jahr, in dem er die großen Denker kennengelernt, in dem er Unterstützung erfahren, Kontakte geknüpft und eine neue Sicht auf die Welt bekommen hatte.

Mahmud und er entstammten dem gleichen Großclan und waren über Ecken verwandt. Doch obwohl sich alle Männer der A hel es Sahel als Brüder empfanden, insbesondere die desselben Stamms, sah Mahmud ihn, Amir, den angeblich Privilegierten, schon immer als Konkurrenz an. Seit ihrer Rückkehr aus dem Ausland hatte sich das noch verschärft.

Er hatte dem nichts entgegengesetzt, im Gegenteil, letzten Endes hatte er sich sogar auf Mahmuds Manipulationen eingelassen. Und nun? Zusätzlich zu den Waffen, die sich bereits im Land befanden, kamen noch diese zweihundert Kalaschnikows hinzu. Für die Frente Polisario ein Erfolg, der auch Mahmuds Ansehen weiter steigern würde. Dagegen kam jemand wie er, Amir, der sich für Verhandlungen einsetzte, nicht an. Er musste auf junge Kämpfer blutleer wirken.

Dennoch würde er in Zukunft nicht mehr für die Polisario arbeiten, das stand fest. Sobald diese Kisten ihren Bestimmungsort erreicht hatten, würde er nach Marrakesch gehen und sich dort für die Bildung einer Wirtschaftsunion des gesamten Maghreb einsetzen.

Natürlich mussten sich die Sahraouis gegen Unrecht zur Wehr setzen, aber doch nicht wie zu Vorväterzeiten mit dem Schwert! Hatten sie nicht das Völkerrecht auf ihrer Seite, ebenso die UN und andere internationale Organisationen, sogar den Internationalen Gerichtshof in Den Haag?

Er verabscheute Gewalt. Vater, Onkel und Bruder waren tot, wie die meisten Männer seiner Familie. Amir vermisste sie schmerzlich. Genau wie all die anderen hatten auch sie für die Freiheit gekämpft, hatten ihr eigenes und das Blut der anderen vergossen. Jeder Kampf, jedes Gefecht hinterließ Wunden auf beiden Seiten. Gab es überhaupt unschuldige Opfer in diesem oder in einem anderen Kampf?

Mit solchen Fragen brauchte man der Polisario jedoch gar nicht erst zu kommen. Erst letztens hatte Mahmud unter lautem Jubel seiner Anhänger von künftigen Sabotageakten gesprochen, von wendigen Trupps, die wie aus dem Nichts auftauchten und Arsenale ausraubten, die Polizeiposten überfielen und Waffenlager in die Luft jagten, und dergleichen mehr. Nur Aktionen wie diese machten den unbedingten Freiheitswillen des sahraouischen Volks deutlich.

Amir hatte dagegengehalten, dass derartige »Heldentaten« allenfalls die eigenen geschundenen Seelen belebten, aber nicht zur Stärkung ihrer Position beitrugen.

Ein Wort hatte das andere gegeben …

Schließlich wurde unter dem Jubel von Mahmuds Männern die Ausweitung der Partisanenkämpfe ebenso beschlossen wie der Einsatz westlicher Touristen für Waffentransporte. Solange die Lieferungen überwacht würden, seien Urlauber eine hervorragende Tarnung. Und wer, hatte Mahmud gefragt, sei für die Überwachung besser geeignet als Amir, ein Mann mit tiefem Verständnis für die westliche Lebensart?

Um einen Eklat zu vermeiden, hatte Amir auf weitere Diskussionen verzichtet. Jedenfalls endete seine Aufgabe demnächst in Aït Arba. Es war geplant, sämtliche Waffen, auch die aus den Autos der Wandergruppe, noch in der Nacht von dort aus über die Grenze nach Algerien in Sicherheit zu schaffen. Diesen Weitertransport übernahmen jedoch Mahmuds Männer, während er endlich nach Marrakesch aufbrechen konnte.

Amir beobachtete Doro. Sie konzentrierte sich ganz und gar auf das Fahren. Offenbar steckte in ihr eine gehörige Portion Mut. Schade, dass er sie nicht unter günstigeren Umständen getroffen hatte.

Kapitel 9

Die Militärkolonne verschwand aus dem Rückspiegel. Doro stieß einen Seufzer aus. »Okay, jetzt sind sie weg!«

Amir rutschte zurück auf den Beifahrersitz. Als sei nichts Ungewöhnliches vorgefallen, schälte er eine Orange, teilte sie und gab Doro während des Fahrens einzelne Schnitze.

Er hatte kräftige, etwas schwielige Hände, und oberhalb seines aufgeschürften Handgelenks trug er eine der angesagten Schweizer Kunststoffuhren in Blau.

»Dein Amulett gleicht einem berühmten Stück aus der Sahara.« Amir deutete auf Doros Anhänger. »Hast du es in Agadir gekauft?«

Sie schüttelte den Kopf. »Ein Erbstück.« Warum sagte sie so etwas? Sie wusste nicht das Geringste über den Anhänger. Dass er aus Mutters Kiste stamme, machte daraus noch lange kein Familienerbstück. Sie fühlte Blut in ihre Wangen steigen.

Amir schwieg.

Sein Auftreten, das kühne Profil mit der Narbe, die Spuren an den Handgelenken – immer wieder sah sie unauffällig hinüber.

»Wie war es im Gefängnis?«, fragte sie.

»*Kif kif*, nicht gut, nicht schlecht. Ich war in einem Zeltlager in den Dünen. Dort hatte ich den Wind, die Sterne und außerdem die Unterstützung von einflussreichen Freunden. Nach einer Nacht war ich jedenfalls wieder frei.« Um seine Augen hatten sich feine Fältchen gebildet, er grinste.

»Demnach war es also doch keine Verwechslung. Bist du durch Bestechung rausgekommen oder durch Flucht?«

»Flucht? Das war nicht notwendig, aber Bestechung ist ein zu hartes Wort. Sagen wir, die Angelegenheit wurde beschleunigt.« Er reichte ihr ein Orangenstück. »Ein Freund kennt einen, der jemanden kennt, der ihm verpflichtet ist, und – Voilà. *C'est l'Afrique, c'est le Maroc,* makhel mushkil.« Der letzte Schnitz verschwand in seinem Mund.

»Und natürlich hat jemand wie du viele solcher ›Freunde‹.« Doro versuchte, ironisch zu klingen.

»Jeder Mensch braucht Schutz, das weißt du, sonst würdest du nicht dieses Amulett tragen. Außerdem aber braucht man natürlich auch Glück. Nimm mich als Beispiel: Ich bin frei, sitze in einem zuverlässigen Auto an der Seite einer mutigen Frau und fahre ohne Kontrollen oder sonstige Belästigungen durchs Land. Nennst du das etwa nicht Glück?« Er zwinkerte.

»Dass ich zufällig vorbeikam?«, lachte sie.

»Zufall?« Amir schüttelte den Kopf. Ibrahim hatte diese Fahrt organisiert, doch das würde er natürlich nicht verraten. »Du warst zur Stelle, als ich eine Mitfahrgelegenheit brauchte, fährst noch dazu in meine Richtung – ich nenne das Glück, vielleicht Allahs Wille, vielleicht sogar Schicksal. Wer das akzeptiert, für den wird auch das Schwierige einfach.«

Kam jetzt eine Predigt über Vorsehung und Bestimmung? Darauf konnte sie verzichten. Doro sah strikt geradeaus. »Wenn du meinst.«

Amir legte seine Hand auf ihre, die das Lenkrad umfasste. »Alles hat seine Bedeutung. Auch du bist keineswegs ohne Grund hier.«

Wie zufällig strichen seine Finger hinauf zum Ellenbogen. Die Härchen auf Doros Arm richteten sich auf.

Amir räusperte sich. »Aber ich gebe zu, ich ahnte nicht … Ich meine …«

Flirtete er? Doro errötete. »Was?«

»… dass es SO sein würde.«

Plötzlich saß ihr ein Lachen in der Kehle.

Die nächste halbe Stunde fragte Amir sie über Deutschland aus. Er schien an allem interessiert zu sein, und so erzählte sie von ihrem Studium, den Schulpraktika und von ihrem Alltag, und sie lachte viel dabei. Sogar Mutters Tod und ihre Zukunftsängste deutete sie an, schließlich aber verstummte sie.

»Danke für dein Vertrauen«, sagte Amir. »Wir sprechen selten über uns, über unsere Hoffnungen und Pläne. Es könnte ein böser Wind kommen, der die Worte verweht und die Träume gleich mit.« Er lächelte.

»Über dich sprichst du also nicht gerne?«

»Nur, wenn mir nichts Besseres einfällt.«

Abgeschmettert. Doch so schnell gab sie nicht auf. »Ich wüsste trotzdem gern, wo du zu Hause bist und was du arbeitest.«

»Ich lebe und bin gesund, mehr gibt es dazu nicht zu sagen.« Das saß wie eine Ohrfeige.

Gleich darauf aber, als täte es ihm leid, setzte Amir hinzu: »Es existieren viele Welten nebeneinander, und nur selten geschieht es, dass man die Welt eines anderen wirklich versteht. Der Oasenbauer, der durch seine Gärten am Tag und in der Nacht das Wasser rauschen hört – wird er den Kamelhirten verstehen, der nur dort seine Lungen weiten kann, wo es kaum Wasser gibt, ihn aber kein Horizont beengt? Oder wird der Hirte inmitten wandernder Sanddünen den Mann aus den Bergen verstehen, dessen ganze Freude der Zedernbaum ist, dieses Symbol von Beständigkeit und Unbeugsamkeit?«

Amir wollte gut Wetter machen, und welch wundervolle Bilder er dafür verwendete, dennoch wich er ihr aus. Mal schien er sie ernst zu nehmen, dann wieder gab er ihr das Gefühl, naiv zu sein. Das ärgerte sie. Auch der Wind, der aus der Weite heranfegte und in glühenden Böen gegen das Auto anrannte, machte ihr zu schaffen. Doro antwortete nicht, umfasste lediglich das Lenkrad fester.

Amir sah aus dem Fenster, anscheinend mit seinen Gedanken beschäftigt. Viel gab es nicht zu sehen. Sand, einzelne Kamele, ein Nomadenlager in der Ferne und gelegentlich ein struppiger Arganienbaum, ansonsten nur Leere. Hin und wieder tasteten sich Staubschleier über den Asphalt, und über der ausgeglühten Landschaft strudelten Sandhosen. Von heißer Luft in die Höhe gesogen, jagten sie übers Land, bis sie irgendwo in sich zusammenfielen. Amir sah ihnen nach. Seit Längerem schon war zwischen ihnen kein Wort mehr gefallen. Unangenehm war das Schweigen jedoch nicht. Was bedeuteten angesichts dieser kargen, weiten Landschaft schon Worte? Doros Unmut verflog.

Die Berge rückten näher. Doro fuhr an den Straßenrand. Ein Blick auf die Karte sagte ihr, dass in Kürze die Piste nach Aït Arba kommen musste. »Bald haben wir es geschafft.«

Amir räusperte sich. Eine Falte stand zwischen seinen Augenbrauen. Er deutete auf ihr Amulett. »Ein Familienerbstück, sagtest du vorhin. Verzeih, aber ich glaube, du irrst dich. Diese spezielle Hand der Fatima wurde jedenfalls von einem sahraouischen Silberschmied erschaffen. Erzählte man dir nichts darüber, dass er ursprünglich aus der Wüste stammt?«

Schon wieder ihr Anhänger? Wie sollte sie erklären, wie

sie an ihn gekommen war? Dazu müsste sie allzu weit ausholen. Doro schüttelte den Kopf.

Amir deutete auf das Band der Straße, das sich in der Ferne in Hitzewabern aufzulösen schien. »Von der Wüste sagt man, Allah habe sie als seinen Garten geschaffen, um darin ungestört lustwandeln zu können, einen Garten der Steine, der Winde, der Wolken und natürlich des Sandes. Steine, Sand, die heiße Sonne und kein Wasser. Hier der Ozean, dort die unendliche Sahara: Das ist die Heimat dieser Schmiede und ebenso die meine. Ich bin Sahraoui, genauer, ein A hel es Sahel, was so viel heißt wie Volk der Küste oder des Ufers. Aber überall bezeichnet man uns als das Volk der Wolken. Angeblich halten wir immer nach Regenwolken Ausschau.« Er lächelte. »Was man so redet.« Gleich darauf wurde er wieder ernst.

»Wer in der Wüste überleben will, muss ihre Zeichen lesen können. Die Sahara lehrt uns, wie bedeutungslos der Mensch ist, und um in und mit ihr zu leben, braucht man ebenso viel Bescheidenheit wie Ausdauer und Mut.«

Er sammelte sich. »Das klingt fremd für dich, nicht wahr? Ich weiß, dass es so ist, spätestens seit meinem Jahr in London. Wie viele Missverständnisse ich dort erlebt habe, aber auch wie viel Unterstützung. Ich war zum Studium dort, und ich habe es geliebt. Was für eine Stadt, was für ein Land! Ich nehme an, in Deutschland ist das Land ähnlich grün?«

»In London?«

»Es war eine großartige Zeit. Manchmal sehne ich mich dorthin zurück und weiß doch, ich könnte nirgendwo anders leben als hier. Für mich ist die Sahara voller Erinnerungen und Hoffnungen, sie ist in mir, in meinem Blut und meinem Herzen. Weißt du, dass man uns diese Heimat genommen hat?«

Doro verneinte.

»Eines Tages marschierten Marokkaner ein, zu Zehntausenden kamen Fischer, Bauern, kleine Beamte und Soldaten in Zivil – alle mit dem Buch des Glaubens, dem *Quran* in der Hand. Sie schworen, Allah selbst habe ihnen diesen Weg gewiesen. Innerhalb weniger Tage überrannten sie uns. Das Militär folgte ihnen und vertrieb uns aus unseren Dörfern. Das angestammte Volk sind jedoch wir, die A hel es Sahel, die Sahraouis, und eines Tages werden wir dorthin zurückkehren. Daran glaube ich, und dafür lebe ich. Allah gab mir ein mutiges Herz, im richtigen Moment wird er mir auch die nötige Kraft geben.«

Doro schwieg erschrocken. Zuerst London und Vertreibung, dann das Volk der Wolken und sein mutiges Herz, und das alles in einem einzigen Wortschwall?

»Das tut mir sehr leid für dich.« Im gleichen Moment ärgerte sie sich über ihre Zurückhaltung, über ihre Hemmung, ähnlich freimütig von sich zu erzählen. Wie oft ihr das schon passiert war! Jemand sagte etwas Persönliches, und sie reagierte mit Floskeln darauf, auch hier wieder.

Die Stimmung kippte. Amirs Gesicht, das eben noch zu leuchten schien, verschloss sich.

»Wieso bist du sicher, dass mein Amulett von Handwerkern aus der Sahara hergestellt wurde?«

»Ich weiß es«, antwortete Amir. Er deutete voraus. »Die Abzweigung.«

Doro verließ die Asphaltstraße. Ab jetzt musste sie langsam fahren.

»Meinst du, ich könnte sie einmal besuchen, diese Schmiede? Eine Reise durch die Sahara wäre mein Traum.«

Noch während sie sprach, wusste Doro, dass sie mit solch oberflächlichem Geplapper das Gefühl von Nähe endgültig abtötete. Mit hochroten Wangen verstummte sie.

Zum Glück forderte die ausgefahrene Sandpiste ihre volle

Aufmerksamkeit. Sie bestand aus Sandwehen und Steinbrocken und aus tief gefrästen Rillen, in die sie keinesfalls mit den Reifen hineingeraten durfte.

Aus dem Augenwinkel sah sie, dass Amir die Umgebung beobachtete. Nach einer Weile löste er ihre Hand vom Lenkrad und küsste sie flüchtig. »Du wirst sie sehen, die Wüste. Doch nun muss ich aussteigen.«

»Aber hier ist doch nichts.« Ein Wüstentrip war ihr im Moment herzlich egal. Er aber sollte nicht gehen, nicht, bevor sie ihren Fauxpas gutgemacht hatte.

Ihm war es allerdings ernst.

Doro stoppte, der Motor schwieg.

Zur Linken Berghänge, rechts ein ausgetrocknetes Flussbett und jenseits davon eine verstaubte Akazie. Ein öder Fleck im Nirgendwo. Sie versuchte es noch einmal. »Bis Aït Arba sind es nur noch wenige Kilometer.«

Amir aber war bereits ausgestiegen. Er deutete auf die verplombten Kisten im Kofferraum. »Gastgeschenke?«, fragte er, während er nach seiner Tasche griff.

Doro schüttelte den Kopf. »Für den Schmied von Aït Arba.«

Amir kontrollierte, ob nichts aus dem Wagen gefallen war, und schloss die Hecktür mit lautem Knall, der die Stille durchbrach.

»Ich bitte dich, sei vorsichtig mit Worten.« Amir sah ernst aus.

Doro verstand sofort. »Ich kenne dich nicht, bin dir nie begegnet, meinst du das? Kein Problem.«

Ihr lag etwas anderes auf der Seele. Ihre Wangen brannten. Wie nur sollte sie es formulieren? Wäre sie doch nur nicht so schrecklich ungeübt im Fragenstellen! Sie fasste sich ein Herz. »Du sagtest, ich würde die Wüste sehen – heißt das, wir begegnen uns wieder?«

»Ich werde sie dir zeigen.« Amir griff nach ihrer Hand, drehte sie um und presste seine Lippen in ihre offene Handfläche. Doro spürte seinen Atem, die Kraft seiner Finger, seine Lippen …

»Versprochen«, sagte Amir und legte die rechte Hand aufs Herz. Dann warf er seine Tasche über die Schulter, kletterte ins Flussbett hinunter und auf der anderen Seite wieder hinauf. Einmal winkte er noch kurz, bevor er zwischen Felsen und staubigen Büschen verschwand.

Der Motor knackte beim Abkühlen.

War sein Versprechen eine freundliche Lüge oder würde er tatsächlich mit ihr in die Wüste fahren? Würde sie ihn wiedersehen? Doro hob die offene Handfläche und legte ihre Lippen auf die Stelle, die er geküsst hatte.

So kannte sie sich gar nicht, so flatterig und mit zitternden Knien.

Jahrelang hatte sie sich Männern überlegen gefühlt, keine ihrer Beziehungen hatte sie wirklich im Kern berührt. Stets war ihr bewusst gewesen, dass unter dem aktuellen Verliebtsein noch etwas wartete, ein innigeres Empfinden, das tief in ihr schlummerte. Bis dorthin vorgedrungen war sie allerdings nie …

»Verlier niemals deine Urteilskraft wegen eines Mannes«, hatte Mutter gesagt, als sie sich mit fünfzehn wegen eines Jungen, in den sie sich Hals über Kopf verliebt hatte, die Haare stoppelkurz schneiden ließ. Drei Wochen später war die Geschichte zu Ende gewesen, das Nachwachsen der Haare aber hatte sehr viel länger gebraucht. Für Amir würde sie sich den Kopf rasieren lassen!

Ingrid fiel ihr ein, und ihre beiläufige Frage, ob sie sich vorstellen könne, ein paar weitere Wochen im Land zu bleiben. Von einem verlängerten Visum hatte sie gesprochen, und davon, dass Doro sie doch eine Weile unterstützen könnte, als Vertretung, vielleicht für ein Vierteljahr oder sogar ein wenig länger. Plötzlich wirkte diese Idee nicht mehr komplett unmöglich.

Doro lächelte. Etwas in ihr veränderte sich gerade, das spürte sie.

Kapitel 10

Betty fühlte sich erschöpft und hellwach zugleich. Warum wollte ihr nichts über die vergangene Nacht einfallen? So sehr sie sich auch bemühte, ihre Erinnerung setzte erst an dem Punkt ein, als sie vor ihrem Zelt lag und die Leute durcheinanderredeten.

Gebrochen war zum Glück nichts, dennoch konnte sie ihre Pläne vergessen. Zuerst Königsstädte und Bergtour und auf dem Rückweg die Spurensuche, so hatte sie es geplant. Daraus wurde nun nichts.

Die anderen würden ohne sie die Bergtouren und Besichtigungen unternehmen, und sie konnte im Hotel in Agadir auf den Rückflug warten. Diese Reise war eben doch eine hirnverbrannte Idee gewesen, von Anfang an.

Sie tastete im Rucksack nach den Tropfen. Gernots Notizen kamen ihr zwischen die Finger. Ihretwegen war sie hierhergekommen. Etwas musste damals in diesem Kriegsgefangenenlager mit dem unaussprechlichen Namen geschehen sein. Er hatte nichts erzählt, hatte lediglich von Hitze und Dreck gesprochen, davon, dass sie vor Langeweile fast verrückt geworden waren, da Offiziere nicht arbeiten durften, und dass er nur deshalb mit dem Malen begonnen hatte. Mehr war nicht aus ihm herauszubekommen.

Nach seinem Tod landeten seine Bilder in der Kiste, die sie

dann irgendwann fortgegeben hatte. Heute tat ihr das manchmal leid. Über verschüttete Milch aber klagte man nicht, hatte sie gelernt. Das Leben war ihr ohnehin vieles schuldig geblieben. Die Beerdigung sollte ein Schlussstrich sein, danach, so schwebte ihr vor, würde es eine Art Neuanfang geben. Wenigstens der war gelungen, mit Kirchenchor, Frauenkreis, Volkshochschule und Rotem Kreuz. Vier feste Termine pro Woche, ihre Tage waren ausgefüllt. Das Vergessen käme mit der Zeit von allein; so redete alle Welt, und so hatte sie ebenfalls gedacht.

Erst lange nach Gernots Tod hatte sie diese Heftseiten mit blasslila Lineatur entdeckt. Geheftete Notizblätter, eng beschrieben. Gelesen hatte sie nur wenige Passagen, den Rest flüchtig durchgeblättert. Und doch war sie hier.

Gernot war als Schweiger aus der Gefangenschaft zurückgekommen. Was konnte dem fröhlichen jungen Burschen widerfahren sein, in den sie sich einst verliebt hatte? Der Krieg? Mein Gott, jeder hatte viel durchgemacht und sein Päckchen zu tragen. Jeder, auch sie. Manchmal allerdings kamen schlimme Dinge wieder hoch, und je älter sie wurde, umso häufiger tauchten Erinnerungsfetzen auf. Wenn sie nur an ihren Albtraum dachte! Unregelmäßig, aber viel zu häufig überfiel er sie, kam wie aus dem Nichts, quälte sie und ließ sie wehrlos und schwach zurück … Sie kam nicht dagegen an.

Doch man lebte das Leben, das man hatte. Punkt.

Die Gesprächsrunden des Frauenkreises, bei denen es besonders häufig um die schlimmen Jahre ging, mied sie meistens. Die Frauen erzählten, wie sie es angestellt hatten, in den Ruinen zu überleben, wie sie elektrische Leitungen quer über die Straße von einem Haus zum anderen gezogen, wie sie die Milch für ihre Kinder auf einem umgedrehten Bügeleisen erwärmt und Kohlen oder Kartoffeln organisiert hatten, das Übliche eben. Da waren ihr der Singkreis oder ihre Unterrichtsstunden in Erster Hilfe lieber.

Einmal aber hatte eine der Frauen von ihrer Reise zu dem französischen Kriegsgefangenenlager berichtet, in dem ihr Sohn in den letzten Kriegsmonaten an der Ruhr gestorben war. Erst kürzlich hatte sie sich dorthin aufgemacht, siebenunddreißig Jahre nach Kriegsende. Zuerst hatte Betty das als unsinnig empfunden, doch wie die Frau von der Landschaft erzählt hatte, von dem Wind, den Gerüchen und dem hohen Himmel, war anrührend. Konkret hatte sich für die Frau durch diese Reise zwar nichts verändert, aber sie habe sich ihrem Sohn dort näher gefühlt und Ruhe gefunden, hatte sie erzählt.

Ihre Schilderungen hatten in Betty nachgeklungen. Was, hatte sie sich gefragt, wenn sie Gernots Spuren ebenfalls folgte, wenn sie die Orte seiner Gefangenschaft aufsuchte? Die gleichen Landschaften sehen, die Hitze spüren, von der er gesprochen hatte, und den Wind. Ließe sich sein Verstummen dann verstehen? Der Entschluss zu dieser Reise kam ihr vernünftig vor.

Und war doch ein Irrtum, wie sich jetzt zeigte. Nicht nur hatte sie das Lager bisher nicht aufgesucht, inzwischen war es sogar mehr als unwahrscheinlich, dass sie es überhaupt finden oder jemals dorthin gelangen würde. Außerdem war ihr noch etwas anderes, ganz Wesentliches klar geworden: Dieses Land hatte sich seit 1943 verändert. Natürlich, das lag auf der Hand, doch vorher hatte sie das nicht bedacht.

Mit geschlossenen Augen wartete Betty, dass die Tropfen ihre Wirkung entfalteten. Sie lauschte auf die Stimmen im Hof, hörte Sîdi Idriss reden und eine Frauenstimme antworten. Man sprach Französisch, es wurde gelacht.

Ein Kratzen an der Tür. Eine blonde Frau schaute herein. Als sie sah, dass Betty wach war, lächelte sie, stellte ihre

Laterne neben das Lager und trat näher. Sie sah nett aus, jung und mit blauen Augen.

»Guten Abend«, sagte sie auf Deutsch. »Verzeihen Sie, dass ich einfach so bei Ihnen eindringe, aber der Sheïk meinte, ich solle nach Ihnen sehen. Sie hatten einen Unfall? Wie geht es Ihnen? Haben Sie Schmerzen?«

Mitfühlend, freundlich, ein Deutsch ohne Akzent. Betty setzte sich auf.

»Ich bin Dorothea, ich komme aus dem Taunus.« Die junge Frau beugte sich zu Betty hinunter und reichte ihr die Hand. »Ich bin zum ersten Mal in einem traditionellen marokkanischen Haus zu Gast, und Sie?«

Betty schüttelte die Hand. »Für mich ist es ebenfalls eine Premiere. Alles ziemlich fremd hier, nicht wahr? Doch ich muss sagen, der Sheïk und seine Familie sind sehr hilfsbereit. Ich heiße Elisabeth, aber Sie können Betty zu mir sagen.«

Schon wollte sie hinzusetzen: »Angenehm, Sie kennenzulernen«, als ihr Blick auf das Schmuckstück fiel, das der jungen Frau am Hals baumelte. Graviertes Silber, fünffingrig, mit einem Stein in der Mitte ... Der Anblick verschlug ihr die Sprache.

»Gern, wenn Sie mich Doro nennen.«

Bettys Augen hingen an dem Anhänger. Ihre Gedanken überschlugen sich.

Diesen Schmuck kannte sie, nur zu gut sogar, auch wenn sie ihn seit Jahren nicht mehr gesehen hatte! Unmöglich, dachte sie gleichzeitig, es konnte sich nur um eine Kopie handeln. Hierzulande gab es so etwas sicher tausendfach.

Die junge Frau wartete auf Antwort.

Rasch, dachte Betty, etwas sagen, irgendwas, bevor das Schweigen peinlich wurde. Doch nichts wollte ihr einfallen. Sie zog ihre Hand zurück und räusperte sich. »Doro? Abgemacht.«

Erneut musste sie sich räuspern. »Bitte bestellen Sie dem Sheïk, dass ich nichts weiter benötige als Ruhe. Morgen wird man mich nach Agadir zurückbringen, zu einem richtigen Arzt.«

»Kann ich wirklich nichts für Sie tun?«

Betty schüttelte den Kopf.

Es gab nichts, was jemand für sie tun konnte, schon gar nicht diese Dorothea.

2. Teil

Das Volk der Wolken

Kapitel 11

Bilder tauchten auf, Namen, zu denen plötzlich Gesichter gehörten, und Stimmen. Trügerisch echt hallten sie aus verschiedenen Richtungen. Betty kämpfte dagegen an. Diese zahlreichen Echos konnten unmöglich real sein, alles war doch längst vergessen! Warum war ihr dann plötzlich, als sei es erst gestern geschehen?

Das Fahren zwischen Hecken, der Septembertag am Mühlteich, Gernot und sie allein, das kühle Wasser. Sie schwammen, umarmten und küssten sich. Gernots Lippen, überall. »Willst du es denn wirklich?«, fragte er und sah ihr in die Augen. »Ich will ganz bei dir sein«, flüsterte sie nahe an seinem Mund.

Kraniche am Himmel, und von den nahen Birken segelte das Laub über sie hin. Blätter aus Gold, hatte sie damals gedacht. Sie hatte ein bisschen geweint danach und sich etwas wund gefühlt, sonst jedoch unverändert. Irgendwie hatte sie es sich anders vorgestellt, großartiger. Aber das Wichtigste war, dass sie nun wirklich zusammengehörten. »Der Marschbefehl ist da. Wir gehen nach Afrika, morgen schon«, sagte er. Afrika? So weit … »Sobald ich zurückkomme, heiraten wir. Willst du?« »Elisabeth Schlüter klingt viel schöner als Betty Müller«, lachte sie in seinen Armen.

Gernot presste sie an sich, als wolle er sie nie wieder loslassen. »Unsere Hochzeitsreise machen wir nach Rom, dorthin wollte ich schon immer mal. Oder lieber Florenz? Wir könnten Michelangelos Werke besichtigen. Oder wir fahren doch zuerst nach Venedig, schippern mit einer Gondel über den Canal Grande und reisen danach weiter nach Florenz. Ist ja auch egal, es wird auf jeden Fall wunderbar!«

Unwirklich, und zugleich konkret.

Schweißnass schreckte Betty hoch. Es war Nacht, es war ruhig, neben ihr atmeten Halima und Cadijah in friedlichem Schlaf. Dies war Marokko, wo es weder Bilder noch Stimmen von früher gab. Trotzdem fiel ihr das Atmen schwer.

Leise rutschte Betty zum Fußende des Lagers, auf den Boden und zur Tür. Die steile Treppe zur Terrasse lag vor ihr. Ein frischer Hauch wehte von dort. Wie kam sie nach oben? Der Knöchel schmerzte … Kurzerhand setzte sie sich auf eine Stufe und schob sich, den Rucksack auf dem Schoß, treppauf. Oben angekommen kroch sie zur Brüstung. Hier konnte sie sich aufrichten, abstützen und das Bein entlasten, und hier konnte sie atmen. Betty streckte sich, lockerte Schultern und Nacken, spürte, wie der Schweiß auf der Haut trocknete.

Nachtluft und Stille, ein Wassertank am anderen Ende der Terrasse und ein Haufen Steine, mehr gab es hier nicht. Ihre Augen brannten.

Immer noch hallten die Empfindungen von eben in ihr nach. Warum ließen sie die Erinnerungen nicht in Ruhe, warum musste sie ausgerechnet jetzt an Gernot und an seine Zärtlichkeiten denken? Ein Träumer war er gewesen. Damals hatte sie gerade das an ihm geliebt. Doch Träume sind Schäume, hieß es, zu Recht. Plötzlich stand man doch mit leeren Händen da.

Zuerst die Meldung, Gernot sei in Afrika gefallen, dann Bomben, Trümmer und Tote. Die Angst, der Krieg, schließlich verloren, und überall Elend und Hunger. Und Hoffnungslosigkeit.

Bis die Amerikaner gekommen waren. Unbekümmert, jung, stark und lebensfroh – was für ein Sommer! Was für ein ausgelassenes, buntes Fest diese nicht endenden Wochen mit Will und den anderen gewesen waren, mit Picknick, mit Musik und Tanz, mit Nylons und Lachen, mit Zuversicht … Zum ersten Mal hatte sie sich jung gefühlt und schön, begehrenswert. Will wollte sie nicht zurücklassen, wollte sie nach Amerika mitnehmen … Er erhielt keine Genehmigung. Ein weiterer zerplatzter Traum.

Aber Gernots überraschende Heimkehr aus französischer Kriegsgefangenschaft, ihre Hochzeit – waren das etwa keine erfüllten Träume? Jahrelang hatte sie das geglaubt, hatte vor sich selbst behauptet, glücklich zu sein. Nur – warum ließ Gernot sie nicht ein in seine Gedanken? Warum schwieg er, und warum schwieg sie? Warum wurde aus ihnen keine richtige Familie?

Zunächst hatte sie angenommen, es läge an Gernots Vertretertätigkeit, dass sie nicht schwanger wurde, immerhin war er oft wochenlang unterwegs. Dann kamen die Zweifel. Sie wurden lauter, bis sie sie irgendwann nicht mehr hatte überhören können.

Erneut überfielen sie Erinnerungen.

Die Großstadt, der fremde Arzt, sie mit gespreizten Beinen auf dem Stuhl, der Arzt mit dem Rücken zu ihr am Waschbecken. »Gute Frau, was Sie da haben, würde ich eher ein Sieb nennen als einen Uterus. Engelmacherpfusch, ganz typisch.« Er sprach zum Spiegel. Mit beiden Händen hatte sie versucht, ihre Blöße zu bedecken.

Das endgültige Aus. Wie damals krümmte sich Betty. Bis zum Abschied in Bremerhaven hatte Will gehofft, aber die Army hatte jeden seiner Anträge abgelehnt. Als sie die

Schwangerschaft bemerkte, war er längst fort. Sie war gezwungen gewesen zu handeln, und sie hatte gehandelt. Später musste »Frauenleiden« ausreichen.

Natürlich hatte sie Gernot nichts gesagt. Nichts. Kinderlos zu sein war eine Last, auch für Gernot, Geständnisse hätten daran jedoch nichts geändert. Einmal, als Gernot sagte, sie sei hart geworden, hätte sie sich ihm beinahe anvertraut! Doch wie konnte sie von ihrer Angst vor dem Jugendlager erzählen, von Wernigerode im Frühling 1943 und dem Schattenkind? Wie von Will drei Jahre später, nach Kriegsende, und von der verpfuschten Abtreibung? Wie hätte das jemand verstehen können, der zur gleichen Zeit in der Fremde hinter Lagermauern darbte? Außerdem hatte er selbst ebenfalls nicht gesprochen.

Was man nicht ändern kann, darüber soll man schweigen, so hatte es das Leben sie gelehrt. Daran hatte sie sich gehalten. Immer, selbst als sich Jahre später diese Christa mit irgendwelchen Dokumenten in ihr Leben drängen wollte.

Und doch hatte sie ihr Gernots Kiste zugesandt? Aus Mitleid oder weil sie Gernots Sachen los sein wollte? Zweimal hatte ihr das Schattenkind noch geschrieben, wirre, traurige Briefe. Geantwortet hatte sie nicht. Was mochte aus ihr geworden sein? Sie hatte dunkle Haare gehabt und Gernots Augen.

Er fehlte ihr. Allerdings nicht der Gernot, mit dem sie die Ehejahre verbracht hatte, sondern der von vorher. Was hatte ihn verändert? Erst im Lauf der Zeit, eigentlich sogar erst nach seinem Tod, hatte es sie gedrängt, mehr über die Hintergründe zu erfahren. Als die Frau aus dem Gesprächskreis erzählte, wie sie sich ihrem Sohn plötzlich nahe gefühlt habe, hatte sie sich hierher aufgemacht.

Und jetzt? Krank, konfus, einerseits ohne Erinnerung, andererseits bis in den Schlaf von alten Geschichten bedrängt, und als würde das nicht reichen, nun auch noch dieses Mädchen … Ihr silberner Anhänger war ganz sicher eine Kopie, anders konnte es nicht sein!

Betty war es, als hätten sich Magen, Lunge und Herz ineinander verknotet. Sie fühlte sich schwindelig, rang immer wieder um Luft und klammerte sich an die Brüstung, um nicht zu fallen.

Da, ein Geräusch. War sie etwa nicht allein? Betty lauschte. Nichts. Dann ein Schmerzenslaut, halb erstickt. Zugleich flammte ein dünner Lichtstrahl auf.

»*À moi*, ich brauche Hilfe.«

In dem dunklen Winkel hinter dem Steinhaufen rief jemand um Hilfe.

Lautlos huschten Mahmuds Männer an seinem Versteck vorbei. Amir erblickte sie sofort, obwohl sie in ihrer dunklen Kleidung eher Schatten glichen als Menschen.

Mahmud sollte ihm kein Versäumnis vorwerfen können, daher hatte er in der Nähe des Wagens auf ihr Erscheinen gewartet. Doch anstatt die Kisten aus dem Auto zu holen, kümmerten sich die vier um einen Verletzten, der auf dem Rücken eines Esels schwankte. Die Hufe des Esels waren mit Tüchern umwickelt, so machten sie kaum Geräusche. Amir folgte ihnen. Sie schleppten den Mann in ein Haus im Dorf. Es war das des Sheïk, das wie eine Burg in den Nachthimmel ragte. Hinter diesen Mauern übernachtete auch Doro.

Als er sich umsah, waren Esel und Männer verschwunden. Amir huschte abwärts, Schatten, Ecken und Mauervorsprünge nutzend, doch am Auto rührte sich nichts. Von ferne ertönte der Schrei eines Nachtvogels, sonst gab es keinen Laut. Was war mit den Gewehren? Wohin waren die Träger verschwunden, worauf warteten sie? Nächte bargen

Geheimnisse, besonders im Grenzgebiet. Erneut richtete er sich aufs Warten ein.

Von den Dorfbewohnern würde sich vor dem ersten Morgengebet vermutlich keiner zeigen. Aït Arba war beileibe kein Schmugglernest. Wie viele Grenzdörfer hatten seine Bewohner jedoch unter der harten Hand des Makhzen zu leiden, daher unterstützten einige von ihnen die Sache der Sahraouis. Andere dagegen schauten lieber weg.

Das Dorf lag weithin sichtbar auf einer Bergkuppe, dennoch war es über Treppen und Eselspfade nur schwer erreichbar. Die steilen Hänge waren mit dornigem Gestrüpp bewachsen, und trotz einer Kurbelseilbahn für schwere Lasten wurde das meiste auf den Rücken von Eseln und Menschen nach oben geschleppt.

Amirs Augen ruhten auf Doros Wagen am Fuß des steilen Hangs. Fünf Kisten plus Munition, die anderen irgendwo in der Nähe, und alles zusammen demnächst auf dem Weg über die algerische Grenze. So viele Waffen, auf beiden Seiten, und sobald das Flugfeld in Betrieb ging, würde ihre Zahl noch steigen.

Zugleich fehlte es in den Lagern rund um Tindouf am Nötigsten. Der algerische Staat duldete die sahraouischen Flüchtlinge zwar, unterstützte sie sogar mit kostenlosen Wasserlieferungen, doch das löste nicht die Kernfragen.

Und obwohl jeder um das Elend der Heimatlosen wusste, mehrten sich derzeit die Stimmen, die humanitäre Hilfen als wohlfeile Almosen ablehnten. Die westlichen Länder schickten nur deshalb säckeweise Reis und Nudeln, damit die Welt weiterhin mit ruhigem Gewissen schlafen könne, wurde geargwöhnt.

Problematisch, besonders angesichts der zögerlichen Haltung in Moskau. Anstatt das eigene weltpolitische Gewicht in die Waagschale zu werfen, wartete man dort lieber ab.

Jugoslawien, Libyen und Kuba verhielten sich ähnlich, auch sie standen gegenwärtig mehr verbal »brüderlich« an der Seite der sahraouischen Exilregierung. Ohne starke Verbündete aber drohte aus der Republik Sahara ein Spielball gegensätzlicher Interessen zu werden. Sah so die Solidarität der sozialistischen Internationale aus?

Der Polisario hingegen, von der es hieß, sie allein habe den Willen und die Waffen, der Gerechtigkeit zum Sieg zu verhelfen, liefen die jungen Männer in Scharen zu. Menschlich verständlich, dennoch beobachtete Amir diese Entwicklung mit Sorge.

Der Konferenz in Marrakesch sah er allerdings voll Zuversicht entgegen. Dort würde es um praktische Fragen gehen, um Angelegenheiten, die man einer Lösung zuführen konnte.

Amir rieb sich die Stirn. Wenn er so von Verhandlungen und Konferenzen überzeugt war, wieso bewachte er dann hier polisarische Gewehre?

Mahmuds Träger blieben verschwunden, das Dorf, das Haus des Sheïk und die Treppen lagen in tiefem Schweigen. Erneut schlich Amir bergauf.

Betty wich zurück. Sollte sie den Hilferuf nicht besser überhören? Aber sie war Sanitäterin …

Sie schob sich an der Brüstung dem Licht entgegen.

Am Boden lag ein Mann, Kopf und Schultern von einem zweiten gestützt. »Sîdi Idriss! Was ist passiert?«

Betty schaltete die Taschenlampe ein. Ein junger Mann mit schmerzverzerrtem Gesicht, und der Alte, der einen Tuchballen gegen dessen Oberschenkel presste. »Mein Enkel Hassan … Ein Unfall.«

Betty ließ sich ächzend auf die Knie nieder.

»Man fand ihn verletzt in einer Schlucht. Sein Lastwagen … die Bremsen …«

Der junge Mann stöhnte. Sein Hosenbein war aufgerissen. Eine Handbreit über dem Knie klaffte an der Innenseite des Oberschenkels eine tiefe Wunde. Sie blutete, sogar stark.

»Ruhig bleiben, nicht bewegen. Was haben wir denn? Eine stoßweise Blutung? Nein.« Betty überlegte laut. Jeden Schritt kommentieren, das hatte ihr schon bei so manchem Einsatz geholfen. »Demnach dürfte nicht die Arterie betroffen sein. Das sollten wir stoppen können, nicht wahr? Druckverband oder abbinden, was meinen Sie, Sîdi?«

Betty hob den Kopf. Sîdi Idriss antwortete nicht.

Hinter ihm huschte jemand über die Terrasse, kam näher, kauerte sich neben sie. Betty ließ die Taschenlampe fallen. Dorothea? Auch das noch! »Was wollen Sie?«

»Helfen, was sonst? Wer ist das? Was hat er? Geben Sie mir die Lampe.«

Betty starrte die junge Frau an.

Hassan stöhnte.

Betty nahm sich zusammen. »Also gut, leuchten Sie, aber fallen Sie mir bloß nicht um! Das ist Hassan, Sîdi Idriss' Enkel. Offenbar hatte er einen Autounfall.«

Sie entwand dem Alten die Tücher. »Sîdi, lassen Sie mich das machen.«

Sie riss die Stoffe in Streifen, die sie zu handlichen Binden faltete. Ihre Hände wurden ruhiger, nur ihr Herz flatterte.

Die Blutlache unter dem Bein breitete sich aus. »Mehr Licht«, befahl Betty, »und dann das Knie anheben. Aber vorsichtig.«

Dorothea richtete den Lichtkegel auf die Wunde und schob eine Faust unter Hassans Kniekehle. Betty drückte ein kompaktes Stoffbündel fest auf die Wunde, schlang eine der Binden um die Kompresse und zog an. »Gut so.« Sie wickelte die nächste Runde, zog. Wickeln, anziehen, wieder und wieder.

Bei jeder Runde streifte sie Dorotheas Hand. Ihre über den Verletzten geneigten Köpfe waren sich nahe. Betty spürte ihren Atem auf der Wange, ihren Duft und ihre Wärme, und immer wieder geriet der Silberanhänger in ihren Blick. Sie versuchte, die Nähe der jungen Frau zu ignorieren. Leicht fiel ihr das nicht.

Sîdi Idriss stützte den jungen Mann. Betty wickelte und knotete, bis alle Tuchstreifen verbraucht waren.

»Okay?«, fragte Dorothea.

Ja, nickte Betty. Erst jetzt ließ sie die Hände sinken. Sie begannen zu zittern.

Behutsam zog Dorothea ihre Hand unter dem Knie hervor. Der Verletzte seufzte. Das Licht der Taschenlampe wanderte über den Verband, über das andere Bein, über Hassans Arme, die Brust, das Gesicht. Betty schaute aufmerksam, entdeckte jedoch keine weiteren Verletzungen. Die Binden hielten, und sie blieben sauber. Offenbar kam die Blutung zum Stillstand.

»Gut gemacht!« Dorothea lachte Betty an. »Dabei sind Sie doch selbst nicht gesund. Respekt. Ich wollte, ich könnte so etwas auch.«

Betty richtete sich auf. »Kann man alles lernen. So, jetzt muss der Patient aber schnellstens zum Arzt. Die Wunde muss gesäubert und vor allem genäht werden, und das ist Sache eines Arztes.«

Sîdi Idriss' Gesicht lag im Schatten, seine Arme hielten den Kranken umfangen. Kein Wort fiel. Die grässliche Wunde, die Erschütterung des Alten, die gespannte Stille, diese Dorothea … Betty räusperte sich.

»Helfen Sie mir.« Sie deutete auf den Stapel Ziegel. Zwei Schritte am Arm der jungen Frau, dann konnte sie sich darauf niederlassen.

»Seltsam, warum kommt niemand?«, flüsterte Dorothea ihr ins Ohr. »Sicher schlafen alle, aber trotzdem. Zumindest Halima und Cadijah müssten doch etwas bemerkt haben. Überhaupt, wie hat er es ohne Hilfe hier herauf geschafft? Verstehen Sie das?«

»Schock.« Auch Betty sprach leise. »Der kann Bärenkräfte freisetzen. Sîdi, haben Sie verstanden? Ihr Enkel braucht einen Arzt.«

Es war Hassan, der antwortete. Kaum hörbar presste er heraus: »Keinen Arzt! Ins Haus des Lehrers, bevor es Tag wird. Es ist wichtig.«

Betty traute ihrem Volkshochschulfranzösisch nicht. »Sagte er ›ins Haus des Lehrers‹?«

Dorothea nickte.

»Warum? Verstehen Sie das?«

Dorothea schüttelte den Kopf.

Der alte Sheïk räusperte sich. »Hassan hat recht. Würden Sie uns noch einmal helfen?«

Betty deutete auf ihren verbundenen Knöchel. »Wie denn?«

Der Alte sah von Betty zu Dorothea. »Bitte. Der Lehrer ist der einzige Ausweg.«

Sie erwarteten weitere Erklärungen, doch Sîdi Idriss schwieg.

Betty ereiferte sich. »Lehrer? Unsinn! Begreifen Sie nicht? Ihr Enkel braucht einen Arzt!«

Doro beobachtete Sîdi Idriss und den Verletzten. Die beiden verständigten sich mit Blicken. Von ihnen würde nichts weiter kommen, schon gar nichts Logisches, nichts, das nachvollziehbar wäre. *C'est l'Afrique, c'est le Maroc* – unvermittelt dachte sie an Amirs Worte. Seine Verhaftung, die Fesselspuren, die Andeutungen seiner Freilassung oder wie er sich vor dem Militärkonvoi verbarg und kurz vor dem Dorf verschwunden war – auch er hatte sich bedeckt gehalten. Andeutungen und Halbwahrheiten, mehr hatte er nicht preisgegeben. Traute er niemandem? Zumindest hatte er ihr einen kurzen Einblick in seine Seele gestattet. Waren Marokkaner grundsätzlich verschwiegen? Wie passte das mit ihrer zur Schau gestellten Lebensfreude zusammen? Amir war Sahraoui und kein Marokkaner, korrigierte sie sich.

Doro gab auf. Wer wusste schon, worum es in diesem Fall ging? Sie jedenfalls nicht. Sîdi Idriss' Not aber war deutlich zu spüren. Sie nickte. »Also gut, ich kann es versuchen.«

Betty fuhr auf. »Ein Arzt …«

»Wenn er doch nicht will? Er wird seinen Grund haben.«

Doro beugte sich zu Sîdi Idriss. »Runter wird es irgendwie gehen. Aber wie dann weiter?«

»Kein Dorfbewohner darf ihn in diesem Zustand sehen«, überlegte der Sheïk.

»Warum nicht?«

Der Sheïk antwortete nicht, er tauschte einen Blick mit seinem Enkel.

»Ablenkung«, meinte Hassan, »was Auffälliges. Das könnte sie übernehmen.« Sie, damit war Betty gemeint.

»Und wie?«, flüsterten der Sheïk und Doro im Chor.

»Feuer«, presste Hassan hervor. »Mit Öl.«

Sîdi Idriss zuckte zurück, dann nickte er. »*La illah illalah.* Ich verständige Hassans Freunde.« Er seufzte, erhob sich und beugte sich über die Terrassenbrüstung. Ein leiser Pfiff ertönte und unterdrückte Rufe.

Betty zischte Doro an. »Lassen Sie das besser bleiben.«

»Aber wenn sie doch darum bitten?«

»Warum übernimmt er es nicht selbst?« Betty zeigte auf Sîdi Idriss.

Der Sheïk kam zurück. »Allah sei Dank, sie stehen bereit.

Wir müssen ihn nur aus dem Haus schaffen, draußen kümmern sie sich um ihn.« Er legte seine Hand auf Bettys Arm.

»Warum ich das nicht selbst übernehme? Mein Alter, Madame. Ich traue mir das nicht mehr zu. Und dann muss ich unbedingt hier im Haus anwesend sein, für jedermann sichtbar. Es ist kompliziert, ich weiß, doch glauben Sie mir, auf mich darf kein Verdacht fallen. Daher bitte ich Sie, helfen Sie. Sie beide sind neutral. Wir verlangen viel von Ihnen, aber Sie haben doch gewiss selbst Kinder und Enkel und wissen, dass man sich ihretwegen das Herz aus der Brust reißen würde.«

Betty spürte, wie ihr das Gesicht einfror.

»Es ist nicht schwer. Sie verschütten lediglich das Öl der Laternen auf dem Boden und entzünden es. Dann rufen Sie laut um Hilfe. Es ist Nacht, es ist still, man wird Sie weithin hören. Alle werden herbeieilen, um das Feuer zu löschen. Im allgemeinen Durcheinander kann Hassan ungesehen durchs Dorf zum Lehrer gebracht werden. Werden Sie das für uns tun?«

»Ihr Haus in Brand setzen?« Betty sah ihn entsetzt an.

Kapitel 12

Doro tastete sich die Treppe hinab. Sie war steiler und enger als in der Erinnerung, und sie begann zu schwitzen. Hassan hing schwer auf ihrem Rücken, trotz seiner Versuche, sich mit dem gesunden Bein abzustützen. Außerdem drückte er ihren Kopf nach unten.

Worauf hatte sie sich nur eingelassen? Hilfsbereitschaft – schön und gut, aber dies hier grenzte an Irrsinn.

Auf dem letzten Treppenabsatz zwängte sich Sheïk Idriss vorbei. Hassan sagte etwas, seine Stimme klang rau. Der alte Mann hob segnend seine Hände, dann huschte er über den Hof und öffnete die innere Pforte des schweren Eingangstores. In der nächsten Sekunde war er verschwunden.

Doro starrte auf das Tor und auf die Nachtschwärze dahinter.

»Schnell«, drängte Hassan. Er keuchte.

»Wir werden es schaffen«, sprach sie sich selbst Mut zu.

Hassan ächzte, als sie sich zu zweit durch die schmale Türöffnung zwängten.

Mahmuds Träger blieben verschwunden, das Dorf, das Haus des Sheïk und die Treppen lagen in tiefem Schweigen. Erneut schlich Amir bergauf.

Eine gebeugte Gestalt, ein Mann im Durchgang und das Mädchen. Der Verletzte? Und Doro?

Amir schmeckte Blut, er hatte sich auf die Lippe gebissen.

Schwer zu sagen, wie Mahmud es angestellt hatte, aber Ibrahim hatte sich getäuscht. Dieses Bild sagte eindeutig: Doro gehörte zu Mahmuds Lager. Und er wäre beinahe auf ihre Unschuldsmiene reingefallen. Vorhin, während der Fahrt hierher, hatte er ernsthaft mit dem Gedanken gespielt, sich ihr anzuvertrauen! Wollte Mahmud ihn prüfen, oder was hatte er im Sinn?

Ein Schrei gellte durch die Nacht. Er kam von der Terrasse. »*Feu*! Feuer! Zu Hilfe, es brennt!«

Gleich darauf tauchten Männer auf, luden sich den Verletzten auf die Schultern und trugen ihn fort. Das Mädchen aber huschte zurück ins Haus.

Das Öl breitete sich auf dem Boden aus. Betty hielt die brennende Kerze daran. Blaue Flämmchen züngelten über die Fläche, zunächst zögernd. Bald aber loderte die Öllache.

Sie fürchtete Feuer. Und jetzt Brandstiftung? Furchtbar. Warum tat sie es dann? Wegen Dorothea? Unsinn, das Mädchen hätte ja hierbleiben können.

Betty lehnte sich über die Brüstung. »Hilfe, es brennt!«, rief sie.

Je mehr sich das Öl erwärmte, desto weiter dehnten sich die Flammen aus. Sie versperrten ihr schon den Weg zur Treppe! Was jetzt? An einen Fluchtweg hatte sie überhaupt nicht gedacht. Was, wenn das ganze Haus abbrannte? Es bestand aus Lehmziegeln mit Stroh und aus Holz, und bestimmt brannte es wie Zunder … »*Feu*! Hilfe, Feuer!«

Die Flammen zuckten. An manchen Stellen sammelte sich das Öl in Mulden, dort brannte es besonders wild. Jenseits einer dieser flackernden Lachen entdeckte sie ihren Rucksack. Ihre Papiere! Geld, Reisepass, das Ticket für den Rückflug und Gernots Notizen …

»Zu Hilfe, hierher, es brennt!« Sie krächzte.

Der Geruch des Feuers und Angst schnürten ihr die Luft ab. Was, wenn niemand kam? Wieso verließ sie sich auf den Alten, ausgerechnet sie, die doch genau wusste, wohin blindes Vertrauen führen konnte, spätestens seit jener Nacht, in der die Bomber kamen.

Wie oft hatte Herr Koch ihr versichert, im Keller seien sie sicher. Und sie hatte ihm vertraut. An jenem Tag war sie noch draußen bei den Hühnern, als der Höllenlärm begann, mit Detonationen und Feuer, und die Erde gebebt hatte. Zuerst explodierte die Fabrik. Bäume brannten, die Lastwagen, die Hallen. Dann bekam das Lager einen Treffer, und die Flammen sprangen auf die Villa über. So hatte man es jedenfalls hinterher, als die Überreste so weit ausgekühlt waren, dass man Herrn und Frau Kochs verkohlte Leichen endlich aus dem Keller bergen konnte, rekonstruiert. Sie hatte es nicht zum Keller geschafft, hatte sich beim ersten Heulen der Bomben im Garten hinter dem Holzstapel verkrochen, den Kopf in den Armen … Als sie ihn nach Stunden wieder hob, waren Fabrik und Villa nicht mehr da – abgebrannt bis auf die Kamine und Grundmauern. Der Bahnhof, das benachbarte Viertel und die halbe Stadt in Trümmern …

Den Rucksack im Blick schrie Betty mit überschlagender Stimme: »Hilfe, Feuer! Es brennt, zu Hilfe!«

Von unten drangen Stimmen herauf, jemand schlug ans Tor, Leute riefen, und plötzlich stand Dorothea auf der Terrasse. Sie begriff sofort die Lage, schnappte sich den Rucksack, auf den Betty deutete, und reichte ihn ihr. Dann nahm sie die Verängstigte in die Arme. »Keine Angst«, sagte sie immer wieder. »Keine Angst«, und »es wird nichts passieren« und »alles halb so schlimm«.

Betty presste den Rucksack an die Brust und nickte nur.

Endlich erschienen Halima und Cadijah, und hinter ihnen mehrere Männer. Einige warfen Decken über die Flammen, andere schlugen mit Besen auf sie ein, und einer warf Sand in das brennende Öl.

Stumm, mit geweiteten Augen, beobachtete Betty, wie das Feuer nach und nach erlosch.

»Geht es Ihnen besser?«

Betty sah auf.

Dorothea. Mit wirren Haaren, das Gesicht voller Ruß, stand sie vor ihr und lächelte. »Kommen Sie«, sagte sie und fasste nach Bettys Arm, »ich begleite Sie nach unten. Zum Glück ist nichts weiter passiert. Aber Sie sollten sich jetzt hinlegen.«

Betty nickte. Nichts passiert, dachte sie, und: Was wusste dieses junge Ding denn? Ihre Gedanken glitten davon. Reden ging nicht, sobald sie den Mund öffnete, müsste sie losweinen. Also schwieg sie.

Langsam, Stufe für Stufe ging es die Treppe hinab. Der Knöchel schmerzte. Dorothea und sie hatten ungefähr die gleiche Größe, und sie hatte sich gut gehalten vorhin, trotz des vielen Bluts. »Und Hassan?«, fragte sie schließlich.

»Alles bestens. Jetzt kümmern sich seine Freunde um ihn.« Doro lächelte.

Ein reizendes Lächeln. Viel fehlte nicht, und sie hätte es erwidert. Das silberne Schmuckstück glänzte im schwachen Licht.

Betty beeilte sich, das Ende der Treppe zu erreichen. »Danke, jetzt komme ich allein zurecht.«

Eine Kopie, sagte sich Betty und schloss rasch die Tür hinter sich. Kein Grund zur Sorge.

Die Tür schloss sich. Doro musste sich an der Wand abstützen. Was für ein Tag, und was für eine Nacht. Erst Amir und ihre diffusen Gefühle, dann der Verletzte und sein Großvater, als Nächstes rätselhafte Männer im Dunkeln, und zu guter Letzt ein Feuer. Ausgerechnet das brennende Öl war das beinahe Realistischste des gesamten Tages gewesen!

Der Hof war immer noch voller Leute. Sie umringten den Sheïk, sprachen über den Brand, fragten sich, wodurch er wohl entstanden sein könnte und dass es mit Allahs Hilfe gelungen sei, die Flammen zu ersticken. Ihre Aufregung wollte sich nicht legen. Einzig im Schlafraum der Kinder, wo ein Lager auf sie wartete, herrschte Ruhe.

Doro wusch sich, wechselte die Kleider, stand vor ihrer Matratze. An Schlaf war jedoch nicht zu denken. Sie schlüpfte nach draußen.

Der Sheïk sah ihr entgegen.

»Alles in Ordnung, Sîdi, sie haben ihn fortgebracht, und Madame Betty hat sich hingelegt.«

Sîdi Idriss nickte. Er deutete auf die Umstehenden. »Sie werden bald gehen. Setz dich zu mir.«

Sie wollte nicht unhöflich sein, aber hinsetzen, jetzt? Sie brauchte Bewegung, musste sich abreagieren, und sie musste endlich Klarheit in diesen Tag bringen. Das vor allem. Dazu musste sie allein sein. Zu Hause war sie das fast immer, es war das Gewohnte. Hier hingegen war sie ständig von Menschen umgeben. Das brachte zwar Abwechslung, lenkte jedoch ab.

»Gleich. Ich gehe nur noch rasch runter zum Auto, etwas holen. Ich beeile mich.«

»Seddik wird dich begleiten.« Sheïk Idriss winkte einem Jungen. »Und nimm die Lampe mit.« Er öffnete den Durchlass im großen Tor.

Doro folgte dem Jungen. Ausgetretene Stufen im Fels,

Häuser auf der einen Seite, dicht an dicht, und auf der anderen ein Abgrund – sie klammerte sich an den schmalen Lichtstrahl ihrer Lampe. Der Kleine schien Katzenaugen zu haben, so flink sprang er durch die Dunkelheit. Sie hatte Mühe, ihm zu folgen.

Zikaden lärmten, sonst war im Dorf schon wieder alles ruhig, eine Wohltat nach dem überstandenen Trubel. Aber rennen, bis sie keine Puste mehr hatte, wie sie es am liebsten getan hätte, das kam auf diesen Felsentreppen nicht in Frage.

Mit dem Auto war alles in Ordnung, auch mit den Kisten. Niemand wusste, was mit ihnen geschehen sollte. Der Schmied sei nicht im Dorf, käme erst morgen zurück, und mit dem Ausladen solle man besser auf ihn warten, hatte es geheißen.

Nicht zu ändern. Wie Ingrid schon angekündigt hatte, gab es hierzulande andauernd Überraschungen. Überhaupt, was für ein Tag! Wodurch könnte sich Hassan derart schwer verletzt haben? Und seine Freunde – tauchten wie aus dem Nichts auf und verschwanden unvermittelt wieder. Zum Lehrer?

Doros Knie zitterten plötzlich. Sie mochte die Leute in Sîdi Idriss' Haus, auch diese Betty, die ohne Getue eine wirklich schlimme Wunde versorgt hatte – bemerkenswert. Rauch und Flammen und brennendes Öl waren jedoch eindeutig zu viel für sie gewesen. Wie sie so dagestanden hatte, unfähig, einen Finger zu rühren, hatte sie ihr von Herzen leidgetan. Ihr Fuß war verletzt. Und was tat sie dann in diesem Berberdorf?

Und Amir – warum hatte sie so auf ihn reagiert? Bedeutete er ihr etwas? Was hatte dieser Mann, das sie anzog? Warum fühlte sie sich wie aufgedreht, wenn sie nur an ihn dachte? Er war ein Fremder, jemand, dessen Bräuche sie nicht kannte, ein Exot. Lag seine Anziehungskraft darin begründet? Ihre Erfahrungen halfen ihr in diesem Land nicht weiter. Überhaupt kannte sie keine Regeln für die vielschichtigen Verhältnisse hier.

»Jenseits dieser Grenzen werden Drachen sein« – Mutters Spruchband fiel ihr ein. Sie hatte sich darüber lustig gemacht, und jetzt? Jetzt befand sie sich eindeutig jenseits der bekannten Grenzen. Aber sie war nicht wie Mutter, sie fürchtete sich nicht vor dem Unbekannten, dem Neuen, sie nicht! War dieses Nicht-mehr-Auskennen denn nicht gerade das, was sie sich unter »etwas Neuem« vorgestellt hatte? Eines war klar: Wollte sie mehr von diesem »Neuen« erfahren, durfte sie sich nicht zurückziehen. So gesehen war ihr Mutters Vorbild eine Lehre.

Doro setzte sich hinter das Lenkrad. Es fühlte sich vertraut an, solide, zuverlässig. Reglos starrte sie ins Dunkel. Einfach losfahren wäre gut, dachte sie, jetzt gleich, egal wohin. Doch für heute reichte es. Sie stieg aus.

»Niemand wird deinen Wagen anrühren, die Nacht hat Augen und Ohren«, erklärte der Kleine.

Nur eine Metapher, dachte Doro, dennoch fühlte sie sich plötzlich beobachtet. Die Schatten, die Hassan fortgeschafft hatten, fielen ihr ein, und sie leuchtete die Umgebung ab. Nichts.

Sie schlang die Arme um sich, sah nach oben. Der Himmel war zwar voller Sterne, doch kam es ihr vor, als mache gerade das Gefunkel die Dunkelheit besonders undurchdringlich. Unbegreiflich, fremd, und trotzdem reizvoll, so wie das ganze Land.

»Gehen wir.« Sie verschloss die Fahrertür.

Das Licht der Taschenlampe erfasste etwas Weißes am Boden. Neben dem Vorderrad glänzte ein Stück Papier, gesichert mit einem Stein. Sie beugte sich hinab. Der Zettel war kaum groß genug für die Worte »WILLST DU ALLAHS GARTEN SEHEN? BEI TAGESANBRUCH HIER. A.«

Amir! Erneut leuchtete sie die Umgebung ab. Nichts.

Die Wüste, und mittendrin sie beide? Amir und sie – allein? Doros Herz begann wild zu schlagen.

»Gehen wir«, sagte sie noch einmal und begann den Aufstieg ins Dorf. Ihre Müdigkeit war verflogen.

Kapitel 13

Doro zog die Decken ihres Lagers glatt und hinterließ gut sichtbar eine Nachricht für den Sheïk auf ihrem Kissen, dann schnappte sie ihre Tasche und schlüpfte aus dem Haus. Noch schliefen alle, kein Wunder nach der turbulenten Nacht. Sie jedoch hatte kein Auge zubekommen.

WILLST DU ALLAHS GARTEN SEHEN – was bedeutete das? Jedenfalls etwas, das sie wach hielt. Amir, der Pirat, der moderne Abenteurer mit Jeans und blauem Gewand … Doch gegen einen gemeinsamen Ausflug war nichts einzuwenden. Allerdings, die Wüste – steckte sie nicht voller Gefahren? Aber Amir als Mann der Sahara kannte sich damit aus.

Alles konnte geschehen, oder nichts. Allahs Garten? Schlimmstenfalls auch das nicht mehr als ein geschöntes Bild.

Im Tal hielt sich noch die Nacht. Wie ein Scherenschnitt ragte die Silhouette des Dorfs in den eisengrauen Himmel, sie hörte einen Vogel, ein Windhauch strich über ihre Arme. Doro fröstelte. Sie verstaute Tasche und Schlafsack im Auto, dann wartete sie.

Seine Anwesenheit spürte sie, bevor sie ihn sah.

Amir stand hinter der halbhohen Brunnenmauer. Er hob

die Hand, kam näher. »Ich freue mich.« Er legte seine Tasche in den Kofferraum und klopfte kurz gegen den Kanister. »Voll? Sehr gut, dann los. Reden können wir später.« Leise drückte er die Wagentüren ins Schloss.

Doro startete den Wagen. Von ihren vorbereiteten Worten fiel ihr keines ein.

»Kein Licht!«, ordnete Amir an. Er war angespannt. Wortlos dirigierte er sie den Hügel hinunter.

Doro umklammerte das Lenkrad. Sie konnte erstaunlich gut sehen in der Morgendämmerung, dennoch ging es nur langsam voran. Sie folgte dem ausgetrockneten Flussbett nach Osten, umfuhr Felsen, angeschwemmte und ineinander verkeilte Stämme und Wurzelballen, bis Amir ihr den Weg durch die Uferdünen wies.

Im Schutz einiger Felsbrocken hielten sie. Aus trockenem Gras und dürren Zweigen entzündete Amir ein Feuer. Seiner Tasche entnahm er Wasserflasche, Gläser, einen Strauß Minze und eine winzige Blechkanne. Immer noch hatte er kein Wort gesprochen.

Doros Blick klammerte sich an die Kanne im Puppenstubenformat. Das schadhafte Emaille und die dicke Rußschicht zeugten von häufigem Gebrauch. Amir füllte Wasser hinein, stellte sie zwischen die brennenden Äste, hantierte wortlos mit Minze, Zucker und Gläsern, als erfordere dieses Tun seine ganze Aufmerksamkeit.

Das hielt sie nicht länger aus! »Tee? Sehr gut. Und dann? Wohin genau fahren wir?«

Inzwischen war es hell genug, dass sie Amirs Gesicht erkennen konnte. Es war verschlossen. Er sah sie an, als taxiere er sie. Unwillkürlich senkte Doro den Blick.

»Zunächst nach Id Sebha, deinen Auftrag erfüllen. Von dort ist es nicht mehr weit.« Sein Lächeln war höflich, mehr aber nicht.

War dies der gleiche Amir, der ihren Mut gelobt, ihre Hand geküsst und ihr einen Blick hinter seine Fassade gestattet hatte? Er hatte sie zu dieser Tour eingeladen, und jetzt benahm er sich, als sei sie ihm lästig?

»Bei Sonnenaufgang geht's los. Aufhalten werden wir uns in Id Sebha nicht, dazu ist keine Zeit. Außerdem werde ich ab dort selber fahren.«

»Ach ja? Und warum, wenn ich fragen darf?«

»Ist besser so«, entschied er.

Was fiel ihm ein? Immerhin trug sie Ingrid gegenüber die Verantwortung für Ladung und Wagen.

Ingrid! An sie hatte sie bisher noch gar nicht gedacht. Sie musste wenigstens anrufen und erklären, dass sich ihre Rückkehr verzögerte. Hoffentlich gab es in Id Sebha ein Telefon. Oder sollte sie doch lieber umkehren? Nein. Auf einmal verspürte sie eine unbändige Lust, die Wüste mit eigenen Augen zu sehen und ihre viel beschworene besondere Atmosphäre zu erleben.

Das Gebräu in der kleinen Kanne schäumte über und verdampfte in der Glut.

Noch vor Unterrichtsbeginn erreichten sie die winzige Schule und übergaben die Spenden an den Lehrer. Wie hilflos der junge Mann wirkte inmitten der schnatternden Schülerschar, und wie sehr es ihn beschämte, zugeben zu müssen, dass es in Id Sebha kein Telefon gab. Das Dorf verfüge nicht über Elektrizität, noch nicht, beeilte er sich hinzuzufügen.

Makhel mushkil, kein Problem, beteuerte Doro und schob den Zettel mit Ingrids Nummer in den Brustbeutel zurück. Sie konnte genauso gut im nächsten Dorf telefonieren.

Amir zeigte auf die Kisten im Kofferraum. »Solltest du die nicht jemandem bringen?«

»Dem Schmied, ja, aber er war nicht da, und niemand wusste Bescheid. Ich hätte auf ihn gewartet, doch dann kam dein Vorschlag zu diesem Ausflug. Auf dem Rückweg fahre ich bei ihm vorbei.«

Er sah sie prüfend an. »Ich frage mich, warum eine Lieferung an einen Dorfschmied mit rotem Kreuz und rotem Halbmond gekennzeichnet ist.«

Sie hatte sich dasselbe gefragt, ebenso wie sie sich über die verplombten Verschlüsse und über das Gewicht der Kisten gewundert hatte. Jetzt aber zuckte sie mit den Schultern. »Woher soll ich das wissen?«

Amir nickte, schob die Ladung zurecht und übernahm den Autoschlüssel. Inzwischen stand die Sonne hoch über dem Horizont. Nach Art groß gewachsener Leute zog Amir beim Fahren den Kopf ein, und immer wieder hielt er an. Hatte sich die Staubfahne hinter ihnen gesetzt, schaute er sich gründlich um. Dabei beobachtete er weniger die vor ihnen liegende Piste als die Umgebung und den fernen Horizont. Etwas schien ihn zu beunruhigen.

»Na, Weg verloren?«, fragte Doro. Sie hörte selbst, wie schnippisch das klang.

»Ich war schon lange nicht mehr hier. Winterregen haben die Landschaft verändert, ich muss mich neu orientieren«, erklärte er.

Und warum spähte er dazu nach hinten? Aber das war seine Sache, schließlich war er der Experte. Demonstrativ sah sie aus dem Seitenfenster. Von der ausgedörrten Landschaft, die an ihr vorüberzog, nahm sie allerdings nur wenig wahr.

Zugegeben, er fuhr umsichtig, aber warum ließ sie überhaupt zu, dass er am Steuer saß, wenn es sie doch ärgerte? Immer noch schwieg er, wenn auch nicht mehr so abweisend wie am frühen Morgen.

Sie hätte ihm gerne von der vergangenen Nacht erzählt, von Hassan und seinen Freunden, von der alten Deutschen und von dem Feuer. Vielleicht später, überlegte sie, wenn er bessere Laune hatte. Gestern hatte er gesagt, Zufälle gäbe es nicht, alles sei vorherbestimmt und habe seine Bedeutung. Wie würde er unter dieser Prämisse wohl das Durcheinander der letzten Nacht deuten?

Sie beobachtete ihn aus den Augenwinkeln. War Amir der geheimnisvolle Fremde, nach dem sich angeblich alle Frauen insgeheim sehnten, oder doch eher ein Irrtum? Sie fühlte sich von ihm angezogen, das konnte sie nicht leugnen, auch wenn sein Schweigen sie nervte. Allerdings könnte sie nicht einmal ansatzweise definieren, worin sein Zauber eigentlich bestand. Doro spürte seinen Seitenblick. Sofort schoss ihr das Blut in den Kopf. Hoffentlich konnte er keine Gedanken lesen!

»Bir Mahdi, der Brunnen.« Amir deutete nach vorn.

Doro erkannte lediglich einen Steinring im öden Einerlei. Amir schaltete den Motor aus. Der Wagen knirschte über Sand und Steine, rollte aus und kam zum Stehen. Amir stieg aus, sah sich um, schien Witterung aufzunehmen.

In der Ferne gab es Sandhügel und Palmen, hier Reifenspuren und Hufabdrücke von Ziegen und Schafen. Ansonsten existierte nur dieses körnige Betonfundament mit einem tiefen Loch in der Mitte und einem Gummieimer an einer Kette. Das war alles?

Doro beugte sich über den Brunnenrand. Tief unten spiegelte die Wasseroberfläche den Himmel. »Trinkst du davon?«

»Natürlich. *Amman iman,* Wasser ist Leben. Jetzt müssen wir damit allerdings das Auto tarnen.«

»Wie bitte?«

»Dies ist nicht Deutschland. Algerien und Marokko zanken sich um diese Gegend wie bissige Hunde. Wir werden nichts riskieren.«

Was meinte er damit? Fragen wollte sie nicht. Zugeben, dass sie keine Ahnung hatte? Nicht, solange er sich so abweisend verhielt.

Amir zog den Schöpfeimer herauf, spritzte Wasser gegen den weißen Wagen und bewarf ihn mit Sand. Mehrmals wiederholte er die Prozedur. »Nichts darf in der Sonne reflektieren, kein Lack, kein Chrom, keine Scheibe. Sie patrouillieren auch mit Flugzeugen.«

Doro sah himmelwärts. Wolkenlos und strahlend blau. »Weit und breit kein Flieger.«

Amir beachtete sie nicht. Er zog ein Werkzeug aus der Tasche und schraubte die Nummernschilder ab.

Doro stand neben ihm und sah zu. »Wegen der Flugzeuge«, spottete sie.

»Nicht ganz. Mietautos erkennt man schon von Weitem an den speziellen Nummern. Nur ganz normale Autos entgehen eingehenden Überprüfungen«, antwortete Amir. Er legte die Nummernschilder in den Kofferraum. »Wir jedoch? Ein Marokkaner, eine Europäerin und ein Mietauto? Nicht gerade unauffällig. Jeder Grenzposten wird uns unter die Lupe nehmen.«

»Du bist kein Marokkaner.«

»Du jedoch bist unverkennbar eine Europäerin, so hübsch und blond, wie du bist. Und du bist hier, weit entfernt von Badestränden, an denen du dir gekühlte Drinks servieren lassen könntest, noch dazu in meiner Begleitung und mit einem schicken Geländewagen – was soll sich ein armer Grenzsoldat dabei denken?«

Hatte er »hübsch« gesagt?

»Ich helfe dir.« Doro bewarf die letzten hellen Stellen im Lack mit Dreck.

Matschspiele, rumsauen wie ein kleines Kind? Eigentlich albern, und doch war ihre Missstimmung mit einem Schlag verflogen.

Kapitel 14

Ingrid setzte ihre Brille auf. Die Fotos – dunkel und unscharf, das schon, doch deutlich genug – zeigten Ibrahim. Ibrahim im nächtlichen Hafen, Ibrahim, wie er Kisten an Land hievte, Ibrahim, der einem Uniformierten etwas zusteckte. Und der Wagen? Unverkennbar der alte zerkratzte Fiat, den sie oft von Youssef bekam und den Ibrahim fuhr. Auch er war gut zu erkennen, mit weit geöffneten Hecktüren und Kisten auf der Ladefläche.

Diese Fotos bewiesen, dass Alphabétisation des Femmes Teil eines Schmugglernetzes sei, das illegal Waffen ins Land bringe, um sie in Spannungsgebiete weiterzutransportieren, behauptete der unbekannte Briefschreiber, der mit »ein Freund« unterzeichnet hatte. Er werde sich in Kürze erneut melden. Um abzukassieren? Bestimmt, worauf sonst zielten anonyme Schreiben ab?

Ingrid nippte an ihrem Minztee, wanderte vom Balkon in die Küche und zurück, immer darauf bedacht, dem Tisch mit dem Brief und den Bildern nicht zu nahe zu kommen.

Ibrahim, grundehrlich, verlässlich und ihr treu ergeben, mehr noch, ein Freund. Gestern noch hätte sie die Hand für ihn ins Feuer gelegt, und nun? Wie es aussah, hatte er sie getäuscht.

Ein Gedanke, der schmerzte. Trotzdem schob sie ihn beiseite. Worum ging es? Was hatte Ibrahim bei Nacht im Hafen zu suchen? Wer war der Denunziant, und welche Forderungen würde er stellen?

Meist begann es mit harmlosen Gefälligkeiten, doch daraus entstanden schnell Abhängigkeiten. Sie wusste das, außerdem hatte es ihr Ibrahim erklärt. Zu undurchschaubaren Allianzen kamen Stammesbräuche und Familieninteressen hinzu, und ehe man sich's versah, zahlte man Schmiergeld an Polizisten und Amtsträger. Dann hatte man sie am Hals, die marokkanische Seuche. Niemals Geld, lautete daher ihr Grundsatz. Sie erreichte ihre Ziele mit Beharrlichkeit. Und nun das.

Ging es um Ibrahim, oder war sie jemandem in die Quere gekommen? Wem und womit? Wer konnte ein Interesse haben, ihr zu schaden?

Ingrids Gedanken trudelten davon. Sie war harmlos, ihr Engagement tat niemandem weh. Unterricht für Mädchen – wen interessierte das schon? Außerdem beschränkte sich ihr Engagement auf abgelegene Dörfer, in denen Leute ohne Einfluss lebten. Unwichtig, so dachten gewiss die meisten in den Amtsstuben.

Inzwischen lebte sie recht gut mit dieser Einstellung, auf die sie andauernd stieß. Die Menschen in Marokko, im gesamten Maghreb, hatten nun einmal andere Vorstellungen vom Leben als sie und natürlich auch andere Zwänge, das war nicht zu bestreiten. Doch die erschreckende Analphabetenrate der marokkanischen Bevölkerung, insbesondere auf dem Land, und dort ganz extrem unter Mädchen und Frauen, war nicht hinnehmbar. Nicht für sie.

Sie hatte schon als Kind durch ihren Großvater, einen ans Haus gefesselten Kriegsinvaliden des Ersten Weltkriegs, die Welt der Bücher und des Wissens entdeckt. Alles hatte sie verschlungen, von abenteuerlichen Entdeckungen bis hin zu französischer, englischer und russischer Geschichte, von Astronomie und Opern bis hin zu Zoologie, und verstand sie etwas nicht auf Anhieb, hatte Großvater es erklärt. »Lesen heißt lernen und lernen heißt wissen«, lautete sein Credo. Im Moment des Abschieds nahm er ihr unter Tränen das Versprechen ab, immer weiter zu lernen.

Später, als Lehrerin, hatte sie die Sommerferien genutzt, um kleinere Entwicklungshilfeinitiativen zu unterstützen und dabei die Welt kennenzulernen. Überall hatte sie ähnliche Erfahrungen gemacht: Frauen, das Rückgrat der Familien, kochten und wuschen nicht nur. Sie hüteten das Geld, sorgten für Gesundheit und achteten die Bräuche, und sie erzogen die Kinder. Soziale Fortschritte waren nur über sie zu erreichen, daher müsste man eigentlich gerade ihnen den Zugang zu Bildung ermöglichen. Das war jedoch nur selten möglich, auch aus Gründen traditioneller Gewohnheiten.

Also, hatte Ingrid damals überlegt, führte der effektivste Weg nicht über die Mütter, sondern gleich zu den Kindern. Sie verfügten über eine natürliche Neugier. In Marokko besuchten Jungen auch auf dem Land immer häufiger die Schule, Mädchen aber wurden nach wie vor als Ziegenhirtinnen eingesetzt oder zur Versorgung kleinerer Geschwister. Fielen sie als Arbeitskraft aus, um Lesen, Schreiben und Rechnen zu lernen, bedeutete das für ihre Familien Einbußen. Ihr Schulbesuch durfte also keinesfalls zusätzliche Kosten verursachen.

Aus solchen und ähnlichen Überlegungen war Alphabétisation des Femmes entstanden. Von Samenkörnern hatte sie geträumt, die sie in die fruchtbaren afrikanischen Böden legen würde, um sie anschließend zu hegen und zu pflegen … Was war aus diesem Traum geworden? Was hatte sie erreicht? Sie verteilte Spenden. Stifte und Hefte, Dinge. Material statt Bildung.

Eigentlich neigte sie nicht zu Schwarzseherei. Andererseits, und das war ungewohnt, musste sie sich eingestehen, dass ihre Kräfte schneller als angenommen schwanden. Schon seit Jahren warnte sie ihr Arzt in Deutschland davor, die Signale ihrer Leber weiterhin zu ignorieren, Hepatitis gehöre in Behandlung. Die starke Gewichtsabnahme in kurzer Zeit, ihre Mattigkeit und häufige Müdigkeit musste sie ernst nehmen. Gut, dass Doro gekommen war, sie um sich zu haben machte ihr viel Freude. Außerdem musste sie zurzeit nicht selbst über Land zu den Schulen fahren, und das verschaffte ihr wirklich Luft. Wenn sie sich weiterhin schonte, konnte sie sich erholen und weitermachen, hatte sie gehofft.

Und nun das. Ingrid las den Brief erneut. Was für absurde Anschuldigungen, Schmugglernetz, illegale Waffen und Spannungsgebiete. Sie wusste von Grenzstreitigkeiten, jedoch nichts Konkretes. Von Politik hielt man sich fern.

Aber da waren die Fotos, die eindeutig Ibrahim zeigten. Was hatte er mit den Kisten zu schaffen, was hatte er überhaupt nachts im Hafen verloren? Und was, wenn der elende Denunziant diese Bilder tatsächlich herumzeigte?

Ingrid stopfte Brief und Fotos in ihre Tasche. Gehüllt in ein dunkles Umschlagtuch verließ sie das Haus, eilte durch die nachtstillen Straßen von einem Lichtkegel der Straßenlaternen zum nächsten. Als sie das Eisengitter ihres Ladens hochschob, die Tür aufsperrte und das Licht einschaltete, zitterten ihre Hände.

»Ibrahim?« Keine Antwort. Sein Schlafplatz hinter den Lagerregalen war leer.

Ingrid lehnte sich gegen den Schreibtisch, starrte auf die schwarze Fensterscheibe und auf ihr Spiegelbild darin. Fetzen von Musik drangen herein, Gelächter und Autohupen. Strandbars und Restaurants schlossen, und wer von den

Urlaubern noch nicht genug erlebt hatte, musste auf die hoteleigenen Discos ausweichen.

Agadir war stolz darauf, eine dem Westen zugewandte, junge Stadt zu sein, ein Urlaubsparadies mit endlosen Sandstränden, mit breiten Boulevards und blendend weißen Fassaden. Wie der sagenhafte Phönix war es vor knapp dreißig Jahren aus den Trümmern des Erdbebens auferstanden und zog seither die Menschen an. Tag für Tag strömten neben Urlaubern aus aller Welt junge Männer in diese Stadt, die ihnen ein besseres Leben versprach. Sie verließen ihre Dörfer, ihre Familien und Traditionen, um hier Auskommen und Glück zu finden. Ibrahim war einer von ihnen.

Sie hatte ihn als Fahrer kennengelernt. Er war ihr auf Anhieb sympathisch gewesen, und als sie beschloss, sich in Agadir niederzulassen, hatte er sie unterstützt. Er kenne sich mit Maschinen aus, hatte er gesagt, und das stimmte. Wo genau er eigentlich herkam, hatte sie nicht erfahren. Mit »aus Bir« hatte er ihre Frage beantwortet, als sei damit alles klar. Bir – war das eines der sandigen Dörfer im Süden oder ein Nomadenlager? Auf Arabisch bedeutete *bir* lediglich Brunnen.

Doch er war bereit, für sie, eine Frau, noch dazu eine Ungläubige, zu arbeiten, und das hatte vom ersten Tag an geklappt. Schon nach zwei Wochen gegenseitiger Probezeit hatten sie sich als Team empfunden, das allein zählte. Hatte sie jedenfalls bis heute gedacht.

Eilige Schritte näherten sich. Ingrid schreckte auf.

»Madame! Ist etwas geschehen?« Ibrahim stand in der Tür, groß und hager, dunkel, außer Atem. »Man sagte mir, das Büro stünde offen. Ich bin sofort hergerannt.«

Ingrid fühlte sich plötzlich kraftlos. »Schließ Rollladen und Tür.« Sie breitete die Fotos auf dem Tisch aus. »Und dann berichte.«

Ibrahim starrte die Bilder an, dann sie, dann wieder die

Bilder. Er drehte sich um, als wolle er flüchten. Doch das Eisengitter rumpelte, die Tür schloss sich, und die nächtlichen Geräusche verstummten.

»Eines Tages musste es so kommen, *la illah illalah.*« Ibrahim zeigte auf die Bilder. »Du bist ein guter Mensch, Lâlla Ingrid, mit einem Herzen voller Mitgefühl. Ich weiß, was ich dir angetan habe, wird dir unrecht erscheinen. Lass mich erklären, wie es dazu kam. Mit Allahs Hilfe wirst du mir vielleicht verzeihen können.«

Ingrid reagierte nicht.

Die Fröhlichkeit, sonst Teil seines Wesens, hatte Ibrahim verlassen. Er hockte an die Wand gelehnt auf dem Boden. »Meine Geschichte ist traurig, wie so viele andere handelt sie von Unterdrückung, Elend und Tod. Es ist die Geschichte meines Volks. Ich bin Sahraoui, gehöre zum Volk der A hel es Sahel und stamme aus Bir Moghrein. Zur Franzosenzeit nannte man den Ort Fort Trinquet, heute liegt es jenseits der Grenze im besetzten Teil, und man findet dort nichts mehr außer zerschossenen Häusern und einem alten Flugplatz.«

»Du bist kein Marokkaner?«

Ibrahim hob die Hand, als verwahre er sich gegen eine üble Unterstellung.

»Von welcher Grenze sprichst du? Die zu den südlichen Provinzen? Zur Westsahara?« Sie wusste nicht viel über die schwer durchschaubare gegenwärtige Politik. Die frühere Kolonialzeit, die Doppelfunktion des Königs als oberster Religionsführer und absoluter Herrscher, vergangene Konflikte, die bis in die Gegenwart wirkten, und die Sitten der marokkanischen Stammesgesellschaft – wer kannte sich damit schon aus? Immer wieder hatte sie sich vorgenommen, das alles gründlich in deutschen Bibliotheken zu recherchieren, war bisher jedoch nicht dazu gekommen.

Ibrahim nickte. »So nennen sie es: südliche Provinzen. In Wahrheit heißt es Republik Sahara und ist unser Land, ein Land der Gleichen und Freien. Wir kennen keinen König, jeder Mann hat seine Stimme in unserer *qabila*. Seit undenklichen Zeiten sprechen wir unsere Sprache *hassaniya* und regeln unser Zusammenleben nach eigenen Gesetzen.« Er sah Ingrid an.

»So war es bis zu dem Tag, an dem die Spanier kamen. Sie gruben Schätze aus unserem Boden und schafften sie fort, ohne uns etwas dafür zu geben, sie stülpten uns ihre Regeln über und verfügten über uns wie über tributpflichtige Untertanen. Wir haben sie überdauert, Allah sei Dank. Doch ihnen folgten die Marokkaner! Sie wollen mehr als die Spanier, viel mehr: Sie wollen uns vernichten. Wir wehren uns, notfalls auch mit Waffengewalt. Denn wenn wir etwas von euch Europäern gelernt haben, dann dies: Freiheit kommt aus den Läufen von Kanonen und Gewehren.«

Kolonialgeschichte also, bitter und ungerecht, und noch dazu mit fürchterlichen Folgen. Doch was war mit den Fotos und dem Brief? Ingrid wartete.

»Ich werde dir ein Beispiel geben. Du weißt, Leben ist nur dort möglich, wo es Wasser gibt. Aus spanischer Zeit, als unser Land noch *Rio D'Oro* genannt wurde, existieren Aufzeichnungen über die *foggaras*, die unterirdischen Wasserläufe, über Bewässerungsanlagen und Brunnen in der Wüste. Diese Lebensadern werden der Reihe nach von der marokkanischen Armee gesprengt. Planmäßig. Wo das nicht möglich ist, wird das Wasser vergiftet. Man glaubt, damit die Widerstandskämpfer auszutrocknen, doch vorrangig leiden Frauen, Kinder und Alte. Sie verdursten mitsamt den Herden. So geht es überall zu.«

Seine Stimme wurde leise. Es schien, als schäme er sich für Männer, die zu solcher Unmenschlichkeit fähig waren.

Eine Fliege umkreiste die einzelne Glühbirne an der Decke. »Ich beginne zu verstehen«, sagte Ingrid. Das stimmte nicht ganz, doch sie wollte, dass Ibrahim weitersprach.

Er erzählte vom Rückzug der spanischen Kolonialherren, als er noch ein Knabe gewesen war, vom folgenden Streit zwischen Mauretanien, Marokko und Spanien Mitte der 1970er Jahre, vom gleichzeitig erwachenden Nationalbewusstsein der Sahraouis und ihrem seither andauernden Kampf um ihr angeblich herrenloses Land.

»Herrenlos? Zu dieser Zeit schüttelten die meisten afrikanischen Länder das Joch der Fremdherrschaft ab und feierten ihre Unabhängigkeit! Herrenlos? Wir waren schon immer da. Wir sind die Herren, wir, die Sahraouis, die A hel es Sahel!« Ein Leuchten ging über Ibrahims Gesicht.

»Wir baten die Vereinten Nationen in New York um Hilfe, ebenso den Internationalen Gerichtshof in Den Haag. Wir hatten Erfolg, unser Recht auf Selbstständigkeit wurde vor den Augen der Welt festgestellt.« Er lächelte.

»Die UN bestätigte die Souveränität der Westsahara. Doch was geschah? Am gleichen Tag, an dem diese frohe Botschaft in alle Welt hinausging, marschierten die Marokkaner ein. Das war am sechsten November 1975, also vor dreizehn Jahren.«

Ibrahim schien die Szenen von damals vor sich zu sehen. »Zuerst waren es nur einzelne Bauern und Landlose, aber dann kamen sie über uns wie Heuschreckenschwärme, mehr als dreihunderttausend Männer, ohne Waffen, dafür mit dem Quran und der grünen Fahne des Propheten. Sie überrollten unser Land.«

Ingrid sagte kein Wort.

»Dieser angeblich spontane Grüne Marsch muss von höchster Stelle und von langer Hand vorbereitet gewesen sein. Jedenfalls folgte den Aufwieglern mit ihren Heiligen Büchern die marokkanische Armee auf dem Fuße.«

Vom legendären Grünen Marsch hatte Ingrid natürlich gehört, schließlich war der sechste November ein Feiertag, über seine Hintergründe wusste sie jedoch nichts.

Vor allem wurde ihr klar, dass dieser Ibrahim ein anderer war als der, den sie bisher erlebt hatte. Er berichtete ohne abzuschweifen, und nicht langatmig und ausgeschmückt.

Ibrahim fuhr fort. »Damals ging ein Aufschrei der Empörung um die Welt, leider ohne Konsequenzen. Seither wird verhandelt. Und während allerlei Vorschläge gemacht und wieder verworfen werden, leben wir verstreut als Knechte der Marokkaner im eigenen Land oder als billige Arbeitskräfte und Tagelöhner hier und in anderen Städten. Oder aber wir fristen unser Dasein als Flüchtlinge in der algerischen Wüste. Doch wir geben nicht auf, wir kämpfen.«

Ibrahim hob seine Hände in Gebetshaltung. »Wie einst auf Kamelen durchstreifen sahraouische Spähtrupps heute im Geländewagen die Wüste, ohne dass marokkanische Aufklärungsflugzeuge sie entdecken. Manche Wüstenkrieger halten sich wochen-, ja monatelang in den besetzten Gebieten auf. Im Gegensatz zu marokkanischen Soldaten kommen sie mit weniger als einer Handvoll Datteln und einem Becher Wasser pro Tag aus.«

»Um was zu tun sind sie dort?« Ingrid ahnte es, wollte es jedoch aus seinem Munde hören.

Die Falten in Ibrahims Gesicht hatten sich vertieft. »Sie bekämpfen Grenzposten, erbeuten Kriegsmaterial, sogar einen marokkanischen Jagdbomber haben sie schon vom Himmel geholt! Sie kämpfen für die Demokratische Arabische Republik Sahara, für unsere Freiheit. Viele von uns unterstützen ihren Kampf.«

»So wie du.«

»Wie ich, mit Allahs Hilfe.«

Von ferne erklang der Ruf des *Muezzins*, der die Gläubigen zum ersten Gebet des Tages in die Moschee rief.

Ibrahim erhob sich. »Das Morgengebet versäume ich niemals.« Er öffnete Tür und Eisengitter.

Auf der Schwelle drehte er sich zu Ingrid um. Sein Gesicht lag im Schatten.

»Ich habe dein Vertrauen missbraucht, das zerreißt mir das Herz. Daher bitte ich dich, wenn ich aus der Moschee zurückkomme, klage laut, beschimpfe mich als Dieb, als Lügner, was du willst. Die Nachbarn sollen etwas bei der Polizei zu melden haben. Und bei den anschließenden Verhören schiebe alles auf mich. Ich werde versuchen zu fliehen, doch falls man mich einfängt, so ist es Allahs Wille. Wenn du kannst, denke nicht schlecht von mir. Allah sei mit dir.« Er trat hinaus, aufrecht.

Kapitel 15

Doro richtete sich auf. Die Schmiererei hatte Spaß gemacht. Jetzt gab es am Auto kein glänzendes Fleckchen mehr, alles, Karosserie, Stoßstangen, Rücklichter, Felgen, war bedeckt mit einem Film aus Sand und Wasser. Sogar die Scheiben hatte sie – bis auf einen Streifen – zugeschmiert.

»Fertig«, sagte sie. »Hoffentlich kriegen wir den Matsch wieder ab, bevor wir zurückfahren.« Sie drehte sich zu Amir um. Hinter seinem Rücken stand in der Ferne eine Sandwolke in der Luft. »Was ist das?«

Amir fixierte die Staubfahne. »Zwei Wagen«, sagte er, »getarnt, mit breiten Reifen, vermutlich Pick-ups. Sie haben es eilig.« Er riss die Tür auf. »Das gefällt mir nicht. Steig ein, sofort.«

Was fiel ihm ein? Sie ließ sich nicht herumkommandieren! »Warum?«

»Tu, was ich sage. Bleib im Auto, schließ die Fenster und verriegele die Türen. Schnell.« Er war nervös.

Doro fügte sich. Sie rutschte auf den Beifahrersitz, und Amir zog ein Tuch aus seinem Bündel. »Bedeck dein Haar hiermit.« Er verschloss die Hecktür. Den Schlüssel drückte er Doro in die Hand.

»Was ist los? Wer sind die?« Sie zeigte auf die Sandwolke.

»Wir werden sehen. Durch Flucht machen wir uns jedenfalls unnötig verdächtig.« Damit schloss er die Tür. Er wartete, bis die Verriegelungen einrasteten, nickte Doro aufmunternd zu und entfernte sich.

Im Rückspiegel beobachtete sie, wie er *gandura* und Chêche richtete, während er den Näherkommenden entgegenging, wie er stehen blieb, sich auf die Fersen hockte und seinen Miswak hervorzog. Andauernd sah sie Marokkaner auf solchen Wurzelstücken herumkauen, aber jetzt? Sie bewunderte seine Gelassenheit.

Die beiden Autos – Pick-ups, genau wie Amir vermutet hatte, und ebenso getarnt wie ihr eigener Wagen – kamen herangeschossen. Sie bremsten knapp vor Amir. Als der Staub sich legte, sah Doro, dass Männer auf der Ladefläche ihre Gewehre auf ihn anlegten. Wie neulich bei seiner Verhaftung, dachte sie, und ihr Herz raste.

Ein Mann stieg aus, kam näher. Er war nicht besonders groß, eher stämmig, und wie seine Begleiter trug er eine Kombination aus traditioneller Kleidung und sandfarbener Uniform. Anstatt einer Waffe hielt er ein Funkgerät in der Hand. Selbstbewusst schritt er auf Amir zu.

Wüstenkämpfer, insgesamt sechs, dachte Doro. Alle trugen sie Stiefel, Sonnenbrille und schwarze Chêches und Gewehre.

Amir beachtete die auf ihn gerichteten Waffen nicht. Er erhob sich und begrüßte den Anführer. Kannten sich die beiden?

Zwei Männer näherten sich Doros Auto, die Gewehre im Anschlag. Sie machte sich klein, zupfte das Kopftuch zurecht und blickte auf ihre sandigen Hände, die fleckigen Jeans, die Schuhe.

Zunächst ignorierte sie die Rufe und Klopfzeichen, dann stopfte sie den Autoschlüssel tief in den Spalt zwischen Rückenlehne und Sitz, entriegelte die Tür und stieß sie auf.

Noch nie zuvor hatte sie echte Gewehre aus der Nähe gesehen, doch dass es sich um tödliche Waffen handelte, war sofort klar. Sie stieg aus und hob die Hände. Da lang, bedeuteten ihr die Gewehrläufe. Sie trat neben Amir.

Der Anführer musterte sie, dann streckte er die Hand aus. »*Passeport, s'il vous plaît*«, forderte er. Seine Augen waren hinter der verspiegelten Sonnenbrille nicht zu erkennen.

Amir nickte ihr zu.

Doro griff nach ihrem Brustbeutel. Ihre Hand zitterte, verfing sich im Lederband ihres Amuletts. Flugticket, Geldscheine und Pass fielen zu Boden. Sie wollte sich danach bücken, doch der Mann stellte seinen Stiefel darauf.

»Aus welchem Grund sind Sie hier?«

Grund? Was sollte sie antworten? Sie sah Amir an.

Er half ihr nicht, schwieg, als warte er auf ihre Reaktion.

»Brauche ich einen Grund? Ich will die Wüste kennenlernen, geführt von ihm.« Sie deutete auf Amir.

Amir trat vor sie. »Was soll das, Mahmud? Gib ihr den Pass zurück.«

Die beiden kannten sich.

Der Mann tat, als habe Amir nichts gesagt. Mit einer Kopfbewegung beorderte er einen seiner Männer zum Wagen. Dann bückte er sich nach ihrem Reisepass.

Doro schob sich an Amir vorbei und streckte die Hand aus.

Der Anführer ignorierte sie, blätterte den Pass durch und schob ihn in seine Hemdtasche. Geld und Ticket folgten.

»Aber … Das sind meine Dokumente!«

Das Funkgerät krächzte. Der Mann wandte Doro den Rücken zu, lauschte, bellte eine Antwort.

Doro sah Amir an. »Er nimmt meinen Pass!«

Auf Amirs Stirn stand eine steile Falte. »Ein Missverständnis«, sagte er.

Der Mann drehte sich wieder um. Der Blickwechsel zwischen ihm und Amir kam Doro wie ein Kräftemessen vor.

»Wie gesagt, ein Versehen. Mahmud ist schließlich kein korrupter Polizist, im Gegenteil. Ist es nicht so?«

Der Angesprochene zögerte. Schließlich deutete er eine spöttische Verbeugung an. »Wenn du es sagst, Amir, mein Freund.« Er lächelte breit, während er Doro Papiere und Geld aushändigte.

Immer noch aufgebracht stopfte sie alles in den Brustbeutel.

Mahmud und die aufgeladene Stimmung zwischen ihm und Amir, der unterschwellige Groll, dessen Anlass sie nicht kannte, verunsicherten sie, Angst hatte sie jedoch keine. Dank Amir hatte sie außerdem ihre Papiere zurück. Er hatte sie beschützt. Ihm konnte sie vertrauen.

Der Mann, der den Wagen untersuchen sollte, kam zu Mahmud und raunte ihm etwas ins Ohr. Sofort erlosch dessen Lächeln.

»Den Autoschlüssel.« Er schnippte mit den Fingern.

Doro zögerte.

»Gib ihm den Schlüssel.« Amir klang resigniert.

»Ich habe ihn nicht.«

»Und wo ist er?«

»Versteckt.«

»Wo?«

Sie zuckte mit den Achseln.

»Versteckt?« Mahmud tat, als müsse er lachen. »Spielen wir jetzt?« Er nahm die Sonnenbrille ab. »Was sagst du dazu, mein Freund?«

Amir schwieg.

Freunde waren die beiden wirklich nicht.

»Kommen Sie.« Doro ging voran zum Auto und fingerte den Schlüssel zwischen Lehne und Sitz hervor. »Im Kofferraum befinden sich Frachtkisten, die nicht mir gehören. Der Schmied in …«

Mahmud nahm ihr den Schlüssel aus der Hand. »Treten Sie beiseite, *s'il vous plaît*. Auch du, mein Freund, dorthin.« Er wies nach links.

Nachdem sie sich weit genug entfernt hatten, eskortiert von zwei seiner Männer, ließ Mahmud die Autotüren öffnen. Besonders gründlich untersuchte er den Kofferraum. Kurz darauf war alles vorbei.

Er rief ein Kommando, befahl seine Männer in die Autos, dann wendeten sie und jagten den gleichen Weg zurück, den sie gekommen waren.

Längst war Amir klar geworden, dass Doro nicht nur keine Ahnung hatte, was sich in den Kisten befand, sie kannte auch Mahmud nicht. Dessen Auftritt hatte erkennbar ihm gegolten und nicht Doro. Seine Erleichterung war größer, als er sich eingestehen wollte. Vordergründig mochte es um die Gewehre gehen, die sich immer noch in ihrem Wagen befanden.

Etwas war schiefgegangen in Aït Arba. Aber was immer das gewesen sein mochte, lag außerhalb seiner Verantwortung. Für Mahmud ging es hier jedenfalls nicht um die Kalaschnikows, sonst hätte er sie jetzt in seine Wagen umgeladen. Mahmud ging es um Machtspielchen, darum, seine Überlegenheit zu demonstrieren. Wie leicht er doch zu durchschauen war.

Doro rückte Kisten und Gepäck wieder zurecht, breitete ihren Schlafsack darüber und schloss die Heckklappe. »Dieser Mahmud«, sagte sie, »wirkt auf mich wie ein Angeber.«

»Früher einmal kannten wir uns gut.« Er nahm Doros Hände, sah sie an.

Diese hellen Augen, dieser klare Blick, diese offene Art –

alles an ihr zog ihn an. Er wünschte, er könnte sie in seinen Armen spüren.

Dagegen sprach jedoch viel, nicht zuletzt das alte Familienarrangement. Bisher hatte er es bei einem einzigen, noch dazu eher halbherzigen Versuch belassen, die Verbindung aufzulösen, damals, gleich nach seiner Rückkehr aus London. Die Wiedersehensfreude, die neuen Aufgaben …

Gedrückt hatte er sich!

Wer mit zwei Gesichtern lebt, stirbt gesichtslos, hatte sein Vater früher gesagt. Im Gedenken an ihn beschloss er, so bald als möglich reinen Tisch zu machen. Außerdem nahm er im Stillen sein Wort zurück, die Gewehre zu sichern. Seit Mahmuds Auftritt von eben fühlte er sich nicht mehr daran gebunden.

Auf die Bauern im nächsten Dorf konnte er sich verlassen. Er würde die Kisten bei ihnen deponieren und nach Marrakesch aufbrechen.

Und Doro? Vielleicht würde sie ja mitkommen?

Immer noch hielt Amir ihre Hände. »Abgemacht war, dass ich dir Allahs Garten zeige, nicht wahr?«, sagte er mit einem Lächeln. »Dürften es vielleicht auch andere *highlights* sein?«

Dieses Lächeln, das in den Augenwinkeln begann … Doro bekam weiche Knie. »Und welche?«

»Du wirst schon sehen. Vorher muss ich nur noch einige Gespräche führen.«

Doro befreite ihre Hände. »Ach ja?« Sie wartete.

»Mit Oasenbauern im Grenzgebiet. Das geht nur persönlich, weil es dort keine Elektrizität gibt und also auch keine Telefone. Sie haben nicht mal zuverlässigen Radioempfang, weil sich die Batterien für ihre alten Radios ständig so schnell verbrauchen.«

»Du lieferst ihnen Ersatzbatterien?«

Amir lachte. »Nein. Ich rede mit ihnen und kläre sie über die aktuelle politische Lage auf, das ist wichtig. In dieser Gegend sind Informationen und Wissen nicht selbstverständlich.«

Wovon sprach er? Sie wollte ihn gern verstehen. Doch bevor Doro nachhaken konnte, zog Amir die Tracht einer Beduinenfrau aus seiner Tasche. »Bitte zieh das an, während wir unterwegs sind.«

Amirs Stimme klang weich, seine Daumen streichelten ihre Handrücken, und dann diese Augen. Dieser Mann brachte ihr Herz andauernd aus dem Takt. Doro schluckte.

Ingrid, dachte sie, sie musste Ingrid anrufen. Um was zu sagen? Dass sie auf dem besten Wege war, sich in einen Sohn der Wüste zu verlieben? Ohne bewusstes Zutun hob sich ihre Hand und strich über seine Narbe.

Amir umfasste ihr Gesicht, beugte sich über sie und küsste sie. Zuerst sachte, forschend, dann drängender.

Doro schlang ihre Arme um seinen Nacken, erkundete seinen Mund, seine Zunge, grub die Finger in seine Haare, fühlte ihre Brüste, ihren Leib an seinem, spürte ihr Herz in der Kehle.

Im nächsten Augenblick spannten sich die Muskeln seines Nackens und seiner Schultern an. Es war, als ziehe er sie enger an sich und wiche zugleich vor ihr zurück.

Ihre Arme sanken herab.

Kapitel 16

Goldene Lichtbahnen und Ziegengemecker drangen durch das schmale Fenster. Die Nacht war vorüber. Betty rieb ihre Stirn, vorsichtig, um den Schmerz in der Schläfe nicht zu wecken, kramte nach ihren Tropfen, streifte Gernots Notizen. Was, wenn sie auf dem Dach verbrannt wären? Wieder sah sie das Blut des verletzten Hassan vor sich, das brennende Öl, und Dorothea.

Durch Feuer und Rauch hatte sie sich um sie bemüht, hatte sie gestützt und sich um sie gesorgt. Dorothea, blond und blaue Augen, und dann dieser Anhänger … Ihn hatte sie seinerzeit doch eigenhändig in die Kiste gelegt!

Aber sie würde schon herausfinden, was es damit auf sich hatte. Sie würde ein freundliches Gespräch mit der jungen Frau führen und sich dabei unauffällig nach dem Schmuckstück erkundigen. Es konnte sich nur um eine Kopie handeln, was denn sonst? Nein, vor dieser Dorothea musste ihr nicht bange sein.

Blieben noch der verstauchte Fuß, die schmerzende Schläfe und das unbestimmte Gefühl, getäuscht worden zu sein. Das nagte an ihr. Wenn sie sich nur erinnern könnte! Vergeblich horchte sie in sich hinein. Wenigstens kam heute ein Fahrer und brachte sie zurück in die Zivilisation nach Agadir. Der Knöchel schmerzte schon deutlich weniger, sie konnte ihn sogar belasten, trotzdem, hoffentlich kam dieser Fahrer bald.

Endlich begannen die Tropfen zu wirken. Mit Halimas Hilfe wusch sich Betty, kleidete sich an und packte Rucksack und Tasche. Dann saß sie im Hof vor Fladenbrot, Schafskäse und blassem Honig. Statt Kaffee gab es süßen Minztee. Lustlos kaute sie, trank kleine Schlucke Tee und wartete.

Sheïk Idriss ließ sich nicht blicken, ebenso wenig Dorothea. Bettys Erkundigungen wurden mit Schulterzucken beantwortet. Die Frauen verstanden zwar die Namen, nicht aber den Sinn ihrer Fragen. Sie kehrten den Hof, spülten Teller, scheuerten Töpfe. Jeder Winkel des Hauses wurde gereinigt. Aufräumen, Putzen, Kochen, wie überall auf der Welt, Tag für Tag. Am liebsten hätte sie mitgeholfen. Sie liebte Ordnung. In ihrem Garten hatten Unkraut und welke Blätter nichts zu suchen, und die Sauberkeit ihres Hauses übertraf die bei den Nachbarinnen bei Weitem.

Diese Berberfrauen lachten und schwatzten, als sei nichts Besonderes geschehen, als habe die vergangene Nacht lediglich in Bettys Einbildung stattgefunden. Plötzlich kam ihr eine Idee. »Ich würde mir gern die Schule ansehen und euren Lehrer kennenlernen.«

Es dauerte, bis Halima Bettys Wunsch begriff. Schließlich jedoch öffnete sie das Tor, reichte ihr einen Gehstock und gab ihr einen Jungen als Begleitung mit.

Sie kam zwar nur langsam vorwärts, insgesamt aber ging es besser als gedacht. Einige Kinder beobachteten ihren Weg, die meisten Bewohner des Dorfs schienen allerdings anderweitig beschäftigt zu sein.

Aneinandergebaute Häuser beschatteten die Gasse, nur gelegentlich öffnete sich eine schmale Lücke zwischen ihnen. Wo sie den Blick freigaben, sprangen die Ausblicke wie überbelichtete, hochformatige Dias aus dunklen Schächten hervor. Alle paar Schritte wartete der Junge auf sie, dazwischen vertrieb er sich die Zeit damit, Steinchen zu kicken.

Schließlich deutete er auf ein schmales Haus aus Bruchsteinen und Lehmziegeln. Es wirkte abweisend, trotz der verschwenderisch blühenden Bougainvillea, die über Fassade und Hofeinfahrt rankte. Auf dem ergrauten Holz der Torflügel leuchteten weiße Handabdrücke, Schutzzeichen gegen böse Geister, wie der Reiseleiter erklärt hatte. Diese ähnelten allerdings eher kindlichen als magischen Symbolen.

Der Kleine stemmte sich bereits gegen das schwere Tor. Es knarrte.

»Warte!«, sagte Betty. Zu spät.

»*Saalam u aleïkum*«, rief sie daher laut, wie sie es in Sheïk Idriss' Haus gehört hatte, und trat in den Hof. »Ich bin Betty aus Deutschland. Kann ich bitte den Lehrer sprechen?«

Eine Frau mit einem Baby auf dem Arm trat aus dem Haus. Sie trug eine bläuliche Tätowierung am Kinn. Mit unbewegtem Gesicht starrte sie Betty an.

Betty lächelte. »Entschuldigung, dass ich störe«, sagte sie. Erst auf Französisch, dann auf Englisch. »Ich wollte nach Hassan sehen. Geht es ihm gut?«

Keine Reaktion. Das Kind, ein wenige Wochen alter Säugling, begann zu weinen. Die junge Mutter klopfte ihm zur Beruhigung auf den Rücken, ohne dabei Betty aus den Augen zu lassen. Sie schwieg.

Noch einmal versuchte Betty, sich verständlich zu machen, langsam und mit einfachen Worten, doch ohne Ergebnis. Peinlich.

Sie entlastete ihr Bein. Vielleicht kam gleich jemand, der sie verstand und sie zu Hassan brachte? Unauffällig schaute sie sich um.

Hier sah es entschieden einfacher aus als beim Sheïk. Der

unbefestigte Hof lag einen halben Meter tiefer als das Haus, vor dessen Schwellen Bruchsteine lagen, über die man die Zimmer erreichen konnte. Es gab weder ein Wasserbecken noch Blumen oder eine schattige Sitzecke, nichts, das den kargen Eindruck gemildert hätte.

An der Mauer lehnte ein offener Verschlag, bis auf den Hof stapelten sich darin Kisten, notdürftig von Planen bedeckt. Hühner scharrten, der Hahn spazierte auf den Kisten herum, nicht zum ersten Mal, wie Kotspuren auf der grauen Abdeckplane bewiesen.

Außer der jungen Mutter war anscheinend niemand zu Hause. Betty wandte sich zum Gehen.

Doch nun erwachte die Hausherrin aus ihrer Erstarrung und zog sie am Ärmel ins Haus. In einem Zimmer mit Strohmatten auf dem nackten Betonboden musste Betty Platz nehmen und bekam einen Plastikbecher mit Cola in die Hand gedrückt. Danach legte sich die junge Mutter das quengelnde Kind an die Brust, richtete einige Worte an den Jungen und schickte ihn fort.

Stumm saßen sich die Frauen gegenüber. Bis auf zwei Polster, einen niedrigen Tisch und ein paar gefaltete Decken war der schmale Raum unmöbliert. An den Wänden leuchteten knallfarbene Plastikblumen und ein industriegefertigtes Webbild der schneebedeckten Alpen. Auf einem Brett standen sechs oder sieben stark zerlesene Bücher.

Zahllose schwarze Fliegen schwirrten herum. Trotz Bettys Gewedel ließen sie sich auf Händen und Kleidern, den Haaren und dem Gesicht nieder. Sogar im Mundwinkel und den Augenlidern des Babys saßen sie, ohne dass die Mutter auch nur einen Versuch unternommen hätte, sie zu verscheuchen. Dies sollte die Familie und das Heim eines Lehrers sein, eines gebildeten Menschen, der doch immerhin studiert haben musste?

Endlich betrat ein Mann den Hof. »Le bäs, Madame, saalam, *good morning*!«, rief er ihr schon von Weitem zu. »Ich bin glücklich, Sie kennenzulernen. Mein Name ist Abdelaziz, und ich heiße Sie herzlich willkommen in meinem Haus.«

Er war mager, mit lebhaften Händen und einem offenen Gesicht. Noch während er sich setzte, überschüttete er Betty mit einem Redeschwall aus englischen und französischen Sätzen. Sie verstand nur die Hälfte.

Wenn sie seine Worte richtig deutete, stellte er Fragen zu ihrer Reise und ihren Eindrücken von Marokko. Allerdings wartete er kaum ihre Antworten ab. Nach seiner schweigenden Frau war seine Redefreude geradezu eine Erholung. Dennoch war dieser Besuch ein Fehler, das dämmerte ihr langsam. Sie sollte gehen.

Da sie aber nun schon mal hier war, fragte sie, wann sie Hassan denn besuchen könne. Doch so sehr sie sich auch bemühte, der Lehrer schien sie nicht zu verstehen. Hatte sie sich falsch ausgedrückt? Also noch einmal.

»Ist er nicht im Krankenhaus in Guelimin?«, fragte der Lehrer. »Ich hörte so etwas, aber genau weiß ich es nicht.« Wieder zuckte er mit den Schultern und hob seine leeren Hände.

Betty kam sich plötzlich ziemlich dumm vor. »Da hab ich wohl etwas falsch verstanden.« Sie lachte gezwungen.

»Ein schönes Kind haben Sie, ist es ein Junge? Er sieht sehr kräftig aus, so gesund.«

Überschwänglich lobte sie das Baby, das mit geschlossenen Augen an der Brust der Mutter lag, und bemerkte viel zu spät, dass die Eltern immer abwehrender schauten.

Mit einem Mal fiel ihr ein, dass der Reiseleiter erklärt hatte, in Marokko dürfe man kleine Kinder niemals loben. Im Gegenteil, man solle möglichst laut beklagen, wie mager und schwach sie seien, ganz besonders bei hübschen Kindern. Angeblich diente das der Abwehr böser Geister.

Am liebsten wäre Betty im Boden versunken. Bloß fort von hier.

Im Hof jagte ihr kleiner Begleiter den Hahn und kletterte ihm über den Kistenstapel hinterher. Als er sich an den Abstieg machte, verrutschte die Abdeckplane. Flache Holzkisten mit dem Emblem des Roten Kreuzes und des Roten Halbmonds kamen zum Vorschein.

Der Hahn schlug mit den Flügeln und krähte.

Betty erstarrte.

Flache Kisten. Sie wusste, sie waren sehr, sehr schwer. Woher sie das wusste? Von vor sehr, sehr langer Zeit … Ölpapier, Waffen, Munition, dachte Betty. Allmählich drangen Bilder an die Oberfläche, die immer stärkere Konturen bekamen.

Solche Kisten hatte sie erst kürzlich gesehen, auf der Ladefläche eines Autos, vorgestern Nacht, der Nacht ihres Unfalls. Dunkelheit, Wachspapier und zwei geöffnete Kisten … Plötzlich war die Erinnerung komplett. Gewehre!

Betty packte die Hand des Jungen. Hastig, ohne einen Blick zurück, humpelte sie aus dem Hof ins Freie.

Kapitel 17

Doro sog den Duft von Wasser, Blumen und Kräutern ein, der durch die offene Tür hereinwehte. Die Hütte war nicht gerade das Grand Hotel, dafür lag sie am Rand einer unwirklich schönen Oase, die zu dem Dorf am Berghang gehörte. Gegen Mittag waren sie eingetroffen, Amir hatte das Auto am Ortsrand geparkt und sie über Wassergräben, vorbei an Beeten voller Zwiebeln, Minze und Klee und durch Palmen- und Aprikosenhaine geführt. Er hatte sie mit seinen Freunden bekannt gemacht, hatte Tücher über eine alte Matratze gebreitet und ihr ein Lager gerichtet.

Sie musste geschlafen haben. Es war dunkel, Kerzenlicht flackerte. Vier Männer hockten im Kreis. Das Licht zeichnete helle Flächen und tiefe Schatten auf ihre Gesichter, und ihre Silhouetten zuckten über die rissigen Lehmwände. Amir und seine Freunde. Die drei Bauern waren in Lumpen gekleidet, anders konnte man ihren Aufzug nicht nennen. Mit seiner Gandura aus blauem Damast leuchtete Amir wie ein orientalischer Märchenprinz zwischen ihnen.

Die Männer redeten mit gedämpften Stimmen, offenbar ging es kontrovers zu. War dies eine der angekündigten Informationsrunden? Es sei wichtig, die Leute aufzuklären, hatte Amir gesagt. Warum waren dann nur so wenige anwesend?

Amir folgte der Diskussion, ein kleines Wiegemesser ruhte vergessen in seiner Hand. Auf einem Holzbrett zwischen seinen gekreuzten Beinen lag ein Häufchen trockener Blätter und Stängel.

Die Männer sahen, dass sie erwacht war, und schlagartig änderte sich die Stimmung. Plötzlich taten sie heiter, jemand machte einen Scherz, ein anderer reichte ihr ein Glas Minztee. Unauffällig ließ Amir ein Ende seines Chêches über das Brett zwischen seinen Knien gleiten.

Doro schlürfte den heißen Tee. Er tat wohl, überhaupt gefiel es ihr in dieser Männerrunde. Heute störte sie das Geheimnisvolle nicht, das stets latent vorhanden war. Der kurze Schlaf hatte ihr gutgetan. Sie fühlte sich entspannt und geborgen, und es machte ihr nichts aus, sich kaum etwas wirklich zusammenreimen zu können.

Amir beobachtete sie nachdenklich. Schließlich legte er das Tuch zwischen seinen Knien beiseite und schnitt die trockenen Kräuter auf dem Brett. Wieder und wieder ging das Wiegemesser über Blätter und Stiele, immer feiner wurden sie. Jetzt kamen angefeuchtete Tabakblätter hinzu, auch sie wurden sorgfältig zerkleinert. Die Männer sahen schweigend zu.

Und endlich verstand Doro. Hier wurde *origine* zubereitet, das Marihuana der Marokkaner!

Auch in deutschen Studentenkreisen wurde es konsumiert, es war beliebt. Sie selbst hatte es noch nie probiert, aber schon viel darüber gehört. An manchen Unis gab es sogar einen schwunghaften Handel mit marokkanischem Gras und Haschisch. Junge Leute aus Holland, Spanien und Deutschland reisten speziell ins Rifgebirge im Norden und schmuggelten in ihren klapprigen VW-Bussen, was in Radkästen und Türverkleidungen nur immer hineinpasste. Das war riskant, wer erwischt wurde, musste sowohl in Deutschland als auch in Marokko mit Gefängnis rechnen.

Erst kürzlich hatte es geheißen, dass manche Rifbauern sogar zweimal kassierten. Sie verkauften den jungen Ausländern ihr Kraut, gaben danach der Polizei einen Tipp, und wenn die Ahnungslosen kontrolliert wurden und, vor die Wahl zwischen Bestechung und Gefängnis gestellt, zahlten, teilte man sich das Geld.

Doros Tee schmeckte auf einmal bitter. Mit einem Ruck setzte sie sich auf. »Das glaube ich nicht! Machst du etwa Geschäfte mit Hasch? Mit mir als Tarnung und unter dem Deckmantel einer angesehenen Hilfsorganisation? Du bringst mich in Teufels Küche! Oder willst du behaupten, das weißt du nicht?«

Ein Falter torkelte ins Licht der Kerze und verbrannte. Erst an der einsetzenden Stille bemerkte sie, dass die Nacht bis eben mit lautem Froschquaken erfüllt gewesen war. Alle Augen waren auf sie gerichtet.

Amir biss die Zähne zusammen, sie sah es an seinen Wangen. Niemand sprach.

Doro verschränkte die Arme vor der Brust. Sie war gekränkt und enttäuscht, und sie ärgerte sich über sich selbst. Abenteuerausflug in die Wüste und zarte Küsse, und prompt fiel sie darauf herein! Wie naiv konnte man sein? »Verlier niemals deine Urteilskraft wegen eines Mannes« – Mutters Mahnung kam ihr in den Sinn.

Die Frösche begannen aufs Neue mit ihrem Konzert. Amir gab das Kleingehackte in eine Ölsardinendose, deren Boden mit feinen Nagellöchern perforiert war. Er siebte, bearbeitete Teile nach, ließ sie erneut durch das Sieb gleiten.

»Ich dachte mir schon, dass das mit deinem Weltbild nicht zusammenpasst. Entschuldige bitte, aber du hast keine Ahnung.« Konzentriert hackte, wiegte und siebte er. »Du bist nicht in Gefahr, die Polizei kontrolliert diese Gegend nicht.

Der Anbau von Cannabis wird stillschweigend geduldet, solange man es damit nicht übertreibt. Verboten ist nur der Gebrauch, obwohl sich der Koran hierzu nicht klar äußert. Alkohol verbietet er, aber sonst?« Amir zuckte mit den Schultern.

Endlich blickte er Doro an. »Hier im Süden raucht es jeder. Nicht Haschisch, nur origine, *just to be happy*. Jeder raucht es, Junge wie Alte, Reiche wie Arme. Die natürlich besonders.«

Die anderen nickten. Über Selbstverständliches brauchte man keine Worte zu verlieren. Doro aber genügten seine Erläuterungen nicht.

Amir versuchte es erneut. »Es hilft gegen Krankheit und Sorgen, gegen Mutlosigkeit und Angst. Und es bietet eine Perspektive, wenn auch nur eine winzige: Man kann ein paar *Dirham* zusätzlich verdienen.«

»Na bitte, sag ich doch: Es geht um Geld.« Sie schnaubte.

Einer seiner Freunde beschwichtigte. »Amir meint, du bist eine verständige Frau, höre also. Eine Grenze, genannt Mauer der Schande, zerteilt unser Land. Auf ihrer westlichen Seite herrschen die marokkanischen Besatzer mit harter Hand. Sie demütigen und verfolgen uns, wir müssen ein unfreies Leben führen. Ich verließ dieses Gebiet und siedelte um auf die andere Seite, in die Freie Zone. Dort, nahe der algerischen Grenze, haben wir das Sagen.«

Die Männer nickten, murmelten *baraka* und *Allah u aqbar.*

»Doch im Sandmeer der Freien Zone konnte ich meine Familie nicht auf Dauer ernähren. Daher ließ ich mich hierher nach Marokko umsiedeln. Wie viele andere vertraute auch ich den Versprechungen von König und Makhzen und glaubte den Beteuerungen, hier bekämen wir eigenes Land. Ich schwöre bei Allah, dieses Stück Land hier wurde mir versprochen!« Mit der flachen Hand klopfte er auf den Boden.

»Sobald ich mich hier angemeldet haben würde, werde man es mir übertragen, sagte man, mir, einem Sohn der A hel es Sahel! Bis zu meinem Lebensende könne ich es mit meinen Händen bearbeiten. Meinen Kindern werde es gut gehen, hieß es. Wundervolle Worte, Worte voller Hoffnung. Ich vertraute ihnen. Doch willst du die Wahrheit wissen? Nichts gehört mir, nichts als ein Bruchteil der Ernte. Ein Fünftel, um genau zu sein, alles andere bekommt der Patron. Denn in Wirklichkeit ist immer noch er rechtmäßiger Besitzer dieses Landes, ich konnte diese Parzelle lediglich von ihm pachten.«

Er ballte die Faust. »Allah strafe die Lügner! Kein irdisches Gericht wird mir Gerechtigkeit verschaffen. Ich besitze weder Schriftstücke noch Geld, meine Forderung einzuklagen. Nicht ein Krümel der Erde, die ich beackere, die ich Tag für Tag wässere, gehört mir, auch nicht die Palmen oder das Getreidefeld. Man hat uns betrogen. Zurück aber können wir nicht mehr. Wenigstens verdiene ich hin und wieder etwas Geld mit meinem reinen origine.«

Er wandte sich um Zustimmung an die Freunde. Sie nickten.

»Das tut mir natürlich sehr leid, aber trotzdem ...« Doro stotterte.

»Unser Freund hier zieht seine Pflanzen irgendwo in unwegsamen Gerölltälern. Dort wird sie die Polizei niemals finden.« Doch damit weckte Amir Doros Empörung erneut.

»Ach, also durchmogeln! Sagtest du nicht, der Anbau sei erlaubt?«

Wie sollte er ihr das Wegschauen erklären, wie die Umwege, das Unausgesprochene, das Stillhalten? Damit musste man groß geworden sein. »Es gibt mehr als Schwarz oder Weiß. Sieh nicht nur auf das Offensichtliche, und vergiss vor allem nicht, wie gierig der Makhzen oder wie korrupt die Polizei ist. Gerade mit kleinen Leuten machen sie, was sie wollen«, antwortete er schließlich.

An Doros Gesicht sah er, dass sie nicht begriff. Die Gräben waren zu tief. Wie sehr wünschte er, es wäre anders, und sie könnte ihn verstehen.

Halb resignierte Amir und war doch plötzlich nicht mehr zu halten. »Was weißt du von unserem Leben? Du bist frei, bist gebildet und reich, selbst wenn es dir persönlich anders erscheint. Alle Reichen aber sind reich auf Kosten der Armen. Meinem Land verspricht man das Blaue vom Himmel, hält uns hin über Jahre, nur damit wir uns nicht wehren gegen den Stiefel im Genick«, brach es aus ihm heraus.

»Ihr Reichen schafft politische Abhängigkeiten. Hier das westliche Lager und die NATO, dort der Warschauer Pakt, dazwischen lavieren die Blockfreien, und alle sind sie um ihre eigenen Positionen besorgt. Der Generalsekretär der KPdSU spricht zwar von Perestroika und Aufbruch, doch in Moskau sehnen sich bereits jetzt viele nach der starken Hand von früher zurück. Und nicht nur dort! Denk an den Aufstand in der Kabylei, an die Stammesfehden in Libyen, an die Partisanenkämpfe in Jugoslawien oder das Wirtschaftsembargo der USA gegen Kuba.«

Alle Augen hingen an ihm.

»Ihr im Westen seid stark, sowohl politisch wie wirtschaftlich. Wir aber sind abhängig von der UdSSR, von Libyen, von Kuba und von Algerien. Und wo bleiben wir, wenn unsere Unterstützer von ihren internen Angelegenheiten gelähmt sind? Wen kümmern unsere Probleme? Die reichen Europäer? Von eurer Seite haben wir nichts zu erwarten. Oder sitzen England, die Schweiz, Schweden und Deutschland mit an den Verhandlungstischen?« Er zeigte seine leeren Hände vor.

»Es geht entweder um Machtkämpfe und gegenseitige Drohungen oder um Wahrung von Wirtschaftsinteressen und Verteidigung politischer Einflussbereiche. Suchen sie ernsthaft nach Lösungen, diese Machtblöcke, womöglich gar nach Frieden? Nein, weder der kapitalistische Block noch der der Sozialisten und Kommunisten. Lieber nutzen sie im Sicherheitsrat der UNO ihr Vetorecht, um sich gegenseitig zu blockieren, und noch lieber drohen sie der Welt mit Krieg und Vernichtung.«

Amir hörte seine eigenen Worte wie die eines anderen. »Und zur gleichen Zeit leiden unsere Leute in den Flüchtlingslagern.« Er atmete schwer.

Was redete er? Doro war dafür wirklich nicht die richtige Adresse. Und doch wünschte er, sie möge nachfühlen, woran er litt, erkennen, worum es ihm ging, und seine Anstrengungen gutheißen.

Doro hatte das Gefühl, sich rechtfertigen zu müssen. Dabei wusste sie weder, was sie denken, noch wie sie sich verhalten sollte. Ihre Wut aber war verflogen.

»Ich bin hier, um zu helfen, schon vergessen?«

Was hatte sie mit internationaler Politik zu tun? Warum beschimpfte Amir sie? Aus diesem Mann wurde sie nicht schlau. Wollte sie das überhaupt noch? Was war das denn schon, Amirs romantisches Aussehen, sein Auftreten, seine mysteriöse Geschichte, sein Kuss? Flirt, Liebelei, Illusion. Und darauf fiel sie rein? Sie verschränkte die Arme vor der Brust.

Amir schwieg.

Einer der Bauern zog eine kleine Pfeife aus seinem Hemd, stopfte sie, nahm zwei tiefe Züge und blies den Glutrest heraus. Rotleuchtend flog er in eine dunkle Ecke. Erneut stopfte er die Pfeife, zündete sie an, drückte mit dem Daumen die aufquellende Glut nieder und reichte sie weiter. Die Männer rauchten abwechselnd, entspannt und schweigend. Kein Wort fiel, als sei alles gesagt.

Doro trat vor die Tür in den dunklen Garten. Der Nachtwind kühlte ihr Gesicht. Sie dachte an Amirs Geschichte, an seine Verhaftung, aber auch an das Unausgesprochene zwischen ihnen. In seinen dunklen Augen hatte sie es gesehen, in seinem Lächeln, und sein inniger Kuss hatte davon gesprochen. Es war nicht zu fassen und doch vorhanden. Etwas schwang zwischen ihnen, etwas Besonderes. Nicht konkret, schon gar nicht benennbar, und trotzdem war es da.

So ging das nicht, rief sie sich zur Ordnung, jetzt war kühles Denken gefragt. Von allem anderen abgesehen, in einem hatte Amir recht: Sie wusste zu wenig über die hiesigen Verhältnisse. Sicher, in den letzten drei Wochen, seitdem sie im Land war, hatte sie da und dort einen flüchtigen Blick hinter den Schleier getan, aber auch nicht mehr. Sie lebte nach wie vor nach europäischem Standard, ausgestattet mit Auto und Bargeld und mit einem Rückflugticket in der Tasche. Und nicht zu vergessen, mit ihren deutschen Ansichten, Erfahrungen und Vorstellungen. Aus seiner Haut konnte niemand, hieß es.

Bisher hatte sie stets gewusst, wie es weiterging, trotz ihrer Sorgen und Probleme, selbst rund um Mutters Krankheit war alles irgendwie geregelt gewesen. Hier aber hatte sie andauernd mit komplizierten Angelegenheiten zu tun, die sich nicht durchschauen ließen, mit Menschen, die mehrdeutige Dinge taten, sich sogar am Rande der Legalität bewegten, und das mit der größten Selbstverständlichkeit. Das war eine Nummer zu groß für sie.

In Doros Kehle wurde es eng.

Froschgesänge, das Sirren der Insekten, Blütenduft und

Palmen… Sie sah hinauf zu den Sternen. Überwältigend, dieses Geglitzer, das bis zum Boden zu reichen schien, und wunderschön anzusehen. Ja, gewiss, aber eben doch fremd.

Sie passte nicht hierher. Das Beste war, sie fuhr auf dem schnellsten Weg nach Agadir zurück. Dort redete niemand von ungerechter Politik, dort kannte sie sich aus, und wenn nicht, konnte sie Ingrid fragen. Sie musste zurück, auch wenn das bedeutete, dass sie Amir nie wiedersah.

Sie straffte Nacken und Schultern. Am liebsten wäre sie sofort aufgebrochen, bevor sie es sich wieder anders überlegen konnte. Doch sie musste das Tageslicht abwarten. Im Geiste ging sie die Strecke durch. Die richtige Piste zu finden könnte schwierig werden, aber wenigstens war der Reservekanister voll.

Auf jeden Fall hatte sie sich entschieden.

Kapitel 18

Es war, als habe sich ein Vorhang gehoben. Die Holzkisten, die Gewehre – erneut spürte Betty das Wachspapier, und dann war da diese Bewegung seitlich hinter ihr gewesen. Von dort war der Schlag gekommen.

Von wegen Schlafwandeln! Jemand hatte sie beobachtet. Und als sie die Waffen entdeckte, musste man die Zeugin loswerden. Wer hatte sie niedergeschlagen? Bei dem Schlag hätte sie leicht sterben können. Sie fröstelte.

Ein Waffenlager bei einem Lehrer?

Vielleicht aber waren die Kisten leer, und der Lehrer und seine Frau verwerteten lediglich das Holz? Das Dorf, die Frauen und die Kinder, eigentlich wirkte hier alles friedlich. Wahrscheinlich hatten diese Leute nichts mit den Gewehren zu tun, auch der Lehrer nicht, und die Kisten lagerten zufällig in seinem Hof. Andererseits hatte Hassan gesagt, der Lehrer sei der einzige Ausweg …

Über Stufen, Unebenheiten und durch schmale Gassen ging es dem Haus des Sheïk entgegen, das ihr wie ein schützendes Bollwerk vorkam.

Wer war es, der zugeschlagen hatte? War er immer noch hinter ihr her? Betty blickte um sich, lauschte auf verdächtige Geräusche, humpelte weiter und versuchte, sich zu beruhigen. Hier im Dorf war sie sicher, noch dazu am helllichten Tag. Keiner würde ihr etwas antun. Dennoch beeilte sie sich, so gut es ging.

Zumindest hatten sich ihre Erinnerungslücken geschlossen. Nicht zu wissen, was geschehen war, hatte ihr wirklich zugesetzt. Aber ging es ihr nun besser? Womöglich hatte sie sich mit ihrer Fragerei beim Lehrer erneut in Gefahr gebracht? Hoffentlich kam der Fahrer aus Agadir bald, sie wollte fort!

So rasch sie konnte, humpelte sie weiter. Mehrmals sah sie sich um, doch niemand folgte ihr. Endlich lagen die weißen Mauern des Sheïk-Hauses vor ihr. Betty sank auf einen Stein vor dem Tor. Sichtlich erleichtert sprang der Kleine davon.

Die Sonne stand inzwischen so hoch, dass die Mauern kaum Schatten warfen. Ziegen- und Eselsgeschrei schallten aus dem Tal herauf, eine Eidechse huschte über Bettys Fuß und verschwand in einer Mauerritze.

Dieser Wagen aus Agadir – was, wenn er gar nicht kam? Nicht sie, sondern der Fahrer ihrer Reisegruppe hatte mit den Leuten in Agadir telefoniert. So er denn tatsächlich telefoniert hatte! Alles Mögliche könnte er erfunden haben, wer wusste, mit wem er unter einer Decke steckte? Wer wusste überhaupt, worum es bei all dem ging?

Dorothea fiel ihr ein. Hatte sie nicht gesagt, sie fahre heute zurück nach Agadir? Sie würde sie bitten, sie mitzunehmen. Dass sie ausgerechnet auf dieses Mädchen treffen musste, noch dazu hier – aber auch damit würde sie fertig werden. War sie etwa nicht immer mit allem fertig geworden, irgendwie? Endlich atmete es sich leichter.

Betty beeilte sich, im Haus des Sheïk zu verschwinden. »Wo ist Mademoiselle Dorothea?«, fragte sie auf der Türschwelle.

Halima antwortete mit einer flatternden Handbewegung.

»Fort? Wohin? Ich muss sie dringend sprechen.«

Lächeln, Bedauern und Schulterzucken. Aus dem Zimmer des alten Sheïk ertönte das Klingeln eines Telefons.

Betty horchte auf. Telefon, hier? Auch Halima lauschte. Beide warteten. Es klingelte mehrmals, doch Halima rührte sich nicht.

Betty deutete auf die Tür. »Telefon«, sagte sie. Halima antwortete. Betty verstand sie nicht. Halima drückte die Türklinke. Verschlossen.

Halima erklärte und gestikulierte. Sîdi Idriss war nicht da? Während seiner Abwesenheit durfte niemand sein Zimmer betreten? Ja aber – das Telefon?

Erst jetzt begriff Betty: Es gab Telefon im Haus! Vorher hatte es doch geheißen, erst im Nachbardorf gäbe es die Möglichkeit zu telefonieren? Belog man sie, oder hatte sie wieder etwas missverstanden? Zuerst die Kisten und der Anschlag, dann Dorothea und dieser Hassan – und jetzt ein verheimlichtes Telefon? Was kam als Nächstes?

Dinge existierten oder sie existierten nicht, so war sie es gewohnt und so war es richtig, nur so! Punkt.

Betty erschrak, dabei hatte lediglich Cadijah die Terrasse betreten. Das nahezu unhörbare Näherkommen der Frauen ließ sie ebenso zusammenzucken wie laute Geräusche aus dem Dorf. Das kam von ihrer Angst. Sie presste den Rucksack an sich, verbarrikadierte sich geradezu dahinter, und starrte auf den dunklen Fleck am Boden der Terrasse, den das brennende Öl hinterlassen hatte.

Mittag war längst vorüber. Wo blieb Dorothea? Niemand schien eine Ahnung zu haben. Sie musste warten. Auf den alten Sheïk, den Einzigen, mit dem sie sich verständigen konnte. Betty wechselte ihren Platz. Jeden, der die Treppe heraufkam, wollte sie sofort sehen können.

Cadijah stellte Saftkaraffe und Glas in ihre Reichweite

und setzte sich in ihre Nähe. Zum Schutz oder als Bewachung? Sie putzte ein blassgrünes Gemüse, das Betty nicht kannte, während Halima die Schalen von Zitronen anritzte und Salz hineinrieb.

Alles hier war fremd. Wie sollte sie Wesentliches von Unwichtigem unterscheiden können? Das Telefon wollte ihr nicht aus dem Kopf. Aber selbst wenn sie telefonieren könnte, wen sollte sie anrufen, wen um Hilfe bitten? Sie kannte niemanden in Marokko, wusste noch nicht einmal den Namen des Reisebüros, über das Karl-Heinz ihre Tour gebucht hatte.

Betty erhob sich, lehnte an der Brüstung. Sie hatte ihre Tropfen eingenommen, ein Stück Brot gegessen und Saft getrunken, mehr gab es für sie nicht zu tun. Außer warten.

Ihr Blick ging in die Ferne, über die Oase am jenseitigen Ufer des trockenen Flussbetts, kehrte zurück und blieb am Dorf zu ihren Füßen hängen. Einzig dieses Haus und die Moschee mit ihrem kantigen Minarett leuchteten weiß, die anderen Wohnhäuser bestanden aus groben Steinen und bräunlichem Lehmputz, und alle hatten sie schmale Gitterfenster und himmelblaue Metalltüren. Auf einem der flachen Dächer wurden Hühner gefüttert, auf einem anderen trocknete Wäsche. Halima gab ihr zu verstehen, dass bei großer Hitze viele Leute auf den Dächern schliefen, unter freiem Himmel.

Betty blickte nach unten, wo Kinder Wasser vom Brunnen holten. Mit schweren Kanistern und Amphoren schleppten sie sich ab und krakeelten noch dabei.

Halima demonstrierte ihr, wie elegant das aussehen konnte. Freihändig balancierte sie ein bis zum Rand gefülltes Gefäß auf dem Kopf, ging über die Terrasse und stieg Treppen, ohne einen Tropfen zu verschütten, und ließ bei jedem Schritt ihre langen Röcke schwingen. Alle Mädchen und Frauen beherrschten diese Technik.

Karl-Heinz hatte während der Vorbereitung gesagt, innerhalb des Hauses hätten die Frauen der Berber das Sagen, manche nähmen sogar an Dorfversammlungen teil, und anders als Araberinnen trügen sie keine Schleier und schauten jedem offen ins Gesicht. Im Alter beugten sich ihre Rücken, und Rheuma und harte Arbeit krümmten ihre Hände. Dann aber lebten sie längst als geachtete Alte inmitten ihrer Familien, hatte er gesagt, man kümmerte sich um sie, und Töchter, Schwiegertöchter und Enkelinnen übernähmen ihre Aufgaben. Vom natürlichen Lauf des Lebens hatte er gesprochen und vom Miteinander, vom Zusammengehörigkeitsgefühl innerhalb großer Familien. Eine schöne Vorstellung. Aber wer sagte, dass sie der Realität standhielt?

Betty umklammerte ihren Rucksack fester. Sie hatte genug. Genug von Angst und Warten und mehr als genug von all dem Fremden.

Kapitel 19

Amir trat aus der Hütte. »Gehen wir ein Stück.« Er griff nach Doros Hand.

Sie entzog ihm ihre Hand. »Den Autoschlüssel«, forderte sie. »Ich fahre.« Sie wandte ihren Blick ab.

»Und wohin?«

»Nach Agadir. Bei Tagesanbruch fahre ich zurück.«

»Warum?« Amir stellte sich ihr in den Weg.

»Das fragst du nicht im Ernst! Eigentlich wolltest du mir deine Wüste zeigen. Damit hast du mich hergelockt. Gut, ich habe zugestimmt, auch, mit dir zu diesen Leuten zu fahren, die du angeblich mit Informationen versorgen musst. Mein Fehler. Aber jetzt? Stellt sich heraus, es geht um Drogen, um Geldbeschaffung und große Politik. Das ist nicht meins. Ich fahre zurück.«

Amir schwieg.

»Die Notlage deiner Freunde tut mir leid, aber wie soll ich denn daran etwas ändern? Davon abgesehen: Gib zu, im Grunde wolltest du mir gar nichts zeigen. Das Einzige, was du wolltest, ist mein Auto.«

Sie drehte sich weg. Er sollte nicht sehen, dass sie mit den Tränen kämpfte. »Und noch was. Es stimmt, ich weiß tatsächlich so gut wie nichts von diesem Land, aber Drogengeschäfte sind überall illegal.«

»Still!«

Amir legte den Kopf schräg, lauschte, dann griff er nach ihrer Hand und zog sie zu einem Erdhügel in der Nähe.

Doro wehrte sich. »Was soll das?«

Sie stolperte, doch Amir hielt ihre Hand fest. »Dort hinauf.« Er schob sie aufwärts. »Sei still!« Sein Blick ging durch eine Lücke zwischen Sträuchern und Palmen zur gegenüberliegenden Seite der Ebene. Ihre Hand ließ er nicht los.

Auch Doro schaute hinüber. Im ungewissen Schein des aufgehenden Mondes zeichnete sich eine Höhenlinie ab. Fledermäuse schossen in scheinbar ziellosem Zickzackkurs durch die silbrig helle Nacht. Ihre Hand fühlte sich wohl in Amirs Hand. Es könnte so schön sein …

»Lastwagen, hörst du?«

Doro hörte nichts.

»Polizei oder Militär, auf der Piste. Sie kommen direkt auf uns zu.«

»Wo?« Sie folgte Amirs ausgestrecktem Arm.

Und jetzt sah sie es. Auf der anderen Seite der Ebene zuckten Lichtpunkte. Sie schwankten, verschwanden für Momente und tauchten wieder auf, eindeutig näher als zuvor.

»Wahrscheinlich suchen sie nur routinemäßig, aber warum in der Nacht? Und warum Lastwagen, noch dazu so viele?«, grübelte Amir halblaut. »Da ist etwas im Gange. Wir müssen die anderen warnen und deinen Wagen verstecken, für alle Fälle.«

Er hatte recht. Sie dachte an das getarnte Auto und an die fehlenden Nummernschilder – nie könnten sie das einem Polizisten erklären!

Amir stürmte bereits davon. Als sie ihn einholte, riss er die Tür der Hütte auf. Wenige kurze Worte, schon rannten die Männer an ihr vorüber.

»Du lässt hier alles verschwinden, die Hütte muss unbenutzt aussehen«, befahl Amir. »In der Ecke steht ein Kanister mit Diesel, davon verspritzt du reichlich, für den Fall, dass sie Hunde bei sich haben. Beeil dich, und sei gründlich. Um den Wagen kümmere ich mich, bin aber so schnell wie möglich zurück. Versteck dich, bis ich dich hole. Ich werde pfeifen.« Er sah sie an. »Hab keine Angst.« Damit war er verschwunden.

Keine Angst? Ihr Herz klopfte wie verrückt!

Mit fliegenden Händen tat sie, was Amir ihr aufgetragen hatte. Wiegemesser und Brettchen, Teekanne und Gläser wanderten in eine dunkle Ecke. Sie warf Matten darüber und trockene Palmwedel. Die speckige Matratze, auf der sie geschlafen hatte, lehnte sie umgedreht gegen die Wand. Was noch?

Trockene Stängel und ein Blatt Papier, ähnlich dem mit seiner Nachricht an sie, lagen neben Amirs Platz. »Willst du Allahs Garten sehen ...« Dieser Zettel war bedeckt mit Linien, die sich kreuzten, mit arabischen Schriftzeichen und einer dicken Fünf neben einer angedeuteten Palme. Doro stopfte alles in ihre Tasche. Mit der Kerze leuchtete sie die Hütte ab. In ihren Augen sah sie unbenutzt aus.

Jetzt der Diesel. Und wie öffnete man den verdammten Kanister? Der Verschluss klemmte. Sie zerrte daran und lauschte zugleich, ob die Lastwagen näher kamen.

Vereinzelt bellten Hunde im Dorf, die Frösche quakten, sonst hörte sie nichts. Seitdem Amir und die anderen verschwunden waren, konnten höchstens Minuten verstrichen sein, ihr kam es jedoch endlos vor.

Die Verriegelung des Kanisters schnappte auf. Scheppernd fiel er zu Boden. Sogleich bildete sich eine Lache zu ihren Füßen, und Gestank breitete sich in der Lehmhütte aus. Besorgt über die Nähe zur brennenden Kerze, die sie auf die Türschwelle gestellt hatte, schloss sie eilig den Behälter. Geschafft.

Plötzlich begannen alle Dorfköter gleichzeitig zu kläffen. Motorengeräusche! Doro blies die Kerze aus, stellte den Kanister in eine Ecke und schloss die Tür. Draußen zwängte sie sich zwischen Büsche und Gartenmauer. Sie wagte kaum zu atmen. Motoren waren keine mehr zu hören, nur die Hunde und die Nachtgesänge von Fröschen und Zikaden. Vielleicht waren die Lastwagen am Dorf vorbeigefahren? Oder Amir hatte übertrieben?

Schließlich kannte sie ihn kaum, und schon gar nicht konnte sie ihn einschätzen, das war ihr inzwischen klar geworden. Ein Greenhorn war sie, schlimmer, ein verliebtes, schwachköpfiges Greenhorn.

Plötzlich fiel ein Schuss, gleich darauf ein zweiter. Doro duckte sich tiefer.

Ein Pfiff. Amir, endlich!

»Ich bin hier.« Auf allen vieren kroch sie aus dem Versteck. Amir war gerannt, atmete hastig. Seinen linken Unterarm hielt er an den Oberkörper gepresst.

»Bist du verletzt?«

»Querschläger, nicht schlimm. Alles erledigt? Gut. Wir gehen bis zum Dorf, dann ein Stück den Berg hinauf und runter in ein Seitental. Dort habe ich deinen Wagen versteckt. Bereit?«

Doro nickte.

»Yallah. Halt dich dicht hinter mir und bleib in Deckung.« Geduckt lief Amir voraus.

Sie folgte ihm. Querschläger, Deckung – hielt er sie für eine Heldin?

Sie verließen die Oasengärten und näherten sich dem Dorf. Irgendwo zwischen den Häusern starteten erneut Motoren, tasteten Scheinwerfer durch die Nacht, dazu kam

Hundegebell, das Geschrei von Menschen und gelegentlich ein Schuss. Doro hielt den Atem an.

Amir blieb stehen, vorsichtig reckte er den Hals. »Da! So sieht eine Razzia der Grenztruppen aus. Möge Allah sie mit verkrüppelten Söhnen strafen!«

Doro spähte ebenfalls um die Ecke. Zwei Lastwagen mit aufgeblendeten Scheinwerfern standen auf dem Dorfplatz, daneben sah sie Uniformierte mit schussbereiten Gewehren. Die Häuser an der Bergflanke wurden angestrahlt, während sich ihre Bewohner in einer Ecke des Platzes zusammendrängten, auf dem Boden kauerten, die Hände über dem Kopf. Alle schienen sich in einer Art Starre zu befinden. Als aber plötzlich vom anderen Ende des Dorfs eine Maschinengewehrsalve und Kommandorufe ertönten, sprangen die Leute schreiend auf und rannten durcheinander. Die Soldaten trieben sie zurück.

»Was ist?« Trotz der Entfernung flüsterte Doro.

»Hausdurchsuchungen. Sie gehen systematisch vor, und wie es aussieht, beginnen sie im unteren Teil des Dorfs. Gut für uns. Bist du bereit? Hier entlang.«

Amir presste seinen verletzten Arm gegen den Körper und schlich auf einen Geröllhang zu, dessen Ausläufer bis zum Dorfanfang reichte. Dort begann der Aufstieg.

Sie zögerte. Folgen oder bleiben? Sie hatte mit all dem hier nichts zu schaffen, wusste nicht einmal, wie dieses Dorf hieß, was hatte sie also zu befürchten? Die Kontrolle durch Mahmud und seine Männer fiel ihr ein. Die hatte ihr gereicht.

Sie folgte Amir. Ihre Füße fanden kaum Halt auf dem lockeren Gestein, es rollte und polterte den Abhang hinunter. In einer ruhigen Nacht mussten Geräusche wie diese meilenweit zu hören sein.

Amir kletterte voraus, bis er einen Felseinschnitt erreicht

hatte. Flach hingekauert wartete er auf Doro. Sie kroch neben ihn. Beide starrten auf das Dorf zu ihren Füßen.

Jemand warf eine brennende Fackel in aufgeschichtete Strohbündel. Sie flammten sofort auf.

Die Dorfbewohner schrien, wogten vor und zurück, reckten die Arme – gegen die hell lodernden Feuersäulen hoben sich ihre Silhouetten wie schwarze Vögel ab. Ein Mann schien zu tanzen, doch sein Gewand brannte. Die Menschen umringten die Soldaten, wehklagten, flehten und stöhnten und versuchten, das Korn dem Feuer zu entreißen.

Die Uniformierten schossen in den Boden zu Füßen der schwarzen Gestalten, eine Salve nach der anderen. Grelle Blitze, Schreie, Rauch und Flammen …

»Was tun sie?«

»Wonach sieht es denn aus?« Amir deutete hinunter. »Sie verbrennen die Ernte.«

»Kann man sie nicht aufhalten?«

»Ich jedenfalls nicht.« Er zog hilflos die Schultern hoch. Seine Miene sprach von Wut und Verzweiflung.

Weitere Getreidebündel wurden ins Feuer geworfen und flammten auf. Funken sprühten, Rußpartikel segelten durch die Luft, und der Geruch des brennenden Korns drang bis zu ihnen herauf.

Doro starrte hinunter. So etwas geschah nicht wirklich, so etwas gab es nur im Kino. Sie zwang sich, den Blick abzuwenden.

Plötzlich hallten Explosionen durch das Dorf, und die Nacht war von Lärm erfüllt, der sich an den Hängen brach. Gleichzeitig schoss ein Feuerball aus dem Seitental empor, eine Säule aus Qualm und Funken, die in alle Himmelsrichtungen schossen.

Doro schrie auf. Ihre Stimme kippte. »Was war das?« Sie klammerte sich an Amir.

Auch er zuckte zusammen. »Panzerabwehrgranaten? Sind sie verrückt geworden? Allah, sie meinen es wahrhaftig ernst!« Er starrte auf die Feuerwolken und den Rauch.

»Was?« Doro spürte, wie ihr Mund trocken wurde. »Was hast du gesagt?«

Amir schwieg. Hätte er die Kisten doch nur rechtzeitig ausgeladen! Oder noch besser: Hätte er sich bloß nie auf diese Sache eingelassen! Gegen das Gewissen zu handeln, nur um nicht als Feigling hingestellt zu werden, rächte sich jetzt bitter.

»War das mein Auto?«

Doros Stimme kam ihm fremd vor. Er konnte sie nicht ansehen. »Ich dachte, dort hinten sei es in Sicherheit.«

Auf keinen Fall durfte man ihn mit den Gewehren in Verbindung bringen, Doro ebenfalls nicht, also musste der Wagen verschwinden. Aber er hatte nicht genug Zeit gehabt, ihn vernünftig zu tarnen. Wer hätte außerdem ahnen sollen, dass die Grenzer gleich alles in die Luft jagten? Durchsuchungen, sogar Festnahmen, das schon, aber Schießereien? Und dann noch mit Granaten?

»Der Wagen, mein Gepäck – in die Luft geflogen?«

»Ja, alles, mitsamt den Kisten.« Amir legte einen Arm um ihre Schultern, der andere hing steif an seiner Seite.

»Die Kisten … Was war darin?« Doro zitterte.

Amir wiegte sie leicht.

Kapitel 20

Ingrid rührte sich nicht. Arme und Beine fühlten sich bleischwer an und der Kopf leer. Sie wartete, dass etwas geschah. Doch weder fuhr die Polizei vor, noch meldete sich der Briefschreiber.

Ibrahim – ein Waffenschmuggler. Er hatte es zugegeben.

Heute war er nicht zur Arbeit erschienen. Wenigstens kam Doro morgen zurück. Wie sollte sie ihr die Situation erklären? Sie verstand sie ja selbst kaum, trotz Ibrahims Geständnis. Fotos und Brief hatte sie natürlich verbrannt, doch inzwischen war ihr eingefallen, dass irgendwo Negative existierten. Keine Entwarnung also.

Dennoch hatte sie wieder zu ein wenig Gelassenheit zurückgefunden. Sie musste abwarten, was als Nächstes geschah, tun konnte sie nichts.

Draußen schlenderten Menschen vorüber, Touristen, die sich einen schönen Tag gönnten. Die Händler nebenan machten wie gewohnt Scherze mit ihnen, verteilten Komplimente, feilschten und lachten und verkauften gut. Salamah, Omar und Abdu waren wieder einmal die Stars des Jacarandaplatzes.

Untergrundkampf, hatte Ibrahim gesagt, zur Befreiung seines Volkes. Davon wusste sie nichts, konnte also nicht urteilen. Schlimm war, dass er sie getäuscht und ausgenutzt hatte. Den Menschen, mit denen man sich umgab, denen man vertraute, musste man ehrlich begegnen. Sie hatte sich auf ihn verlassen, er aber hatte nicht anständig gehandelt.

Doch jetzt ging es vorrangig um mögliche Konsequenzen. Ob der Briefschreiber seine Drohungen wahr machte oder nicht, sie hatte die Folgen von Ibrahims Handeln zu fürchten. Die hiesigen paranoiden Strafverfolgungsbehörden würden ihr sicher nicht glauben, bis zum gestrigen Tag nichts von diesen Machenschaften gewusst zu haben.

Ihr Impuls riet ihr daher, rasch das Nötigste zusammenzupacken, ins nächste Reisebüro zu eilen und für die erste Maschine morgen Flüge nach Deutschland zu buchen.

Reglos blieb sie sitzen. Agadir verlassen? Unter diesen Umständen hätte das vermutlich zur Folge, nie mehr zurückkehren zu können.

Ingrid starrte auf das Treiben draußen. Wie sagte Ibrahim immer? »Es gibt zwei Tage, um die du dich nicht zu kümmern brauchst: Um den Tag, der noch nicht gekommen, und um den, der vergangen ist.« So einfach!

Sie wusste, irgendwann kam er, der Tag, an dem sie hier ihre Zelte abbrechen und sich auf ihre letzte Lebensetappe einstellen musste. Und zwar in Deutschland, wo alles wohlgeordnet war. Natürlich hatte sie für das Alter vorgesorgt, ihre Pension war ihr sicher, doch in Deutschland wartete nichts und niemand auf sie, weder Mensch noch Aufgabe. Wo sollte sie hin?

Die Vorstellung, in Deutschland in einem Altersheim zu landen machte ihr Angst. Keine Herausforderungen, nichts Neues, nur Erinnerungen – dazu war sie noch nicht bereit.

Ingrid hielt sich den Kopf.

Wenn nur Doro erst wieder da wäre. Wieder dachte sie an die Fotos. Was, wenn Ibrahim illegale Dinge unter die Schulspenden für Id Sebha geschmuggelt hatte? Aït Arba und Id

Sebha lagen in unmittelbarer Grenznähe. Wäre er imstande, Doros Arglosigkeit auszunutzen und sie in Gefahr zu bringen?

Noch vor zwei Tagen hätte sie so etwas weit von sich gewiesen. Ibrahim? Niemals! Inzwischen jedoch … Die Frage, wer ein Interesse daran haben könnte, Ibrahim zu verraten, drängte sich erneut in den Vordergrund. Wer profitierte davon? Oder ging es doch um Geld? Warum aber meldete sich der Briefschreiber dann nicht?

Der junge Ismael, der nebenan im Lederladen seines Onkels Salamah aushalf, ließ ihr ein Glas Tee bringen. Vorhin war er auf ein Schwätzchen vorbeigekommen, hatte gefragt, wo Ibrahim denn bleibe, jetzt winkte er herüber. Sie gehörte dazu, hieß das, war Mitglied ihrer kleinen Gemeinschaft.

Ingrid winkte zurück. Ja, sie gehörte dazu, irgendwie. Vor allem aber lebte sie gern hier, an diesem Platz, in dieser Stadt. Sie liebte Marokko und seine Menschen. Sie wollte nicht fort. Nicht jetzt, noch nicht, und schon gar nicht gezwungenermaßen.

Als das Telefon klingelte, schreckte sie hoch.

Es dauerte, bis Ingrid begriff, dass nicht der Briefschreiber, sondern der Sheïk von Aït Arba zu ihr sprach. Natürlich kannte sie ihn, aber hatte sie schon jemals mit ihm telefoniert?

Sîdi Idriss lobte ausführlich ihr Engagement für die Dorfschulen und kam erst auf Umwegen zur Sache.

»Deine junge Freundin schrieb mir, dass sie einen Abstecher in die Wüste unternehmen wird und dass sie einen kundigen Führer an der Seite hat.«

Hatte sie sich verhört? Ingrid versuchte ein Lachen. »Ich verstehe nicht, was tut sie?«

Der Sheïk wiederholte: »Doro fährt in die Wüste.«

Was fiel dem Mädchen ein? »Wann?«

»Vermutlich ist sie bereits gestern Morgen aufgebrochen. Es gab hier einige Schwierigkeiten, daher weiß ich es nicht genau. Jedenfalls fanden wir ihre Nachricht auf ihrer Schlafstatt. Niemand wusste von diesem Plan.«

»Wohin genau fährt sie und wann kommt sie zurück? Und dieser Führer – ist er vertrauenswürdig?«

Schweigen. Rauschen in der Leitung und aufgeregtes Getuschel im Hintergrund, dann wieder der Sheïk.

»Bedaure, das wissen wir nicht. Insha'allah ist es einer der hiesigen Führer, ich werde mich sogleich im Dorf erkundigen. Aber, Lâlla Ingrid, da ist noch etwas anderes. Es tut mir leid, die Dame jedoch besteht darauf.«

»Wie? Wer?« Wovon sprach der Sheïk? Ingrid wappnete sich gegen eine weitere Hiobsbotschaft.

Zunächst hörte sie Gerede im Hintergrund, Geräusche, dann eine fremde Frauenstimme. »Spreche ich mit Madame Ingrid von Dorotheas Hilfsorganisation? Guten Tag. Mein Name ist Elisabeth Schlüter, ich komme aus Deutschland. Ich hatte einen Unfall, und meine Mitreisenden haben mich bei Sîdi Idriss abgesetzt, in seinem Haus. Nun warte ich auf meinen Fahrer, doch er kommt und kommt nicht. Und jetzt höre ich, dass auch Dorothea verschwunden ist. Ach, wie unerfreulich das alles ist!«

Kapitel 21

Seit der Explosion war alles irreal, sogar die Zeit schien sich unwirklich gedehnt zu haben. Doro kam es vor, als bewege sie sich bereits seit Stunden über lockeres Geröll und krautige Dornengewächse, dabei konnten sie noch nicht lange unterwegs sein. Sie müssten schnellstens verschwinden, hatte Amir gesagt, wegen der Soldaten. Doro hatte genickt, als sei es normal, zu flüchten. Sie hörte ihre Schritte, sah Felsen im Mondlicht, tiefschwarze Schatten und Amirs dunkle Gestalt.

Trotz seiner Verletzung bewegte er sich zügig. Wohin führte er sie? Und sie, was tat sie hier? Anstatt unterwegs nach Agadir zu sein, folgte sie ihm? Überhaupt, wie sollte sie jetzt zurückkehren, ohne Auto? Wie sollte sie die Explosion erklären? Sie stolperte.

Hatte Amir ihr ernsthaft vorgehalten, als »reiche« Europäerin Mitschuld an der Vertreibung seines Volks zu tragen? Und was sollte diese Tirade über Wirtschaftsinteressen und politische Einflussbereiche? Der Machtpoker zwischen NATO und Warschauer Pakt, zwischen USA und Russland war bisher für sie etwas völlig Abstraktes gewesen, etwas, das in Zeitungen und Fernsehen vorkam, aber doch nicht im echten Leben.

Die Friedensbewegung fiel ihr ein. Bevor die Krankheit

Mutter im Griff gehabt hatte, hatte sie an deren Demonstrationen teilgenommen, an Menschenketten und Sitzblockaden, an Protesten aller Art. Sie war in Sorge wegen der Aufrüstung gewesen, wegen der Pershings auf deutschem Boden. Waldsterben war das andere Thema, das ihr keine Ruhe ließ. Warum hatte sich Mutter nur immer wieder solch unlösbare Probleme aufgeladen? Doch das war Mutters Welt, nicht ihre, hatte sie schon früh beschlossen.

Und nun kam Amir und zwang ihr Themen auf, von denen sie keine Ahnung hatte. Noch dazu ausgerechnet hier, am Ende der Welt? Naheliegender wären doch ganz andere Fragen, zum Beispiel, warum es diese Razzia in dem Dorf gegeben hatte? Warum hatten sie die Ernte verbrannt, warum das Auto zerstört?

Gelegentlich sah sich Amir nach ihr um. Der Abstand zwischen ihnen blieb gleich, so sehr sie sich auch bemühte, zu ihm aufzuschließen. Seine Entscheidungen, seine komplizierten Geschichten, seine Küsse … Nicht ausgerechnet daran denken, bloß nicht!

Überall Fragezeichen, nirgends Berechenbares oder gar so etwas wie Sicherheit. Gestern Hassan, seine Verletzung und dieser Mahmud am Brunnen, heute Drogen, Razzia und Schießereien, und nun? Wohin führte sie Amir? Wenn er ihr doch endlich erklären würde, was genau vor sich ging, und zwar in verständlicher Form!

Im Mondlicht verschwammen die Konturen. Amir winkte. Schweigend kletterte sie ihm nach. Sie fragte nichts, und Amir sagte nichts. Endlich hielt er an und deutete voraus. »Dort finden wir Hilfe.«

Vor ihr lag eine Hochebene, deren Ausmaß nur zu erahnen war. Hilfe, hier? Doro sah nichts außer Büschelgräsern, die im diffusen Licht kauernden Tieren ähnelten. Es gab weder Dorf noch Stadt. »Wo?«, fragte sie.

»Jenseits der Ebene bei den Palmen. Dort gibt es Wasser und ein Nomadenlager.«

Sie schaute in die angezeigte Richtung. Palmen? Nomaden? Sie konnte nichts erkennen. Stattdessen vernahm sie ein sonderbares Geräusch. »Hörst du das? Schon wieder Lastwagen?«

Amir stöhnte. »Hubschrauber! Sie meinen es wirklich ernst.«

»Wieso Hubschrauber?«

»Hör zu: Lauf einhundert Schritte dort entlang, so schnell du kannst!« Er zeigte auf einige dunkle Flecken am Hang. »Unter dem größten Busch versteckst du dich. Schlag zuvor kräftig obendrauf, damit sich Schlangen und Skorpione verziehen, dann kriech so weit hinein, wie es geht. Sie dürfen nichts Helles bemerken. Hundert Schritte, nicht mehr, sonst finde ich dich später nicht. Los jetzt.«

Schlangen? Skorpione? Das pulsierende Motorengeräusch kam näher. »Und du? Du bist verletzt.« Sie wollte sich nicht von ihm trennen.

»Tu, was ich sage! Lauf!«, befahl Amir.

Doro raffte ihr Gewand und rannte los, Amir lief in die entgegengesetzte Richtung. Als sie sich nach ihm umsah, war er verschwunden.

Sie polterte, damit sich alles Getier verzog, gleichzeitig hielt sie nach einem Versteck Ausschau und zählte ihre Schritte. Die Büsche waren zu klein, niemals könnte sich unter ihnen ein Mensch verstecken. Jetzt hatte sie sich verzählt. Das Hubschraubergeräusch dröhnte durch die Nacht. Sie lief weiter.

Ein Schatten im Boden entpuppte sich als eine vom Regen gefräste Erosionsrinne. Im Mondlicht sah sie tief genug aus, auch stabil. Und wenn sie voller Schlangen war? Das Dröhnen des Helikopters näherte sich.

Doro setzte sich auf den Rand des Grabens, um sich vorsichtig in die Tiefe gleiten zu lassen, verlor jedoch den Halt. Unsanft, den Mund voller Sand, landete sie auf dem brettharten Grund. Sie spuckte, hustete, ihre Hände brannten. Hastig kratzte sie Erde über ihre Schuhe, die trotz des diffusen Lichtes hell leuchteten, zog den Schleier über den Kopf und drückte sich gegen die sandige Wand.

Hämmern, Wummern und Stakkato. Sand wirbelte. Sie riskierte einen Blick nach oben. Der Helikopter war beinahe direkt über ihr. Wie ein Rieseninsekt stand er gegen den Sternenhimmel, schwarz, mit zuckenden roten und grünen Augen. Seine Rotorblätter zerhackten die Luft. Ein gleißender Lichtstrahl ging von ihm aus, der die Nacht zerschnitt. Suchscheinwerfer? Sie machte sich noch kleiner, hielt sich die Ohren zu und presste ihr Gesicht auf die Knie.

Ebenso schnell, wie es heraufgezogen war, entfernte sich das Gedröhne. Auch der Druck auf Ohren und Brustkorb ließ nach, dennoch rührte sich Doro nicht. Vielleicht drehte der Helikopter ab, vielleicht aber kam er auch wieder zurück?

Der Lärm verebbte, bis er über ihrem jagenden Puls nicht mehr zu hören war. Zwischen ihren Zähnen knirschte Sand, die Zunge klebte am Gaumen, und doch fühlte sie sich euphorisch. Was für ein Schock, und was für ein Triumph, entkommen zu sein! Nicht im Traum hätte sie gedacht, jemals in eine solche Lage zu geraten. Und statt Angst erfüllte sie Hochstimmung? Erstaunlich. Sie, die Abwägende, die ewig Zögernde, die mit der langweiligen Zukunft stellte ausgerechnet hier fest, dass sie nicht leicht einzuschüchtern war?

Irgendwann wurde ihr bewusst, dass sie in ihrem Graben abgeschnitten war von der Welt. Kein Geräusch erreichte sie, selbst der Nachtwind streifte sie nur gelegentlich.

Plötzlich rieselte Sand herunter, und ein Schatten wölbte sich über den Rand des Grabens. Doro erstarrte.

»Hier steckst du?«

Amir! »Du hast mich erschreckt.« Ihre Stimme zitterte.

»Sie sind fort, komm rauf.«

Mit Amirs Hilfe kletterte Doro nach oben.

Die Nacht war vorüber. Eine pastellige Morgendämmerung erhellte die Ebene. Zu dieser Stunde hatte sie den Rückweg nach Agadir antreten wollen. Stattdessen war sie im Nirgendwo gelandet und mehr denn je auf Amir angewiesen!

Aus seinem Chêche hatte er eine Schlinge geknotet, so dass er seinen verletzten Arm vor der Brust tragen konnte. Hinter ihm standen zwei Kamele mit mahlenden Kiefern, wandten ihre langen Hälse und schauten gelangweilt. Sie stanken nach nassem Hund.

»Bist du in Ordnung?«

»Ja. Und du? Hast du Schmerzen?«

Er winkte ab. »Sie haben uns nicht entdeckt! Trotz ihrer Scheinwerfer«, sagte er. Es klang stolz.

Doro suchte den Himmel ab. »Wer sind ›sie‹?«

Amir tat, als habe er ihre Frage nicht gehört, und deutete voraus. »Siehst du jetzt die Nomadenzelte vor den Dünen und die kleine Oase daneben? Dorthin gehören die Kamele vermutlich.«

Doro starrte hinüber. Im Licht der schnell höher steigenden Sonne erkannte sie ein paar schwarze Zelte und das Grün von Palmen. Menschen, Tiere, Bäume, ein winziges Fleckchen Leben im Nichts. Amir schritt bergab, dem Lager entgegen. Die Kamele folgten ihm. Ein archaisches Bild, unwirklich und friedlich.

Friedlich? Und wie passten die vergangenen Stunden dazu, wie das brennende Dorf, das explodierende Auto oder

der Hubschrauber? Amir hatte offensichtlich nicht die Absicht, sich ihren Fragen zu stellen. Sollte sie nachhaken? Lieber nicht. Sie würde ihm keine Gelegenheit für erneute Vorhaltungen geben, und noch weniger wollte sie Geschichten hören, aus denen sie nicht schlau wurde. Schluss, dachte sie, nutzlose Grübeleien führten zu nichts, zu gar nichts.

Amir sah sich nach ihr um, winkte.

Endlich setzte sich Doro in Bewegung. Je näher sie den Bäumen kam, desto mehr fühlte sie sich von dem Grün angezogen. Sie beeilte sich, zum Schluss rannte sie.

Unter den Palmen verlief ein schmales Bächlein, und es duftete frisch, beinahe süß. Winzige Tröpfchen glitzerten auf Graspolstern, Wasser rann über flache Steine, frisch und kühl. Hatte sie schon jemals etwas so Verlockendes gesehen?

Doro ließ sich auf die Knie fallen, ihre Hände formten eine Schale, und sie trank. Sie hatte nicht gewusst, wie durstig sie war und wie herrlich Wasser schmecken konnte. Wieder und wieder schöpfte sie, trank, spritzte sich Wasser ins Gesicht, spülte Staub von Händen, Hals und Gesicht.

Aus den Augenwinkeln sah sie, dass auch Amir seinen Durst stillte, das Gesicht benetzte und sich mit nassen Händen durch die Haare fuhr. Ein Stück entfernt neigten die Kamele ihre langen Hälse zum Wasser und tranken. Anschließend schüttelten sie mit blubbernden Geräuschen überschüssige Tropfen von ihren Lippen. Genauso hatte sie sich eine Oase immer vorgestellt.

Amir ließ sich am Stamm einer Palme nieder. Er gebrauchte sogar seinen Arm wieder, noch vorsichtig, aber allzu schlimm schien seine Verletzung tatsächlich nicht zu sein.

Doro zog die Schuhe aus und krempelte die Jeans hoch. Mit ausgebreiteten Armen und den Füßen im Wasser ließ sie sich auf den Rücken sinken. »Ein Traum«, seufzte sie.

»Der vergeht. Im Sommer trocknet die Quelle aus, und Mensch und Tier müssen die Gegend verlassen.«

Doro wünschte, er hätte das nicht gesagt. Warum war nichts so, wie es auf den ersten Blick aussah, nicht einmal dieses paradiesische Fleckchen?

Sie hatte genug, wollte nur mit geschlossenen Augen im Gras liegen, das Wasser spüren und wie die aufgehende Sonne durch die Palmwedel immer mehr Lichtpunkte und warme Kringel auf ihr Gesicht malte. Tränen quollen unter den Lidern hervor. Ärgerlich wischte sie über ihre Augen.

»Weinst du?«

»Nein. Werden sie uns weiter verfolgen?«

»Wer kann das schon wissen?«

Ausweichen, darin war er Meister.

Sie richtete sich auf, sah ihn an.

»Warum suchen sie nach dir?«

»Später. Bitte, vertrau mir.«

Vertrauen, nach dieser Nacht? »Aber falls sie auch hier suchen?«, fragte sie.

»Allah hat dir ein starkes Herz geschenkt. Notfalls werden wir in die Ffoggaras hinabsteigen, die unterirdischen Bewässerungskanäle. Dort ist es zwar dunkel, aber wunderbar kühl, und es gibt ausreichend Wasser.«

In unterirdische Kanäle steigen? Das konnte er nicht ernst meinen. Sie versuchte zu lachen.

Amir lachte nicht. »Ich bezweifle jedoch, dass sie kommen werden.«

Er deutete auf die Hügel, die sie in der Nacht passiert hatten. Dahinter lagen das Dorf, der Oasengarten, die Lehmhütte, und noch einen halben Tag weiter Id Sebha und Aït Arba. Die Menschen dort fielen ihr ein, Hassan, der Sheïk und die alte Deutsche, die sich so blendend mit Erster Hilfe auskannte.

»Dazu müssten sie die Grenze passieren, was als Provokation aufgefasst werden würde«, sagte Amir. »Jede marokkanische Polizeieinheit wird sich so etwas zweimal überlegen.«

»Welche Grenze?«

Amir zog eine Linie in der Luft. »Sie besteht mehr oder weniger nur auf dem Papier.«

»Sind wir denn hier bereits in Algerien?«

»Ja, und damit außer Gefahr, jedenfalls fürs Erste. Komm jetzt, die Nomaden erwarten uns.«

»Algerien? Dafür habe ich aber kein Visum!«

Amir erhob sich und klopfte seine Gandura sauber.

Plötzlich ging er ihr auf die Nerven. »Hast du nicht gehört? Visum! Das Wort verstehst du doch, oder? Bring mich auf dem schnellsten Weg nach Agadir. Ich will zurück.«

»Natürlich, das wirst du auch.« Amir streckte ihr die Hand entgegen, um ihr aufzuhelfen.

Sie ignorierte sie. »Wann?«

»Heute ist heute, wer weiß schon, was morgen sein wird?«

Jetzt reichte es ihr. »Hör auf damit, das geht so nicht! Sag mir konkret, wann und wie ich nach Agadir komme!«

»Siehst du hier einen Autobus oder ein Taxi?« Er klang gereizt. Dann nahm er ihre Hand. »Wir finden einen Weg, ich verspreche es. Bitte hab Vertrauen.«

»Wie denn?«, fauchte sie. »Und dein Vertrauen zu mir?«

Amir senkte den Blick.

Ist doch wahr, dachte sie. Er brachte sie in Lebensgefahr, und wenn sie nachfragte, antwortete er ihr dann? Natürlich nicht, im Gegenteil. Er brachte sie von einer Gefahr in die nächste und als Krönung landete sie illegal in Algerien. Romantik und Magie der Wüste? Stattdessen gab es plötzlich keinerlei Sicherheiten mehr, nirgends, trotz Versprechungen und Bitten um Vertrauen.

Doro schluckte an dem Kloß im Hals. Sie biss sich auf die

Lippen. Dann trocknete sie die Füße und zog die Schuhe an. Ihre Hände zitterten.

Amir sah sich um, lauschte, hatte den Himmel im Blick, das Gelände, Nähe und Ferne. »Fertig?«

»Gleich.« Doro kämpfte. Gegen Erschöpfung, gegen Tränen und gegen ein Ohnmachtsgefühl, das sie überwältigen wollte. Umständlich ordnete sie ihr Gewand, schob Brustbeutel und Anhänger unter die Kleidung, lockerte die Haare.

In Amirs Gesicht regte sich nichts.

Doro atmete tief durch. »Algerien also. Und wo genau?«

Eigentlich wollte sie ganz andere Fragen stellen, aber diese war die einzige, die ihr einfiel.

»Im westlichsten Zipfel des *Grand Erg Occidental*. Von hier bis zum Nil gibt es über Tausende von Kilometern nichts als Steine und Sand. Steine und Sand, Sand und noch einmal Sand.«

Jenseits der Grenze, schoss es Doro durch den Kopf, definitiv weit jenseits.

Kapitel 22

Auf der anderen Seite des Platzes, halb verdeckt hinter den Jacarandabäumen, stand seit Stunden ein Wagen mit getönten Scheiben. Vorher hatte sie ihn hier noch nie gesehen. Wurde sie beobachtet oder sah sie Gespenster? Wäre Ibrahim da, würde er jetzt unauffällig Erkundigungen einholen. Ibrahim – er war sicher längst über alle Berge.

Ingrid löschte das Licht, ließ das Eisengitter herunter, verriegelte das Schloss und winkte den Nachbarn zu. Betont entspannt schlenderte sie bis zur Ecke. Dann hastete sie nach Hause.

Papiere, Waschzeug und Kleidung waren rasch in eine Tasche gestopft. Sie wollte sich nicht verrückt machen, aber diese Nacht würde sie keinesfalls im eigenen Bett, sondern im Etoile d'Or verbringen, einem exklusiven Touristenhotel am Strand.

Normalerweise mied sie die Hotels in der abgeschirmten Touristenzone, der falsche Luxus dort störte sie ebenso wie das Auftreten der Urlauber. Heute aber war ihr nach Menschen, nach europäischem Ambiente und nach Schutz, ganz besonders nach Letzterem. Außerdem kannte sie den Portier, der sie zur Not auch unter falschem Namen einchecken ließ. Vielleicht eine überflüssige Vorsichtsmaßnahme, aber wirklich sicher würde sie sich erst morgen fühlen, wenn sie die Stadt Richtung Aït Arba verlassen hatte. Bis dorthin war Doro gekommen.

Dieser ominöse Ausflug in die Wüste – sah Doro so etwas ähnlich? Mit Sîdi Idriss' knappen Informationen und den Andeutungen der aufgeregten deutschen Frau am Telefon konnte sie nicht viel anfangen. Sie musste selbst nach dem Rechten sehen. Das war allemal besser, als sich weiterhin das Hirn über anonyme Briefe und Fotos zu zermartern.

Draußen Dunkelheit, die Lichtkegel der Straßenlaternen und das Stimmengewirr aus den offenen Fenstern gegenüber, sonst nichts. Kein Mensch spazierte auf der Straße, und kein verdächtiges Auto parkte am Straßenrand.

Dennoch beeilte sie sich. Aufsperren, Tasche auf den Rücksitz, Motor starten, und los ging es. Nach kaum fünf Metern sprang ein Mann vor den Wagen. Ingrid bremste so scharf, dass sie den Motor abwürgte.

Ibrahim! Er riss die Beifahrertür auf und schwang sich auf den Sitz.

»Bist du verrückt geworden?«

»Ich wollte, es wäre so. Verrückte können auf Allahs Beistand bauen.«

»Was tust du hier?«

»Das weißt du nicht? Ich passe auf dich auf. Doch jetzt lass uns erst einmal verschwinden. Yallah.«

Ingrids Hände flogen. Erst beim zweiten Versuch gelang es ihr, den Wagen erneut zu starten.

»Aufpassen, auf mich? Blödsinn.« Gerührt war sie dennoch. Sie fuhr ein Stück und beobachtete die Straße. Nichts. In einer dunklen Seitenstraße stoppte sie zwischen den Brettern und Steinhaufen einer Baustelle. Auch hier war weit und breit kein Mensch. Ingrid stellte den Motor ab.

»Al hamdullillah.« Ibrahim sah sich nach allen Seiten um, Ingrid jedoch sah er nicht an.

»Und jetzt?«

»Du hast mich nicht der Polizei gemeldet?«

Ingrid schüttelte den Kopf.

»Hat dich jemand besucht? Fragen gestellt?«

»Ismael und Salamah wollten wissen, wo du bist, sonst niemand. Warum bist du noch in Agadir? Ich dachte, du würdest …« Ingrid stockte.

»Flüchten.« Ibrahim klang resigniert.

»Natürlich! Zu deiner Familie, irgendwohin, wo du in Sicherheit bist.«

»Familie, Sicherheit? Auf Erden kenne ich beides nicht mehr. Nicht umsonst verließ ich meinen erstgeborenen Sohn, ließ Eltern, Frau und Herden zurück. Jetzt ist niemand mehr am Leben. La illah illalah, Gottes Wille geschieht, nur wer vergessen kann, lebt ohne Schmerz. Ich jedenfalls werde erst schmerzfrei sein, wenn ich meinen Fuß auf die Brücke zum Paradies setze, mit Allahs Hilfe.«

»Aber du besuchst deine Familie doch regelmäßig, bringst ihnen Lebensmittel und Kleidung?«

Langsam bewegte Ibrahim den Kopf von einer zur anderen Seite. »Man wird weniger streng kontrolliert, wenn man mit Nudeln und Geschenken für Kinder nach Hause fährt.«

Demnach dienten seine angeblichen Familienbesuche wohl geheimen Unternehmungen und die Geschenke der Tarnung? Ingrid kam sich einfältig vor. Zugleich fühlte sie sich erneut hintergangen. Hatte Ibrahim überhaupt jemals die Wahrheit gesagt?

Beide schwiegen.

»Wohin fährst du?«, fragte Ibrahim nach einer Weile.

»Heute werde ich im Etoile d'Or übernachten, zur Sicherheit. Und morgen fahre ich nach Aït Arba.«

Ibrahim schien in sich zusammenzusinken. »Ist etwas mit Mademoiselle Doro geschehen?«

»Was weißt du?«

»Nichts, aber alles ist möglich, la illah illallah.«

»Auf den Fotos waren Kisten zu erkennen. Was enthalten sie? Sprengstoff? Handgranaten für deine Freiheitskämpfer? Transportiert Doro so etwas?«

Zunächst antwortete Ibrahim nicht. Zitterten seine Hände? Es kam ihr so vor, doch in der Dunkelheit konnte sie es nicht klar erkennen. Schließlich sagte er: »Du solltest nicht dorthin fahren, nicht jetzt.«

»Ach?«

»Im südöstlichen Grenzgebiet brodelt es mehr denn je. Heute erfuhr ich von massiven Einsätzen der Militärpolizei. Die Rede war von Toten und Verletzten. Nicht, was du denkst, keine Kampfhandlungen, mehr Inspektionen und Manipulationen. Hausdurchsuchungen, zerstörte Wege, zerschnittene Bremsleitungen, solche Sachen.«

»Südöstliches Grenzgebiet, sagst du – und wo genau?«

Ibrahims Hände beschrieben einen unbestimmten Kreis. »Mehr kann ich nicht sagen, auch zu deinem eigenen Schutz.«

Ingrid nickte. »Es ist also gefährlich. Deswegen soll ich lieber nicht dorthin fahren. Und Doro hast du hingeschickt?«

»Aber das war doch, bevor sich dort alles verschärfte! Sicher wird sie bald zurückkommen.«

»Ach ja? Was weißt du noch?«

»Nichts, ich schwöre es.«

Ingrid winkte ab. Vor dem Hintergrund dieser Erklärungen kam ihr Doros angeblicher Ausflug geradezu tollkühn vor. Sie begann, sich ernsthaft um das Mädchen zu sorgen, und berichtete, zunächst zögernd, dann ausführlich von dem Telefonat mit Sheïk Idriss. Irgendwie tat es trotz allem gut, mit Ibrahim zu sprechen.

Er lauschte aufmerksam. »Ein Ausflug – sieht ihr das ähnlich? Du kennst sie besser.«

»Kennen? Wen kennt man schon wirklich.« Ein Seitenhieb, der sein musste.

Ibrahim nickte. Sie schwiegen.

Ibrahim seufzte. »Du solltest nicht allein dorthin fahren.«

»Denkst du daran, mich zu begleiten?« Unwillkürlich fühlte sich Ingrid erleichtert. Mit Ibrahim an der Seite war sie bisher stets gut aufgehoben gewesen. Aber galt das noch immer?

Ibrahims Kopfnicken war mehr zu erahnen als eindeutig zu erkennen. »Ich könnte dir und Mademoiselle Doro Schutz bieten. Und vergiss nicht, ich kenne viele abgelegene Pisten und Wege, außerdem spreche ich mit Bauern und Hirten in ihrer Sprache. Bedenke das.« Seine Hände ahmten die Bewegungen einer Waage nach.

»Ich überleg's mir.«

Im Grunde hatte sie sich entschieden, noch während er sprach, doch das würde sie ihm nicht zeigen. Laut sagte sie: »Bei Sonnenaufgang werde ich das Auto an der großen Kreuzung volltanken. Bis dahin weiß ich, ob du mich begleiten wirst. Du kennst die Tankstelle? Schaffst du es ungesehen dorthin?«

Ibrahims Zähne leuchteten im Dunkeln. Was gab es zu lachen?

»Mit Allahs Hilfe.«

Kapitel 23

»Warum sollten die Nomaden ausgerechnet uns helfen?«

»Gastfreundschaft ist das heilige Gebot der Wüste. Wer in die *haima* eines Nomaden eingeladen wird, steht automatisch unter seinem Schutz, selbst wenn es sich um einen Feind handelt.« Amir strebte bereits den Zelten zu. Es blieb ihr nichts übrig, als ihm zu folgen.

Ein honiggelber Mischlingshund verteidigte das Lager. Aus dem größten der vier Zelte trat ein bärtiger Mann und pfiff den Hund zurück. Er war alt, trug ein dunkles, vielfach geflicktes Gewand und einen sorgfältig gewickelten Chêche. Das Gehen bereitete ihm Mühe.

»Bleib hinter mir. Und lass mich reden.« Amir ging auf den Alten zu.

Der alte Nomade, gestützt auf seinen Stock, hinter ihm die schwarzen Wollzelte – wie aus einem Bibelfilm, dachte Doro. Eigentlich waren es gar keine richtigen Zelte, eher Schattenblasen, transportable Schutzhöhlen gegen Sonne und Wind. Sie duckten sich an die Düne, ihre offenen Seiten der Oase zugewandt. Ein Mittelpfosten hob das wollene Dach an, so dass man aufrecht stehen konnte, nur Rück- und Seitenwände zogen sich bis zum Boden.

Sie schlüpften aus ihren Schuhen und betraten das größere der Zelte. Doro hielt die Augen auf die Helligkeit draußen gerichtet. Halblinks sah man die Oase, rechts ein Meer aus Sand, geradeaus die staubige Ebene und dahinter die Hügel. Dort lag Marokko. Doro starrte hinüber. Je länger sie schaute, desto mehr schien sich die Hügelkette zu entfernen.

Wenige flüchtige Blicke, die der Alte in ihre Richtung schoss, dann schien sie für ihn nicht mehr zu existieren. Für seine Ehefrau galt das nicht. Sie trug bläuliche Tätowierungen im Gesicht und streckte Doro abwehrend ihre Handflächen entgegen. Gelegentlich zischte sie fremde Worte in ihre Richtung.

»Deine blauen Augen beunruhigen sie«, sagte Amir. »Sie glaubt, du bist ein Dschinn. Sieh sie nicht an.«

Der Alte füllte eine kleine Teekanne mit Wasser, Tee und Minze und stellte sie aufs Feuer. Er begann ein Gespräch mit Amir. Von dessen Stirn war die Falte verschwunden. Den alltäglichen Handgriffen der Teebereitung zuzusehen schien ihn zu entspannen.

Die Wärme, die murmelnden Stimmen, dazu das Dämmerlicht gegen die gleißende Helligkeit draußen – Doro schloss die Augen. Schon nach wenigen Augenblicken rüttelte Amir an ihrer Schulter.

»Hier kannst du nicht schlafen, Hamids Frau bringt dich in das hintere Zelt. Wie sieht es mit Bargeld aus? Sie kochen für uns, aber wir müssen etwas dafür geben.«

War das die vielgerühmte Gastfreundschaft? Doch Doro nickte lediglich.

Im heißen Dämmer des angegebenen Zelts achtete die alte Nomadin darauf, Doro nicht den Rücken zuzuwenden, während sie einen Teppich entfaltete. Auch dieses Zelt bestand aus schwarzen Wollbahnen, die mit groben Stichen zusammengefügt waren, und aus ein paar Stützhölzern. Die querliegende Firststange zierten Umrisse von Händen sowie Dreiecke, Rauten und Ranken.

Ihr Wandteppich zu Hause fiel ihr ein, seine Muster wirkten ähnlich. Allerdings sahen diese hier aus, als seien sie mit Blut gemalt. Hinlegen, schlafen, bedeutete ihr die Alte. Doro sank auf den Teppich. Er roch muffig …

Die Alte blieb. Mit dieser Frau hatte sie keine gemeinsame Sprache, außerdem wäre sie lieber allein. Sie schloss die Augen und rollte sich auf die Seite, doch die Gedanken gaben keine Ruhe.

Heute war heute, hatte Amir gesagt. Schon klar, aber blendete er wirklich alles Kommende aus, vor allem, wenn es ringsum nur so wimmelte von Problemen? Er war ihr ein Rätsel.

Vor drei Tagen erst hatten sie sich kennengelernt.

Drei Tage, wirklich nicht länger? Für sie hatte die Zeit offenbar ausgereicht. Jedenfalls dachte sie beinahe unentwegt an ihn, wurde unruhig, wenn sie ihn nicht sah, und nervös, sobald sie beisammen waren. Ob es ihm ähnlich ging? Manchmal war sie dessen fast sicher, dann wieder, in diesen Momenten innerlicher Abwesenheit, zweifelte sie. Möglicherweise war sie jetzt für ihn sogar Ballast? Gut möglich. Kein Wagen – kein Nutzen, sondern Last?

Und sie? Wenn sie nur an die Schrecken der vergangenen Nacht dachte und an die Schwierigkeiten, die vor ihr lagen! Algerien – wie kam sie zurück über die Grenze, wie nach Agadir? Und Ingrid? Wie sollte sie ihr die Explosion erklären? Was hatten diese ominösen Kisten enthalten? Fragen über Fragen, und Probleme, die sie niemals allein lösen konnte. Und Amir schwieg.

Warum hatte sie sich auf ihn eingelassen, warum war sie überhaupt nach Marokko gekommen? Sie konnte sich kaum noch erinnern.

Die alte Nomadin murmelte etwas, dann verließ sie das Zelt.

Als Doro erwachte, dehnten sich bereits tiefe Schatten über dem Lager. Sie hörte die Ziegenherden heimkehren. Die Nacht zog herauf.

»Deine Augen glänzen wieder«, sagte Amir, als sie nach dem Essen ein Stück die Düne hochkletterten. »Eine Stunde Schlaf im Zelt wiegt mehr als drei Nächte in der Stadt, sagt man.« Er berührte ihren Arm.

Jeder Nerv in ihrem Körper, von den Zehen bis in die Haarspitzen, begann zu glühen. Ihr Mund war trocken. Dabei wollte sie ihn so vieles fragen.

Amir sprach jedoch bereits weiter. »Was du gestern erleben musstest, tut mir leid. Jeden einzelnen Moment des Schreckens und der Angst bedauere ich. Doch in dir steckt viel Kraft. Du jammerst nicht, tust das Notwendige, bist zäh wie eine echte Nomadin. Du kannst stolz auf dich sein.«

Wie liebevoll seine ohnehin weiche Stimme klang. Doro errötete, und obwohl sie wusste, in der Dunkelheit konnte er es nicht sehen, senkte sie den Kopf.

Eine leichte Brise trug Froschgesang aus der Oase und belebenden Duft herüber. Er roch nach Grün, nach Pflanzen, nach Wasser. Tief sog Doro die Luft ein.

»Möchtest du dich waschen? Ich habe Hamids Frau gefragt. Sie lehnte ab, ich aber könnte dich begleiten.«

Es gab weder Handtuch noch Seife oder Zahnbürste, doch die Aussicht auf klares Wasser war unwiderstehlich.

»Oh ja, bitte!«, seufzte Doro. Die Hunde knurrten, Amir aber fasste nach ihrer Hand und führte sie sicher den Hügel hinunter.

Die Dunkelheit unter den Bäumen, das sachte Gurgeln des Wassers und die Frische – herrlich!

Amir lauschte. »Wir sind allein.« Er ließ ihre Hand los.

Doros Haut erschauerte.

»Aber sei leise, Wüstennächte tragen Geräusche weit.«

Und wie jetzt weiter? Ihr Puls flatterte, und einen Moment schwankte sie. Dann streifte sie kurzerhand Hemd, Jeans und Unterwäsche ab, kniete sich ins Wasser und tauchte ein, so tief es ging. Die Kühle traf sie wie ein Schock.

Der Bachlauf war flacher als gedacht, das Wasser aber fühlte sich wunderbar an, seidig und rein. Mit beiden Händen schöpfte sie es über ihren Körper, über ihre Brüste, über Bauch und Beine. Sie hatte das Gefühl, Krusten auf der Haut aufzuweichen und äußere wie innere Schichten und Ablagerungen abzuwaschen und fortzuspülen. Sie rieb, rubbelte und spritzte, bis sie leise auflachen musste. Sie lachte nicht nur, weil sie sich immer sauberer und frischer fühlte, sondern hauptsächlich, weil sie sich wieder spürte.

Sie sah auf.

Amir stand einige Schritte entfernt, ebenfalls nackt.

Eine Statue im Mondlicht, dachte Doro. Kopf, Unterarme und Waden waren sonnengeschwärzt, sie verschmolzen mit der Dunkelheit unter den Palmen. Nur der Rumpf mit Schultern, Oberarmen und Oberschenkeln hob sich ab vor der dunklen Kulisse. Kein wirklicher Mann, eher ein Waldgott stand dort.

Amir löste die Verzauberung. Er balancierte im Bachbett, beugte sich zu ihr herunter und flüsterte: »Soll ich dir die Haare waschen?«

»Ja bitte«, hauchte Doro. Sie stützte sich auf die Ellbogen und legte den Kopf in den Nacken. Mit weiten Augen schaute sie zu den Sternen, die zum Greifen nahe schimmerten.

Sie spürte das Wasser, das Amirs Hände schöpften, die Schwere ihrer nassen Haare, und ein Prickeln ging durch ihren Körper.

Amir saß mit gespreizten Beinen hinter ihr, schob sich dichter an sie heran. Sie strich über seine muskulösen Oberschenkel, zuerst außen, dann in den Kniekehlen und dann innen, so hoch hinauf sie reichte.

Er rückte noch näher, bis ihr Kopf an seiner Brust ruhte, und verschränkte seine Füße vor ihrem Bauch. Sie war gefangen zwischen seinen Beinen und seinem heißen Leib und fühlte, wie sich sein Glied in ihrem Rücken aufrichtete.

Von beiden Seiten schöpfte er weiterhin Wasser über sie und ließ es über ihre Arme, ihren Bauch und ihre Brüste rinnen. Seine warmen, schwieligen Hände verteilten es auf der Haut, glitten über die Brüste hinauf bis zum Hals und wieder hinunter, um erneut zurückzukommen mit mehr Wasser.

Ihre Arme wurden schwer. Sie lehnte sich gegen seinen Körper. Endlich. Danach hatte sie sich gesehnt, nach diesen Händen, nach diesem Körper, dessen gespannte Muskeln sie spüren konnte. Nach diesem Mann. Sie drehte den Kopf, zog sein Gesicht näher, küsste ihn. Amirs Atem neben ihrem Ohr ging stoßweise.

Sie gab sich seinen drängender werdenden Zärtlichkeiten hin. Ihre Haut, ihre Brüste, ihr Becken, ihr ganzer Körper begann zu lodern. Er raunte leise Worte.

»Komm.«

Sie flüsterten es fast gleichzeitig, auf Deutsch und, etwas rauer, auf Arabisch. Er half ihr aus dem Wasser, und eng aneinandergepresst sanken sie auf den Pflanzenteppich unter den Palmen.

Zweige raschelten im leichten Wind. Doro genoss die Nachtluft, die ihren Körper umschmeichelte und den Schweiß trocknete. Sie streckte Beine und Arme und lockerte die Muskeln. Aus ihrem Schoß sickerte sein heißer Samen … Nur langsam kehrte das Gefühl für die Außenwelt zurück.

Immer noch hielt sie die Augen geschlossen, leise in die

Dunkelheit lächelnd. Amir! Wer so zärtlich sein konnte, so sehr ihre Wünsche vorausahnte und darauf einging, musste verliebt sein. Es gab keine andere Erklärung.

Mit flachen Händen strich sie über Brüste und Bauch und folgte den Spuren, die seine Hände auf ihrem Körper hinterlassen hatten. Schließlich richtete sie sich auf, träge, um nach ihm zu schauen, ihrem Waldgott.

Ein Stück entfernt kauerte er im flachen Wasser und spülte die Spuren ihrer Lust von seinem Leib.

Doro griff nach ihren Kleidern.

3. Teil

Jenseits der Grenzen

Kapitel 24

Amir saß im Zelteingang zwischen den dunklen Wollbahnen und schaute in die Nacht. In der Sahara fände jeder Mensch ausreichend Raum und Zeit, Frieden mit sich zu schließen, hatte einst sein Vater gesagt.

Frieden? In Doros Armen war er ihm nahegekommen. Sie bei sich zu spüren, ihren Atem zu hören und ihren Geruch wahrzunehmen, salzig und süß, gab ihm eine Ahnung, wie es sich anfühlen mochte, im Einklang mit sich selbst zu sein.

Immer noch spürte er ihre Lippen, ihre Haut an seiner, fühlte, wie ihre Muskeln unter ihm erschlafften, hörte ihr Herz und schmeckte ihre Tränen. Ohne Vorbehalt hatte sie sich ganz in seine Hände begeben.

Und er? Überwältigt von ihrer Hingabe konnte er es ihr gleichtun.

Niemals zuvor hatte er Ähnliches erlebt. Er konnte sie unmöglich hier zurücklassen, wie ursprünglich gedacht, damit Hamid sie über die Grenze brachte. Hamid und seine Familie fürchteten sich vor ihren Augen. Das war es jedoch nicht allein.

Er wollte nicht ohne sie sein, wollte sie bei sich wissen, selbst wenn daraus Komplikationen entstanden.

Und ihre Rückkehr nach Agadir? Selbst er würde es vielleicht nicht schaffen, sie bei dem derzeitigen Polizeiaufgebot über die Grenze zu schleusen. Das wäre mehr als riskant.

Also blieb nur der Weg nach Osten. Vorläufig, zumindest bis zu den Fünf Palmen. Diese aufgegebene Oase diente als Depot und Umschlagplatz, gelegentlich auch als Notlazarett, vor allem aber als geheimer Treffpunkt. Dort würde man ihnen weiterhelfen. Patrouillen der Polisario kontrollierten den Ort regelmäßig, hatte Hamid ihm versichert, meistens müsse man nicht lange warten. Von dort aus kamen sie nach Smara, und dann würden sie weitersehen.

Und was wurde aus Marrakesch, aus der Konferenz zur Gründung einer Maghreb-Union?

Kurz schloss Amir die Augen. Sein Fehler, dass er nicht dort sein konnte. Wäre er seinem Gewissen gefolgt, anstatt sich auf Mahmuds Machenschaften einzulassen, steckte er jetzt hier nicht fest. In diesem Fall aber hätte er Doro nicht kennengelernt …

Amir spürte, dass sie ihn beobachtete, sah sich jedoch nicht nach ihr um. Sie hatte alles verändert. Selbst wenn sie eines Tages wieder gehen sollte, wäre er ein anderer. Zu seiner Überraschung fiel es ihm leicht, sich das einzugestehen.

Er würde sie nach Smara bringen, zu seiner Mutter. Bei ihr war sie sicher. Und wie dann weiter? Insha'allah …

Doro war, als habe sich in ihr eine Tür geöffnet. Hinter ihr hatte sie eine Unbekannte entdeckt, die im Jetzt lebte, die selbstbewusst war und stark.

Sie staunte über ihre Empfindungen, ihren Mut, die Abwesenheit von Angst. Seit einiger Zeit schon gab es tief in ihr dieses Gefühl, diese Ahnung, dass sie zu mehr als oberflächlicher Nähe fähig war. Jetzt wusste sie es, hatte es erlebt.

Amir saß in der Zeltöffnung, reglos starrte er in die Nacht.

Wenn das Kerzenlicht aufflackerte, warf es Schatten über seine Nacktheit.

Auch sie bewegte sich nicht, um den Zauber nicht zu zerstören. Ihre Augen wanderten über sein Profil, den nackten Oberkörper, über Schultern und Arme und die sehnigen Beine. Sie atmete in seinem Rhythmus.

Ausgerechnet er, staunte sie, ausgerechnet dieser Fremde hatte sie im Herzen angerührt?

Mehrmals hatten sie sich geliebt, den Körper des anderen erkundet, sich ineinander versenkt, streichelnd, küssend, flüsternd. Alles, was er sagte, glaubte sie, selbst die Worte, die sie nicht verstand.

Wenn sie die Hand ausstreckte, könnte sie ihn berühren. Später. Später würde sie ihn und sich erneut mit allen Fasern spüren, ihn lieben und von ihm geliebt werden und immer bei ihm sein. Immer? Eine gefährliche Vorstellung.

Doro spürte den Schlag ihres Herzens. Kraftvoll, gleichmäßig. Hieß es nicht, Liebe könne Gräben überwinden?

Sie hörte einen leisen Seufzer.

»Kannst du auch nicht schlafen?«, flüsterte sie.

Amir wandte den Kopf. Leise antwortete er: »Ich bin voller Freude, und zugleich schmerzen meine Gedanken. Du wirst nach Deutschland zurückkehren und meine Hände werden leer sein.« Er hob die Hände, ließ sie sinken.

»Es gibt Schlimmeres.« Seine Befürchtung tat ihr weh und entzückte sie gleichzeitig. Sie kroch zu ihm, lehnte den Kopf an seinen Arm, sah in seine Augen.

»Wirklich?«, fragte er. »Und was wäre das?«

Sie drückte sich eng an ihn. »Wenn wir uns erst gar nicht begegnet wären.«

»*Oui.*« Er nickte.

Doro strich über seine Brust. »Was trägst du in diesem Lederbeutel?«

Er beugte sich über sie, küsste ihre Brüste und das Amulett zwischen ihnen. »Darin verwahre ich die Vergangenheit«, sagte er.

Er knotete den Beutel vom Hals und entnahm ihm mehrere kleine Objekte. »Hier die Kugel, die meinen Vater tötete, Allah schenke ihm Frieden. Ich fand sie unter seinem Körper im blutigen Sand.« Zwischen seinen Fingerspitzen glänzte ein Stück Metall. Er küsste es und gab es zurück in den Beutel.

Als Nächstes zog er eine silberne Hülse hervor, nicht länger als ihr kleiner Finger. »Darin befindet sich ein auf Fledermaushaut geschriebener Koranvers. Meine Mutter hat ihn mir zum Beschneidungsfest geschenkt. Zusammen mit dem hier, meiner Hand der Fatima.«

Was war das? Soweit Doro im flackernden Licht erkennen konnte, lag auf Amirs Handfläche das Pendant zu ihrem Amulett. Sie betastete die Form des Anhängers und strich mit der Fingerspitze über seine Oberfläche. Er war ebenfalls über und über graviert und trug in der Mitte einen Stein.

Sie verglich die beiden Stücke. »Genau wie meins! Es sind Zwillinge. Das also hast du neulich sofort bemerkt.«

Amir beobachtete Doros Gesicht. »Nazar sherifa, das Auge der Adeligen, um das sich zahllose Geschichten ranken«, nickte er. »Manche von ihnen könnten wahr sein, andere gehören ins Reich der Legenden. Drei Dinge aber sind gewiss: Silberschmiede der sahraouischen Region Dakhla schufen es, es existieren Kopien, und das Original befand sich über Generationen im Besitz meiner Familie.«

»Jetzt nicht mehr?«

»Nein. Es heißt, zu der Zeit, als meine Mutter Kind war, ging es verloren. Es wurde verschenkt oder verpfändet, vielleicht auch vernichtet, Genaues weiß man nicht. Bisher zumindest.«

»Bisher?«

»*Oui*. Ich frage mich nämlich, wie dieses Amulett in deine Hände kommt, ob es das Original ist und warum Allah dich zu mir schickt.«

Sollte sie von den Bildern erzählen, von der Kiste und Mutters Tod? Nicht jetzt, beschloss Doro, es würde die Stimmung zerstören.

»Oder spielt das Schicksal mit uns? Vielleicht sind wir für Allah nichts als ameisenähnliche Wesen, deren Anstrengungen er zu seinem Amüsement studiert.«

»Sag nicht so etwas. Immerhin haben wir uns gefunden, das ist mehr, als die meisten Menschen erleben.«

»Du hast recht. Dennoch fühle ich mich zerrissen.« Er verschloss den Zelteingang, streckte sich neben Doro aus und zog die Decken über sie beide. »Wir müssen schlafen. Morgen liegt ein anstrengender Weg vor uns.«

»Wohin gehen wir? Zurück über die Grenze?«

»Nach Smara, zu meiner Mutter.«

Der ausgemergelte Esel, den ihnen der alte Nomade verkauft hatte, trug zwei Decken, einen Beutel Datteln und einen Kanister Wasser. In erster Linie aber schleppte er zwei Kästen, die Hamid aus einer Ecke hervorgezerrt hatte.

Wie lange war es her, dass Ibrahim ähnliche Kisten im Wagen verstaut hatte? Drei Tage, zwei, eine Ewigkeit? In diesen befänden sich Medikamente, behauptete Amir. Nachsehen würde sie nicht.

Den Esel am kurzen Halfter schritt Amir zügig voran. Schon nach wenigen Metern hatte er seinen Rhythmus gefunden. Doro folgte ihm. Bald waren Zelte und Oase verschwunden. Hatten sie überhaupt existiert, waren sie nicht eher eine Fata Morgana gewesen? Was wäre dann mit der vergangenen Nacht? Ein Traum?

Mit gleichmäßigen Schritten und flatterndem Gewand strebte Amir vorwärts, während die Sonne höher stieg. Konturen und Proportionen gingen im Licht verloren, sogar die Farben verschwanden. Es gab nichts als den Himmel, der sich auf gleißenden Dünen zu spiegeln schien, und den Sand. Auf den Dünenkämmen war Doro, als fülle die Wüste den Raum bis zum Horizont und noch darüber hinaus. Sinnlos, sich Himmelsrichtung oder Wegmarken einprägen zu wollen, ohne Führung fände sie niemals zurück.

Doro wickelte sich aus ihrem Berbergewand. Ohne die langen Stoffbahnen ging es sich leichter. Amir wartete, dass sie zu ihm aufschloss. Heute hatten sie noch kaum ein Wort gewechselt, auch sein Blick war ihr fremd. Wo hinter seiner verschlossenen Miene steckte der Mann, der Zugang zu ihrem Herzen gefunden hatte? Warum brachte er sie zu seiner Mutter? Was sollte sie in einem sahraouischen Flüchtlingslager? Kam sie von dort aus leichter zurück nach Agadir? Sie konnte sich nicht überwinden, eine ihrer Fragen zu stellen.

Amir ging mit sicherem Schritt, als sei der Weg in den Sand gezeichnet. Manchmal wich er weichen Sandflächen aus, die dem Esel Mühe bereitet hätten, aber selbst dies geschah beiläufig, als folge er instinktivem Wissen.

Wie viele Stunden waren sie schon unterwegs? Die Sonne stand senkrecht, die Luft versengte die Nasenschleimhäute, und Doros Kopf schien bleischwer und zugleich federleicht zu sein. Ihre Augen schmerzten. Noch eine Weile so weitergehen, durch Sand, der sich heiß in ihren Schuhen sammelte, durch gleißende Hitze, und sie würde vollständig vergessen haben, wie Denken funktionierte.

Hinter dem nächsten Dünenkamm erschien wie aus dem Nichts der Schopf einer einzelnen Palme. Die Farbe sprang Doro geradezu an. Sie kämpfte sich nach oben und blickte auf die Reste einer Oase.

Neben dem Grün der einzelnen Palme ragten vier schwarze Stümpfe aus dem Boden. Daneben gab es ein Halbrund aus im Sand fast versunkenen Schutzzäunen, Mauerresten und ungebrannten Lehmziegeln. Verstreute Bretter und Latten, die einmal zu Hütten gehört haben mochten, und Spuren mehrerer Lagerfeuer vervollständigten den trostlosen Eindruck. Früher mochte sich hier ein paradiesisches Fleckchen befunden haben, ähnlich der Oase bei Hamids Zelten, mit Quelle, Vögeln und Fröschen. Jetzt aber kämpfte von ursprünglich fünf Palmen die letzte ums Überleben zwischen Salzplatten und Sand.

Sie folgte Amir. In der Talmulde stieg die Temperatur, kein Wind war zu spüren, kein Vogel zu hören, nicht einmal das Geräusch einer Fliege.

Fünf Palmen. Der Zettel fiel ihr ein, die Wegskizze, die sie in der Hütte gefunden hatte. Sie tastete in ihrer Hosentasche nach dem Papier. Es war noch da, doch sie zögerte. Was, wenn sie Amirs Erklärungen nicht hören wollte? Sie zog die Hand leer aus der Tasche.

Amir öffnete den Wasserkanister. »Du hältst dich gut.« Zum ersten Mal an diesem Tag lächelte er.

Doro trank. Simples Wasser, noch dazu warm, und doch ein Genuss. »Wo sind wir hier?«

»An einem uralten Siedlungsort, man findet hier sogar Werkzeuge aus der Steinzeit. Auch die Gravuren auf den Steinen rundum erzählen von uralten Zeiten, von Jagden, Festen, Rindern und Menschen. Im Lauf der Zeit breitete sich die Wüste aber immer weiter aus, das Wasser wurde knapp, und die Leute mussten Brunnen graben.«

Hier sollten Menschen gelebt haben? »Und dann?«

Amir holte einige der Latten, rammte sie in den Boden und breitete die Decken darüber. Der dringend benötigte Schattenplatz war fertig.

»Dann? Die immer gleiche Geschichte. Die Brunnen wurden tiefer und tiefer gegraben. Die letzten Bewohner verwendeten sogar Dieselmotoren, um das Wasser heraufpumpen und für ihre Gärten nutzen zu können. Dieses Wasser aber kommt aus fossilen Reservoirs, es ist stark mineralhaltig. Wenn es verdunstet, bleiben Salze zurück, und mit der Zeit stirbt der Boden. Nichts und niemand kann an Orten wie diesem auf Dauer überleben.«

Auf einmal wirkten die schwarzen Palmstümpfe noch trostloser.

Doro zeigte auf geborstene Salzkrusten und Abdrücke von Autoreifen. »Jemand war hier. Die Spuren sehen frisch aus.«

Amir nahm dem Esel die schweren Kisten ab und schob sie unter das provisorische Schattendach. »Sie könnten aber auch zehn oder noch mehr Jahre alt sein. Es ist windstill, es regnet nie, deshalb sehen sie aus wie am ersten Tag. Aber die Luft hier, riech mal«, forderte er sie auf.

Doro schnupperte. »Ich rieche nichts.«

»Eben. Die Wüste ist so rein, dass sie keinen Eigengeruch hat. Komm jetzt, du musst in den Schatten, und du musst trinken.«

Doro kroch an seine Seite. Auch unter dem Schutzdach war es heiß. Amir öffnete den Kanister, sah zu, wie sie trank, trank selbst.

»Dieser Ort erinnert mich an Vergänglichkeit, Bestimmung und Schicksal. Und auch an Tifariti erinnert er mich. Gestern hast du gefragt, warum man nach mir sucht. Ich bin Sahraoui, wie du weißt, und ich habe dir die Kugel gezeigt, die meinen Vater getötet hat. Diese Gegend gleicht der Umgebung des Dorfs Tifariti. Immer, wenn ich hier bin, denke ich an meinen Vater und trauere erneut.« Er schlang die Arme um die Knie. Sein Blick wanderte in die Ferne.

»Vor fast zehn Jahren, während man in Tifariti mehrere Gebäude für die UN-Mitarbeiter herrichtete und bereits alles für das geplante UNO-Referendum vorbereitete, kamen marokkanische Bomber und Soldaten und machten das Dorf dem Erdboden gleich. Bei dem Gedanken daran blutet mein Herz bis heute. Sheïk Kamal, mein Vater, war Vorsteher dieses friedlichen Ortes. Er gehörte zu den Ersten, die getötet wurden. Jetzt findet man dort nichts als Ruinen, und nur wenige Beduinenfamilien kommen noch zum Brunnen von Tifariti. Aus Scham, am Leben zu sein, meiden sie den Ort. Und sie fürchten die Geister der dort Getöteten. Doch die Geister der Vergangenheit sind nichts im Vergleich zu denen der Gegenwart.«

»Und deine Mutter?«

»Sie hielt sich zu der Zeit im Winterlager auf, weit entfernt. Mein Vater aber, seine Brüder und ich …«

Doro konnte ihn nicht ansehen. »Du warst dabei, als dein Vater starb?«

»Ich habe gesehen, wie er sich mit ausgebreiteten Armen schützend vor seine Männer stellte. Ganz plötzlich hörte das Schießen auf, es war still. Dann fiel ein einzelner Schuss, und mein Vater sank zu Boden. Gleich darauf begann das Dauerfeuer aus mehreren Maschinengewehren erneut. Und dann kamen die Bomber. Ja, ich war dabei.«

Wie furchtbar das für ihn gewesen sein musste! »Und jetzt rächst du dich?«

Amir winkte ab. »Ich dachte an Vergeltung, das gebe ich zu, inzwischen aber setze ich mich für Waffenruhe ein. Sie ist Voraussetzung für eine Volksabstimmung. Ich will, dass dieses Referendum der UNO endlich abgehalten wird! Nicht Rache, nein, eher kämpfe ich für das Leben, für den Fortbestand meines Wolkenvolks. Für Marokkaner bin ich dennoch eine Gefahr.«

Doro hörte auf Amirs Stimme, warf einen Blick auf sein Gesicht. Die zusammengepressten Kiefer, die Falten … Dies war nicht irgendeine Story, von der sie nur die Hälfte begriff, dieses Mal sprach er von sich. Wie schmerzlich das für ihn sein musste! Sobald sie zu Hause war, würde sie sich gründlich über die Sahraouis und dieses Referendum informieren. Um ihn wirklich verstehen zu können, musste sie mehr wissen. Wenn sie zu Hause war …

»Zurzeit kommen wir hier nirgendwo über die Grenze, zu viel Grenzpolizei. Es ist zu gefährlich, du hast gesehen, wozu sie fähig sind. Daher bringe ich dich zunächst nach Smara, einem der Lager bei Tindouf, wo viele sahraouische Flüchtlinge leben, darunter auch meine Mutter. Es sind tüchtige Menschen. Seit Jahren versuchen sie, im Nichts zu überleben, mit Hilfe von Spenden. Jedenfalls habe ich dort andere Möglichkeiten. Wir werden einen Weg zurück nach Marokko finden. Die Wüste hat breite Straßen.«

Doro nickte. Zurück nach Marokko – das bedeutete Abschied und Trennung, das Ende. Aber es sollte nicht zu Ende sein, nicht so und nicht jetzt. Zwei Tage und eine Nacht, und dann Schluss? Ihr kam das unmöglich vor, als hätte für sie nichts eine Bedeutung, nichts außer Amir.

»Und wie bitte soll ich die Grenze ohne Visum passieren?«, wandte sie ein.

»Nicht offiziell, doch nördlich von hier wird sie weit weniger scharf kontrolliert.« Amir sah nach Osten, prüfte den Sonnenstand, lauschte, seufzte. »Sie kommen. Sie sind früh dran.«

»Wer? Dieser Ort mit den fünf Palmen ist ein Treffpunkt, oder?« Doro zog den Papierfetzen aus der Hosentasche.

Amir warf einen flüchtigen Blick darauf und nickte.

»Wer kommt?« Sie deutete auf die beiden Kisten. »Geht es wieder darum?«

Amir starrte sie an. »In diesen Kisten befinden sich tatsächlich Medikamente, sieh nach. Die Kisten in deinem Wagen dagegen, diese angebliche Lieferung für den Schmied – ja, sie enthielten in Wahrheit Gewehre und Munition. Deshalb auch die Stärke der Explosion.« Er schien beinahe erleichtert.

Hatte sie sich verhört? Doro musste schlucken. Waffen? Nichts hatte sie gewusst!

Ibrahim hatte die Kisten ins Auto geladen ... Wer steckte noch dahinter? Ibrahim, Amir und Mahmud, diese drei auf jeden Fall. Ihre Haut begann zu kribbeln.

»Gehörst du dazu?«

»Ja und nein. Jedenfalls bin ich froh, dass sie vernichtet sind.«

»Schön für dich. Aber musste dabei ausgerechnet mein Wagen dran glauben?«

»Das war Allahs Hand. Er will Verhandlungen, keine Waffen. Wer Gewehre besitzt, wird sie auch einsetzen. Eine Schlacht ist rasch gewonnen, doch was heißt das schon? Blut frisst den Frieden, sagt man.«

Jetzt hörte auch Doro das Motorengeräusch eines Autos. Es näherte sich rasch. Am liebsten hätte sie sich irgendwo versteckt. »Sollten wir nicht flüchten?«

Amir schüttelte den Kopf. Mit der Hand schlug er einen weiten Bogen, der Himmel und Wüste und sie beide einschloss. »Wohin?«

Kapitel 25

»Und wirklich kein Wort, wohin sie wollte?«, fragte Ingrid.

Ibrahim verneinte. »Der Lehrer von Id Sebha sagte, sie habe früh am Morgen die Kartons bei seiner Schule ausgeladen und sei sofort weitergefahren. In Begleitung eines Fahrers.«

»Kannte er ihn?«

Ibrahim schüttelte den Kopf. »Anscheinend war er nicht aus der Gegend.«

»Und sonst nichts?«

»Mademoiselle Doro habe noch gefragt, wo sie das nächste Telefon finden könne, sie müsse mit Agadir telefonieren.«

Vermutlich hatte Doro ihr mitteilen wollen, dass sie – ja, was eigentlich? Wohin konnte sie gefahren sein, und zu welchem Zweck? Einfach so zu verschwinden war gar nicht Doros Art, zumindest früher wäre sie nicht auf eine solche Idee gekommen. Jetzt hingegen … Schwer zu sagen, wie sehr sie unter ihren Problemen litt.

Dem ersten Eindruck nach ging es ihr gut, aber man durfte nicht vergessen, welch schweres Jahr hinter Doro lag. Auch deshalb hatte sie ihr nach der Ankunft in Agadir zunächst Zeit geben wollen, sich einzufinden, Abstand zu gewinnen und sich zu erholen. Danach erst ergaben ernsthafte Gespräche überhaupt einen Sinn, hatte sie gedacht.

Ibrahim befragte die Frauen mehrfach, doch sie wiederholten lediglich, was sie schon wussten: Am Morgen habe dieser Zettel auf ihrem Kissen gelegen, und der Wagen sei fort gewesen.

Ingrid drehte Doros Nachricht in den Fingern. Ein höflicher Dank an Sheïk Idriss, gute Wünsche für die Familie und die knappe Mitteilung, morgens früh in Begleitung eines erfahrenen Führers zu einem Abstecher in die Wüste aufbrechen zu wollen, mehr Informationen gab es nicht.

Dieser Führer – war er zuverlässig, und woher kannte ihn Doro? Hätte sie sie doch nur nicht allein fahren lassen! Mehr als eine Stunde saßen sie nun schon im Hof des Hauses beim obligatorischen Tee, und die Frauen wiederholten ein ums andere Mal, dass sie nichts wussten. Der Sheïk halte sich seit Stunden in der Moschee auf, fügten sie hinzu, doch auch er wisse nicht mehr.

Die sichtlich nervöse deutsche Touristin saß neben Ingrid und ließ sie nicht aus den Augen. Vielleicht kam von ihr noch ein Detail? Bisher hatte sie nur angedeutet, dass es in der Nacht vor Doros Verschwinden im Haus gebrannt hatte und dass jemand verletzt worden war. Ob Doro etwas damit zu tun hatte?

»Frau Schlüter, welchen Eindruck hatten Sie von Doro? Wirkte sie aufgeregt, beunruhigt?«

»Eindruck? Wir hatten uns ja gerade erst kennengelernt. Aber nennen Sie mich bitte Betty, einverstanden?«

Ingrid nickte. Später würde ihr diese Schlüter alles haarklein schildern müssen, aus der seltsamen Geschichte von Unfällen, Bergtouren und Kräuterumschlägen wurde sie sonst nicht schlau. Außerdem wusste die Frau zwar den Namen ihres vorgebuchten Hotels in Agadir, nicht aber den des zuständigen Reisebüros. Merkwürdig. Offenbar hatte sie sich vollständig auf einen gewissen Karl-Heinz verlassen. Jedenfalls war sie hier gestrandet, angeschlagen und mit einem Rucksack, den sie wie einen Rettungsring umklammerte. Selbstverständlich würde sie sie mitnehmen nach Agadir, keine Frage, aber hatte sie nicht eigentlich schon genug andere Sorgen?

Ingrids Blick streifte Betty Schlüter, die sie erwartungsvoll ansah, dahinter die Kinder, die beiden Berberfrauen und Ibrahim. Sie war froh über seine Begleitung, schon wegen der anstrengenden Fahrerei, das musste sie zugeben, sonst aber kam sie mit ihm nach wie vor nicht zurecht. Sie leerte ihr Teeglas.

»Sieht so aus, als könnten wir nichts tun außer warten, aber das können wir ebenso gut in Agadir. Betty, haben Sie gepackt? Wunderbar, dann brechen wir gleich auf. Übernachten werden wir bei Ibrahims Tankstellenfreund, dann sind Sie schon morgen Mittag bei einem Arzt.«

Es ging zurück in die Zivilisation! Betty richtete sich auf dem Rücksitz ein und legte das Bein hoch. Ingrid saß neben dem Fahrer. Zwischen ihr und diesem Ibrahim herrschte eine frostige Stimmung, das war ihr schon gestern aufgefallen. Auch heute redeten sie nur das Nötigste miteinander. Doch das konnte ihr egal sein, das Wichtigste war, sie befand sich tatsächlich auf dem Weg nach Agadir.

In der einsamen Raststätte, wo man für die beiden Frauen erst behelfsmäßige Lager herrichten musste, hatte sie wunderbar geschlafen. Endlich wieder Deutsch reden, endlich wieder alles verstehen – was für eine Erleichterung!

Mit Ingrid hatte sie sofort offen geredet. Noch gestern Abend hatte sie ihr von dem nächtlichen Angriff erzählt, von den Gewehren, den Kisten im Hof des Lehrers, dem Brand und dem Schweigen um Hassan.

Ingrid hatte zunächst mit offenem Mund gelauscht, danach aber Fragen gestellt. Ihre Hauptsorge galt allerdings Doro, und ob sie sich in Gefahr befand.

Daher hatte Betty alles, was mit Hassan zusammenhing, bagatellisiert, ebenso den Brand auf dem Dach. Wie sollte denn ausgerechnet sie Licht in die verworrenen Vorkommnisse bringen? Schwieriger waren Ingrids Fragen zu der Begegnung mit Dorothea gewesen. Das Mädchen ging ihr sowieso nicht aus dem Kopf.

»Welche Orte standen eigentlich auf Ihrer ursprünglichen Reiseroute, Betty?«

Dankbar für die Ablenkung erzählte Betty von den Städten, die sie besucht hatte, und schon bald ergab sich ein lebhaftes Gespräch.

Ingrids kundige Kommentare gefielen Betty, auch sonst sagte ihr diese Frau sehr zu. Sie war kein bisschen versponnen, wie sie es bei der Initiatorin einer privaten humanitären Hilfsorganisation eigentlich erwartet hätte. Man kannte das, wenn hochfliegender Idealismus mit der Realität vor Ort kollidierte. Die Folge waren Enttäuschung, Katzenjammer und endloses Lamento. Oft genug hatte sie das bei den Rotkreuzlern erlebt. Ingrid hingegen redete nicht nur vernünftig, sie hatte ihre Angelegenheiten auch bestens im Griff. Zum Beispiel diese Rückfahrt: Im Handumdrehen hatte sie alles beschlossen und organisiert.

Sicher grübelte sie trotzdem, was Dorothea vorhaben oder eventuell zustoßen könnte, aber das ließ sie sich nicht anmerken.

»Was werden Sie jetzt unternehmen?« Diese Frage konnte sich Betty nicht verkneifen.

»Unternehmen?« Ingrid drehte sich nicht zu ihr um.

»Wegen Dorothea. Muss man nicht die Botschaft informieren oder die Polizei?«

Ibrahim vor ihr schüttelte energisch den Kopf. Ingrids und seine Augen trafen sich. »Wir sind hier nicht in Deutschland«, sagte Ingrid.

»Schon, aber …«

»Es war ihr eigener Wille, auf diese Weise abzureisen, nicht wahr? Doro ist eine erwachsene Frau, die schon so einiges durchgestanden hat.«

»Mir erschien sie recht jung und unbedarft.«

»Täuschen Sie sich nicht. Letztes Jahr starb ihre Mutter an Brustkrebs, und Doro begleitete ihr Martyrium bis zum Schluss. Gleichzeitig legte sie ihr erstes Staatsexamen ab. Parallel, verstehen Sie? Ich finde, das ist eine beeindruckende Leistung. Jung ist sie, aber unbedarft? Ich halte sie für tüchtig. Vielleicht brauchte sie Abwechslung, hatte etwas nachzuholen? Mich würde es nicht wundern, wenn sie in ein, zwei Tagen wieder auftaucht. Gesund und fröhlich, und vermutlich mit einer guten Geschichte.«

Betty schwieg beeindruckt.

Ibrahim gegenüber rang sich Lâlla Ingrid nur die allernötigsten Worte ab und schloss ihn von ihren Überlegungen und Sorgen aus. Dafür sprach sie mit der anderen Deutschen. Seine Deutschkenntnisse reichten nicht weit, aber er konnte fühlen, dass es Lâlla Ingrid guttat, mit dieser Frau zu sprechen. La illah illalah, mochte sie ihn auch wie Luft behandeln, er fühlte sich besser als in den letzten Tagen.

Er überholte Überlandbusse und schwer beladene Lastwagen, die sich hügelan quälten und bei jedem Schaltvorgang Wolken von schwarzem Qualm ausstießen. Hin und wieder kamen einzelne moderne Limousinen in hohem Tempo von hinten angeprescht. Er ließ sie passieren.

In Aït Arba hatte er sich unauffällig umgehört. Der

Schmied war seit Tagen verschwunden, ebenso Hassan. Sonst schien niemand auch nur das Geringste zu wissen. Sie waren schweigsam, diese Bergleute, und vorsichtig. Er hätte viel Zeit gebraucht, um ihr Misstrauen ihm, dem Fremden gegenüber zu zerstreuen. Und die Gewehrkisten in Mademoiselle Doros Wagen? Hatte man sie umladen und Mahmud übergeben können?

In der Tankstelle hatte er erfahren, dass Mademoiselle Doro von hier aus gemeinsam mit Amir weitergefahren war. Zumindest das hatte also geklappt. Und noch etwas hatte er herausgefunden. Der Lehrer in Id Sebha mochte den Namen ihres Begleiters nicht kennen, seine Beschreibung jedoch ließ keinen anderen Schluss zu: Sheïk Amir.

Das war beruhigend. Mademoiselle Doro befand sich in guten Händen, wo immer sie auch unterwegs war, al hamdullillah.

Blieb noch die Sache mit dem Brief und den Fotos. Er hatte da so eine Vermutung …

Viel wichtiger war jedoch, dass Mahmuds Männer die Waffen erhielten, und dass die Störaktionen an El Berm, der Mauer der Schande, beginnen konnten.

Kapitel 26

Zuerst preschten zwei getarnte Pick-ups heran, ihnen folgte ein klobiger Lastwagen. Im hochbeinigen Vehikel russischer Bauart mit Planenverdeck und einer Winde anstelle der vorderen Stoßstange erkannte sie Mahmud. Knapp vor Amir und Doro stoppten die Autos.

Auf den Ladeflächen der Pick-ups sicherten Bewaffnete die Umgebung durch fest montierte Maschinengewehre. Erst auf ihr Zeichen stieg Mahmud aus. Wie neulich trug er Stiefel, Wüstenuniform und schwarzen Chêche und, soweit Doro sehen konnte, auch heute keine Waffe.

»Die Welt ist klein, sagt man nicht so? Oder sprechen wir von Schicksal, mein Freund?« Sein Lächeln glich einem Zähneblecken.

Amir antwortete nicht.

Mahmud deutete auf die Palmenstümpfe. »Ach ja, wieder einmal hier zu sein!« Zum Schutz gegen das Licht legte er die Hand über die Augen und sah sich um, dann umkreiste er Amir, bevor er sich vor Doro aufbaute.

»Sie müssen wissen, Mademoiselle, früher haben Amir und ich hier trainiert. Wir sind alte Freunde.«

Sein Blick taxierte sie, blieb an ihrem Amulett hängen, glitt weiter. »Aber Sie – plötzlich zu Fuß? Wo haben Sie denn Ihr teures Auto gelassen?« Er sah durch sie hindurch.

»Jung und schön«, überlegte er halblaut, »eine Frau des Westens, ausgestattet mit dem Pass eines der reichsten Länder der Welt. Amir, mein Freund, denkst du das Gleiche wie ich? Geringes Risiko bei maximaler Wirkung?«

Amir reagierte nicht.

Doro fühlte sich unbehaglich. Was phantasierte dieser Mann? Warum redete er, als sei sie ein nützlicher Gegenstand?

Amir schritt ein. Er stellte sich vor Doro. Seine Kiefer arbeiteten. »Beachte ihn nicht«, sagte er über die Schulter, »Mahmud ist ein Meister im Verletzen.«

»Zu viel der Ehre! Rauf auf den Lastwagen, wir nehmen euch mit.«

»Was soll das?«

Mahmud gab seinen Männern ein Zeichen. Sie packten ihre Gewehre fester.

»Du hast wohl auf jemand anderen gewartet? Wir aber warten immer noch auf unsere Sturmgewehre. Wo sind sie?«

Amir sah ihn prüfend an.

Mahmud hakte die Daumen in den Gürtel. Er lächelte nicht mehr. »Hassans Wagen stürzt in eine Schlucht, und rein zufällig bist du in der Nähe? Nicht nur wird Hassan im entscheidenden Moment nicht einsatzbereit sein, seine Gewehre liegen außerdem verstreut in unzugänglichem Gelände. Sie werden extrem schwierig zu bergen sein, außerdem ist die Frage, ob sie überhaupt noch zu gebrauchen sind. Und wo sind deine Kisten?« Mahmud musterte Amir. »Fragst du mich ernsthaft, warum ich dir misstraue?«

»Könnte es sein, dass der Fehler bei dir liegt?« Amir tat einen Schritt auf Mahmud zu.

Seine Männer entsicherten ihre Gewehre. Doro griff nach Amirs Arm. Amir beachtete sie nicht.

»Dass du denselben Fehler sogar zweimal gemacht hast?

Zuerst am Brunnen und später am vereinbarten Treffpunkt in Aït Arba? Wo waren da denn deine Männer?«

Mahmud antwortete nicht, machte wegwerfende Handbewegungen.

Die Kisten, die Waffen. Doro dachte an den alten Sheïk, an Hassan und die Männer, die ihn zum Lehrer trugen, an die Oasenbauern und an Ibrahim. Und nun Mahmud. Ein Netz von Schmugglern und Waffenschiebern, und alle gehörten sie zusammen!

Amir schienen Mahmuds Vorwürfe kaltzulassen. Dann würde sie ebenfalls ruhig bleiben. Sie fühlte sich geschützt.

Die Nacht mit Amir hatte sie verändert. Vorhin hatte sie sich noch gefragt, ob dies alles, von origine über die verbrannte Ernte bis zu Explosion und Hubschraubersuche, nicht einer anderen Frau passiert war. Inzwischen sah sie klarer.

Mahmud schien aktiver Kämpfer zu sein, Amir hingegen Idealist, und beide setzten sich für die Sahraouis ein. Offenbar kämpfte allerdings auch Amir nicht ausschließlich mit intellektuellen Waffen. Das wäre ihr zwar lieber gewesen, doch anscheinend war auch er Partisan und Schmuggler, war es zumindest gewesen. Gewehre jedoch rührte Amir nicht an, das konnte sie sich nicht vorstellen.

Falls aber doch, würde es ihr etwas ausmachen? Sie wusste es nicht. Eines wusste sie jedenfalls: Hätte sie ihn nicht vor ein paar Tagen im Auto mitgenommen oder hätte sie zumindest diese idiotische Wüstentour abgelehnt, wären weder er noch sie jetzt in dieser Lage. Wäre ihr das lieber?

Sie stellte sich an Amirs Seite.

In seinen Augenwinkeln saß ein winziges Lächeln. Las er ihre Gedanken? Seit gestern Nacht war ihr klar, dass Gleichklang zwischen zwei Menschen existieren konnte. Er war keineswegs nur eine romantische Erfindung von Schlagersängern oder Romanschreibern.

Davon abgesehen, warum nicht mit diesen Typen im LKW mitfahren? Dadurch kamen sie zumindest rasch in bewohnte Regionen zurück.

Die Männer luden bereits die Medikamentenkisten um und sammelten Decken und Kanister ein. Amir ließ Mahmuds Redefluss weiter über sich ergehen.

»Am Brunnen von Bir Mahdi kontrollierte ich deine Lieferung und fand alles in bester Ordnung, Allah sei Dank. Warum hätte ich den Plan ändern sollen?«

Dieses unaufrichtige Lächeln!

»In Aït Arba kam etwas dazwischen, zugegeben, etwas Wichtiges, aber danach?« Mahmud gab sich verblüfft. »Plötzlich diese Nachricht von einer Explosion?«

Ein Schritt zur Seite, und schon stand er vor Doro. »Ich gestehe, zuerst wollte ich es nicht glauben, aber ihr seid tatsächlich zu Fuß unterwegs. Mademoiselle, Ihr schönes Auto – wurde es wirklich mitsamt Inhalt gesprengt?«

Froh, Amir beistehen zu können, beeilte sich Doro mit ihrer Antwort. »Kann man so sagen. Es gab eine Razzia, Uniformierte durchsuchten jedes Haus, sie verbrannten sogar die Ernte! Schüsse fielen, und Amir wurde am Arm verletzt. Vorher hatte er aber noch den Wagen in Sicherheit bringen können. Wir verbargen uns außer Schussweite, um abzuwarten, und ja, dann knallte es extrem laut.«

Doro dachte an die Detonationen zwischen den Bergwänden. »Granaten, glaube ich, jedenfalls eine große Explosion.«

Mahmud verbeugte sich ironisch. »Danke! Nun gut, auch der alte Hamid sprach von einem unglücklichen Zufallstreffer.«

Breitbeinig baute er sich vor Amir auf. »Leider, leider hat er zur Folge, dass nun zweihundert meiner Männer nicht einsatzbereit sind. Sollen sie mit den Vorderladern ihrer Vorfahren kämpfen?«

»Ich habe meinen Teil der Abmachung erfüllt.«

Amirs Worte klangen scharf, Mahmud wirkte jedoch unbeeindruckt. Er fixierte erst Doro, dann Amir. Sein falsches Lächeln war verschwunden. »Schluss jetzt. Mademoiselle, Ihre Papiere, wenn ich bitten darf!«

Doro wich zurück. Amir trat einen Schritt vor. Mahmud winkte seinen Männern. Vier Gewehre wurden durchgeladen und in Anschlag gebracht. Doro hörte das metallische Klacken, sah die Gewehrläufe und die entschlossenen Gesichter der Kämpfer.

»Halt!« Sie nestelte ihren Brustbeutel hervor. »Um Gottes willen, nicht schießen!«

Mahmud streckte die Hand aus. Doros Hände zitterten, als sie den Lederbeutel hineinlegte.

»*Merci.* Fesselt sie, und dann rauf auf den Lastwagen. Zwei Mann bleiben zur Bewachung bei ihnen.«

Zu Doro sagte er in beinahe väterlichem Ton: »Allein hierbleiben könnten Sie ja ohnehin nicht.« Und zu Amir: »Du bist ein Sicherheitsrisiko. Dich will ich unter Kontrolle haben.«

Vier Maschinenpistolen waren auf Amir und Doro gerichtet, während ihnen die Hände auf dem Rücken gefesselt wurden.

»Ich habe damit gerechnet, hier jemanden zu treffen, der uns nach Smara bringt. Nicht aber Mahmud«, sagte Amir leise zu Doro. »Es tut mir leid.«

»Dir ist klar, dass er dich hasst?«

Amir beobachtete Mahmud, der Befehle erteilte. »Vielleicht.«

Einer der Bewacher hob Doro auf den Lastwagen und gab Zeichen, wohin sie sich setzen sollte. Amir folgte, dann die beiden Bewaffneten.

»Und der Esel?« Doro deutete auf das Tier. Sie wunderte sich, dass sie keine Angst verspürte.

»Hamid schickt jemanden.«

Doro nickte. Amirs Hände waren zwar gefesselt, und er musste Mahmuds Befehlen gehorchen, dennoch hatte sie das Gefühl, auch jetzt von ihm geschützt zu werden.

Der Laster übernahm die Führung der kleinen Kolonne. Sein Fahrer jagte den Wagen über Dünen und Steine und durch ausgetrocknete Bachläufe, dass Doro und Amir kaum Halt fanden. Auch die Bewacher hatten Mühe. Sie klammerten sich an das Gestänge des Verdecks, die Waffen zwischen den Knien. Amir drückte sich zwischen Zementsäcke und Stapeln von Rohren, während Doro den Rücken gegen die Seitenwand stemmte und die Beine gegen verzurrte Kanister. Es gab ein kleines Fenster zur Fahrerkabine mit Gardine. Mahmud müsste lediglich den Stoff beiseiteschieben, schon könnte er seine Gefangenen beobachten. Sie rutschte aus dem Sichtfeld.

Es war laut und heiß in ihrer Ecke, und es stank nach Abgasen und Benzin. Sie konzentrierte sich auf den hufeisenförmigen Ausblick nach hinten. Manchmal erschienen darin die anderen Pick-ups, doch meistens sah Doro nur die eigene Sandfahne. Sie starrte auf das ausgeglühte Land, bis ihre Augen tränten. Und sie fuhren und fuhren.

Gern hätte sie an Amirs Seite gesessen. Er jedoch sah an ihr vorbei ins Nichts. Was hätten sie auch besprechen können bei diesem brüllenden Motor und unter den Augen der Wächter?

Sie ließen kaum den Blick von ihr. Helle Haare und blaue Augen waren etwas Besonderes. Noch immer hatte sie sich nicht daran gewöhnt, angestarrt zu werden. Doro schaute zu Boden.

Der Wagen rumpelte über Steine, sie verlor das Gleichgewicht und stieß gegen die Kanister. Kaum hatte sie sich wieder aufgerichtet, bemerkte sie, dass sich das Seil an ihren Handgelenken gelockert hatte. Die Wachmänner im Blick drehte sie unauffällig die Hände und dehnte und zog an den Stricken.

Mit Glück konnte sie sich befreien, dachte sie, und flüchten. Und wohin? Ohne Amir nützte ihr die Freiheit nichts.

Wie sie starrte er auf die Landschaft, die sie durchfuhren. Irgendwann deutete er mit dem Kinn voraus und rief über Geklapper und Motorenlärm: »Smara. Gleich sind wir da.«

Kapitel 27

Herzklopfen, Luftnot und eine Traurigkeit, gegen die sie nicht ankam, schnürten ihr die Kehle zu. Kam er wieder über sie, dieser Traum von den umsinkenden Wänden und dem schwebenden Dach, den sie fürchten gelernt hatte? Irgendwo rief plötzlich ein Muezzin und Düfte von Kaffee und Minztee hingen in der Luft. Im gleichen Moment registrierte Betty, dass sie sich nicht im Haus des Sheïk befand, sondern in ihrem Hotel in Agadir. Schon so gut wie zu Hause … Erst jetzt öffnete sie die Augen.

Ingrid erwartete sie bereits auf der Terrasse. Selten war ihr eine Frau wie sie begegnet. Gestern Abend, am Stadtrand von Agadir, gleich nachdem Ibrahim ausgestiegen war, hatte sie ihr das Du angeboten.

»Guten Morgen, gut geschlafen?«

»Und wie!« Betty nahm einen Schluck Kaffee. Er war stark und heiß. Sie umfasste die Tasse mit beiden Händen. »Wunderbar! Besser als dieser ewige Tee.« Sie leerte ihre Tasse und seufzte zufrieden.

Ingrid bemühte sich um ein Lächeln. Sie hatte kaum geschlafen. Die Sorge um Doro, aber auch die Gewehre, von denen Betty berichtet hatte, und dann diese Sache mit Ibrahim – nein, Ruhe hatte sie keine gefunden.

»Hast du dich in Aït Arba etwa nicht in den Tee verliebt? Der Sheïk und seine Familie sind reizende Leute.«

Betty aber wollte nicht an Aït Arba erinnert werden. »Nichts geht über einen guten Kaffee, höchstens vielleicht eine ordentliche Dusche, gewaschene Haare und frische Kleidung!«

»Verstehe. Wir können gleich los, der Arzt erwartet uns. Danach machen wir uns auf die Suche nach dem Reisebüro, das deine Tour organisiert hat.«

So gefiel es Betty.

Ingrid sah sich um. Niemand war in der Nähe. Es gab Neuigkeiten, die sie nicht für sich behalten konnte.

»Heute Morgen habe ich mit einem der Zöllner vom Flughafen telefoniert. Er stammt aus einem Bergdorf, dessen Schule ich seit Jahren unterstütze, und hilft mir gelegentlich. Ich erzählte ihm von einem Gerücht, dass im Gepäck ausländischer Reisegruppen Waffen und Munition geschmuggelt würden. Ohne Details, du verstehst. Und was glaubst du, wie er reagiert hat?«

Betty zuckte die Schultern.

»Er war kein bisschen überrascht. Immer wieder gäbe es Zufallsfunde mit geschmuggelten Waffen, sagte er. Man wisse wenig, ahne allerdings, für wen sie bestimmt seien. Und dass sogar europäische Touristen zur Tarnung missbraucht werden, kam ihm durchaus plausibel vor. Er wird seinen Vorgesetzten Bericht erstatten. Zufrieden?«

Betty nickte. Die Gewehre, der Überfall, sogar die Erlebnisse im Haus des Sheïk – in dieser modernen Stadt rückte das alles in den Hintergrund. »Sehr zufrieden.« Sie biss herzhaft in ihr noch warmes buttriges Croissant.

Die Sonne kam heraus, Hibiskusblüten leuchteten, Autos hupten. Vor dem Hotel schob ein Straßenkehrer mit seinem Reisigbesen Müll die Gosse entlang, während vier Kollegen, die auf ihren Besen lehnten und rauchten, ihm dabei zusahen. Wenn die fünf in diesem Tempo weitermachten, waren sie noch am Abend mit der Straße beschäftigt. Aber was ging es sie an?

Die hell und modern eingerichtete marokkanische Arztpraxis gefiel ihr. Besonders gefiel ihr, dass der höfliche junge Arzt in Frankreich studiert hatte, und dass er sich Zeit nahm für sie. Er fragte, er tastete, kontrollierte Blutdruck, Herz und Lunge, und schickte Betty zum Röntgen. Nachdem er alle Untersuchungen ausgewertet hatte, kam er zum gleichen Ergebnis wie Sheïk Idriss. »Leichte Gehirnerschütterung und Prellung des Knöchels, nichts Ernstes.« Ingrid erklärte Betty die Diagnose und übersetzte Punkt für Punkt die Empfehlungen des Arztes: Salbe, Aspirin und Bettruhe sowie der Rat, Aufregungen und Sonne zu meiden.

Es war Mittag, als sie die Praxis verließen. Die Untersuchungen hatten Betty angestrengt, sie stützte sich auf Ingrids Arm.

Ingrid strich über ihre Hand. »Ich denke, du wohnst am besten bei mir, dann kann ich mich um dich kümmern. Luxus habe ich zwar keinen zu bieten, aber Bad, Küche und das Bett sind tiptop. Einverstanden?«

»Das geht doch nicht.«

»Das geht.«

»Und meine Reisegruppe? Sie trifft morgen oder übermorgen ein. Jedenfalls fliegen wir gemeinsam zurück. Außerdem ist das Hotel für drei Übernachtungen bereits bezahlt, Mahlzeiten, Zimmer, alles.«

Ingrid ließ die Einwände nicht gelten. »Überlass das einfach mir.«

Betty akzeptierte. Im Grunde war sie sogar heilfroh.

Ingrid brachte sie in ihr Appartement. Sie räumte Dorotheas Kleidung beiseite und richtete das Bett her, in dem zuvor das Mädchen geschlafen hatte.

»Sobald sie zurückkommt, ziehe ich wieder ins Hotel«, sagte Betty.

»Doro kann auch im Wohnzimmer schlafen.«

Betty antwortete nicht. Mit diesem Mädchen unter einem Dach …?

Ingrid versprach, Bettys Sachen aus dem Hotel zu holen und eine Nachricht für Karl-Heinz, den Reiseleiter, zu hinterlegen. »In einer Stunde bin ich zurück. Du ruhst dich derweil aus.«

Klang einfach. Doch statt sich hinzulegen, kramte Betty in ihrem Rucksack. Medikamente, Geldbeutel, Flugschein und Reisepass – alles da, inklusive Gernots Notizen. Auf seinen Spuren hatte sie wandeln wollen – was für eine sentimentale Idee! Das Heft kam im Rucksack nach ganz unten, Ticket und Pass legte sie obenauf. Griffbereit. Ein paar Tage dauerte es zwar noch, doch bald war sie wieder zu Hause. Dort würde es weitergehen wie bisher, Tag für Tag für Tag, als hätte sie niemals marokkanischen Boden betreten. Sehr beruhigend.

Trotzdem fühlte sie sich angespannt. Sie humpelte durch die stille Wohnung. Hier Miniküche und Minibad, daneben das Schlafzimmer. Das kleine Zimmer, in dem sie logierte, war durch eine Falttür mit dem Wohnraum verbunden. Keramikfliesen, ein riesiger Teppich und zwei antike Truhen zwischen hellen Möbeln – das war Ingrids Wohnung. Praktisch, das ja, aber bei ihr zu Hause war es doch sehr viel gemütlicher.

Betty holte sich ein Glas Wasser aus der Küche. Auf dem Tisch lag eine Mappe, die ihr vage bekannt vorkam. Sie sah genauer hin.

Verschrammt, ausgeleiertes Gummiband und abgestoßene Ecken – Gernots Bildermappe!

Das Wasserglas glitt ihr aus der Hand.

Bereits im Treppenhaus vernahm Ingrid lautes Weinen. Als sie die Wohnung betrat, fand sie Betty in der Küche inmitten von Glasscherben knien. Sie schluchzte, dass ihr Körper bebte. Was konnte einen derartigen Weinkrampf ausgelöst haben? Das zerbrochene Glas wohl kaum, und noch weniger die Diagnose des Arztes.

Ingrid legte ihre Arme um die weinende Betty, streichelte sie, murmelte beruhigende Worte, während sie nach Anhaltspunkten suchte.

Doros Bildermappe lag geöffnet auf dem Tisch.

»Er war hier im Krieg, mein Gernot!«

Beinahe schrie Betty die Worte heraus, dennoch konnte sie Ingrid zwischen Schluchzen und Stöhnen kaum verstehen.

»Hier, in einem Lager in diesem Land! Das da und dieses – alles während seiner Gefangenschaft entstanden.«

Sie deutete auf die Aquarelle und Zeichnungen. »Seinetwegen mach ich überhaupt diese Reise, verstehst du? Ich wollte, ich dachte, wenn ich …« Betty wimmerte und zitterte.

Dieser Ausbruch kam einem Nervenzusammenbruch nahe, dachte Ingrid und tröstete und beruhigte, so gut sie konnte. Wenn sie richtig verstand, stammten die Zeichnungen von Bettys Ehemann. Offenbar ging es um ihn und um seine Gefangenschaft. Aber in Marokko?

Hatte man hier im Zweiten Weltkrieg Lager für Kriegsgefangene unterhalten? Deutsche Soldaten – interniert in Marokko? Davon hatte sie noch nie gehört. Die Titel und auch die Motive der Bilder waren jedoch eindeutig, sie mussten hier entstanden sein. Doch wenn Bettys Ehemann sie gemalt hatte – wieso befanden sie sich dann in Doros Gepäck?

Es brauchte Zeit und Mühe, Betty ins Bett zu bugsieren. Ingrid wusch ihr das verquollene Gesicht, gab ihr zu trinken, strich ihr das Haar zurück und rubbelte ihre Hände.

Dabei erzählte sie von dem Hotel und wie freundlich man ihr dort begegnet war, von dem Essen, das sie demnächst im Restaurant an der Ecke bestellen würde, von anderen Belanglosigkeiten, was ihr gerade einfiel.

Erschöpft ließ Betty alles über sich ergehen. Sie lag auf dem Kissen, geschüttelt von Schluchzern, und wirkte nicht nur kraftlos, sondern alt.

»Soll ich den Arzt kommen lassen? Er kann dir was zur Beruhigung geben.«

Betty öffnete die Augen. »Ein Geistlicher wäre wohl besser.«

»Red nicht so!«

Eine einzelne Träne rann über Bettys Wange. »Wäre ich gläubig, könnte ich meine Schuld wenigstens beichten.«

»Auf die eine oder andere Weise werden wir im Laufe unseres Lebens doch alle schuldig.«

»Manche aber mehr als andere.« Mit geröteten Augen schaute sie Ingrid beinahe flehend an. »Du weißt, was Lebensborn bedeutet?«

Ingrid erschrak. »Lebensborn« war eines der Synonyme jener Zeit, an die sie am liebsten nie mehr denken wollte. Zu viele schmerzvolle, traurige, dunkle Erinnerungen waren mit ihr verbunden, persönliche wie allgemeine.

Sie streichelte Bettys Hände. »Die eigenen Abgründe zu sehen braucht Mut, dennoch denke ich, dass man ihnen nicht ausweichen kann. Die eigene Geschichte ist nun mal, wie sie ist, und Verdrängung meistens zwecklos. Kasteien aber sollte man sich auch nicht. Außerdem Lebensborn – du meine Güte, das ist doch Ewigkeiten her!«

»Ich trage es schon zu lange in mir herum.«

Ingrid gab sich einen Ruck. »Du willst reden? Irgendwo habe ich noch eine Flasche Wein für schwere Zeiten. Die scheint mir jetzt gekommen.«

Kapitel 28

Maschinengewehre, Pick-ups und eine Handvoll Soldaten wachten über die Zufahrt nach Smara.

Unter einem Flüchtlingslager hatte sich Doro etwas anderes vorgestellt. Was genau, wusste sie nicht, jedenfalls nicht eine funktionierende Stadt. Dieser Ort schien aus Zeltreihen und unverputzten Quaderhäusern zu bestehen, die sich rechtwinklig nach allen Seiten ausbreiteten. Mannshohe Zwischenmauern sollten vor Wind und Sand schützen, dennoch hatten sich vor Haustüren und hinter Zeltecken Sandhaufen abgelagert. Manche Türschwelle war derart zugeweht, dass man den Weg nach draußen erst freischaufeln musste. Die Wüste ließ nicht zu, dass man sie vergaß.

Sie fuhren im Schritttempo, hin und wieder winkte jemand oder rief einen Gruß. Zwischen den Wohnvierteln gab es Läden, Schulen und Krankenstationen, auch zwei niedrige, weiß gekalkte Minarette. An Kreuzungen standen Wassertankwagen, umringt von Frauen und Mädchen, die ihre Kannen füllten, auf einem Fußballfeld rannten Jungen dem Ball nach, und eine Gruppe frischgekämmter Kinder mit Büchern unterm Arm befand sich auf dem Schulweg. In Smara schien es nur Frauen, Kinder und Alte zu geben, jüngere Männer waren keine zu sehen.

Amir sah nicht auf. War er denn nicht hier zu Hause? Seine Mutter lebe in diesem Lager, hatte er gesagt, von sich hatte er nicht gesprochen.

Der Konvoi bog ein in einen ummauerten Hof, und plötzlich schwieg der Motor. Nach dem Gerüttel und Gedröhne fühlte sich Doro wie taub.

»*Poste central de commandement.*« Der Wächter brüllte, auch er hatte noch den Lärm im Ohr.

Neben der Kommandozentrale, einem weiß gekalkten Gebäude, über dem eine Flagge wehte, duckten sich schmale Häuser mit Tonnendächern, Unterstände, Garagen und Zelte. In einer Ecke parkten ein Raupenfahrzeug, zwei Anhänger mit Aufbauten unter Planen sowie ein Gabelstapler. Uniformierte Männer reparierten einen Lastwagen. Sie unterbrachen ihre Arbeit, kamen näher, und Doro sah, dass sie halbe Kinder waren, kaum der Schule entwachsen.

Die Bewacher sprangen ab und öffneten die Klappe. Doro wartete. Von ihren gelockerten Fesseln ahnten weder Amir noch die Wachmänner etwas.

Sie rutschte an den Rand der Ladefläche und schwang die Beine nach draußen. Die jungen Kämpfer und auch Mahmud, der mit seinem Funkgerät hantierte, beobachteten sie. Der Wachmann machte sich bereit, sie aufzufangen. Sein Hemd verrutschte. Darunter kam ein Amulett zum Vorschein, das ihrem ähnelte.

Doro streifte ihre Fesseln ab und sprang auf den Boden. Sie hatte sich ihre Unabhängigkeit zurückgeholt, zumindest einen Teil! Es tat gut, das diesem Mahmud und sich selbst zu demonstrieren.

Hastig griff der Wachmann nach seiner Waffe.

Doro lächelte ihn an und fügte ihre Hände zur Schale zusammen. »Wasser, bitte.«

Niemand rührte sich. Schließlich bellte Mahmud einen

Befehl. Einer der jungen Soldaten rannte los. Auch er trug ein Amulett, das ihrem Nazar sherifa ähnelte, allerdings ohne Schmuckstein.

Doro trank, benetzte ihr Gesicht und fuhr sich mit nassen Händen durchs Haar. Dann wickelte sie ihr Tuch ordentlich um Kopf und Schultern. »Danke«, sagte sie, »jetzt geht es besser.«

⁂

Amir sah Doro im Hof stehen, ohne Fesseln, sah sie sich umsehen, sah sie Wasser fordern, trinken und ihren Schleier ordnen. An ihr war alles klar und hell. Es kam ihm sogar vor, als sei sie umhüllt von einer Aura aus Licht. Vielleicht war sie nicht besonders zupackend, vielleicht sogar unvernünftig, auf jeden Fall aber war sie unabhängig und herzensklug. Vorurteile kannte sie nicht.

Warum von allen Frauen der Welt ausgerechnet diese? Sie rührte an sein Innerstes. Er hatte sie gefunden, die Frau, die zu ihm gehörte.

Gefunden und zugleich verloren. Für ihn hatte das Schicksal anderes vorgesehen. Daran sollte er denken, ausschließlich daran. Und an die vielen Menschen, die ihre Hoffnungen auf ihn setzten. Sie glaubten an ihn. Sein ermordeter Vater, sein geschundenes Volk, seine große Aufgabe – nein, sein persönliches Glück stand hintenan.

Er schloss die Augen, öffnete sie jedoch sogleich wieder, um ihren Anblick keinen Moment zu versäumen. Doro.

⁂

Sie wurde in eines der Zelte mit geraden Seitenwänden und spitz zulaufendem Dach gebracht. Es war leer, mit Ausnahme von Matten und Teppichen, einem Krug in einer Waschschüssel und einem stabilen Plastikeimer. Doro hob den

Deckel. Torfartiges Material bedeckte handbreit den Boden. Die Toilette.

Verschleierte Frauen schlossen die Zeltwände, füllten den Wasserkrug, legten Decken und Kissen bereit. Sie ließen Doro nicht aus den Augen. Auf das Kommando eines Wachmanns verließen die Frauen das Zelt. Er fesselte Doros Hände erneut, diesmal vor dem Körper und mit Handschellen aus Stahl, dann ließ auch er sie allein.

Doro zog ihr Tuch über das Gesicht als Schutz vor den winzigen Fliegen, die mit Vorliebe in Mund- und Augenwinkeln saßen. Allein, ohne Amir, schlug ihre Stimmung um. Konnte er sie auch hier schützen? Wohin hatte man ihn gebracht? Würde man ihm etwas antun? Und was hatte Mahmud mit ihr vor?

Mahmud und Amir. Über ihre Beziehung wusste sie nichts. Mahmud, der Großmäulige, der Kämpfer, der Befehlshaber – und Amirs Feind. Sie spürte Neid, sogar Hass auf Mahmuds Seite, und bei Amir – ja was? Im Grunde wusste sie nichts, und schon gar nicht konnte sie irgendetwas beurteilen. Die politische Lage? Die Situation dieser Menschen? Nicht einmal Amir konnte sie einschätzen.

Deutschland war eben viel weiter entfernt als die drei, vier Flugstunden. Hier ging es nicht um Unterschiede oder gar Entfernungen, mehr um Abgründe.

Es wurde dunkel. Draußen sprangen Generatoren an, das Licht von Scheinwerfern drang durch die Stoffwände, und jemand machte sich am Zelteingang zu schaffen. Ein Mädchen mit herzförmigem Gesicht schob sich herein. Es trug eine Laterne, blieb im Eingang stehen und schaute sie mit großen Augen an. Unwillkürlich lächelte Doro. Zögernd kam das Mädchen einen Schritt näher und stellte das Licht auf dem Boden ab. Dann sah es die Handschellen, erschrak und rannte davon.

Auf einmal liefen Doro Tränen über die Wangen. Sie wäre als Kind ebenfalls davongelaufen.

Sie ließ sich zurücksinken und starrte auf die Schatten an der Zeltdecke. Etwas würde geschehen. Die Laterne hatte man wohl kaum gebracht, damit sie es gemütlicher hatte. Sie wartete.

Als sie endlich kamen, war es ihr wichtig, souverän zu wirken, gerade weil sie sich in Wahrheit ohnmächtig fühlte.

Mahmud erschien in Uniform, der andere in Jeans, Adidas-Shirt und Lederschuhen. Außerdem trug der Fremde Goldkettchen und Dreitagebart. Statt modisch wirkte er allerdings schmuddelig, auch seine Jeans sah aus, als habe er tagelang darin geschlafen.

»*Bonsoir,* Mademoiselle. Wie geht es Ihnen? Mein Name ist Mohammed Abdellahi, sehr erfreut.« Er streckte ihr die Hand zur Begrüßung entgegen.

Doro wies auf ihre Fesseln.

Der Mann lachte gekünstelt und zog die Hand zurück.

Er war ihr auf Anhieb zuwider. Sie rückte ein Stück zurück.

»Wir sind hier, um mit Ihnen die nächsten Schritte zu besprechen. Ist es nicht so, mein Lieber?«

Mahmud nickte. Er hantierte an einem Kästchen, klappte es auseinander, löste einen Bügel, schob eine Kassette hinein. Eine Polaroidkamera?

Mohammed Abdellahi räusperte sich. »Wüstenreisen sind eine aufregende Sache, nicht wahr, Mademoiselle?«

Wie er das »Mademoiselle« betonte! Doro antwortete nicht. Trotz seines geschliffenen Französisch würde sie diesen Schönling so lange wie möglich ignorieren.

»Man erlebt die Weite und die Einsamkeit, die Stille, die Erhabenheit des Himmels und der Sterne, die Macht der Natur, und losgelöst von allem allzu Bekannten fühlt man sich frei. Endlich kann man ein wahres, ein einfaches Leben leben, ohne Luxus, ohne den Ballast von Dingen, unverfälscht und echt, so wie die Einheimischen. Dabei entdeckt man sich neu, findet zu sich selbst, findet vielleicht sogar den Sinn des Lebens, nach dem man schon so lange gesucht hat. Und so weiter und so weiter.« Seine Stimme triefte vor Hohn. »Sie sehen, ich weiß sehr gut, was euch Europäer in die Sahara treibt.«

Doro sagte auch dazu nichts. Stattdessen wandte sie sich an Mahmud. »Ist er ein Freund, ein Verwandter oder ein Vorgesetzter? Warum macht er sich über mich lustig?« Sie war sich ihrer Arroganz bewusst. Mit Dritten über Anwesende zu kommunizieren war frech, aber auch ein Zeichen von Stärke. Wie schwach sie sich in Wahrheit fühlte, ging niemanden etwas an.

Mohammed Abdellahi fuhr hoch.

Bevor er etwas sagen konnte, griff Mahmud ein. »Sie hat recht. Lassen wir das.«

»Nun gut.« Mohammed Abdellahi lehnte sich zurück, griff provozierend langsam in seine Tasche und holte einen kleinen Schlüssel hervor. Er ließ ihn einige Male in der flachen Hand auf und ab hüpfen und schaute Doro dabei an. »*Voilà*, Ihre Freiheit, Mademoiselle.«

»Ah, gut!« Sie hielt ihm ihre Handschellen entgegen.

Er grinste. »Noch nicht.«

»Wann?«

»Zuvor werden Sie einige Briefe schreiben. Zum Beispiel an Ihre Lieben daheim, vor allem aber an die deutsche Botschaft. Darin teilen Sie mit, dass wir Sie als Spionin vorläufig festhalten müssen.«

Spionin? Doro starrte den Mann an.

Mahmud drückte auf den Auslöser. Vom Blitz geblendet schloss sie die Augen.

Kapitel 29

Ingrid schloss die Fensterläden. Sie tat geschäftig, ordnete die Bilder, obenauf die Zeichnungen, darunter die Aquarelle. G. Schlüter – diese Bilder hatte Bettys Mann gemalt. Und wie kamen sie dann in Doros Gepäck?

Ein wenig scheute sie zurück vor dem, was ans Tageslicht kommen könnte. Von Schuld hatte Betty gesprochen und von geistlichem Beistand ... Gab es denn ringsum nicht schon genug Schwierigkeiten? Doch Betty wollte reden, sogar dringend, das war deutlich zu spüren.

Worte schufen Ordnung, wusste Ingrid.

Noch allerdings grübelte Betty stumm vor sich hin.

Betty nahm einen Schluck Weißwein. Er war kräftig und süß, und viel zu warm. Der Mosel von damals fiel ihr ein. Gernot hatte ihn organisiert, ebenso ein Stück Topfkuchen. Er war immer hungrig gewesen.

Sie stellte das Glas beiseite. Gegenwart, Vergangenheit, Erlebtes, Geträumtes staute und vermengte sich in ihr. Ihr war bange. Jahrzehntelang hatte sie Erinnerungen an damals vermeiden können. Musste sie jetzt alles noch einmal nacherleben? Ihre Willenskraft reichte nicht, das abzuwehren.

Bettys Augen folgten Ingrid, doch was sie in Wahrheit

sahen, waren Kraniche, die über Stoppelfelder zogen, und Birken, die goldene Blätter über dem Mühlenteich verstreuten. Sie hatte vorher gewusst, dass es an diesem Tag geschehen würde, erinnerte sie sich plötzlich, und auch, wie aufgeregt sie gewesen war.

Der Wein kühlte im Wasser. Sie hatten sich geküsst und gestreichelt, und irgendwann hatte sie seine Hände genommen und mit ihnen die Träger ihres Büstenhalters heruntergestreift. Später segelten goldene Blätter durch die Luft, und als Gernot sagte, dass er zu Rommels Panzerarmee nach Afrika abkommandiert sei, roch es nach Herbst. Afrika – so weit! Sie hatte geweint, und der Mosel schmeckte nach nichts …

»G. Schlüter, ist er das?« Ingrid hielt eines seiner Aquarelle in der Hand.

Betty schreckte auf. »Ja, das ist mein Gernot. Wir kannten uns schon als Kinder, und später verliebten wir uns. Im September 42 nahmen wir Abschied, er wurde nach Afrika verlegt, diente unter Rommel. Bis Weihnachten erhielt ich nur eine einzige kurze Nachricht von ihm, danach nichts mehr. Später hieß es, er werde vermisst. ›Vermisst auf Patrouille‹ galt beim Afrikakorps als Umschreibung für tot, die Lebensfeindlichkeit der afrikanischen Wüste ließ keinen anderen Schluss zu.«

Herr Koch hatte das gesagt. Ohne ihn wäre alles anders gekommen.

»Damals war ich bereits hochschwanger.«

»Vermisst? Wie furchtbar, aber wenigstens konntest du dich auf dein Kind freuen.«

»Nein, konnte ich nicht. Ich war unverheiratet, meine Familie konnte oder wollte nicht … Und volljährig war ich auch nicht.« Betty sah in die Ferne. »Wenigstens stand mein damaliger Chef zu mir.«

»Nicht einmal verlobt, und dann so ein Theater«, hatte sich

Mutter über ihre verweinten Augen mokiert. Mit ihr konnte sie weder über Gernots Tod noch über ihre Sorge wegen der ausbleibenden Periode sprechen. Eines Abends, als sie die Ungewissheit nicht mehr ausgehalten hatte, war sie in die Waldstraße geschlichen, wo in einem Hinterhaus Dr. Weiss wohnte. Als Halbjude durfte er nicht mehr praktizieren. Doch zu wem hätte sie gehen sollen, wenn nicht zu dem alten Arzt ihrer Familie? »Alles, wie es sein sollte«, hatte Dr. Weiss gesagt. »Mitte – Ende Juni wird es so weit sein, denke ich. Und der Vater? Stimmt es, dass er …? Bitter, sehr bitter.«

Ingrid betrachtete die Bilder auf dem Tisch. Sie schwieg.

Betty atmete tief durch. »Im zweiten Jahr nach dem Krieg stand Gernot dann plötzlich aber doch vor der Tür. Vier Jahre Gefangenschaft hatte er durchgemacht, zuerst hier in Marokko, dann in Frankreich, in der Nähe von Montélimar. Entlassen wurden er und seine Kameraden in Munsterlager, im September 1947. Weihnachten haben wir dann geheiratet.«

»Wirklich? Himmel, was für ein Glück! Sicher habt ihr ein rauschendes Fest gefeiert. Und das Kind?«

Betty redete bereits weiter. »1965 starb er bei einem Autounfall. Als Handelsvertreter war er dauernd unterwegs, und er fuhr, als säße er immer noch in einem Panzer.«

»Das tut mir leid. Aber immerhin hattet ihr fast zwanzig gemeinsame Jahre, so als Familie, das ist doch was. Meiner blieb an der Wolga. Ich habe nie geheiratet.«

»Es gab ja auch kaum noch Männer nach dem Krieg.«

»Und wenn doch, waren sie verwundet, körperlich oder an der Seele.« Resigniert hob Ingrid ihre Hände. »Alles Kriegsversehrte damals, auch die, die Schützengräben und Gefangenschaft äußerlich heil überstanden hatten.«

Betty hob den Kopf. So hatte sie das noch nie gesehen.

»Wenigstens du hattest Glück! Mann und Kind und Hochzeit unterm Weihnachtsbaum? Das müssen kostbare Erinnerungen für dich sein. Andere Frauen träumen nur von so etwas.«

Ingrid klang bitter, als denke sie an Versäumtes in ihrem eigenen Leben, doch Betty schüttelte den Kopf. »Wenn ich an Weihnachten denke, denke ich nie an meine Hochzeit, die war armselig genug in jenem schrecklichen Winter 47. Bei Weihnachten denke ich an 1942, als die ersten Bomben fielen, und wie es trotzdem nach Tannen duftete und der alte Weihnachtsschmuck glänzte.«

Herr Koch hatte ein Stück Wild ergattert, das sie, garniert mit Birnen und Preiselbeeren, in einer wunderbaren Soße servieren konnte. Wein stand auf dem Tisch, Herr und Frau Koch unterhielten sich, und im Radio lief die Weihnachtsringsendung mit Grüßen in die Heimat aus aller Welt. U-Bootfahrer aus dem Atlantik und Soldaten aus Marseille oder Norwegen kamen zu Wort, und auch Kämpfer der Panzerarmee in Nordafrika meldeten sich. Doch so angestrengt sie auch lauschte, von Gernot nichts. Im Lautsprecher stimmten Männerkehlen vom Nordkap bis zur Sahara Stille Nacht, Heilige Nacht *an, und ihr brach es beinahe das Herz.*

Sie erinnerte sich genau, dass ihr in jener Nacht klar geworden war, an Gernot durfte sie nicht länger denken. Und auch nicht an morgen oder an gestern und schon gar nicht an das, was in ihrem Bauch heranwuchs. Leben von Tag zu Tag, hatte sie damals beschlossen, und daran hatte sie sich gehalten. Bis heute.

Ingrid drückte Bettys Hand. »Weihnachten 1942 war bei uns noch alles ruhig und der Krieg weit weg.«

Sie sah das Gutshaus vor sich, die lange Auffahrt, das Dorf, den knietiefen Schnee. Schlesien im Winter, das bedeutete Einsamkeit, Wind und Kälte, aber auch Kaminfeuer und lange Lesestunden in Großvaters Stube.

»Wir dagegen hatten Stromausfälle und knappe Lebensmittelzuteilungen, später kamen noch die Fliegerangriffe hinzu, und danach die Einquartierungen im Haus. Durchhalten und überleben, das allein zählte damals.« Betty brach ab.

Ingrid sah die Blässe auf Bettys Gesicht, die scharfen Falten über der Nase, und wie ihre Gedanken wanderten. »Was ist mit dem Kind geschehen?«, fragte sie schließlich behutsam.

»Das Kind? Es war weg.« Fünf leise Worte.

»Du hast es – wegmachen lassen?« Auch Ingrid flüsterte.

»Über dem Grab geboren, wie man das damals nannte? Nein, das nicht. Aber ich war jung, und auf keinen Fall wollte ich ins Jugendschutzlager gesteckt werden.« Betty richtete sich auf. Sie deutete auf den Tisch. »Dieses eine Bild dort, das mit dem ertrinkenden Kind – als hätte Gernot etwas geahnt.«

Ingrid griff nach ihrer Brille. »Bou Saalam 1944, G. Schlüter«, las sie halblaut. Sie sah Betty an. »Versteh ich nicht.«

»Egal, es ist alles lange her.« Betty räusperte sich, versuchte sogar ein Lachen. Dabei lagen tiefe Schatten unter ihren Augen. »Und du? Wie war es bei dir?«

Ingrid beobachtete die Lichtkringel, die durch die Ritzen in den Fensterläden auf den Boden des Zimmers fielen. »Bei mir?«, antwortete sie schließlich. »Flucht.«

Sie wollte nicht an den Großvater in seinem Sessel denken. Zurückgelassen hatten sie ihn, zurücklassen müssen, allein in dem leeren Haus. Später hatte Oma gesagt, am Vorabend habe er seine Pistole gereinigt, geladen und in Reichweite gelegt. Es sei sein Wille gewesen. Er hätte den Treck nicht überlebt, sie mit seinen lahmen Beinen nur behindert …

»Wie du sagst, liegt das alles lange zurück, daher mache ich es kurz. Vater war bereits gefallen. Die Russen rückten vor. Wir mussten weg aus Schlesien, Mutter, Oma, meine Schwester und ich.«

Lange her, sehr lange, in einem anderen Zeitalter. Sie leerte ihr Glas mit einem Zug. »Uns blieb nur die Flucht, und das im Winter. Wir gehörten zu einem der ersten Flüchtlingsmärsche. Tausende von Frauen, Alten und Kindern, zu Fuß, mit Rucksack und Handwagen. Manche gaben auf, blieben einfach erschöpft am Weg liegen. Wir haben es geschafft.« Sie starrte in ihr leeres Glas.

»In der Nähe von Hamburg kamen wir in ein Barackenlager. Zwölf Personen in einem Raum, dreistöckige Betten mit groben Decken und Stroh, mit Entlausung und Gemeinschaftsklo und -küche. Früher hausten dort Zwangsarbeiter, sagte man uns. Nun ja, wenigstens waren wir in Sicherheit. Für Lagerkinder war es schwer damals, obwohl die Frauen eigentlich alles recht gut im Griff hatten. Bei uns gab es sogar eine Lagerschule, in der die Großen die Kleinen unterrichteten.«

Den Kleinen beim Lesen, Schreiben und Rechnen zu helfen hatte ihren Entschluss gestärkt, Lehrerin zu werden. Davon träumte sie schon lange. Großvater hatte ihr sehr zugeraten, ebenso Robert … Wenn dieser Alptraum vorüber und das Leben wieder planbar war, würde sie den Traum verwirklichen.

Betty erinnerte sich an solche Barackenlager, und dass jeder einen Bogen machte um die sogenannten Nissenhütten und um die Fremden, die dort hausten.

Leicht war es also auch für Ingrid nicht gewesen. Auf eine unbestimmte Art fühlte sie sich getröstet bei dem Gedanken an Elend, das jeden traf.

»Später wurden wir bei Bauern einquartiert.«

»Bei Bauern? Damit wurde es für dich doch sicher besser.«

»Na ja. Gegen Feld- und Stallarbeit bekamen wir vier Leute ein Zimmer mit Küchenbenutzung. Die Bäuerin war geizig und der Bauer ein Ekel, außerdem gehörten sie zu den Alteingesessenen, wir zu den Lagerleuten. Lagerleute aber sind Fremde, sind Pack aus dem Osten, bei denen kommt es nicht darauf an. So dachte man und sah weg. Um an ein paar zusätzliche Eier, eine Handvoll Kartoffeln, Milch oder ein Stück Speck für uns vier zu kommen, musste ich nicht nur hart arbeiten. Immer wieder befahl mich der Bauer ins Heu. Das fand erst ein Ende, als ich zur Lehrerausbildung in die Stadt zog, Frühling 1946, als die Hamburger Universität wieder öffnete. Zusammen mit Freundinnen wohnten wir in einem Keller. Das Haus darüber hatte eine Brandbombe abbekommen, doch wir hatten Licht, eine abschließbare Tür und einen Ofen, sogar ein Gemüsebeet. Von da an ging es wirklich aufwärts.«

Unwillkürlich hatte Betty die Luft angehalten. »Und dein Verlobter?«

»Robert? Das war noch nichts Offizielles, ich war ja noch viel zu jung. Jedenfalls blieb er im Kessel von Stalingrad. Aus seiner Kompanie kam keiner zurück.«

Robert, Junglehrer, sie später ebenfalls Lehrerin, plus zwei oder drei Kinder: So hatte ihr gemeinsamer Lebensplan ausgesehen, ihr Traum von einem erfüllten Leben.

Irgendwo musste noch sein Foto liegen, ein glattes, ernstes Gesicht unter einer Infanteriemütze. Lange her, so lange, dass ihr Robert und alles, was mit ihm zusammenhing, wie die Geschichte einer Fremden vorkam. Nur wenn sie an seinen ersten Kuss dachte, diesen Kuss, der ihre Sehnsucht gestillt hatte, kehrte alles mit einem Schlag zurück. An diesem Kuss hatte sie gemerkt, dass es Liebe war.

Die Verzweiflung später, als nach und nach die Wahrheit über den Russlandfeldzug rauskam, hatte sie im Alltag irgendwie überwunden, nie aber die Angst vor erneutem

Verlust. Mehr als alles andere hatte diese Angst sie davon abgehalten, sich jemals wieder einem Mann zuzuwenden.

Und? Hatte sie deshalb vielleicht kein erfülltes Leben geführt? Wann galt ein Leben überhaupt als geglückt? Konnte das nicht jeder nur für sich selbst feststellen? Und wenn überhaupt, so doch erst dann, wenn er den größten Teil seiner Jahre bereits hinter sich gebracht hatte. Sie jedenfalls hatte sich mit dem Gefühl von Leere nicht nur arrangiert, sie hatte es kompensiert.

Ingrid füllte beide Gläser bis zum Rand.

Eigentlich durfte sie keinen Alkohol trinken. In Anbetracht der letzten Laborwerte hatte ihr der Internist in Hamburg Fahrlässigkeit vorgeworfen, sollte sie die chronische Hepatitis weiterhin ignorieren. So ernsthaft hatte er ihr ins Gewissen geredet, dass sie ihm versprochen hatte, über seine Worte nachzudenken. Vielleicht wurde es jetzt, angesichts von Ibrahims Verrat und den unkalkulierbaren Folgen, doch allmählich Zeit, die Rückkehr nach Deutschland zu erwägen. Noch aber wehrte sie sich gegen eine Entscheidung, die vom Scheitern diktiert wäre.

Ostfront und Wüste, dachte Betty, hier Eiseskälte, dort Hitze, und dazwischen Städte, sogar ganze Länder in Trümmern. Nichts war mehr wie vorher oder wie gewohnt, gar nichts … Und dann die Amerikaner, diese wunderbaren, goldenen Sommerwochen mit den Jungs aus den Staaten! Jack und Clark und Joseph und Will. Will, der fröhliche G.I. aus Iowa, der von gemeinsamer Zukunft gesprochen hatte, der sie hatte mitnehmen wollen in sein reiches, schönes, sicheres Land! Später hatte er ihr einmal geschrieben, einmal nur.

Betty hob ihr Glas. »Auf die Versehrten«, sagte sie.

»Auf uns«, antwortete Ingrid.

Sie blickten sich an, hoben die Gläser und tranken. »Zu warm und zu süß, dieser Wein, aber er hilft.«

Betty nickte nur. Immer noch hatte sie diesen entrückten Blick.

Ingrid zögerte. Sollte sie sie zum Weiterreden ermuntern? Noch längst hatte sie nicht zu Ende erzählt, das spürte sie. Was hatte es zum Beispiel mit ihrer Reise hierher auf sich, und wie passte Doro in die Geschichte?

Sie fragte: »Was meintest du vorhin mit ›ein Geistlicher wäre besser‹, und was mit Schuld und Beichte?«

Betty sah sich wie gehetzt um.

Ingrid beruhigte: »Schon gut! Lassen wir es bleiben.«

»Nein.« Betty hob das Kinn. »Ich will ja reden. Mir fehlen nur die richtigen Worte.«

»Versuch's einfach. Wenn ich was nicht verstehe, frage ich.«

»Noch niemals habe ich darüber gesprochen.«

»Worüber?«

»Mit niemandem, nicht einmal mit Gernot.«

Ingrid wartete. »Und warum nicht mit ihm?«, fragte sie schließlich, als sie erkannte, wie sehr Betty mit sich rang. Nur ein winziger Anstoß, doch er genügte.

»Er hätte es nicht verstanden, nie im Leben!«, sprudelte es aus Betty heraus. »Die Männer an der Front glaubten doch, zu Hause sei alles wie vor dem Krieg. Davon träumten sie, das gab ihnen Halt. Die wenigsten hatten eine Vorstellung davon, womit wir zurechtkommen mussten. Wie sollten sie auch? Eine ungewollte Schwangerschaft und was das bedeutete, gehörte ganz gewiss nicht zu den Dingen, mit denen man sich an der Front befasste, das waren Frauengeschichten. Auch von Jugendlagern hatten Frontsoldaten vermutlich noch nie gehört.«

»Jugendlager?«

»Kennst du nicht? Hört sich nett an, nicht wahr? War's

aber ganz und gar nicht! So nannte man damals Konzentrationslager für renitente und asoziale Jugendliche.« Betty sah auf ihre Finger. »Speziell Mädchen sollten in solchen Internierungsheimen deutsche Frauentugenden vermittelt werden. In Wahrheit ging es um billige Arbeitskräfte. Meine Mutter wusste das, und dennoch hatte sie gedroht, mich der Fürsorge wegen ›sexueller Unbeherrschtheit‹, wie man damals sagte, zu melden. Sie wollte hoch hinaus in der Frauenschaft, ein lediges Enkelkind wäre dabei ein echtes Hindernis gewesen. Und allein konnte mich mein Vater, der immer noch das sogenannte ›Wasserpolnisch‹ seiner slawischen Vorfahren sprach und schon deshalb schwer zu kämpfen hatte, nicht schützen. Mein Arbeitgeber hingegen, Maschinenfabrikant Koch, konnte helfen. Er wusste natürlich, was mir als unmündiger und unverheirateter Mutter drohte.«

»Verstehe. Und wie half er dir?«

»Er war schon lange in der Partei. Dank seiner Beziehungen brachte er mich in Wernigerode unter, im dortigen Lebensbornheim der SS, im Geburtshaus.« Bettys Stimme war leise geworden.

Ingrid musste schlucken. Lebensborn oder KZ? Was für eine Alternative!

Seit Jahren beschäftigten sich Zeitzeugen und Historiker mit dieser Zeit. Hintergründe zu Einrichtungen der SS wurden veröffentlicht, Details ans Licht gebracht, zur Ermordung der Juden, zu Konzentrationslagern, der Vernichtung »unwerten Lebens« und anderen Gräueln der Nazidiktatur. Begriffe wie »Lebensborn« oder solche mit rassistischem Gedankengut wie »Volkshygiene«, »Schutz deutschen Blutes« und ähnliches Nazigetöse wurden öffentlich gemacht, diskutiert und interpretiert, und je mehr man erfuhr, desto größer wurde das Entsetzen und desto überwältigender die Schuldgefühle.

Solange Ingrid in Deutschland gelebt hatte, hatte sie sich dem nicht verschlossen, im Gegenteil, obwohl sie zunehmend den Eindruck bekam, ihr eigenes Erleben jener Zeit müsse in einer Art Parallelwelt stattgefunden haben. Wie sonst konnte sie von derartigen Vorfällen nichts gewusst haben?

Irgendwann hatte sie nichts mehr über die Nazizeit lesen können. Ihr war klar geworden, dass sie nicht länger rückwärtsgewandt leben wollte. Sie wollte nach vorn sehen, der Zukunft entgegen. Also konzentrierte sie sich auf Schüler und ihre Studenten, die sie durch die ersten Praxiserfahrungen geleitete, und noch später auf dieses Hilfsprojekt. Hier in Marokko konnte sie die Verhältnisse wenigstens beeinflussen, hatte sie gedacht, zwar nur in einem winzigen Bereich, aber immerhin. Dennoch hielt sie die Aufarbeitung jener Zeit prinzipiell aber für notwendig, sogar für unabdingbar, auch jetzt noch, fünfzig Jahre danach.

Betty war verstummt, versunken in Erinnerungen. Würde sie überhaupt weitererzählen können? »Dieser Herr Koch – ganz uneigennützig war seine Hilfe vermutlich nicht, oder?«, erkundigte sich Ingrid schließlich.

Betty schien nur mit Mühe zurückzufinden. »Das kann man so oder so sehen. Danach jedenfalls sorgte ich für ihn und seine kranke Frau, bis zum Schluss.«

»Danach? Was heißt das? Ich meine … Dein Kind?«

»Du verstehst nicht!« Betty weinte.

»Was? Was verstehe ich nicht?«

»Ich musste es weggeben. Was hätte ich sonst machen sollen? Behalten konnte ich es doch nicht!«

Kapitel 30

Mahmud wedelte das Polaroid trocken. Nach und nach kam das Bild zum Vorschein. »Gut geworden, sie ist eindeutig zu erkennen, auch, dass sie erschöpft ist. Jetzt fehlt nur noch eine Kleinigkeit.«

Was kam jetzt? Doro wollte keine Schwäche zeigen. Sie konzentrierte sich auf das Teppichmuster. Rauten und Wellen, Wellen und Rauten …

Mahmud deutete zwischen Daumen und Zeigefinger die Größe einer Erbse an. »Eine Winzigkeit. Mademoiselle. Signieren Sie das Foto mit Ihrem Namen und dem heutigen Datum.«

Mohammed Abdellahi applaudierte leise. »Die marokkanische Regierung, vor allem aber die internationale Presse wird das zu deuten wissen.«

Doro sah auf. Ging es um Erpressung, um Geld? Dann wurde es endlich konkret. Das Gerede über Spionage hatte sie ohnehin nicht ernst nehmen können. Sie war beinahe erleichtert. »Lösegeld? Das haben schon andere versucht, ohne Erfolg. Staaten kann man nicht erpressen, das weiß jeder.«

»Lassen Sie das unsere Sorge sein.«

Mohammed Abdellahi ergriff das Wort. »Mahmud, mein Freund, deine Idee ist brillant. Leider benötigt es Zeit, bis die richtigen Leute dieses Foto in Händen halten, zwei, drei

Tage mindestens. Und auch dann wird man nicht einfach so auf unsere Forderungen eingehen. Man wird weitere Beweise fordern, vielleicht Verhandlungen anbieten …«

Mohammed Abdellahi sah, wie aufmerksam Doro zuhörte, und brach ab. »Lass uns nach draußen gehen.«

Sobald sie allein war, sank Doro in sich zusammen und barg ihr Gesicht in den Händen. Zuerst Waffenschmuggel, jetzt Gefangenschaft, Spionagevorwurf und Lösegeld – was denn noch? Wäre sie doch bloß zurückgefahren! Wer interessierte sich schon für eine unbedeutende Lehreramtsanwärterin, die sich durch eigenes Verschulden in diese Lage gebracht hatte? Niemand außer Amir. Amir …

Von außen vernahm sie Mohammed Abdellahis Stimme. »Wann genau geht's los?«

Er klang fordernd, und Mahmuds Antwort wie eine Rechtfertigung. »Es läuft bereits. Nachts rücken wir in kleinen Gruppen ab, aus taktischen Gründen, aber auch wegen der Blauhelme. Wer will schon über eine UN-Patrouille stolpern?«

Er zählte auf: »Seit gestern Nacht ist die erste Vorhut unterwegs, heute erfolgt der Vormarsch der Lastwagen mit schwerem Material, Granatwerfer und so weiter. Sie werden von mobilen Schutzeinheiten eskortiert, damit spätestens übermorgen alles vor Ort ist. Ich selbst folge mit den Mannschaften morgen Nacht. Auch wir verteilen uns auf verschiedene Routen.«

»Demnach seid ihr übermorgen bereit? Alles klar, bis auf eines: Dein Bericht wird von der marokkanischen Zensur blockiert werden. Kein marokkanisches Blatt wird das Bild drucken, Gehör verschaffen geht nur international. Vorschlag: Ich bringe das Foto selbst nach Algier und aktiviere meine Pressekontakte. Der Chef von Agence France Presse ist mir etwas schuldig. Einverstanden?«

»Sogar sehr. Internationale Presse klingt ausgezeichnet.«

»Noch etwas: Du solltest deine Gefangene mitnehmen.«

»Mitnehmen? Eine Frau?«

»Nicht Frau, eine Geisel! Betrachte sie als Glücksfall. Allah meint es gut mit dir, mein Freund.«

Sie, ein Glücksfall? Doro rutschte näher an die Zeltwand. Wegen plötzlich startender Motoren vernahm sie jedoch nur noch Bruchstücke.

»Verstärke ihre Angst«, verstand sie, und »... an die vorderste Front ... berichtet mit eigenen Worten ... erst Algier, danach die westlichen Agenturen ...«

Befehle erklangen, Kies knirschte, Türen klappten.

Mohammed Abdellahi sagte: »... als Schutzschild. Ist ihre Anwesenheit an der Front erst in aller Welt publik, werden sich die Marokkaner hüten, ihre Bomber einzusetzen.«

Dieser Mohammed Abdellahi war nicht der harmlose Geck, der er zu sein vorgab. Jetzt hörte ihn Doro sagen: »Lass sie über dein Satellitentelefon von Kampf, Blut und Tod berichten, nicht nur für euren Sender Sahara Libre, sondern auch für die BBC, die Deutsche Welle und andere. Ich verspreche dir, das wirkt! Die Nummern der Redakteure erhältst du von mir.«

»Du bist gerissen wie ein Schakal!« Mahmud lachte.

Draußen heulten weitere Motoren auf, so dass Doro nichts mehr verstand. Wirklich schlau wurde sie aus den Gesprächsfetzen nicht. War überhaupt die Rede von Lösegeld gewesen?

Plötzlich standen Mohammed Abdellahi und Mahmud wieder im Zelt. Doro tat, als wäre sie vollauf damit beschäftigt, ihren Schleier zu arrangieren.

Mahmud legte Kugelschreiber und Foto zu Doros Füßen. »Schreiben Sie, Name und Datum.«

Doro schüttelte den Kopf.

»Makhel mushkil, meistens gibt es mehrere Wege zum Ziel. Wie wäre es zum Beispiel mit Details aus Amirs Leben? Sie werden feststellen, auch seine weiße Weste hat Flecken.« Mahmud grinste.

Doro beugte sich vor. »Geht es hier um mich oder um Amir?«

»Weder noch, Mademoiselle, weder noch.«

»Warum halten Sie mich dann fest? Sie wissen so gut wie ich, dass ich keine Spionin bin. Geben Sie mir also meine Papiere zurück und lassen Sie mich gehen.«

Niemand antwortete.

»Sollte es jedoch immer noch um die Gewehre gehen: Ich sagte bereits, dass die Explosion ein Unfall war. Amir hat damit nichts zu tun. Hätte er die Gewehre mit Absicht vernichtet, wäre das ja wohl kaum derart spektakulär vor sich gegangen, oder? Außerdem wäre er nicht wenig später bei den Fünf Palmen aufgetaucht, mit mir im Schlepptau.«

Mohammed Abdellahi spielte weiterhin mit dem Schlüssel für ihre Fesseln, und Mahmud rückte stumm Stift und Foto zurecht.

»Glaubt, was ihr wollt, aber nicht, dass ihr mich wegen Amir in der Hand hättet.« Doro hörte ihre Stimme, sie klang schrill und fremd.

Mahmuds Grinsen wurde breiter. »Vielleicht sollten Sie dennoch seine Lage bedenken, zum Beispiel, auf welchen Fahndungslisten sein Name auftaucht. Es gibt Leute, die wären durchaus bereit, ihn den Marokkanern zu übergeben. Aber gut.«

Aus einer seiner Taschen zog er Doros Lederbeutel und legte ihn neben das Foto. Dann pochte er auf das Polaroid. »Unterschreiben.«

Die Tür schloss sich hinter seiner Mutter. Ihre Fragen hatte Amir nicht beantworten können. Dazu reichte auch die Zeit nicht, die Mahmud ihnen zugestanden hatte.

»Was hat es mit dieser Fremden auf sich? Warum nimmt Mahmud sie gefangen, warum dich? Und warum will er dich vor die *wilaya*, die Ratsversammlung, bringen und beschuldigt dich des Verrats? Wie kann er es wagen? Außerdem ist derzeit gar keine Ratsversammlung geplant. Ich verstehe die Welt nicht mehr, bin müde, und das alles schlägt neue Wunden in mein altes, gemartertes Herz.«

Selten hatte er sie so verwirrt erlebt. Um sie abzulenken, hatte er von Doros Amulett erzählt. Schlagartig waren *Umm* Senias Lebensgeister erwacht. »Nazar sherifa, bist du sicher? Und am Hals einer Frau aus Deutschland findet es den Weg zurück? Allah sei gepriesen!« Tränen glänzten in ihren Augen. »Erzähl mir von ihr.«

Er hatte Doro in knappen Worten geschildert.

»Sie muss etwas Besonderes sein.« Umm Senia hatte ihn lange und prüfend angesehen.

Seine Mutter war eine kluge Frau. Ob sie etwas ahnte? Beinahe hoffte er es. Dann würde sie über Doro wachen und ihre Gefangenschaft erleichtern. Frauen lebten in ihrer eigenen Welt, sie gingen Wege, die Männern versperrt waren.

Und Kheira? Ihre Reaktion konnte er schlecht einschätzen. Einmal, nach seiner Rückkehr aus London, hatte er versucht, ihr zu erklären, warum das Versprechen ihrer beider Eltern für ihn nicht galt. Er hatte von seiner Lebensaufgabe gesprochen, von der Freiheit ihres Volkes, seiner Kraft und Würde, und dass davor alles Persönliche zurückstehen musste. Mit keinem Wort hatte er anklingen lassen, dass, wenn überhaupt, für ihn außerdem nur eine aufgeklärte Frau in Frage kam.

Kheira hatte verständnisvoll getan, doch ob sie wirklich

verstanden hatte? Und Umm Senia? Sie war eine für ihre Verhältnisse beinahe moderne Frau, zugleich aber hing sie an den alten Traditionen. Amir stöhnte.

Eines wusste er sicher: Seine Mutter würde nicht ruhen, bis sie alles über Nazar sherifas jahrzehntelangen Verbleib herausgefunden hatte.

Es war heiß und stickig in dem Raum mit der Tonnendecke, doch immerhin hatte er allein mit seiner Mutter sprechen können. Außerdem hatte Mahmud ihm aus Respekt vor Umm Senia vorher die Fesseln abgenommen.

Eine Geste, nichts weiter. Mit welcher Genugtuung er angekündigt hatte, ihn, Sheïk Amir, Sohn des Sheïk Kamal, einer Legende des Widerstands, öffentlich für den Verlust der Kalaschnikows zur Rechenschaft ziehen zu wollen. Wegen Verrat am sahraouischen Volk würde er ihn vor der Wilaya anklagen? Was für ein Eiferer, taub für jedes vernünftige Argument. Dabei verfolgten sie doch im Grunde dasselbe Ziel.

Amir wanderte auf und ab zwischen Tür und Wand, zwischen gemauerten Regalen und dem Tisch. Die Regalfächer enthielten Verwaltungsunterlagen sowie gerollte Übersichtspläne und Landkarten. Am Tisch blieb er stehen.

»Kampf, Widerstand und Zusammenhalt für die Erlangung der Unabhängigkeit und des Friedens«, las er. Die vertraute Parole in schlichter Kalligraphie schmückte einen Stapel vorgedruckter Urkunden. Unten auf dem Papier prangte das Amtssiegel des Gouverneurs von Smara. In den Platz dazwischen konnten handschriftlich der Name des Geehrten und der Anlass eingefügt und damit seine außergewöhnliche Leistung für das Gemeinwesen gewürdigt werden. Diese Urkunden waren begehrt.

Der Gouverneur wurde gewählt, vom Ministerpräsidenten bestätigt und hatte eine herausragende Stellung inne. Er repräsentierte die zeitgemäße Form eines modernen Staates. War die Zeit der Stämme und alten Eliten demnach tatsächlich vorüber? Die Frente Polisario übte gegenwärtig den weitaus größten Einfluss auf die Entwicklung des sahraouischen Nationalgefühls aus. Unter ihrer Leitung organisierte sich inzwischen fast das gesamte Staatsgebilde, von der kleinsten Verwaltungseinheit bis zur internationalen Ebene der Außenpolitik. Doch ihr militärischer Arm wurde von Tag zu Tag mächtiger, darin konnte eine Gefahr liegen. Amirs Faust zerknüllte die oberste Blankourkunde.

Draußen sprangen Generatoren an, das Flutlicht im Hof wurde eingeschaltet, militärische Kommandos ertönten und Motoren heulten auf. Er sah sich in dem kahlen Raum um. Schmales Fenster über der Tür, Regale an den Wänden, ein Tisch, ein Stuhl, ein Spucknapf. Er lauschte auf das Getöse draußen. Anscheinend ging es los. Wohin wusste er nicht, Mahmud hatte ihn isoliert. Auf jeden Fall würde es weitere Überfälle und weitere Tote geben. Und er saß hier fest! Mahmud hatte ihm das Ehrenwort abgenommen, keinen Fluchtversuch zu unternehmen, als er die Fesseln löste.

Doro ginge es gut, für sie habe man eine besondere Verwendung, hatte er beim Hinausgehen noch gesagt. Wie er dabei gegrinst hatte! Besondere Verwendung? Er sah sie vor sich, wie sie vom Lastwagen gesprungen war und nach Wasser verlangt hatte. Stolz war sie, seine Wolkenfrau, und frei.

Amir musste die Zähne zusammenbeißen. Doro war stark, sagte er sich, sie würde sich zu helfen wissen. Dennoch, beinahe wünschte er um ihretwillen, sie wären einander niemals begegnet.

Amir lockerte seine verkrampften Kiefer, die angespannten Schultern und den Nacken. Was immer er von Mahmud hielt und welche »besondere Verwendung« für Doro auch geplant sein mochte, selbst Mahmud würde kaum so tief sinken, dass er ihr etwas antat. Ruhiger wurde er durch solche Überlegungen nicht.

Er zwang seine Gedanken in eine andere Richtung.

Die Konferenz in Marrakesch würde ohne seine Mitarbeit stattfinden. Käme also jemals eine Union du Maghreb Arabe zustande, dann ohne sahraouische Beteiligung. Die Polisario aber marschierte weiter auf ihrem eingeschlagenen Weg. Einem Weg, der vielleicht noch im vorigen Jahrhundert zum Ziel geführt hätte, aber doch nicht im Jahr 1988!

Die Welt hatte sich in Blöcke aufgeteilt, verfeindete Staaten verfügten über Atomwaffen, jede Störung des Gleichgewichts zwischen ihnen könnte ungeheuerliche Folgen haben. Heute hieß es nicht mehr »Krieg um jeden Preis«, nicht einmal in diesem konkreten Fall von völkerrechtlichem Unrecht. Heutzutage galt es, Verbündete zu finden und Allianzen zu schmieden. Was für eine großartige Chance eine Maghreb-Union mit sahraouischer Beteiligung auch unter diesem Aspekt hätte sein können!

Draußen Lachen und Rufe, dann wurden Lastwagen gestartet, einer nach dem anderen. Lastwagen, beladen mit Benzinfässern und Granatwerfern, mit Sprengstoff und Zündern, mit Panzerfäusten und Maschinengewehren. Amir war, als höre er bereits ihr Dauerfeuer.

Mit flatternden Fahnen gegen den Erzfeind, das konnte die Polisario, damit schuf sie Einheit! Angeführt von Männern wie Mahmud, die nichts von Kompromissen hielten, schaffte sie es, in Kopf und Herz der Sahraouis die Vergangenheit zu glorifizieren. Militärs wussten leider nur zu gut, wie man Frustration in Motivation verwandeln und wie man Gefühle manipulieren und ausnutzen konnte. Wie viele junge Männer würden ihr Blut wohl dieses Mal vergießen müssen?

Kapitel 31

Der Eingang des Zelts öffnete sich, und zwei Frauen mit Tablett und Wasserflasche traten ein. Beide waren groß und schlank und trugen ihre Wickelgewänder elegant um Leib, Schultern und Haar geschlungen.

Mahmud nahm das Foto an sich. »Wie aufs Stichwort: Mutter und Braut eilen zu Hilfe.« Er flüsterte, jedoch laut genug, dass er verstanden werden musste.

Doro starrte die beiden Frauen an.

Die Junge starrte zurück. Die Alte blieb mitten im Zelt stehen. Mit hochgezogenen Augenbrauen schaute sie auf die Männer herab, sichtlich gewöhnt, dass ihr Respekt gezollt wurde.

Wortlos erhoben sich die Männer und murmelten die traditionellen Begrüßungsworte. Auch Doro stand auf.

»Hat man der Gefangenen zu essen gegeben und zu trinken, wie es Brauch ist, und konnte sie sich erfrischen? Wobei ich mich frage, wie das mit gefesselten Händen möglich sein soll.« Fragen voller Missbilligung, gerichtet an niemand Bestimmten.

»Wo bleibt die Achtung unserer nomadischen Traditionen, oder ist dies als Beispiel für die moderne sahraouische Gesinnung zu verstehen?« Sie streckte eine Hand aus, mit der anderen wies sie zum Eingang. »Den Schlüssel, dann geht.«

Mahmud wollte widersprechen, doch Mohammed Abdellahi winkte ab. »Es gibt genügend Wachen im Lager. Außerdem haben wir, was wir wollten.« Er warf den Schlüssel für die Handschellen zu Doros Füßen und zog Mahmud nach draußen.

Die Frau befreite Doro von den Fesseln. »Die Überlegungen von Männern folgen krummen Pfaden, Allah weiß, dass ich recht habe. Immerhin bist du unverletzt. Ich bin Umm Senia, Sheïk Amirs Mutter, und das ist Kheira, die Tochter meines Bruders. Stell das Tablett ab, Kheira.«

Amirs Mutter, und Kheira war demnach seine Cousine. Und was hatte Mahmud mit »Braut« gemeint?

Sie tauschten Worte der Begrüßung aus, dann setzten sie sich. Die junge Frau ließ Doro keinen Moment aus den Augen. Umm Senia gab ihr ein Zeichen. Kheira rückte die Platte näher zu Doro und nahm das Tuch ab. Zum Vorschein kamen Fladenbrot, Rührei und Honig.

»Iss«, sagte Umm Senia. »Danach begleiten wir dich ins *Hamam*. Zum Glück gibt es derzeit ausreichend Wasser. Kheira, wo bleibt der Tee?«

Kheira eilte hinaus.

Doro wandte sich an Umm Senia. »Vielen Dank. Ich komme aus Deutschland und heiße Dorothea. Aber eigentlich sagen alle Doro zu mir. Ich würde mich sehr gern waschen, auch meine Kleider, falls das möglich ist.«

Umm Senia nickte und ließ sich auf dem Boden nieder. »Ich habe das Brot selbst gebacken und auch die Eier gebraten. Iss.«

Ihr Alter konnte Doro nicht schätzen. Ein herbes Gesicht und schwarz geschminkte, dunkle Augen musterten sie.

Doro spülte ihre Hände, brach ein Stück Brot ab und steckte es mit etwas Rührei in den Mund. Sie lächelte anerkennend, doch in Wirklichkeit schmeckte beides nach nichts.

»Doro aus Deutschland also. Nun gut, Allahs Wege sind undurchschaubar. Gern hätte ich mehr Salz an die Eier gegeben, leider mangelt es uns zurzeit daran. Es gibt bei uns alles, doch von allem zu wenig. Iss.« Und Doro aß.

Umm Senia schwieg, ihr Blick lag auf dem Amulett, das unter Doros Schleier hervorschaute. Kein Wort fiel. In Umm Senias Gesicht regte sich kein Muskel.

Doro kam es vor, als sei sie zwar körperlich anwesend, befände sich in Wahrheit jedoch außerhalb des Zelts, sogar jenseits dieses Lagers und dieser Zeit. Erst als Kheira mit Teekanne und Gläsern zurückkehrte, schien sie in die Gegenwart zurückzufinden.

Kheira hatte einen bunten Gürtel angelegt und trug anstelle des dunklen Tuchs von eben ein leuchtend hellblaues über dem Haar. Wortlos legte sie ein Kleiderbündel neben Doro ab. Umm Senia warf ihr einen scharfen Blick zu, sagte jedoch nichts.

Kheira setzte sich hinter die Ältere und ließ wie zufällig ihr Kopftuch hinuntergleiten. Sie trug silberne Ohrringe und hatte ihre glänzenden Haare zu einem hübschen Knoten frisiert.

Die Abwehr, die von ihr ausging, war deutlich zu spüren. Unter ihrem Blick fühlte sich Doro noch schmutziger als ohnehin schon, trotzdem versuchte sie ein Lächeln. Was hatte sie der jungen Frau denn getan?

Kheira verzog keine Miene. Sie mochten etwa gleichaltrig sein, aber in Kheiras Zügen hatten Sonne, Not und das Leben in der Wüste bereits Spuren hinterlassen.

Umm Senia füllte die Teegläser. »Bismillah. Kheira hat dir frische Kleider besorgt. Wir werden dich begleiten.«

»Das ist sehr freundlich«, sagte Doro lächelnd.

Kheira nickte.

Irgendetwas sollte ihr einfallen, dachte Doro, etwas, das

an das Herz dieser Frauen appellierte. Aber wie konnte sie Solidarität erwarten? Sie war eine Gefangene, und außerdem Amirs Geliebte. Geliebte – das klang wie aus einem Schundroman! Doro errötete.

»Wie alt bist du? Warum bist du hier? Wo ist dein Mann? Und wie viele Kinder hast du?«, platzte Kheira heraus.

Unverblümte Fragen waren verpönt, hatte Ibrahim erklärt, sie galten als taktlos. Doro reagierte dennoch freundlich. »Ich bin nicht verheiratet und habe auch keine Kinder.«

Kheiras Gesicht verfinsterte sich noch mehr.

»Arbeitest du in Marokko?«, fragte Umm Senia. Immer noch hing ihr Blick mehr an Doros Amulett als an ihrem Gesicht.

Hatte man die Frauen vorgeschickt, um sie zu verhören? Und wenn schon, sie hatte nichts zu verbergen. »Nur vorübergehend, für eine Hilfsorganisation«, antwortete Doro. »Eigentlich bin ich Studentin und werde bald Lehrerin sein. Jedenfalls bin ich keine Spionin!«

Umm Senia machte eine wegwerfende Handbewegung. »Was für eine Organisation?«, hakte sie nach.

»Eine Privatinitiative, die Schulkinder in abgelegenen Bergdörfern unterstützt, hauptsächlich Mädchen.«

»Wer's glaubt!«, schnaubte Kheira. »Ausgerechnet ein skrupelloser Aggressor wie Marokko soll auf die Hilfe einer deutschen Studentin angewiesen sein? Der marokkanische Staat hat mehr als genug Geld, schließlich stiehlt er seit Jahren unsere Bodenschätze.«

»In dem Punkt hat Kheira recht, du solltest nicht für Marokko arbeiten. Marokkaner verjagten uns aus unserer Heimat, töteten die Männer meiner Familie und vergifteten das Vieh. Und bis heute hören sie nicht auf damit! Marokkaner sind entweder selbst Verbrecher, oder sie dienen Verbrechern, was aufs Gleiche rauskommt. Sage also nichts Gutes über sie, es wären Lügen.«

Doro prallte zurück. »Aber meine Organisation …«

Umm Senia hob ihre Hand. »Das Leben gleicht dem Feuer. Es beginnt mit Wärme, dann folgt Rauch, und es endet mit Asche. Doch wie groß die Flamme ist, entscheidest du.«

Die Stille im Zelt wurde nur unterbrochen vom Starten eines Jeeps im Hof und von Mahmuds und Mohammed Abdellahis Abschiedsworten.

Gernots Zeichnungen und Aquarelle lagen auf dem Tisch, geordnet. Gernots Bilder – es gab nur eine logische Erklärung, wie sie hierhergekommen waren.

Irgendwann hatte sie die Sachen weggegeben, einige Zeit nach seinem Tod. Nichts im Haus sollte sie mehr an ihn erinnern. Seit damals schreckte sie vor allem zurück, was mit dem Krieg zu tun hatte, auch vor ihren Erinnerungen. Vor ihnen sogar besonders.

Jetzt plötzlich an all das Verdrängte und Unausgesprochene zu denken, Worte dafür zu finden und sie laut auszusprechen, fiel ihr schwer. Aber zurück, das spürte Betty, konnte sie nicht mehr, selbst wenn sie gewollt hätte.

Ingrids Anwesenheit flößte ihr Mut ein. Sie war unbeteiligt, durch Alter und eigene Lebensgeschichte jedoch ebenfalls betroffen. Ihr musste sie die damaligen Verhältnisse nicht erst umständlich erläutern.

Ingrid saß mit dem letzten Schluck Wein draußen auf dem Balkon im Dunkeln. Sie war da, drängte sich aber nicht auf. Tröstlich, ihre Nähe und ihr Verständnis. Betty holte Gernots Notizheft hervor.

Libysche Wüste, 25. Dezember 1942, Weihnachten. Kein Funkkontakt, stattdessen seit Stunden diese Schreie! Es ist Melder

Kowalski, ihn und Schütze Ruprecht hat es im verfluchten Minenfeld erwischt. Wir übrigen liegen in Deckung. Die Männer wollen Entscheidungen von mir, doch wir können weder hin zu ihnen noch weg von hier! Überall Tommys.

Betty starrte auf Gernots akkurate Schrift. Er hatte seinen geliebten Kopierstift verwendet. Sie sah ihn vor sich, wie er vor jedem neuen Satz die Mine anleckte und wie sich seine Unterlippe mit der Zeit violett färbte. Selbst als er später längst über eine Schreibmaschine verfügte, hatte er noch manche Berichte mit Kopierstift verfasst.

Das Licht der kleinen Nachttischlampe fiel auf das dünne, verfleckte gelbliche Papier. Es war gealtert und an den Rändern zerfleddert. Abgewetzt war auch der Heftfaden, der kaum noch die Seiten im Einband hielt. Etliche Blätter fehlten. Hatte Gernot selbst sie herausgerissen? Das Heft drohte auseinanderzufallen.

Melder Kowalski schrie seit Stunden ... Diesen ersten Eintrag hatte sie vor langer Zeit schon einmal gelesen. Er hatte ihr das Weiterlesen bisher unmöglich gemacht. Nun aber hatte sie selbst den Deckel von der Vergangenheit gehoben. Vorsichtig blätterte sie um.

27. Dezember: Zurück beim Regiment. Auch hier hohe Verluste. Kein Treibstoff mehr, müssen LKW und Panzer zurücklassen, setzen uns zu Fuß nach Westen ab. Flucht ist laut Heeresdienstverordnung nicht vorgesehen, wird daher auch nicht geübt. Wir rennen wie die Hasen.

Ein kurzer, sachlicher Eintrag, und doch spürte sie die Verzweiflung hinter den Zeilen. Nach Weihnachten hatte er das geschrieben, ausgerechnet. Tausende Kilometer voneinander entfernt hatten sie damals also beide dasselbe empfunden: Ausweglosigkeit.

5. (oder 6.?) Januar: Haben uns nach Westen zurückgezogen, mit anderen Kampfgruppen vereinigt. Das Geräusch des Regens.

Wir decken unseren Schützengraben mit Zeltplanen ab. Noch hält sie, doch ist der Stoff bereits durchnässt. Ausgetrocknete Gräben werden in Minuten zu Wildbächen. Hier ersäuft man in der Regenzeit fast, nachts erfriert man, und tagsüber steckt man in einem Glutofen fest. Und am nächsten Morgen hat die ausgedörrte Erde den nächtlichen Regen verschluckt, keine Spur mehr davon, wie sehr es gegossen hat. Wir evakuieren die Einheimischen.

Zwei Zeilen später, als habe er gezögert, dieses Erlebnis zu notieren, ging es weiter.

Gestern Nachtpatrouille, dabei ein einheimisches Kind aus einem dieser reißenden Bäche gezogen. Die Eltern sind rührend dankbar. Die Mutter küsst meine Hände, der Vater segnet mich. Ihre Tiere sind ersoffen oder von hochgespülten Minen zerfetzt, alles haben sie verloren. Geblieben sind ihnen nur ihre Wallegewänder und eine alte Kette, und die schenken sie mir. Als Schutz für meinen erstgeborenen Sohn, sagen sie. Handeln so Untermenschen? Und was wiegt dieses eine gerettete Leben gegen die ungezählten, die meine Hand auslöschte? Bin denn nicht vielmehr ich der Untermensch?

Betty weinte. Erstgeborener Sohn, dachte sie, und ungezählte Leben, ausgelöscht von seiner Hand … Natürlich hatte sie immer geahnt, dass Gernot mit seinem Gewissen nicht im Reinen war. Viele Soldaten trugen schwer an ihrer Schuld, auch wenn sie nicht darüber sprachen, und litten unter Alpträumen. Er sei kein Säufer, hatte er einmal beteuert, brauche jedoch den Alkohol, sonst fände er keinen Schlaf. Wie oft sie ihn stillschweigend ausgezogen und ins Bett gewuchtet hatte! Ein Liebesbeweis? Und wenn er unterwegs bei seinen Kunden war? Wer leistete ihm dann diesen Dienst? Oder trank er ausschließlich zu Hause? Darüber wurde nicht gesprochen, wie über so vieles nicht. Zum Beispiel nicht über ihre Angst, ihn doch noch zu verlieren. Nicht einmal sich selbst gestand sie diese Angst ein.

Die weniger empfindsamen Männer, oft diejenigen, die sich in Soldatenvereinen und Kameradschaften zusammenfanden, hatten es leichter. Aufgehoben unter Gleichgesinnten tauschten sie Erinnerungen aus, betranken sich gemeinsam, sangen im Chor: »Ich hatt' einen Kameraden, einen bessern find'st du nit…« Gernot hatte solche Abende gemieden.

Heutzutage redete sich jeder andauernd alles von der Seele, es war modern, dieses Bekennertum in Zeitschriften und im Fernsehen, aber früher? Was man nicht ändern kann, darüber schweigt man, das galt für alles und alle, und für jede Lebenslage. Wie hätte man denn sonst auch weitermachen sollen? Vielleicht aber war echtes Vergessen gar nicht möglich?

Die verblasste Skizze auf der folgenden Doppelseite zeigte steile Felswände, Felsbrocken und schäumendes Wasser, mittendrin das Kind, die Eltern am Ufer. Der Vorfall hatte ihn beschäftigt, immerhin war nach dieser Vorlage sein späteres Aquarell entstanden. Und doch hatte er nie davon gesprochen.

Die nächste Notiz war mit *»Anf. Feb.«* überschrieben, als wäre ihm das Zeitgefühl entglitten.

Immer noch kein Nachschub. Von den Regimentern 754, 755 und 756 sind nur zusammengewürfelte Haufen übrig. Diese Kampfgruppen sollen die eigentlichen Einheiten ersetzen? Wo bleibt Ersatz? Naja, ist eben alles knapp in diesen Tagen.

Anfang Februar? Zu der Zeit hatte sie ihren Bauch noch unter Strickjacken und Mantel verbergen können. Ihre Mutter hatte dennoch Verdacht geschöpft. Sicherheitshalber hatte sie ihr Elternhaus nicht mehr besucht, zu viel Arbeit, hatte sie sich herausgeredet. Und kurz darauf, im März, hatte Herr Koch das erste Mal von Wernigerode gesprochen. Wernigerode.

Hastig ging Betty zum nächsten Eintrag. Er trug kein Datum.

Jetzt also neue Front in Tunesien. Von Osten drückt der Tommy heran, seit El Alamein nicht zu stoppen, und von Westen die Amis. Zwischendrin wir, die Reste der ruhmreichen Panzerarmee Afrika. Frühlingshaftes Wetter, Blumen blühen, alles ruhig. Wir halten Wache, gehen Patrouille, wir essen, wir schlafen, dann geht es wieder von vorn los: Wache, Patrouille … Automatismus löst eigenes Denken ab. Auf einem Hügel zwischen zerbrochenen Säulen und Mauerresten im Boden ein Mosaik entdeckt. Fische und Blumen zu erkennen, farbig und fein, wie auf einem Bildteppich. Auch die Säulen sind sorgfältig behauen. Laut Oberleutnant Fritsche handelt es sich um Ruinen aus vorchristlicher Zeit, wahrscheinlich römisch, die ganze Gegend sei voll davon. Wenn das stimmt, wären das historische Zeugnisse von vor mehr als 2000 Jahren! Bei der nächsten Patrouille werde ich mit einem der hiesigen Besen (gebündelte Palmwedel) den Sand vom Mosaik abkehren.

Davon hatte Gernot erzählt, und auch, wie er mehrere Tage in diesen Ruinen zugebracht hatte. Sie konnte sich erinnern, dass er überzeugt war, die Reste eines antiken Bades entdeckt zu haben. Später hatte er sich ein Buch über die Mosaikkunst der alten Römer gekauft.

Ohne den Krieg wäre aus Gernot vielleicht ein Künstler geworden, ein Geschichtslehrer oder sogar ein Archäologe, das Zeug dazu hatte er. Es hätte ihm gefallen. Bevor er nach Afrika verlegt wurde, damals, als sie beschlossen hatten zu heiraten, hatte er von einer Hochzeitsreise nach Florenz oder Rom geträumt … Was war aus ihren Träumen geworden? Nicht nur Gernot hatte die seinen begraben müssen. Ingrid hatte recht, kriegsversehrt waren nicht nur die mit den sichtbaren Wunden.

Ende Februar: Weiter südlich wird immer noch gekämpft. Der

Funker hörte vom Sieg der 21. Panzerdivision über amerikanische Verbände in der Gegend von Sidi Bouzid sowie von der Einnahme des Kasserine-Passes nach schweren Kämpfen, an denen auch die Italiener beteiligt waren. Doch die alliierten Truppen zogen Verstärkung heran, starteten wenige Tage später einen Gegenangriff und nahmen den Pass wieder ein. Man munkelt, bei diesen Kämpfen seien über 10.000 Mann gefallen, darunter Kanadier und Australier, aber überwiegend Amerikaner, unsere Verluste seien mit ungefähr 2000 Mann (hauptsächlich Italiener) dagegen gering. Zahlen, die viele hier motivieren, die jedoch sicher übertrieben sind. Die eigentliche Nachricht aber ist doch diese: Jetzt kommen Soldaten schon vom anderen Ende der Welt, um gegen uns zu kämpfen. Wir müssen uns nach Norden zurückziehen, sonst sitzen wir in der Klemme.

Unten auf dieser Seite war gerade noch Platz für eine kleine Skizze. Durch einen antiken Triumphbogen blickte man auf Hügel, Palmen und Ziegen und auf ein Dorf in der Ferne. »Kasserine, nach Foto« stand darunter. Ja, er hätte ein Künstler werden können.

20. März 1943: Laut Oberleutnant Fritsche hält sich Rommel seit Anfang März in Deutschland auf, um frische Truppen zu mobilisieren. Andere sagen, der Wüstenfuchs sei zur Kur, wieder andere, so hoch dekoriert wie jetzt käme er gar nicht mehr zurück.

Die Türklingel schrillte. Betty zuckte zusammen.

Kapitel 32

Der Bote kündigte sich durch Räuspern an, bevor er ins Zelt trat. »Das Feuer im Hamam ist erloschen. Ich soll bestellen, dass das Badehaus erst mit der nächsten Holzlieferung wieder zur Verfügung steht. Und die Gefangene soll für die Nacht gefesselt werden. Befehl von Mahmud.«

Umm Senia erhob sich. »Seit wann ist das Feuer aus?«

Der Wächter zuckte mit den Schultern.

»Für ein schnelles Bad wird noch genügend warmes Wasser übrig sein. Komm, beeil dich.«

Doro nahm das Kleiderbündel und verließ an Umm Senias Seite das Zelt. Kheira folgte ihnen. Nach kurzem Zögern schlossen sich die Bewacher vor dem Zelteingang, zwei Halbwüchsige und einer mit Bart, den Frauen an.

Im Scheinwerferlicht vor der Kommandantur wurden Pick-ups beladen. Die Läufe der auf ihren Ladeflächen montierten Maschinengewehre ragten himmelwärts. Unwillkürlich sah Doro nach oben. Nichts, kein Mond, und die Sterne wurden von Wolken verdeckt. Ob sie Regen brachten?

Sie hatte Mühe, mit Umm Senia Schritt zu halten. Es ging nach links in eine unbeleuchtete Seitengasse, und Doro kam es vor, als fiele augenblicklich von allen Seiten Dunkelheit über sie her. Die Unebenheiten des Wegs waren nicht mehr zu erkennen, die schattenhaften Häuser zu beiden Seiten engten ein, wirkten bedrohlich. Sie stolperte. Das Bündel rutschte ihr aus der Hand.

Kheira und die Wächter blieben stehen, während Doro über den Boden tastete und in der Finsternis die Kleider einsammelte. Niemand machte Anstalten, ihr zu helfen.

Auch Umm Senia war stehen geblieben. Sie zog ihren Schleier vor das Gesicht. Ein weiterer Schatten. Einzig von Kheiras Schleier ging ein vager Schimmer aus.

Endlich hatte Doro die Kleidung zusammen. Sie ballte alles zu einem Knäuel, das sie unter den Arm klemmte.

»Nimm meine Hand«, sagte Umm Senia. »Der Fremde sieht mit den Augen des Fremden, also falsch. Was weißt du über uns?«

»Eigentlich nur, dass ihr euch A hel es Sahel nennt, das Volk der Wolken. So erzählte es Amir jedenfalls«, sagte Doro.

»Über ihn werde ich nicht sprechen. Aber sonst werde ich dir das Nötigste erklären. Wir sind Sahraouis«, begann sie, »ein Volk aus Stämmen freier Nomaden. Ich zum Beispiel bin in Dakhla geboren, am Atlantik. Von dort haben mich die Marokkaner vertrieben, seitdem lebe ich hier. Sag übrigens niemals ›südliche Provinzen‹ wie die Marokkaner. Unsere Heimat heißt Sahara, Demokratische Arabische Republik Sahara. Wusstest du das?«

»Tut mir leid, nein.«

Umm Senia führte Doro durch das Dunkel.

Warum wollte sie nicht über ihren Sohn sprechen? Ein Tabu? Vorhin hatte Mahmud sie mit angeblich brisanten Details über ihn locken wollen. Darauf konnte sie verzichten, zumal er an Amir sicher kein gutes Haar gelassen hätte, aber das galt doch nicht für seine Mutter? Wenn sie doch nur mehr Ahnung hätte! Es kam ihr vor, als ob sie, je länger sie hier war und je mehr sie erfuhr und lernte, umso weniger wusste.

Doro hörte Kheiras Schritte und die der Bewacher hinter sich, sonst jedoch kaum einen Laut. Aus den Häusern drang nur gelegentlich ein Lichtschimmer, und außer ihnen schien sich kein Mensch im Freien aufzuhalten.

»Ihr Europäer und Amerikaner wisst nichts, trotz eurer tausend Fernsehprogramme. Gib acht, hier liegen Rohre.«

Doros Augen hatten sich inzwischen an die Dunkelheit gewöhnt, Umm Senias Hand ließ sie dennoch nicht los. Ihre Entschlossenheit zu spüren, ihren festen Griff und die trockene, warme Haut hatte etwas Beruhigendes.

»Wir sind gleich da. Also in Kürze: Wir sind ein Staat, zwar im Exil, aber souverän, und als solcher anerkannt von vielen Regierungen der Welt. Smara ist nur eines von fünf sahraouischen Flüchtlingslagern in der Region Tindouf. Wir nennen sie übrigens lieber Exilstädte und gaben ihnen Namen aus der Heimat, wie Dakhla, El Aiyoun oder eben Smara. Hier in Smara sind wir zwanzigtausend Menschen, und in allen Lagern zusammen an die einhundertfünfzigtausend. Einhundertfünfzigtausend, die von Tag zu Tag dahinvegetieren, von einer Lebensmittelzuteilung, einer Wasserlieferung, einer Hoffnung zur nächsten. Dabei sind wir eigentlich Viehzüchter, Nomaden. Die Enge, die Sesshaftigkeit und vor allem die Untätigkeit sind für uns schwer zu ertragen.«

Die Gasse führte nach rechts.

»Dennoch haben wir Schulen errichtet und Krankenhäuser, und wir haben eine Selbstverwaltung aufgebaut. Du sagst, du wirst einmal Lehrerin sein?«

»Ich habe es studiert. In meiner Familie gibt es viele Lehrer, auch meine Eltern waren welche.« Kein Kommentar.

»Wir haben unsere eigenen Lehrer«, fuhr Umm Senia fort, »in der Mehrzahl Frauen, wir unterhalten sogar weiterführende Schulen. Leider sind sie nicht gut genug ausgestattet, um unsere Jugend nach heutigem Standard ausbilden zu können. Manche unserer jungen Männer werden daher eingeladen, im Ausland zu studieren, andere gehen ins Internat in den Norden, es sind aber nur wenige, die ein Stipendium erhalten. Für den Großteil bleibt oft nur die Frente Polisario. Junge Männer finden dort Aufgabe und Halt. Jeder Mensch sucht nach seiner Bestimmung, er braucht sie, sie erst verleiht seinem Leben Sinn. Daher erbarmen mich unsere bartlosen Kämpfer, sie sind Opfer. Hast du sie gesehen?«

»Ja. Und diese Internate …?«, wollte Doro nachfragen.

Umm Senia aber sprach bereits weiter. »Unsere Schulen sind den Algeriern ein Dorn im Auge, sie fürchten die Konkurrenz unserer Jugend. Trotz der massiven Einschränkungen ist sie besser ausgebildet als junge Algerier. Noch dulden sie uns in diesem Winkel der Wüste. Es stärkt ihr Ansehen, an der Seite eines verfolgten Brudervolks zu stehen. Außerdem können sie horrende Transitgebühren für die Hilfslieferungen des Welternährungsprogramms kassieren. Noch passt es ihnen also, dass wir hier leben, doch niemand kann sagen, wie lange.«

Aus dem Eingang eines der Häuser fiel ein Lichtstreifen auf die Gasse. Ein Mann kehrte den Sand von den Trittsteinen vor der Tür, drinnen trällerte eine Frau ein Lied.

»Seit fünfundzwanzig Jahren leben wir bereits hier. Nicht frei und selbstbestimmt, wie es uns entspricht, sondern am Tropf reicher Organisationen und Staaten. In diesen langen Jahren hat sich alles in der Welt geändert, nur unser Elend nicht. Auch die Langmütigsten unter uns sind des Wartens auf Besserung oder gar Heimkehr inzwischen müde, deshalb wird es Krieg geben. Mit Allahs Hilfe, Menschen wie du könnten das Schlimmste vielleicht verhindern.«

Doros Fuß stockte. »Was meinst du?«

Umm Senia zeigte auf die offene Haustür, aus der das

Lied ertönte. »Wir sind da. Du trägst Nazar sherifa. Wer gab es dir?«

Doro stolperte erneut.

Betty fühlte sich, als habe sie Unmengen Kaffee getrunken.

Dem Klingeln folgte ein Kratzen an der Tür, dann ein Klopfen. Eine leise Stimme drängte: »Lâlla Ingrid? Mach auf. Ich muss dich sprechen.«

»Klingt wie Youssef, mein Autovermieter.« Ingrid und Betty blickten sich an. Ingrid sah auf die Uhr. »Es ist spät.«

Betty zog ihre Bluse zurecht. »Öffne ihm, um diese Uhrzeit kommt man nur aus guten Gründen.« Sie fuhr sich durchs Haar.

Stimmengemurmel, dann führte Ingrid Ibrahim und einen jungen Mann ins Wohnzimmer. Er reichte dem hochgewachsenen Ibrahim höchstens bis zur Schulter.

Ingrid schloss Türen und Fenster.

Ibrahim und Ingrid standen einander wie Kämpfer gegenüber. Youssef verschränkte die Arme. Alle schwiegen.

Betty räusperte sich, nahm Gernots Bilder vom Tisch, legte jedes Blatt einzeln in die Mappe. Zuunterst kamen die Zeichnungen, darauf die Aquarelle, dann schloss sie den Deckel und wickelte das überdehnte Gummi darum. Ihre Hände zitterten.

»Nun? Was gibt's?« Endlich sprach Ingrid.

»Neuigkeiten über Mademoiselle Doro. Es heißt, dass sie sich derzeit in Algerien aufhält. Youssef bestand darauf, euch sofort zu verständigen.«

»Algerien? Aber was will sie denn dort?«, rief Betty erschreckt.

»Leise!«, forderte Ingrid, »die Wände haben Ohren.«

Erst nach etlichen Erklärungen bekam Betty eine ungefähre Vorstellung: Dorothea war von politischen Aktivisten entführt worden!

Sofort standen ihr Bilder vor Augen, die vor noch gar nicht langer Zeit die deutsche Öffentlichkeit erschüttert hatten. Damals hatten politische Wirrköpfe einen Wirtschaftsmenschen entführt und unerfüllbare Forderungen an den Staat gestellt. Am Ende hatten sie den Mann sogar erschossen. Diese schrecklichen Fahndungsplakate, die damals überall hingen! Und nun auch hier, und ausgerechnet Dorothea? Wer hatte sie entführt und warum? Und warum nach Algerien? Auf ihre Nachfrage zuckten Youssef und Ibrahim mit den Schultern.

Während die anderen am Tisch die Köpfe zusammensteckten und sich halblaut besprachen, zog sich Betty mehr und mehr in sich zurück. Sie sah sich auf der nächtlichen Terrasse gemeinsam mit Dorothea den Verletzten versorgen, spürte ihre Wärme, sah den silbernen Anhänger an ihrem Hals, und wie sie beherzt das Feuer bekämpfte. Hilfsbereit war diese junge Frau, dazu uneigennützig und freundlich.

Für einen Moment hatten sie beide in jener Nacht wohl so etwas wie Verbundenheit empfunden, aber dann hatte sie sich abgewandt. Auf Dorotheas Verschwinden am nächsten Morgen hatte sie sogar mit Erleichterung reagiert. Das Mädchen war fort und mit ihm das Problem, hatte sie gedacht. Jetzt aber, nur wenige Tage später, sah das plötzlich anders aus.

Entführt, eine hübsche junge Frau in den Händen von politischen Banditen – musste man nicht mit dem Schlimmsten rechnen?

Bettys Gedanken wollten sich nicht fassen lassen. Sie hielt die Augen geschlossen und versuchte, die Stimmen der anderen auszublenden.

Dorothea trug nicht nur Gernots Anhänger, sie hatte auch

seine Bilder mitgebracht. Und sah sie Gernot nicht sogar ähnlich? Das helle Haar, die blauen Augen – benötigte sie denn wirklich noch weitere Beweise?

Betty spürte Schmerz im Kopf, in der Brust, im Magen, zugleich aber auch so etwas wie Befreiung.

Was man nicht ändern kann, davon soll man schweigen?

Was für ein Irrtum! Ihr Leben lang hatte sie sich an diesem Spruch orientiert, als sei er ein geheiligtes Gebot. Alle hielten sich daran, im Großen wie im Kleinen, und doch war er falsch, furchtbar falsch. Eisern schweigen? Irgendwann drängte die Vergangenheit ans Licht, das erlebte sie gerade am eigenen Leib. All diese Erinnerungen! Diese Fehler!

Am liebsten hätte Betty geweint. Um Gernot, um das Schattenkind, um Dorothea, um sich selbst, um all die leeren Jahre.

Sie sah auf. Die Lampe, der Tisch, drei Menschen im Gespräch. Betty erhob sich, humpelte in die Küche, nahm ihre Tropfen, kam zurück. Es ging um Dorothea, nicht um sie. Sie hatte Angst um das Mädchen. Wann hatte sie zuletzt Angst wegen eines anderen Menschen verspürt?

Zugegeben, sie war alt und krank, aber deshalb die Hände in den Schoß legen? Etwas musste zu Dorotheas Befreiung unternommen werden. Und nicht irgendwer, sondern sie musste das tun. Damals, bei dem Schattenkind, hatte sie sich nicht zu helfen gewusst. Und jetzt? Dorothea, ihre Enkelin, brauchte Hilfe!

Entschlossen unterbrach Betty das Gespräch.

»Ingrid, kommt es mir nur so vor, oder verfügen die beiden wirklich über ausgezeichnete Kontakte?«

Ingrid lachte. Es klang hilflos. »Hast du es denn nicht begriffen? Ibrahim, mein absolut loyaler Helfer, und Youssef, mein vertrauenswürdiger Autovermieter, gehören beide selbst der Polisario an!«

Für Betty ergab dieser Einwurf keinen Sinn. »Umso besser. Dann werden sie wissen, wie sie uns von Nutzen sein können. Sie werden uns helfen.«

»Helfen?« Der Autovermieter sah von einem zum anderen. »Im Sinne von befreien?«

Betty nickte. »Selbstverständlich, was sonst?«

»Tut mir leid, ich muss verschwinden. Zumindest so lange, bis ich sicher sein kann, dass mir die marokkanische Polizei nicht über das Autowrack auf die Spur gekommen ist.«

Ingrid fuhr hoch. »Haben sie erst einmal dich im Visier, stoßen sie auch auf mich.« Sie ließ den Kopf sinken, als verließe sie die Kraft. »Und dann? Geheimpolizei, Verhöre, marokkanisches Gefängnis? Das überstehe ich nicht.«

Kapitel 33

»Mahmud prahlt mit deinem Foto, und dass er die Welt aufrütteln wird. Er sagt, du wirst Deutschland, Europa, der ganzen Welt von den Kämpfen berichten und die Flagge der Polisario hochhalten. Anstatt von Waffen und Krieg solltest du jedoch von uns erzählen, von Smara und unserem Kampf ums Überleben.«

Umm Senia wechselte einige Worte mit der Badefrau. »Wie ich dachte, noch genug warmes Wasser. Geh mit Kheira, sie wird dir alles zeigen. Wir reden hinterher.« Damit setzte sie sich auf die Trittsteine vor der Tür.

Die Welt aufrütteln, sie? Umm Senia musste etwas missverstanden haben.

Kheira war offenkundig nicht erfreut, befolgte jedoch Umm Senias Anordnung. In dem winzigen Badehaus stapelten sich Handtücher und Eimer, an den Wänden gab es Haken und schmale Sitzbänke.

Doro legte ihre Sachen auf die Bank und zog sich aus. Kheira befahl der Badefrau, Doros T-Shirt und Jeans zu waschen. Auch Kheira schlüpfte aus ihrem Gewand. Sie war sehr schlank, fast mager, und sehnig. Das Höschen behielt man an, wie Doro ein verstohlener Blick zeigte.

Sie nahm den Brustbeutel wieder an sich, auch das Amulett presste sie unter Kheiras spöttischem Blick an die Brust.

»Sahraouis sind keine Diebe.« Kheira schnappte sich Seifentiegel, Schwamm und Eimer und ging voraus in die angrenzende Badekammer.

Zweimal hatte ihr Mahmud die Papiere abgenommen, und zweimal hatte er sie ihr zurückgegeben. Sie würde sich nicht wieder von ihnen trennen! »Ich habe gern alles bei mir«, erklärte Doro.

Der geflieste Raum war leer, seine Bodenplatten warm. In der gewölbten Decke glänzten Milchglassteine, durch die wahrscheinlich tagsüber das Licht hereinfiel. Jetzt leuchtete nur eine einzelne, nackte Glühbirne.

Doro suchte sich einen trockenen Platz für ihre Sachen, dann befüllte sie wie Kheira einen Eimer aus einem Bottich mit Wasser und ließ sich neben ihr im Schneidersitz auf dem Boden nieder.

Kheira schob ihr einen Topf mit grauer Paste zu. »Shampoo«, sagte sie, »selbst gemacht. Es reinigt und lässt das Haar glänzen.« Ihr Blick wanderte über Doros Körper, von den Füßen bis zu den Haaren und wieder zurück. Ein Blick, unter dem sich Doro wehrlos fühlte.

»Wirst du hierbleiben?«, fragte Kheira. Ihr Gesicht blieb ohne Ausdruck.

Was war das für eine Frage? Keinen Schritt konnte sie selbst bestimmen, und das wusste Kheira genau.

»Im Moment geht es nicht vorrangig um meine eigenen Pläne.« Doro brach ab. Kheiras merkliche Ablehnung machte ihr zu schaffen. Was hatte sie der jungen Frau getan?

Doro goss Wasser über Bauch und Beine. »Umm Senia sagte, ich würde in Deutschland und Europa über einen Krieg berichten. Was meinte sie damit?«

Kheira antwortete nicht.

Freundinnen wurden sie beide jedenfalls nicht! Doro übergoss sich mit warmem Wasser, massierte die kleisterartige Schmiere ins Haar und spülte sie aus. »Das tut gut!«, seufzte sie und sah dem Schaum nach, der über den Boden zu einem Abfluss rann.

»Normalerweise sitzen wir alle hier in großer Runde, wir lachen und erzählen, massieren und pflegen uns gegenseitig. Alle Frauen helfen einander. So ist es Brauch bei uns.«

Warum erzählte sie ihr das? Und was sollte die Frage, ob sie hierbleiben würde? Hierbleiben – bei Amir? Rasch schob sie den Gedanken beiseite.

Sie verteilte Seifenpaste auf Armen, Beinen und Bauch, schrubbte jedes Körperteil mit dem Schwamm und spülte gründlich nach. Mit jedem Wischen und Rubbeln, mit jedem Wasserguss fühlte sie sich besser. Der Eindruck, ausgeschlossen und fremd zu sein, ließ sich jedoch nicht wegspülen.

Kheira rieb derweil mit einem porösen Stein an ihren Fußsohlen herum. »Da ist ein Fleck«, sagte sie plötzlich und deutete auf eine Stelle an Doros Hals. »Er verschwindet nicht. Hast du dich gestoßen?«

Doros Hand fuhr hoch, versuchte die verräterische Spur zu bedecken. Keinen Millimeter ihrer Haut hatte Amir ausgelassen mit seinen Küssen und zarten Bissen …

»Du bist also nicht verheiratet. Dabei siehst du gesund aus und hast keine körperlichen Schäden«, fuhr Kheira fort. »Bist du wenigstens verlobt?«

»Der Richtige ist mir noch nicht über den Weg gelaufen.« Doro lachte. Es sollte fröhlich klingen und die Stimmung entkrampfen, doch Kheira lachte nicht mit. Dann eben nicht, dachte Doro. Sie goss das restliche Wasser aus dem Eimer über ihren Kopf, lockerte ihr Haar, griff nach einem Handtuch. Als sie sich umdrehte, stand Kheira bereits an der Tür.

»Ich bin schon seit meinem neunten Lebensjahr verlobt«, erklärte sie stolz und setzte hinzu, lauter als nötig: »Mit Umm Senias Sohn Amir. Bald werden wir heiraten.« Kheiras Stimme hallte durch den Raum.

Verlobt, klang es von allen Seiten, mit Amir. Übertrieben laut tropfte irgendwo Wasser.

Doro hatte das Gefühl zu versteinern. Nicht bewegen, sonst würde sie in tausend Scherben zerfallen. Das Handtuch glitt ihr aus den Fingern. Froh über das Dämmerlicht bückte sie sich danach, trocknete Arme und Beine, griff nach ihren Sachen.

»Ach ja?«, antwortete sie schließlich, als seien Kheiras Worte unbedeutend. »Wie schön für dich.«

Ihre Gedanken aber rasten. Verlobt, seit ihrem neunten Lebensjahr. Sie waren Kinder gewesen. Wie alt war Amir damals? Verlobt mit neun, mit elf oder zwölf, was bedeutete das heutzutage? Amir – war er nicht ein moderner Mann?

Die Kleidung, die Kheira ihr zur Verfügung stellte, bestand aus albern gemusterten Leggins, einem übergroßen T-Shirt mit grinsendem Mickey-Mouse-Gesicht und einem kunterbunten Wickelgewand. Wo sie diese Scheußlichkeiten wohl gefunden hatte? Wie ein Zirkusclown würde sie aussehen.

Als ob das jetzt noch etwas bedeutete! Ihr war elend zumute.

Wortlos zog sich Doro an.

Zwischen den gerollten Landkarten entdeckte er eine Karte voller Pfeile, Markierungen, Symbole und Namen. Ein Angriffsplan? Amir lauschte. Die Lastwagen waren fort, kein Motorengeräusch mehr zu hören, nur das Flutlicht drang noch herein.

In seinem Schein studierte Amir die Karte. Je länger er sich in ihre Details vertiefte, desto mehr wuchs seine Besorgnis.

Mahmud hatte diesen Plan ausgearbeitet. Es ging gegen El Berm, gegen die Mauer der Schande! Jetzt bekam die forcierte Aufrüstung seiner Truppe einen Sinn, ebenso die

Rekrutierung neuer Männer und ihr Training. El Berm? Das war etwas anderes als vereinzelte Guerillaeinsätze.

El Berm, die ungeheure Grenzanlage aus Sand- und Steinwällen, aus Gräben und Stacheldraht, aus Panzersperren, Minenfeldern und Wachtürmen, die Marokko entgegen aller internationaler Absprachen errichtet hatte, fraß sich mehr als zweitausend Kilometer von Nord nach Süd durch sahraouisches Gebiet. Sie trennte den von Marokko besetzten Teil von der wasserlosen Sandwüste, der sogenannten Freien Zone, die die Polisario kontrollierte. Über die gesamte Strecke, von Nord bis Süd, wurde El Berm von mindestens hunderttausend Soldaten am Boden gesichert, zusätzlich aus der Luft von Aufklärern und Jagdbombern verteidigt. Und gegen dieses Bollwerk wollte Mahmud anrennen? War er größenwahnsinnig geworden? Davon abgesehen – ein solcher Plan gefährdete massiv die Verhandlungen!

Amir wanderte von der Tür zum Regal und zurück. El Berm – in diese Sache waren vermutlich nur Leute der Polisario eingeweiht, nicht jedoch die Regierung. Und die Zivilbevölkerung von Smara?

Deshalb also hatte Mahmud ihn hier kaltgestellt. Er sollte nicht öffentlich Einspruch gegen diesen Plan erheben oder jemanden aus der Regierung verständigen können! Aus Mahmuds Sicht war es vernünftig, ihn zu isolieren, aber warum Doro? »Besondere Verwendung«, hatte er gesagt. Was bedeutete das? Er dachte an Doros Vertrauen und daran, dass allein er ihre Geiselnahme zu verantworten hatte …

Er rief sich zur Ordnung.

Hier ging es nicht um ihn. Nicht Gefühle waren jetzt gefragt, sondern besonnene Analysen.

Die Beratungen in El Aiyoun waren zwar ins Stocken geraten, zu einer tatsächlichen Unterbrechung der Konferenz aber war es bisher nicht gekommen. Zum Glück. In der UdSSR stand die atomare Abrüstung auf dem Plan, und Ungarn und Polen zogen öffentlich ihren Austritt aus dem Warschauer Vertrag in Erwägung. Sie schlossen bereits bilaterale Abkommen, ohne Beteiligung der UdSSR. So etwas konnte die Balance der Machtblöcke verändern! Und dennoch gingen die Beratungen in El Aiyoun weiter.

Auf der nächsten Gipfelkonferenz der OAU, der Organisation für Afrikanische Einheit in Addis Abeba, sollte die DARS sogar als einundfünfzigstes Vollmitglied aufgenommen werden – ein echter Coup! Die Frage war nur, wie Marokko darauf reagieren würde.

Amir ballte die Fäuste. Ein Angriff auf El Berm war nicht nur militärischer Wahnsinn, er provozierte den Abbruch sämtlicher Gespräche. Über Waffenstillstand, Wirtschaftsunion und Referendum reden, während eine der Konfliktparteien mit Pulver und Blei argumentierte? Darauf würde sich niemand einlassen, schon gar nicht König Hassan, schließlich entstammte er der Blutlinie des Propheten.

Nach dem Verständnis der Marokkaner vereinte sich in seiner Person weltliche Autorität mit der des Glaubens. Er war der unangefochtene Herrscher. Er scheute keine Grausamkeit und saß gleichzeitig an einem Tisch mit europäischen und amerikanischen Präsidenten, mit Politikern und Geschäftsleuten. Seine Macht und sein Einfluss reichten weit über die Region hinaus. Mahmuds Weitsicht hingegen endete, wie die der Polisario insgesamt, am Atlantik und an den Grenzen zu Algerien und Mauretanien.

Bisher war es um taktische Überfälle gegangen. Aber eine Attacke gegen El Berm? Zur Ablenkung, damit am Flugfeld gearbeitet werden konnte?

Flugfeld – wie das klang! Eine einfache Piste, kaum mehr als ein paar Hundert Meter Beton, sollte es werden, getarnt zwischen Dünenfeldern und Salzsee und geeignet nur für einmotorige Maschinen.

Einerseits befürwortete die sahraouische Regierung diese Piste, zumindest inoffiziell, obwohl sie um die Risiken wusste. Im Fall einer Entdeckung würde Marokko natürlich sofort Algerien verdächtigen, würde dem Nachbarn Expansionsgelüste unterstellen und Truppen aufmarschieren lassen. Er konnte das Säbelrasseln schon hören!

Bisher hatte die Polisario die Regierung vorab über geplante Aktionen informiert, jedenfalls meistens, mit einer Offensive auf El Berm jedoch handelte Mahmud eigenmächtig. Die Regierung, da war er sich sicher, wusste nichts von dem Plan.

Hatte sich Mahmud die Unterstützung der anderen Kommandeure gesichert? Das würde bedeuten, die Polisario machte sich selbstständig. Plante sie einen Putsch? Kannten deshalb nur Eingeweihte die genaue Lage der Waffenlager entlang der Grenze? Wie viele Waffen gab es, von denen nur die Polisario, nicht aber die Regierung wusste?

Amir durchmaß den Raum, musterte das Fenster über der Tür. Einfachstes Holz, schlichte Konstruktion, nachlässig eingepasst in Lehmwände. Er brauchte nur auf den Stuhl zu steigen, dann konnte er es ohne Aufwand herausnehmen und wäre frei. Und dann?

Bei der Einfahrt in die Stadt hatte er an einer der Ausgabestellen für Lebensmittel weiße Geländewagen mit dem Emblem der UN gesehen. Leute der Vereinten Nationen – ihnen müsste man Bescheid geben. Was in den Augen der Polisario einem Verrat gleichkäme …

Und das Versprechen, das er Mahmud gegeben hatte? Ein Wort war ein Wort, nach den Überlieferungen der Wüste konnte es nicht zurückgenommen werden, so hatte es ihn sein Vater gelehrt.

Amir griff nach dem Stuhl. Er würde die UN-Leute informieren und danach zurückkommen.

Er erstarrte. Jemand machte sich an der Tür zu schaffen. Mahmud! In der einen Hand hielt er eine schussbereite Pistole, in der anderen eine Taschenlampe.

»Saalam«, grüßte er, als handele es sich um einen Höflichkeitsbesuch. »Geht es dir gut?« Er leuchtete Amir ins Gesicht.

»Du blendest mich.«

»Ich will nichts verpassen.«

»Niemals hat die Regierung dies hier genehmigt! Ist dir klar, was du aufs Spiel setzt?« Amir zeigte auf die Karte.

Mahmud griff nach ihr, rollte sie zusammen. »Das war nicht für deine Augen bestimmt, aber egal. Spielst du auf die sogenannten Einigungsgespräche in El Aiyoun an oder auf deinen eigenen Anteil daran? Er ist gering genug.«

»Um mich geht es nicht. Die Konferenzen kommen voran. Langsam zwar, aber es geht vorwärts, und das ist die Hauptsache. Du weißt nichts über bereits erzielte Fortschritte oder die Grundlagen künftiger Verträge.«

»Dann sprich. Überzeuge mich. Erklär mir die Fortschritte und Ergebnisse und warum ich diesen Plan nicht umsetzen sollte.« Mahmud wedelte mit Karte und Taschenlampe. Das Licht zuckte durch den Raum, sein Gesicht aber blieb im Dunkeln.

»Tut mir leid, Absprachen werden nur mit Zustimmung aller Beteiligten veröffentlicht.«

»Schade. Dann werde ich wohl doch deine kleine Freundin einsetzen müssen.«

»Lass Doro aus dem Spiel, sie hat nichts mit unseren Problemen zu schaffen, sie genießt Gastrecht.« Amir machte einen Schritt nach vorn.

Mahmud hob die Pistole. »Zurück!«

Amir wies seine leeren Hände vor, ging rückwärts. »Was hältst du von einem Kompromiss?«

»Kommt darauf an.«

»Ich gebe dir die Informationen. Dir allein, niemandem sonst.«

Irgendetwas würde ihm schon einfallen. Doch wie wahrscheinlich war es, dass Mahmud daraufhin seine Kampagne abbrechen würde? Und Doro einsetzen – was bedeutete das? »Ich tue es, wenn du im Gegenzug ...«

»Was?«

»Zweierlei. Du garantierst für ihre Unversehrtheit.«

Mahmud nickte.

»Außerdem will ich sie sehen. Jetzt, sofort.«

Kapitel 34

»Du hast meine Frage nicht beantwortet. Wirst du hierbleiben?«

Doro kämpfte mit der Stofffülle des Wickelgewands, so musste sie Kheira nicht ansehen. »Sicher nicht. Ich lebe in Deutschland.«

Kheira beobachtete jeden ihrer Handgriffe. »Vielleicht könnte ich dir helfen, von hier wegzukommen.«

Hatte sie richtig gehört? Ausgerechnet Kheira? Doro ließ die Hände sinken.

Kheiras Augen funkelten. »Du musst jedoch schweigen. Sprich mit niemandem!«

Rasch nickte Doro.

»Gut.« Kheira senkte die Stimme. »Morgen bin ich zuständig für die Verteilung der Lebensmittelvorräte in unserem Quartier. Die Fahrer kenne ich seit Langem, es sind zwei Amerikaner, ein Franzose und ein Spanier. Mit ihnen werde ich verhandeln, sobald sie eintreffen.«

Amir hatte von Hilfslieferungen gesprochen, ebenso Umm Senia. »Redest du von den Lastwagen, die Smara beliefern? Wohin fahren sie von hier aus? Nach Marokko?«

»Natürlich nicht.« Kheira wischte die Frage beiseite. »Hast du Papiere? Geld?«

Doro nickte. Der Handel mit Mahmud – Polaroid samt

Unterschrift gegen Pass, Ticket und Geld – war zum Glück gut ausgegangen, wenigstens etwas.

»Dann gibt es Wege. Morgen kann ich dir Bescheid geben. Bis dahin kein Wort. Schwör es!«

»Ja, ich schwöre. Und wohin werden sie mich bringen?«

»Morgen, nicht jetzt!«

Auf der Schwelle des Badehauses saß keine Umm Senia.

»Sie hatte einen Schwächeanfall«, erklärte der Ältere der drei Wachmänner, »die Badefrau kümmert sich um sie.«

»Ich muss zu ihr.« Kheira schlüpfte in ihre Schuhe, rannte los und war gleich darauf zwischen den Schattenhäusern verschwunden.

Doro wollte ihr nachlaufen, doch die Wächter richteten die Gewehre auf Doro. Der Bärtige legte ihr die Handschellen an. »Yallah, vorwärts.« Durch mondlose, dunkle Gassen ging es zurück zum Zelt im Hof der Kommandantur.

Doro lag zwischen den Decken in ihrem Zelt, die Hände vor dem Leib gefesselt, und versuchte, Ruhe zu finden, zumindest Klarheit. Beides gelang nur schlecht. Einerseits fühlte sie sich erfrischt nach dem Waschen, andererseits erschöpft.

Was bedeuteten Umm Senias Andeutungen und vor allem: Was war von Kheiras Angebot zu halten? Weshalb wollte ausgerechnet sie ihr helfen? Sie hatte nicht das Geringste für sie übrig, zeigte weder Verständnis noch Mitgefühl, nicht einmal Freundlichkeit. Warum also? Ob sie etwas von Amir und ihr ahnte?

Kheira und Amir, verlobt, seit Ewigkeiten … Kein Wort hatte er davon gesagt, nicht einmal eine Andeutung gemacht. »Verlier niemals deine Urteilskraft wegen eines Mannes«, Mutters Worte schossen ihr durch den Kopf. Doro zerrte an ihren Fesseln.

Ingrids Telefonnummer fiel ihr ein. Ob sie Kheira bitten sollte, dort anzurufen? Gab es überhaupt eine Möglichkeit, von hier aus mit Agadir zu telefonieren? Und selbst wenn – was könnte Ingrid schon zu ihrer Freilassung unternehmen? Niemand konnte ihr helfen.

Sie musste eingeschlafen sein. Stimmen weckten sie. Doro setzte sich auf.

Wieder Mahmud. Er schien zu streiten. Mit wem diesmal?

»Mach nicht mich verantwortlich, ich ergreife lediglich die Gelegenheit. Du selbst hast sie hergebracht, jung und hübsch und blond. Und da sie uns am besten an vorderster Front nützt, werde ich sie genau dorthin bringen.«

Redete er von ihr?

Gegenrede, Stimmengemurmel, dann wieder Mahmud. Er höhnte: »Du willst der Sohn deines Vaters sein? Er nahm keine Erniedrigung hin, er war kein Sklave, er nicht. Du jedoch verhältst dich wie einer!«

»Du kannst mich nicht beleidigen. Begreif doch: Die marokkanische Armee ist euch haushoch überlegen! Sie operiert in mehrfacher Überzahl, und du weißt das.«

Amir! Kam er, ihr zu helfen?

»Umso besser, so wird unser Sieg noch edler sein!«

»Denk lieber an die vielen Toten.«

»Sie werden mit einem Lachen die Brücke ins Paradies beschreiten, weil sie für eine gerechte Sache gestorben sein werden!«

Doro kroch zum Eingang und schob die Zeltbahn beiseite. Zwei Schatten standen sich gegenüber, unverkennbar Mahmud und Amir. Die Wachen und einige Neugierige beobachteten sie.

»Und wage es nicht, meine Männer zu unterschätzen, es sind Löwen! El Berm kann sie nicht aufhalten, sie werden die marokkanischen Truppen vernichten«, brüstete sich Mahmud.

»Deine Offensive ist nicht genehmigt. Sie wird zum Abbruch der Verhandlungen führen«, entgegnete Amir.

Mahmud tat, als lache er. »Wart's ab. Ich vertraue auf unsere Verbündeten, du aber scheinst nicht mehr zu wissen, auf wessen Seite du stehst!«

»Das weiß ich sehr wohl. Du hingegen ignorierst, womit sich unsere Verbündeten herumschlagen. Glaubst du im Ernst, ausgerechnet jetzt, da es um weltweite Abrüstung geht, werden sich die Russen mit unseren Problemen befassen?«

Doro sah, dass Mahmud mit einer Pistole auf Amir zielte. »Schluss! Du konntest dich mit eigenen Augen vom Wohlergehen deiner kostbaren Freundin überzeugen, damit ist mein Teil erfüllt. Nun bist du dran. Vorwärts!«

»Nach Algerien verschleppt? Wohin genau? Geht es um Lösegeld?« Betty stellte Fragen, die niemand beantwortete.

Ingrid zuckte mit den Schultern.

Auch der Autovermieter wusste nichts. Zu seiner eigenen Sicherheit kümmere er sich nicht um Details, sagte er, helfe lediglich hin und wieder dem Bruder seiner Frau, wie in Familien üblich. Nun jedoch sei er klüger, sagte er. Doch seine Sorgen betrafen eher die Polizei und den Verlust des Wagens und weniger Dorotheas Lage.

Ibrahims Informationen stammten anscheinend aus zweiter Hand. Man habe ihm mitgeteilt, dass Youssefs Auto zerstört und Doro entführt worden sei, mehr wisse er nicht. »Wie ich schon sagte, man sprach von Razzia und Explosion«, erklärte er bereits zum dritten Mal.

Es war stickig im Raum und still. Zu viert saßen sie um den Tisch, jeder mit seinen eigenen Gedanken beschäftigt.

Diese Untätigkeit! Seitdem sie sich ihrer Vergangenheit gestellt oder zumindest den Anfang dazu gemacht hatte, fühlte sich Betty zwar aufgewühlt und zutiefst erschüttert, zugleich aber auch irgendwie erleichtert. Vor allem ihr inneres Bekenntnis zu Dorothea beflügelte sie. Sie brach das Schweigen. »Und jetzt? Was ist mit der deutschen Botschaft?«

Erneut zuckte Ingrid die Schultern. »Die hat ihren Sitz in Rabat und muss jeden Schritt mit Bonn abstimmen. Kurzfristig ist da kaum etwas zu erreichen, nicht mit unseren dürren Angaben. Überhaupt könnte der offizielle Weg heikel werden. Marokko und Algerien bekämpfen sich seit Jahren. Keine Ahnung, wie die deutsche Haltung in diesem Konflikt aussieht.«

Betty antwortete nicht. Irgendetwas wusste sie, hatte sie aufgeschnappt, aber sie erinnerte sich nicht mehr. Ein Wort, das der Lehrer in Aït Arba gesagt hatte? Sie hatte nach Hassan gefragt, und er … »Guelimin«, murmelte Betty. »Ich glaube, er sagte Guelimin. Ist das eine Stadt?«

»Ja. Warum?«, antwortete Ingrid.

»Und wo liegt sie? In Marokko?«

»Im Süden, ungefähr vier Stunden von hier.«

»Na bitte! Dorthin müssen wir, und zwar ins Krankenhaus. Hassan, Sîdi Idriss' Enkel, ist dort. Der Verletzte, der Brand – erinnerst du dich? Ich habe davon erzählt. Hassan weiß sicher etwas über Doros Entführung, womöglich kennt er gar ihren Aufenthaltsort.« Betty sprudelte.

»Er wird ja wohl kaum die Treppe hinuntergefallen sein, so schlimm, wie sein Bein aussah. Und dann: Der Lehrer? In dessen Hof stapelten sich bergeweise Waffenkisten. Die stecken doch unter einer Decke, gehören beide zu den Schmugglern!«

Ibrahim starrte auf seine Hände im Schoß.

Betty pochte auf den Tisch. »Hassan muss uns helfen, wie

Dorothea und ich ihm geholfen haben. Wer weiß, vielleicht haben wir ihm sogar das Leben gerettet. Also, was sagt ihr?«

Ibrahim räusperte sich. »Wir müssen Hassan nicht befragen.«

Alle Augen richteten sich auf ihn.

»Eigentlich sollte ich nicht davon sprechen. Es verschlimmert die Sache nur.«

»Was?« Betty und Ingrid fragten gleichzeitig.

Ibrahim suchte Ingrids Blick. »Über Umwege – und mehr werde ich nicht dazu sagen! – erfuhr ich, dass sich eine junge Frau mit blonden Haaren in Smara aufhält. Sie wurde gefangen genommen in Begleitung eines sahraouischen Sheïk.«

Ingrid sprang auf. »In Smara, ausgerechnet!«

Betty beugte sich vor. »Was noch?«

Ibrahim schüttelte den Kopf. »Keine Einzelheiten. Aber ich bin sicher, dass es sich um Mademoiselle Doro und ihren Fahrer handelt.«

Betty sah von einem zum anderen. Ibrahim starrte auf die Tischplatte und Youssefs Kiefer arbeiteten. Und Ingrid? Ihr Blick ging ins Leere. Betty kam es vor, als seien die drei gelähmt.

»Gut, dann wissen wir jetzt, wo sie ist. Dieses Smara – es ist doch ein Ort, oder? Na also. Wann fahren wir los? Wie kommen wir dorthin?«

»Gar nicht«, sagte Ingrid. »Offizielle Grenzübertritte nach Algerien sind nahezu unmöglich.«

Der Autovermieter und Ibrahim begannen auf Betty einzureden. Der eine wortreich mit zahlreichen Gottesanrufungen, der andere knapp und präzise.

Und zum ersten Mal hörte Betty von den Grenzproblemen zwischen Marokko und Algerien, von Westsahara, Grünem Marsch und Vertreibung, und von Smara und den anderen Flüchtlingslagern in der algerischen Sahara.

Ingrid mischte sich nicht ein. Sie stand vor der geschlossenen Balkontür, starrte auf die Fensterläden und auf etwas dahinter, das nur sie sehen konnte.

Als der morgendliche Gebetsruf des Muezzins erklang, schien sie zu erwachen. »Ich werde Marokko verlassen«, verkündete sie.

Kapitel 35

»Wie bitte?« Betty fuhr hoch.

»Nachdem ich alles für Doros Freilassung unternommen habe, was in meiner Macht steht.« Ingrid stützte sich auf Bettys Schulter. »Schließlich habe ich sie hierhergelockt.«

Sie massierte ihre Stirn, überlegte halblaut: »Die Botschaft wäre der offizielle Weg, aber bei der momentanen Lage? Bonn, Rabat, Algier, die Polisario – wie soll das gehen? Offiziell oder über Unterhändler? Einfach wird das jedenfalls nicht, und schon gar nicht geht da etwas schnell. Nein, es muss eine andere Lösung geben.«

Der junge Autovermieter gähnte verstohlen.

»Ibrahim und Youssef, ihr habt gute Verbindungen«, grübelte Ingrid weiter. »Kennt ihr nicht irgendwelche pensionierten Sicherheitsleute, ehemalige Soldaten oder Polizisten, jemand, der Erfahrungen hat? Ach, ich weiß auch nicht, was genau ich mir vorstelle.«

»Du willst sie mit Gewalt zurückholen?« Der Autovermieter sah von Ingrid zu Betty. Seine Miene zeigte deutlich, was er von alten Frauen hielt, die eine Geiselbefreiung in Erwägung zogen.

Ingrid nickte. »Falls nötig.«

»Aus Smara? Dazu brauchst du bewaffnete Söldner! Oder hast du die Polisario vergessen?«

Betty beobachtete den Autovermieter. Er war verärgert wegen seines Autos, kein Wunder, dass er Ingrids Idee ablehnte. Zwar wusste auch sie nicht, wie man vorgehen könnte, aber jedenfalls war Ingrid eine vernünftige Frau. Wenn sie sagte, sie brauchten Mitstreiter, dann war das so. Aber dachte sie ernsthaft an gewaltsame Schritte?

»Schmuggler, Söldner, Entführer – du lieber Himmel! Verstärkung klingt aber auf jeden Fall gut. Falls wir dazu Geld benötigen: Ich habe Travellerschecks, die könnten wir einlösen.« Ihre Stimme klang trotzig.

Youssef schnaubte.

Ingrid musterte Betty, dann legte sie einen Arm um ihre Schultern. »Du würdest dein Geld für jemanden einsetzen, den du kaum kennst?«

Betty lehnte ihren Kopf gegen Ingrid und murmelte Unverständliches.

Schweigen lag über der Runde.

In die Stille hinein erklärte Youssef: »Es wird hell, die Arbeit wartet. Ibrahim, mein Freund, kommst du?«

Ibrahim sah auf. Die ganze Zeit schon dachte er an Mahmud. Smara war sein bevorzugter Stützpunkt. Hatte er bei dieser Sache die Finger im Spiel? Wie aber passten Flugfeld und Angriffe auf den Grenzwall mit der Entführung einer jungen Frau zusammen? Darin konnte er keinen Sinn erkennen. Er deutete auf Betty. »Vielleicht hat Madame doch recht«, sagte er. »Wir sollten mit Hassan sprechen.«

Auch Youssef zeigte auf Betty. »Hat sie nicht eben gesagt, er läge im Krankenhaus?«

»Er ist am Bein verletzt, nicht am Kopf. Möglicherweise weiß er, wo genau in Smara unsere Mademoiselle festgehalten wird, oder andere Einzelheiten, insha'allah.«

Youssef sprang auf. »Allah helfe euch. Ich gehe.«

Ingrid stellte sich ihm in den Weg. »Wir brauchen ein Auto. Darf ich weiterhin deinen Wagen benutzen, oder ist es dir lieber, ich suche mir einen anderen Autovermieter?«

Youssef verdrehte die Augen. Dann zuckte er mit den Schultern, nickte in die Runde und verließ den Raum. Das Klappen der Wohnungstür war zu hören und seine Schritte auf der Treppe, danach nichts mehr.

Ingrid öffnete weit Fenster und Balkontür und ließ das Morgenlicht herein.

Ibrahim erhob sich. »Jemand sollte am Telefon im Laden sein, falls sie anrufen.«

»Anrufen? Wer?«, fragte Betty.

»Die Entführer.«

Ingrid nickte müde. »Wir fahren über Nacht nach Guelimin. Sei rechtzeitig hier.«

Die Stunden wollten nicht vergehen. Bis zum Nachmittag sah Doro lediglich zwei alte Frauen, die ihr Essen, Wasser und die saubere Wäsche brachten. Sie dachte an Zuhause, an Ingrid und Ibrahim und den Zauber Marokkos. Aber auch an Waffen dachte sie, an die schreckliche Razzia, an Mahmud und den Schönling, und sie horchte auf die Geräusche von draußen. Schritte, mal langsam, mal rennend, dann wieder Stimmen, die Kommandos bellten, und gelegentlich das Aufheulen von Motoren.

An Amir wollte sie nicht denken. Das verbot sie sich.

Stattdessen malte sie sich Details zu Kheiras Fluchtplan aus. Angenommen, die Fahrer machten mit, so konnten sie mit ihren LKWs kaum bis vor das Zelt vorfahren. Also musste sie unauffällig zu ihnen gelangen.

Das Zelt zu verlassen sollte kein Problem sein, die hinteren Bahnen ließen sich leicht lösen. Auch die Hofmauer war kein Hindernis, selbst mit Fesseln, und danach konnte sie im Gassengewirr von Smara untertauchen. Sie müsste lediglich mit Kheira das Gewand tauschen. Solange sie ihr Haar bedeckte, fiel sie nicht auf. Vorher musste ihr Kheira allerdings genau sagen, wo die Lastwagen warteten und wie sie dorthin kam. Besser wäre es, wenn Kheira sie dorthin führte. Warum überhaupt dieses Hilfsangebot? Konnte sie Kheira vertrauen? Kheira und Amir …

Und die Fahrer? Würden sie dieses Risiko eingehen? Selbst wenn sie sie unentdeckt aus Smara rausschaffen konnten, bedeutete das offenbar nicht automatisch Rettung. Wie sollte sie nach Marokko gelangen? Zwischen hier und dort gab es nichts als Weite und Leere und eine schwer bewachte Grenze. Das hatte Amir jedenfalls gesagt.

Doro umklammerte ihre Knie, wiegte sich vor und zurück. Sie sah ihn vor sich, nackt zwischen Palmen, entspannt in ihren Armen, sah seine Augen und das seltene Lächeln. Verlobt. Demnächst verheiratet, schon bald Familienvater … Hätten sie sich doch nie kennengelernt!

Kheiras Erscheinen durchbrach Doros Gedanken. Ihre Miene verhieß nichts Gutes.

Doro lächelte trotzdem. »Was sagen die Fahrer?«, fragte sie.

»Sie sind nicht gekommen, einer ihrer Lastwagen hatte einen Unfall. Die nächsten Rationen werden frühestens übermorgen angeliefert.«

Frühestens übermorgen! Doro schluckte. »Und was bedeutet das?«

»Hunger. Unsere Vorräte sind aufgebraucht.« Kheira klang, als sei es lästig, Doro mehr als das Allernötigste mitzuteilen.

»Umm Senia ist auf dem Weg zu dir, sie will mit dir sprechen.« Ihr nach unten verzogener Mund zeigte, was sie davon hielt. »Denk daran, kein Wort.«

Der einzige Fluchtplan – geplatzt, nur daran konnte Doro denken. Und was jetzt?

»Du hast es geschworen!«

»Wie? Natürlich, kein Wort.«

Kheira starrte Doro an, als wolle sie etwas hinzufügen und suche nach Worten, als Amirs Mutter das Zelt betrat. Auf ein Zeichen von ihr ließ Kheira die beiden allein.

Umm Senia setzte sich. Sie ordnete ihr Gewand. Dann sah sie Doro an.

»Gestern übermannten mich die Erinnerungen«, erklärte sie. »Sie trugen mich weit zurück in der Zeit, und ich verlor mich in ihnen.«

»Verstehe. Und heute geht es dir besser?«

Tags zuvor hatte Umm Senia ihr Amulett angesprochen, außerdem das Foto, und dass sie die Welt aufrütteln solle. Was dachte sie sich dabei?

Bevor Doro jedoch ihre Fragen sortiert hatte, begann Umm Senia zu sprechen.

»Ich erinnerte mich an die Geschichten meiner Großmutter, an den Geschmack des Sandes und an den Wind während der heißen Sommer am Meer«, erklärte sie. »Und an Tage, an denen ich zu viel erlebte. Von einem dieser Tage will ich sprechen. Zuvor aber: Wer gab dir dieses Amulett?«

Doro zog den Anhänger hervor. Sie versuchte, ihn mit ihren gefesselten Händen über den Kopf zu streifen. Es gelang erst mit Umm Senias Hilfe. Doro legte das Silberstück in ihre Hände.

»Niemand gab es mir, ich fand es.« Sie holte tief Luft. »Im letzten Jahr verstarb meine Mutter. Zu ihrem Nachlass gehörte eine alte Holzkiste«, sagte sie. Sie stockte. Dann berichtete sie von Mutters Tod und der Kiste und den Bildern mit

Szenen aus der Wüste. »Dort lag auch dieses Schmuckstück, sorgfältig geschützt in einem Tuch. Inzwischen weiß ich, dass es Nazar sherifa genannt wird, dass es etwas Besonderes ist und ziemlich alt.«

Umm Senia nickte. Sie betrachtete den Anhänger, drehte und befühlte ihn und strich über den Schmuckstein. »*Le brave* Sîdi Jernó«, flüsterte sie, »*le brave Allemand.* Hast du Brüder?«

»Ich bin das einzige Kind meiner Eltern.«

Umm Senia seufzte. »Dann wird Allah es so gewollt haben«, sagte sie kaum hörbar.

Doro wartete.

»Vor sehr langer Zeit schickte uns Allah eine ausgedehnte Dürrezeit«, begann Umm Senia schließlich mit leiser Stimme. »Drei Winter kein Regen, die Weiden verdorrten, die Brunnen trockneten aus. Viele Nomaden verloren ihre Tiere. Mit einer immer kleiner werdenden Herde zog auch meine Familie auf der Suche nach Wasser von einem Brunnen zum anderen. Erst gingen wir nach Osten, dann nach Norden, weiter und weiter nach Norden. Dort, sagte mein Vater, warte der Regen. Doch auch im Norden regnete es nicht. Das Wasser, das wir mit dem Schmuck meiner Mutter kauften, schmeckte salzig, und es reichte kaum für uns Menschen. Als Erstes starb die Mutter meines Vaters, dann meine kleinen Brüder. Ich war ein Kind, aber immer noch sehe ich die Menschen von damals vor mir und höre ihre Klagen.«

Umm Senia schloss die Augen, öffnete sie wieder, sah an Doro vorbei in eine unbestimmte Ferne.

»Ich sehe Menschen und Zelte, doch keine Tiere. Keine Kamele, keine Schafe, keine Ziegen oder Esel. Stattdessen sehe ich fremde Soldaten, die aufeinander schießen, und ihre Panzer und Flugzeuge. Wir rennen, verstecken uns, fürchten um unser Leben. Dann endlich kommt der ersehnte

Regen, und auch die Fremden schießen nicht mehr, Allah u aqbar. Aber dieser Regen tut nicht gut! Er tränkt nicht nur den Boden und füllt die Brunnen, er fällt ohne Unterlass, als wolle Allah alles Leben von der Erde fortspülen. Als Nächstes erinnere ich mich an Fremde, die uns helfen, auf Lastwagen zu steigen. ›Schnell! Schnell!‹ Ich verstehe den Grund für die Eile nicht. ›Schnell! Schnell!‹ Einer hebt mich auf den Wagen in die Arme meiner Mutter. Ich klammere mich an sie, und wir fahren. Der Lärm der Motoren, das Schlingern des Wagens, der andauernde Regen … Irgendwann stecken wir fest. Mutter schreit, ich solle abspringen. Dann erinnere ich mich an eine Woge aus Schlamm und Wasser, so hoch wie das Minarett von Dakhla! Wie ein brüllendes Tier kommt sie angesprungen und reißt mich mit sich fort.«

Versunken tasteten Umm Senias Fingerspitzen über die Gravuren des Anhängers.

Draußen kam Unruhe auf. Stimmen riefen durcheinander, Kommandos ertönten, Kies knirschte. »Antreten!«, hörte Doro, und dann: »Fertig machen!«

Umm Senia schien nichts davon wahrzunehmen. »Hier verlassen mich meine Erinnerungen«, erzählte sie weiter. »Später berichtete mein Vater von vielen Ertrunkenen. Doch einer der Fremden sei ins Wasser gesprungen und habe mich an Land gebracht. Außer mir hatten meine Eltern niemanden mehr, keine Familie und keine Tiere. So fragten sie den Mann nach seinem Namen, segneten ihn und dankten ihm für meine Rettung mit dem Letzten, das sie besaßen.«

Sie präsentierte Doro das Amulett auf der flachen Hand. »Sie gaben ihm Nazar sherifa«, flüsterte Umm Senia. »Der junge Mann habe gelbes Haar gehabt, erzählte Vater, und hätte Allah ihn noch einmal mit einem Sohn gesegnet, so hätte er ihm den Namen meines Retters gegeben: Jernó.«

Umm Senia sah Doro an, als erwarte sie eine Reaktion. »Gernot«, wiederholte sie besonders deutlich.

Und endlich verstand Doro. Der Maler! Das »G« in G. Schlüter musste für Gernot stehen. Er hatte ein kleines Mädchen vor dem Ertrinken gerettet und später ein Bild davon gemalt! Ihm gehörte das Amulett. Gernot Schlüter … Was für eine Geschichte. Und wie rätselhaft, dass sich seine Sachen ausgerechnet in Mutters Kiste befunden hatten.

Draußen bremste ein Auto, Kies spritzte.

»Auch er hat wohl noch oft daran gedacht, denn er hat ein Bild gemalt, dieser Gernot Schlüter, von deiner Rettung. Ich kenne es, habe es gesehen.«

Mahmuds Befehle ertönten. Schritte näherten sich.

Trotz der gefesselten Hände schaffte es Doro, in ihrem Brustbeutel zu kramen und Ingrids Telefonnummer hervorzuziehen. »Es ist hier, ich meine, in Agadir, dieses Bild, im Haus dieser Frau. Bitte ruf sie an! Frag sie nach dem Bild, erzähl ihr von mir.« Sie drängte Umm Senia den Zettel auf. »Ich bitte dich.«

Umm Senia antwortete nicht. Sie küsste das Amulett und hängte es Doro um.

Hatte sie nicht gehört? »In Agadir, verstehst du? Sie heißt Lâlla Ingrid.«

Mahmud betrat das Zelt und packte sie am Arm. »Yallah, Mademoiselle, es geht los!«

4. Teil

Weite leere Ferne

Kapitel 36

»Alles aufsitzen!« Jeeps, Lastwagen und Pick-ups in stumpfen Tarnfarben standen abfahrbereit im Hof. Kämpfer in gefleckten Uniformen schulterten ihre Gewehre, kletterten auf die Ladeflächen, lachten. Hochstimmung lag in der Luft.

Mahmud führte Doro zum zweiten Wagen der Kolonne, einem Landrover, der augenscheinlich schon viel mitgemacht hatte, und schob sie auf die Rückbank zwischen zwei bewaffnete Soldaten. »Gut aufpassen, sie ist unser Joker«, befahl ihnen Mahmud, dann schritt er nach vorn.

Heute tat er besonders kriegerisch mit Pistole im Schulterhalfter und gekreuztem Brustgurt, mit Taschen für Fernglas, Kompass und Funkgerät, mit Reservemunition und griffbereitem Messer am Gürtel.

Im ersten Wagen, einem offenen Jeep mit Antenne und Suchscheinwerfer, saß Amir. Wie Doro trug auch er Handschellen, und auch ihn rahmten Bewaffnete ein.

Doro sah, dass er sich nach ihr umdrehte.

Sie tat, als betrachte sie die sahraouische Flagge, die über dem Gebäude der Kommandantur wehte, und den rotgoldenen Sonnenuntergang.

»Für Unabhängigkeit und Freiheit!« Im vordersten Wagen reckte Mahmud seine Faust. Soldaten schossen Freudensalven in die Luft. Die zurückbleibenden Männer – Mechaniker, eine Handvoll junger Burschen und Verletzte an Krücken – bildeten ein Spalier, skandierten ebenfalls »Für Unabhängigkeit und Freiheit!«. Aufrecht stehend wie ein Feldherr fuhr Mahmud durch diese Gasse. Offenbar fühlte er sich wie Cäsar.

Geländewagen, Lastwagen mit Mannschaften und Pickups mit Maschinengewehren und jeweils achtköpfiger Besatzung verließen nacheinander den Hof. Sie passierten den Checkpoint vor der Stadt, bogen ab von der breiten Piste und folgten einer kaum sichtbaren Fahrspur durch steiniges, strauchloses Gelände, der Nacht entgegen.

Die Männer neben Doro – der eine blutjung, der andere bärtig und um die dreißig – zogen ihre Chêches bis unter die Augen, sie sprachen nicht. Der Wagen schaukelte, Staub drang ins Innere, und bewegen konnte sie sich kaum.

Als »Joker« hatte man sie bezeichnet, als »Glücksfall«. Sie hatte keine Ahnung, was das bedeuten mochte, aber nach einer Spazierfahrt sah das hier nicht aus.

Kheiras ohnehin recht vager Plan war hinfällig, so er überhaupt jemals ernst gemeint gewesen war. Warum trug auch Amir Fesseln? Ob Umm Senia bei Ingrid anrufen würde? Falls ja, was könnte Ingrid unternehmen?

Bis jetzt hatte sie ihre Ängste noch immer in den Griff bekommen. Trotz allem hatte sie sich an Amirs Seite sogar einigermaßen sicher gefühlt. Jetzt hingegen erschien ihr die Lage aussichtslos.

Die Härchen an ihren Armen richteten sich auf. Sie befand sich in Gefahr, das spürte sie genau.

Bald schluckte die aufkommende Dunkelheit alle Farben und Konturen, und der Schatten des vorausfahrenden Jeeps und seine gelegentlich aufleuchtenden Bremslichter wurden zu den einzigen Wegweisern. Alle Autos fuhren ohne Licht, selten blendeten die Scheinwerfer des vordersten Wagens auf, um vor Hindernissen zu warnen oder Richtungsänderungen anzuzeigen. Den Fahrern genügten diese spärlichen Zeichen.

Nach und nach glänzten die Sterne auf. Doro war froh, als sie dadurch so etwas wie einen Horizont ausmachen konnte. Zu dritt saßen sie auf der Rückbank, zwangsläufig berührten sich Seiten, Knie und Schenkel. Dennoch schien es, als ob die Männer Abstand wahrten. Die Anwesenheit einer Frau verunsicherte sie. Doro begann zu frieren.

Mahmuds Wagen gab Lichtzeichen. Die Kolonne schloss auf, Motoren verstummten, Fahrer und Beifahrer sammelten sich als schwarze Schatten um Mahmuds Jeep.

In der plötzlichen Stille raunte der Mann rechts Doro etwas zu, das wie »Grenze« und »neue Befehle« klang.

Wenigstens nahmen sie sie endlich wahr! Doro fragte nach.

Der Mann zuckte mit den Schultern. »Asil.« Er deutete auf sich.

»*Enchanté*. Doro, *Allemande*«, flüsterte Doro zurück. Sie zitterte übertrieben. »Mir ist kalt.«

Der Soldat links zischte ärgerlich, doch Asil holte eine Decke von hinten. »Sahraoui. *Arabe, pas français*«, sagte er.

Er sprach also kein Französisch, und ihre arabischen und masirischen Brocken reichten auch nicht weit.

»*Shukran, merci*«, bedankte sie sich.

Asil legte den Finger auf seine Lippen.

Die stummen Schatten kehrten zu ihren Autos zurück. Die Wagen rollten wieder an und verschwanden paarweise in der Nacht. Wie dunkle Spukgebilde, dröhnend, klobig und ohne Bremsleuchten. Sie mussten abgeklebt worden sein.

Asils Handbewegungen deuteten in verschiedene Richtungen. Er flüsterte: »*Sheitan frontière*!«

Welcher Teufel und welche Grenze?

»*Frontière Maroc*?« Doro konnte Asils Nicken ausmachen.

Mahmuds Jeep fuhr los, ihr Landrover folgte. Sicherheitshalber fragte Doro noch einmal und deutete voraus. »*Maroc*?«

»*Oui*«, bestätigte Asil. »*Maroc, El Berm, boum!*«, sagte er, und »Rattattatta«, und noch einmal »*Boum*!«. Seine Zähne blitzten im Dunkeln. Die anderen Männer lachten mit.

Gleich darauf herrschte wieder Ruhe im Wagen, die Stimmung aber hatte sich spürbar entspannt.

Marokko! Doro bekam Herzklopfen. Bis hierhin hatte sie es also schon mal geschafft.

Betty versuchte zu ruhen, doch immer wieder kehrten ihre Gedanken zu Dorothea zurück. Ein schöner Name, Do-ro-the-a. Freundlich war sie, und tüchtig, und sehr viel mutiger, als sie es jemals gewesen war. Warum sie wohl Gernots Bilder mitgebracht hatte? Sie besaß sein Amulett und seine Augen – ein Irrtum war nicht möglich.

Und Dorotheas Mutter? Einmal hatte sie sie gesehen, an der Haustür, doch was hatte eine erwachsene Frau mit dem verschmierten Neugeborenen in Wernigerode zu tun? Einen kurzen Blick hatte sie darauf geworfen, damals, als die Schmerzen urplötzlich vorbei gewesen waren, dann war es für immer verschwunden. Mit dieser Frau – weder Schatten noch Kind – hatte die Erinnerung nichts zu tun.

Christa. Lehrerin war sie gewesen, wie sie inzwischen wusste, und Mutter. Zwei Briefe von ihr waren gekommen. Sie hatte sie verbrannt. Aber wenigstens die Kiste hatte sie ihr geschickt. Warum eigentlich? Schuldgefühl, Reue? Sie wusste nur noch, dass sie sich danach besser gefühlt hatte.

Betty stöhnte. Alles kam wieder hoch! Vergrabenes, Vergessenes, Fehler, die Gefühle von Ausweglosigkeit und Scham, alles. Vielleicht konnte man sein Gewissen für eine gewisse Zeit ruhigstellen, doch wie sie gerade am eigenen Leib erfuhr, ließ es sich nicht auf Dauer täuschen.

Sie starrte an die Decke. Seitdem sie vertrauten Boden verlassen hatte, fand sie sich nicht mehr zurecht. Diese Reise, dieses Land raubten ihr jeden Halt.

Aber nicht darum ging es, nicht um das Land, noch nicht einmal um sie ging es. Dorotheas Entführung, besser, ihre Befreiung hatte Vorrang. Energisch putzte sie die Nase.

Könnte Hassan wirklich helfen? Zweifel waren angebracht, nicht nur aus gesundheitlichen Gründen. Es wäre viel besser, wenn man direkt verhandeln könnte. Was, wenn sie nach Smara führe – wäre das nicht sinnvoller? Eben noch hilflos, alt und beladen, und im nächsten Moment sah sie sich als Unterhändlerin? Lächerlich, offenbar konnte sie schon nicht mehr klar denken!

Die Idee ließ sich dennoch nicht vertreiben. »Und wenn wir selbst hinfahren?«, hörte sich Betty sagen.

»Nach Smara, über die Grenze?« Ingrids Stimme. Hirnrissig, sagte ihr Tonfall.

Als Betty aufblickte, stand Ingrid im Türrahmen, blass unter ihrer Bräune, und mit zerzaustem Haar. Offenbar hatte auch sie nicht schlafen können.

»Kaffee?«, fragte Ingrid. »Und danach duschen? Oder umgekehrt?«

»Zähneputzen, dann Kaffee, und dann der ganze Rest.«

Sie trafen sich in der kleinen Küche. Ingrid brühte Kaffee auf, Betty spülte Gläser und Tassen.

»Diese Sache mit Doro beschäftigt dich allem Anschein nach sehr«, sagte Ingrid. »Warum eigentlich?«

»Sie ist meine Enkeltochter«, hörte sich Betty sagen.

Wie das klang!

Wieder und wieder hatte sie sich die Worte im Kopf vorgesagt, seitdem sie sich dem Gedanken gestellt hatte, und nun hatte sie sie laut ausgesprochen.

Ihre Hände zitterten. Das nächste Glas polierte sie besonders vorsichtig. Lichtreflexe im Spülwasser, Kaffeeduft, Stille …

Ingrid sank auf einen Hocker. »Wie bitte?!«

Betty wagte nicht, sie anzusehen. »Dorothea ist meine Enkeltochter. Jedenfalls spricht alles dafür.«

So, damit war es in der Welt, ein für alle Mal.

Betty stellte das Glas ab und faltete das Geschirrtuch, Ecke auf Ecke und Kante auf Kante. Sie strich es glatt. Ihr Magen schmerzte, die Hände zitterten, und mehrmals setzte ihr Herz aus. Die Tischkante gab Halt.

»Was denn, was spricht dafür?« Sprachlos starrte Ingrid sie an.

Betty starrte zurück. »Verschiedenes, unter anderem das silberne Amulett. Aber vor allem Gernots Bilder.«

Ingrid wollte etwas einwerfen, doch Betty hob die Hand. »Ich ahnte es vom allerersten Moment an! Mehr noch, im Grunde wusste ich es sogar. Das Schlimme ist, ich habe ihr nichts gesagt. Kein Wort! Stattdessen habe ich sie einfach gehen lassen.«

Mit Bettys Fassung war es vorbei.

Ingrid hielt Bettys Hand. Zwischen Tränen und Schluchzen sprach sie davon, dass Dorotheas Augen denen Gernots glichen, von einer Kiste, die sie an Christa, Doros Mutter, geschickt hatte, von einem Schattenkind, von den Eltern und dem Krieg, von Gernot und Herrn Koch, und von Will, einem amerikanischen GI … Auch wenn Ingrid nicht auf Anhieb alles verstand, eines wurde schnell klar: Höchstwahrscheinlich war Betty tatsächlich Doros leibliche Großmutter.

Sie saßen nebeneinander in der Küche. Bettys Weinen ebbte allmählich ab. Abwechselnd klagte sie, bezichtigte sich als erbärmlich, dann wieder suchte sie nach Erklärungen und Rechtfertigungen.

Ingrid sorgte für Kaffee. Hin und wieder streichelte sie Bettys Schultern und Hände, ansonsten aber hörte sie zu und schwieg. Sie konnte warten. Zuerst musste sich Betty alles von der Seele geredet haben. Danach war immer noch Zeit, von Doro als Studentin zu erzählen, von ihren Besuchen in Doros Elternhaus, von ihrer Mutter Christa. Mehr als Bruchstücke hatte sie zwar nicht zu bieten, doch in diesem Fall waren vielleicht selbst kleine Details hilfreich.

Betty als Doros Großmutter, einander unbekannt – und ausgerechnet in Marokko liefen sie sich über den Weg. Was für eine Geschichte. Zufall? Gewiss nicht, eher Schicksal.

Ingrid rieb ihre Hände, ihre Arme, ihr Gesicht. Wie würde Doro auf Bettys Geständnis reagieren? Und abgesehen von den persönlichen Auswirkungen, was bedeutete es für die Entführung?

Betty und Ingrid zuckten zusammen, als es plötzlich an der Tür klopfte. »Lâlla Ingrid, Madame Betty? Hier ist Ibrahim.«

Ibrahim, jetzt? Er käme gegen Abend, hatte er gesagt. Ob die Entführer angerufen hatten?

Betty verschwand im Bad.

Ingrid öffnete. »Haben sie sich gemeldet?«

»Leider nein. Aber hier, *shuf*.« Ibrahim wedelte mit einer Zeitung.

Ingrid erkannte den *Figaro*.

Wie viele große Tageszeitungen aus aller Welt wurde der *Figaro* täglich mit der Frühmaschine eingeflogen.

»Das Foto! Sieh das Foto an!«

Kapitel 37

Kurz vor Morgengrauen erreichten sie ein Nomadenlager. Zwei Zelte, Wassertank, Ziegenpferche, das war alles. Die Hunde spielten verrückt.

Mahmud ließ halten, Amir und Doro in eines der Zelte bringen und mit größtmöglichem Abstand voneinander fesseln. Ihnen folgten die Soldaten. Sie legten ihre Waffen ab und streckten sich aus, wo sie gerade standen.

Die Geländewagen deckte man in einer nahen Bodensenke mit Tarnnetzen, Sand und Steinen ab. Die Aufklärer, die bei Sonnenaufgang im Tiefflug über das Lager hinwegdonnerten, würden das sehen, was sie jeden Morgen zu sehen bekamen: den rostigen Wassertank, die Staubfahnen der Herden, Frauen, die im Freien Wäsche wuschen, und Kinder, die mit Steinen nach den Flugzeugen warfen.

Mahmud trat ins Zelt. Doro streckte ihm ihre Handschellen entgegen und lächelte. »Fesseln sind hier ja wohl überflüssig.« Einen Versuch war es wert.

Mahmud winkte ab.

Doro verbarg ihre Enttäuschung, auch vor Amir, dessen Augen sie auf sich ruhen fühlte. Er protestierte nicht, sagte nichts, fragte nichts.

Offenbar befanden sie sich bereits im Grenzbereich. Doro hatte »Niemandsland« aufgeschnappt, das von Freiheitskämpfern kontrolliert würde. Befand sie sich also nicht mehr auf algerischem Boden? Dann war die ferne Bergkette, die sie im Morgenlicht ausgemacht hatte, womöglich bereits der marokkanische Antiatlas? Die Berge lagen im Norden. Wenn sie also nach Norden ginge, immer nach Norden, könnte sie es schaffen bis dorthin, bis auf sicheres Terrain … Könnte sie doch nur jemanden fragen!

Verstohlen warf sie einen Blick zu Amir. Er sah nirgendwohin. Seit der Verhaftung in der versalzten Oase bei den fünf Palmen hatten sie kein Wort miteinander gewechselt.

Die Männer schliefen, kaum dass sie sich ausgestreckt hatten, ebenso Mahmud, das Funkgerät in der Hand. Auch Amir glitt irgendwann in den Schlaf.

Doro betrachtete ihn. Gegen ihren Willen schlug ihr Herz schneller, sobald sie ihn ansah. Was hatte dieser Mann an sich, dass sie sich nach seinem Lächeln sehnte, nach seiner Umarmung? Sogar jetzt, und obwohl sie von Kheira wusste? Wo blieb ihr Stolz? Nur mit Mühe unterdrückte sie das Schluchzen in ihrer Kehle.

Zum Glück hatte sie sich die Richtung gemerkt. Dort im Norden lag der Antiatlas, lag Marokko. Die erste Gelegenheit würde sie nutzen!

Doch der Tag verging ohne eine solche Chance.

In der Nacht rückten sie weiter über wegloses Gelände vor, über brettebene Sandflächen und felsige Trockenflüsse, ausgeruht und mit geschärften Sinnen, und erst nach Stunden gab Mahmud das Zeichen anzuhalten.

Über ihnen Sternengefunkel, um sie herum Sand und Geröll. Doro kletterte aus dem Wagen. Man hörte nur das Knacken der abkühlenden Motoren.

»Dort hinüber!« Mahmuds Pistole zielte auf Amir.

Unterhalb eines erodierten Felsbandes mussten sich Doro

und Amir Rücken an Rücken auf den Boden setzen und die Hände nach hinten strecken. Mahmud wollte sie aneinanderfesseln, doch die Handschellen ließen sich nicht zusammenschließen. Kurzerhand band er ihre Handgelenke mit einem Seil zusammen.

»Nur, damit ihr heute Nacht nicht etwa spazieren geht«, spottete Mahmud. »Hier herum gibt es mehr Minen als Sterne am Himmel.« Er zog den Strick fest.

Amirs Protest wurde mit einem Knebel erstickt.

»Aber hier hört uns doch niemand!«, sagte Doro.

»Und das wird auch so bleiben. Mund auf.« Er zwang ihre Kiefer auseinander, stopfte ihr ein Stück Stoff zwischen die Zähne und band es mit ihrem Schleier fest. Sie trat nach ihm. Mahmud lachte nur.

Die Kämpfer verhüllten die Gesichter mit schwarzen Chêches, schnallten die Brustgurte mit Reservemagazinen um und nahmen auf Mahmuds Zeichen ihre Sturmgewehre auf.

»Keinen Laut!«, zischte Mahmud noch in Doros und Amirs Richtung, dann verschwanden er und seine Männer. Nur einer blieb als Wachposten zurück.

Unterkiefer und Gesicht schmerzten, Mahmud hatte hart zugepackt. Erst weggesperrt, jetzt halb erwürgt und verschnürt wie ein Paket. Aber sie würde sich nicht entmutigen lassen, und auf keinen Fall würde sie weinen. Amirs Rücken gab ihr ein wenig Wärme, auch seine Hände, die nach den ihren tasteten. Sie drückten und streichelten ihre Finger. Jetzt liefen ihr doch die Tränen, und ihr Schluchzen klang durch den Knebel wie das Geheul eines Tiers.

Der Wächter gab aufgeregte Zeichen, still zu sein.

Amir bewegte seinen Kopf gegen ihren. Er spürte ihre zuckenden Schultern.

Warum zog Mahmud Doro in eine Sache hinein, der sie unmöglich gewachsen war? Die Weltöffentlichkeit mobilisieren – was für ein kranker Einfall! Wie gern würde er sie jetzt im Arm halten. So aber konnte er nur ihre Hände streicheln. Wenn er sie wenigstens ablenken könnte, ihr zum Beispiel von diesem Ort erzählen!

Nach seinen Beobachtungen befanden sie sich innerhalb der Freien Zone nahe des Grenzwalls. Südlich von hier lag das ehemalige Bohrlager der Spanier, bei Tageslicht könnten sie seine Überreste sehen.

Als seinerzeit große Erdölfelder in den Wüsten von Arabien bis Algerien entdeckt wurden, als der Wettlauf um Öl und Macht begann, hatte Spanien Hunderte von Explorationsbohrungen in seiner damaligen Kolonie Rio d'Oro durchführen lassen.

Ein Tross von Spezialisten hatte ein Lager mit Unterkünften, Messstationen und Laboratorien errichtet und das Riesengebiet vermessen. Regelmäßig pendelten damals kleine Maschinen und Lastenhubschrauber zwischen den Kanarischen Inseln und dem Lager. Die Idee der Piste von Gleibat El Foula – kaum fünfzig Kilometer entfernt in den Dünen – hatte hier ihren Ursprung.

Damals schleppten sie Nachschub an Bohrköpfen, Gestänge und sonstigem Gerät heran, Sprengungen wurden vorgenommen und Probebohrungen, die Bodenproben analysiert und Berechnungen angestellt. Beinahe zwei Jahre ging das so.

Und dann, eines Nachts, gab es ein Erdbeben, wie sie hier gelegentlich vorkamen. Nichts Großes, dennoch klafften danach kilometerlange Risse im Boden, Dämpfe traten aus, heizten den Sand auf und färbten die Umgebung gelb. Hals über Kopf reisten Geologen und Experten ab. Nichts blieb vom Ölrausch, nichts außer von Wind und Sand blank poliertem Metallschrott, der auch in tausend Jahren nicht verrotten würde. Öl hatte man nirgends gefunden, lediglich fossiles Wasser. Das aber war wegen der toxischen Zusammensetzung der enthaltenen Mineralien unbrauchbar für Mensch und Tier.

Beim späteren Bau ihrer Grenzanlage achteten auch die Marokkaner auf ausreichenden Abstand zu der Zickzacklinie dieser Spalten, Krater und Risse, daher lag das alte Ölsucherlager nun in einem toten Winkel der Freien Zone, abseits sämtlicher Routen. Niemand kam hierher, selbst Flugzeuge überflogen den Ort nicht, von dem manche sagten, er sei von bösen Dschinn bevölkert. Das alles hätte er ihr erzählt und noch viel mehr, um sie auf andere Gedanken zu bringen.

Amir hob den Kopf. Die leichte Nachtbrise trug den Geruch von Kamelen herbei. Vergrößerte Mahmud seine Kampftruppe jetzt um Kamelreiter?

Über ihnen die kalte Pracht des Sternenzelts und die bootsförmige Mondsichel, hier unten die Silhouetten der Autos und des Wächters. Es war kalt und so still, dass sie den Wachmann atmen hören konnte. Auf einmal hob Amir den Kopf, als lausche er.

Auch Doro kam es vor, als sei etwas Fremdes in der Nähe. Eine winzige Veränderung nur, unkonkret, aber spürbar. Angestrengt starrte sie in die Dunkelheit. Vielleicht Nachttiere, womöglich eine Schlange? Doch in so kühlen Nächten rührte sich keine Schlange vom Fleck. Sicherheitshalber zog sie trotzdem die Beine an.

Amir drückte ihre Finger. Ein Zeichen?

Oberhalb des bröckeligen Felsbandes huschte ein Schatten. Aufgeregt packte sie Amirs Hand.

Amir nickte. Er hatte den Schatten ebenfalls gesehen!

Plötzlich vernahm sie das Rollen von Steinen. Mit langen Sätzen kam ein Mann herangesprungen. Er packte den Wachmann von hinten, bevor der nach seinem Gewehr greifen konnte, und kniete sich über ihn. Sehen konnte Doro nichts, nur einen kurzen Tumult und ein Stöhnen hören. Gleich darauf herrschte Stille wie zuvor.

Eine Taschenlampe flammte auf. Ihr Schein glitt über Amir und sie, streifte die Autos und den reglos am Boden liegenden Wächter.

Die Dunkelheit belebte sich, als aus der Wüstennacht plötzlich jede Menge Schatten näher traten.

Kapitel 38

»Eskalation in der Wüste?«, fragte die Überschrift über einem Foto.

Es zeigte Doro mit erschrockenen Augen und gefesselten Händen. Ein Schleier lag über ihrem Haar, und offenbar saß sie auf einem Teppich, mehr war nicht zu erkennen. Darunter das Datum von vorgestern und ihr Name. Ingrid ging voraus in die Küche, ihre Hände zitterten. Ibrahim folgte ihr.

Betty kam aus dem Bad. »Was ist?«

Ingrid konnte ihre Lesebrille nicht schnell genug finden. »Doro, im *Figaro*.«

Betty sank auf einen Stuhl. »Dann ist die Entführung also nicht nur ein Gerücht.« Insgeheim hatte sie darauf gehofft, auf einen Irrtum oder eine Falschinformation. Sie besah das körnige Foto.

»Angst«, sagte sie und zeigte auf Doros Augen. »Und was steht in dem Artikel? Mein Französisch reicht nicht dazu.«

Ingrid strich die Zeitung glatt. Der Bericht stammte von AFP, der renommierten französischen Presseagentur, die sich auf ihren Korrespondenten in Algier berief.

»Von der Deutschen Dorothea Vogt (siehe Foto) fehlt seit Tagen jede Spur, zuletzt war sie für eine Nicht-Regierungs-Organisation in den Bergen des südmarokkanischen Antiatlas unterwegs. Nun scheint diese junge Frau, deren Foto uns von wohlinformierten Kreisen zugespielt wurde, zwischen die Mühlsteine der Politik geraten zu sein. Bisher gingen bei den Behörden zwar weder Bekennerschreiben noch Lösegeldforderungen ein, doch es darf vermutet werden, dass hinter ihrem Verschwinden die sahraouische Volksbefreiungsarmee steckt. Als Mittelsmann für Verhandlungen bietet sich der malische Tuareg-Chef Ayid Al Ghali an, der sich damit zugleich gegen eine mögliche marokkanische Militäraktion zur Befreiung der Geisel ausspricht. Wie wir in diesem Zusammenhang außerdem erfahren, gehen die marokkanischen Grenzpatrouillen derzeit hart gegen illegale Importe von Waffen und anderem militärischem Gerät nach Marokko vor, es ist die Rede von niedergebrannten Dörfern im Grenzgebiet zu Algerien. Trotz des internationalen Protests hält das Königreich Marokko weiterhin an seinem Anspruch auf die Westsahara und an der Blockade des von der UN beschlossenen Referendums fest. Muss man die Entführung der jungen Frau also vor diesem Hintergrund sehen? Der Quai d'Orsay äußert sich bisher nicht zu dem Vorfall, das deutsche Auswärtige Amt in Bonn rät allerdings schon seit Monaten von Fahrten in Grenzgebiete zwischen Marokko, Mauretanien und Algerien ab, ebenso von Reisen in und durch die Westsahara.«

Betty und Ingrid sahen sich an, verwirrt, besorgt. Ibrahim starrte aus dem Fenster.

»Würdest du bitte noch mal vorlesen?«, bat Betty.

Ingrid übersetzte den Artikel erneut, dann verklang ihre Stimme.

Von der Beziehung Doros zu Alphabétisation des Femmes war in dem Bericht zwar keine Rede, doch in Doros Einreisepapieren stand ihre Adresse. Schon bald könnte die Polizei vor der Tür stehen.

Betty zog die Zeitung heran. Das Foto zeigte eindeutig

Dorothea, ihre Turnschuhe, ihre Jeans. Auch ihr Brustbeutel und das Amulett waren zu erkennen, und ebenso die Handschellen.

Ibrahim zeigte auf den Bericht. »Sie müssen ihn übersehen haben«, sagte er.

»Wer?«

»Die Presseaufsicht. Normalerweise wird alles zensiert, auch ausländische Zeitungen.«

Sie schwiegen, schauten sich nicht an. Niemand wollte die eigene Beklemmung im Gesicht der anderen sehen müssen.

»Was ist mit diesem Tuareg-Chef?«, brach Betty das Schweigen.

»Nie gehört.« Ingrid zuckte die Schultern. »Du vielleicht?«, wandte sie sich an Ibrahim.

»Al Ghali? Schon, aber er lebt weit weg in Tombouctou. Die UN-Leute jedoch …« Ibrahim wirkte plötzlich aufgeregt. »Vor einigen Tagen kam einer ihrer Konvois durch die Stadt, begleitet von einer Polizeieskorte. Sie fuhren zur Kaserne.«

Beide Frauen hoben den Kopf. »Ja und?«, fragte Ingrid, und Betty setzte hinzu: »Welche Kaserne?«

»Zu ihnen müssen wir!« Ibrahim deutete auf den Zeitungsbericht. »Steht hier nicht ›zwischen den Mühlsteinen der Politik‹? Mit so etwas kennt sich die UN doch aus! Ihre Beobachter sind neutral, können sich zwischen allen Fronten bewegen, alles untersuchen und kontrollieren. Insha'allah, sie müssen uns helfen!« Er verstummte.

Betty packte Ingrid am Arm. »Er hat recht!«

Die Männer waren wie aus dem Nichts aufgetaucht. Einige ähnelten mit ihren Kampfwesten und Kalaschnikows den Kämpfern der Polisario, andere waren traditionell mit Burnussen gekleidet und trugen Stangen mit tellerförmigen

Geräten in der Hand. Metalldetektoren? Hatte Mahmud nicht von Minenfeldern gesprochen?

Mehrere Taschenlampen richteten sich auf Doro und Amir. Die Männer erörterten die Anwesenheit einer Frau.

Ihr Anführer hieß sie schweigen. »Licht aus. Stellt Wachen auf«, befahl er.

»Capitaine Raouf Khatami«, stellte er sich vor und sah von Amir zu Doro. »Von der Armée Royale, der Königlichen Armee, genauer, der mobilen taktischen Eingreifgruppe GTI, stationiert an den Grenzanlagen.«

Er zog seine Pistole. »Eure Knebel werden jetzt entfernt, aber ich werde keinen Laut hören, *compris*?« Er flüsterte, trotzdem wirkte nicht nur seine Pistole einschüchternd.

Diese Soldaten waren Marokkaner, in Mahmuds und Amirs Augen also Feinde. Doro dachte an ihre ersten Wochen im Land, an die Lebensfreude, die Herzlichkeit, mit der man ihr überall begegnet war, und an ihr Entzücken. Jetzt musste sie immer wieder zu dem toten Wächter hinübersehen. Ausgelöscht, im Bruchteil einer Sekunde, gerade eben, von einem dieser marokkanischen Männer …

Amir sah halbmilitärisch ausgerüstete Männer, die hochbeinige Reitkamele führten. Sahraouis, dachte er, zwangsverpflichtet von der marokkanischen Armee, zu Hilfs- und Kundschafterdiensten.

Wie sollten sie sich auch dagegen wehren? Protest gefährdete sie und ihre Familien, zudem regierte in der Freien Zone die blanke Not. Selbst stolze Männer bückten sich daher nach jedem Dirham, den die Marokkaner ihnen zuwarfen. Und nicht nur hier, auch im besetzten Teil des Landes fanden Sahraouis kaum Arbeit, jedenfalls keine bezahlte. Bevorzugt wurden marokkanische Umsiedler, die in Scharen ins Land strömten. Bereits jetzt hatte sich das Zahlenverhältnis von einheimischen Sahraouis zu zugewanderten Marokkanern massiv verschoben. Und sollte das Referendum jemals stattfinden, würden Zugezogene natürlich für Marokko und den König stimmen.

Dieser Trupp befand sich eindeutig diesseits des Berm, in der Freien Zone. Um was zu tun? Liefen Mahmuds Kämpfer in eine Falle?

Die Kamelreiter stutzten bei Amirs Anblick. Unauffällig machten sie sich gegenseitig auf ihn aufmerksam, einige nickten ihm sogar unmerklich zu. Es waren Fährtenleser vom Volk der Réguibat, wie Amir an ihren Kamelsätteln erkannte, und in einem erweiterten Sinn Brüder.

Zuerst befreite man Doro von Knebel und Fesseln, danach ihn. »Lass mich reden«, zischte er Doro zu.

Ihm war klar, seinen wahren Namen durfte er nicht nennen. Verhaftung und Flucht lagen erst kurze Zeit zurück, ein zweites Mal würden ihn die Marokkaner nicht so ohne Weiteres entkommen lassen.

Doro rückte ein Stück von ihm ab. Hatte sie verstanden?

»Gib uns zu trinken«, bat Amir.

Capitaine Khatami ließ Wasserflaschen reichen. Dabei lauschte er angespannt in die Nacht, als rechne er jeden Augenblick mit Mahmuds Rückkehr. Schließlich fragte er: »Wer seid ihr, und was macht ihr hier?«

Bevor Doro den Mund öffnen konnte, gab Amir in leicht anbiederndem Ton den vom Missgeschick verfolgten armen Mann: »Bei Allah, Sîdi, nichts! Nichts Besonderes jedenfalls! Ich begleite diese junge Dame lediglich als Beschützer und Fahrer. Ist es nicht so, Mademoiselle?«

Ohne aufzusehen nickte Doro.

»Sie sehnte sich so sehr danach, die Dünen der großen Sahara zu sehen, du weißt schon … Leider haben mich die Dschinn in die Irre gelockt und den Weg verlieren lassen, und dann ging auch noch das Auto kaputt. So ein Unglück! Doch Allah schickte Soldaten zu unserer Rettung. Das zumindest dachten wir und dankten dem Allerbarmer zunächst auf Knien. Und was geschah? Diese Männer schleppten uns hierher, gegen unseren Willen! Du siehst ja unsere Fesseln. Jetzt jedoch habt ihr uns befreit, Allah u aqbar.«

Doro starrte weiterhin zu Boden.

Der Capitaine tat, als müsse er gähnen. »Und dein Name?«

»Ich bin Mohammed Laroui und Mademoiselle heißt …«

Khatami winkte ab. Er glaubte kein Wort.

Einer der Wachposten salutierte, machte halblaut Meldung. Unruhe entstand.

Capitaine Khatamis Befehle kamen prompt. »Wir setzen die Befragung später fort. Zerstört die Antenne am Jeep. Bindet die Gefangenen auf ein Kamel, die Sergents Hussein und Ahmad übernehmen die Bewachung. Beeilung! Wir ziehen uns zurück.«

Kapitel 39

Die Wange an seinen Rücken gelehnt, saß Doro hinter Amir auf dem Kamel. Ihre Hände hatte man vor seinen Leib gebunden, auch Amir trug erneut Fesseln. Seine Füße ruhten auf dem Hals des Tiers, als könne er es nach Beduinenart lenken, der Führstrick endete jedoch am Sattel des vor ihnen gehenden Kamels. Sie befanden sich in der Mitte der Patrouille, gefesselt und bewacht.

Sie folgten einer uralten Karawanenstraße, raunte Amir ihr über die Schulter zu. Einst habe diese Route bis zur Küste geführt, bevor fremde Hände nach diesem Teil der Wüste griffen, erzählte er weiter.

Mit dem Ohr an seinem Rücken lauschte Doro. Nicht jedes seiner Worte war zu verstehen, doch darum ging es nicht. Wichtig waren allein seine Wärme, und dass er sich bemühte, ihr die Angst zu nehmen. Verunsicherung, Zwiespalt und Zorn fielen in sich zusammen.

Schweig, signalisierte der Soldat vor ihnen.

Amirs gefesselte Hände streichelten die ihren. Doro kamen die Tränen. Er war ein Fremder, in mehrfacher Hinsicht, und ihr doch zugleich nahe wie niemand sonst.

Sie musste an den toten Wachmann denken, an Mahmud und seine Männer, an Umm Senia. Würde sie bei Ingrid anrufen? Und sie dachte an Kheira. Hätte sie ihr wirklich zur

Flucht verholfen? Diese angebliche Verlobung aus Kinderzeiten – ob etwas derart Antiquiertes heutzutage überhaupt noch Bestand hatte? Davon abgesehen, waren Kheira und Amir nicht eng verwandt? Sie schmiegte sich enger an Amirs Rücken.

Die aufgehende Sonne schuf groteske Schatten und brachte gleichzeitig den Sand zum Leuchten. Orientierung gaben Kamel- oder Reifenspuren sowie Steinhaufen, die die Minenfelder markierten. Waren sie uneindeutig, kamen die Minensucher mit ihren Metalldetektoren zum Einsatz. Während Capitaine Khatami die Umgebung mit seinem Fernglas absuchte, überprüften sie jeden kritischen Streckenabschnitt. Erst auf ihr Zeichen ging es weiter.

»Es gibt Markierungen, aber Minen ziehen mit dem Wind«, erklärte Amir. »Auch Dünenwanderungen und Regenfälle verschieben sie. Sie können überall liegen.«

»Was werden sie mit uns machen?« Sie, die Marokkaner, die Soldaten des Königs. Amir sah sie als Invasoren und Feinde, für sie, Doro, waren sie jedoch nach wie vor eher Befreier. Nichts, aber auch gar nichts hier war klar und eindeutig!

»Ich stehe auf ihren Fahndungslisten«, antwortete Amir. »Daher muss ich meine Identität verbergen. Du hingegen solltest deinen Namen nennen. Spiel eine Touristin, die auf einen unfähigen Führer reingefallen ist. Was ist mit deinem Pass?«

»Hab ich.«

»Zeig ihn dem Capitaine, damit …«

Der Wächter vor ihnen fasste nach seiner Pistole.

Doro schluckte. Schweigend drückte Amir ihre Hand.

Irgendwann hatten sie das Dünengebiet hinter sich. Vor ihnen tat sich eine trostlos leere Ebene auf.

»El Berm«, raunte Amir.

Doro reckte sich. Über seine Schulter schaute sie auf eine weite, eintönige, mit Steinen übersäte Ebene, die am Horizont von einer Kette unregelmäßig geformter Hügel begrenzt wurde. Diese kümmerlichen Erhebungen sollten ein Grenzwall sein?

Noch immer saßen die Minensucher wieder und wieder ab und suchten nach sicheren Passagen. Und obwohl man hier potentielle Angreifer schon von Weitem ausgemacht hätte, hielten das Schweigen der Männer und Capitaine Khatamis Wachsamkeit an.

Im Zickzack ging es den Hügeln entgegen. Beim Näherkommen entdeckte Doro immer mehr Spuren menschlicher Aktivität. Neben Sandaufschüttungen, Gräben und Steinwällen entdeckte sie solide Mauern und Gebäude. Zwischen ihnen tauchten Antennenspiegel auf, sogar eine Fahnenstange mit der größten marokkanischen Flagge, die sie je gesehen hatte.

Die Soldaten entspannten sich, lachten und dankten Allah. Offenbar lag der Minengürtel hinter ihnen.

Capitaine Khatami brüllte einen Befehl, die Soldaten richteten Uniformen und Barette und brachten ihre Reittiere in eine militärische Formation. Die Kundschafter reihten sich hinten ein, dann ging es in flottem Tempo auf eine Lücke in den Wällen zu.

Doro klammerte sich an Amir, um nicht vom Rücken des Kamels zu rutschen.

Sie kamen an Stacheldrahtverhauen und Gräben vorbei, an getarnten Erdbunkern, Zelten, Unterständen und Geschützstellungen. Was kurz zuvor noch wie ein natürlich gewachsenes Areal ausgesehen hatte, war in Wirklichkeit eine befestigte Militäranlage.

Hohe Mauern, Wachposten vor dem Tor und dahinter ein vor Hitze flirrender Platz. Er wurde eingerahmt von Quartieren und einem zweistöckigen Hauptgebäude, über dem die marokkanische Flagge wehte. Ibrahim parkte ein Stück entfernt, Betty und Ingrid gingen zu Fuß zur Kaserne. Heute hinkte Betty stark. Ihr Knöchel schmerzte, und sie war erschöpft.

Der Wachsoldat begriff nicht, was Betty mit dem Zeitungsartikel wollte. Er rief eine Ordonanz herbei.

Während Ingrid dem jungen Offizier ihr Anliegen und seine Dringlichkeit zu verdeutlichen versuchte, hielt sich Betty am Torgitter fest. Ihr war schwindelig.

Die Sonne stand hoch. Neugierige sammelten sich hinter ihnen, und auf der Straße stoppten die Autos. Zwei Ausländerinnen vor dem Kasernentor? Jeder wollte wissen, was los war.

Der Ordonanzoffizier erklärte in einer Lautstärke, als seien Betty und Ingrid schwerhörig, jedoch wahrscheinlicher, um das Interesse der Passanten zu befriedigen, für Vermisste sei die Gendarmerie zuständig.

Jenseits des Kasernenplatzes verließen drei, vier gut gelaunte Offiziere das Hauptgebäude. Sie redeten, lachten und rückten ihre blauen Barette zurecht.

Betty starrte zu ihnen hinüber. »Da sind welche!« Durch die Gitterstäbe zeigte sie auf die Offiziere, rief »Hallo!« und winkte. »Hallo!« Gleich darauf konnte sie sich nicht mehr auf den Beinen halten. Sie rutschte am Tor hinunter zu Boden.

Jemand kühlte ihr Stirn und Schläfen mit feuchten Tüchern. Das war sehr angenehm und gern hätte sie es ausgekostet, aber diese vielen fremden Stimmen gaben keine Ruhe. Widerstrebend öffnete Betty die Augen. Ein dämmriger

Raum voller Menschen, Ingrid, die neben ihr kniete, auch Ibrahim erkannte sie. Soldaten beugten sich über den Artikel im *Figaro* und diskutierten. Betty starrte auf die Uniformhemden der Männer. Leuchtend blaue UN-Abzeichen …

Mit einem Schlag fiel ihr alles wieder ein.

Sie musste aufstehen!

Ingrid hielt sie zurück. »Warte noch. Du warst ohnmächtig, und freundlicherweise hat dich Colonel Lahbabi hier in die Wachstube bringen lassen. Eine große Ausnahme, wie er betonte.«

Ein Uniformierter mit dunkelgrünem Barett und Schnauzbart deutete eine knappe Verbeugung an. »Colonel Lahbabi, ich bin hier der Kommandeur. Wie fühlen Sie sich?«

Er fragte höflich, aber streng. Immerhin verstand sie seine militärisch kurzen Sätze.

»Besser«, antwortete Betty und täuschte Stärke vor. »Danke.«

»Trinken Sie das. Bitte.« Er ließ ihr ein Glas reichen. »Es gleicht den Elektrolythaushalt aus und stärkt die Vitalfunktionen.«

Er mochte das Ganze zwar als Bitte formuliert haben, eine Weigerung stand dennoch außer Frage. Betty leerte das Glas. Die Flüssigkeit schmeckte sauer und salzig und war voller Krümel. Sie schüttelte sich. »Was ist das?«

Colonel Lahbabi gestattete sich ein Lächeln. »Zitrone, Kaffeepulver, Zucker und Salz. Scheußlich, ich weiß. Aber es wird Ihnen guttun.«

Die anderen Offiziere traten näher. Ihre Uniformen unterschieden sich. Offenbar stammten sie aus verschiedenen Ländern. Schweden und Holland konnte Betty anhand der Länderfarben an ihren Hemdärmeln zuordnen. Doch sie alle trugen das UN-Emblem, und das war das Wichtigste.

Nacheinander gaben sie Betty die Hand, nannten ihre

Namen, erkundigten sich nach ihrem Befinden und verliehen ihrer Besorgnis Ausdruck.

Betty lächelte, verstand aber kaum etwas. Ingrid übernahm das Übersetzen.

Dann begannen die Fragen, die sich an sie drei richteten. Wieso sie sich um die Entführte kümmerten, wollten die Offiziere wissen, was über ihre Reiseroute und -anlass bekannt sei, ob es weitere Teilnehmer gebe und wo diese abgeblieben seien. Sie kamen kaum mit Erklären und Antworten nach.

Betty fühlte sich wacklig, zugleich aber auch gestärkt, und stand auf. Sie schaute den Männern, die sie umringten, die an die dreißig Jahre jünger und um einiges größer als sie waren, ins Gesicht. Höfliches Interesse erkannte sie und abwartende Neugier, einzig der marokkanische Colonel hatte etwas Abweisendes. Diese Männer waren Soldaten, gewohnt, strategisch zu denken. Nur Fakten würden sie überzeugen.

Betty straffte die Schultern. »Das Wichtigste ist«, wandte sie sich direkt an die Offiziere, »wir haben Zusatzinformationen, die den Artikel im *Figaro* bestätigen. Darüber hinaus haben wir Grund zu der Annahme, dass meine Enkeltochter von Waffenschmugglern in eine Stadt namens Smara entführt wurde.« Sie wartete.

Feine Schweißperlen standen Ingrid auf der Stirn.

Betty schüttelte unmerklich den Kopf. Keine Details, hieß das, weder den Autovermieter noch Ibrahim würde sie erwähnen. Ingrid nahm sich zusammen und übersetzte.

Alle horchten auf. Der Niederländer schien der ranghöchste Offizier unter den UN-Militärs zu sein, er besprach sich mit dem Kommandanten, fragte nach, ließ sich eine Landkarte geben. Mehrfach fielen die Worte »Smara«, »Waffen« und »Polisario«. Es ging also wieder um die politischen

Auseinandersetzungen, die Betty nur zum Teil begriff. Irgendwann verebbte die Diskussion.

»Die Quelle dieser Information ist inzwischen leider versiegt«, fuhr Betty fort. Sie musste sich auf Ingrids Arm stützen. »Wir halten die Hinweise dennoch für glaubwürdig. Sie sollten jedenfalls Ausgangspunkt für das Hilfskommando sein.« Betty deutete auf die Zeitung. Ihre Stimme zitterte.

»Davon abgesehen werden Sie feststellen, dass meine Enkelin jung und hübsch ist, außerdem gebildet und modern. Und nun befindet sie sich in den Händen von unberechenbaren Guerillas! Dorothea braucht dringend unsere Hilfe, sonst …«

Betty schlug die Hände vors Gesicht. Ganz plötzlich sah sie sich selbst wie eine fremde Person, als Kind, als junge Frau, im Bombendonner an Frau Kochs Seite, und als Gernots Braut. Sie sah das Schattenkind vor sich und jene Christa, sah Gernots und Dorotheas Augen. Eine falsche Entscheidung, damals im Frühsommer 1943, und welche Auswirkungen! Betty schwankte. In ihren Ohren rauschte es.

Colonel Lahbabi fasste nach ihrem Ellenbogen und stützte sie. »Madame, ich werde Ihre Information an höhere Stellen weitergeben. Doch nun muss ich Sie leider bitten zu gehen. Diese Kaserne ist militärischer Bereich mit besonderen Sicherheitsbestimmungen, Zivilpersonen haben keinen Zutritt.«

Er führte Betty zur Tür. »Für Sie hatte ich kurzfristig eine Ausnahmegenehmigung erteilt. Colonel De Rijk, mein geschätzter Kollege aus den Niederlanden, begleitet Sie hinaus. Weitere Fragen klären Sie bitte mit ihm. Leben Sie wohl, Mesdames.«

Kapitel 40

In militärischer Ordnung ritten sie in dem Stützpunkt hinter den Wällen ein. Er bestand aus staubigen Wegen, einer Kommandantur neben Wellblechhütten und Zelten, aus Schattendächern und gemauerten Unterkünften. In der Mitte eines Kreisverkehrs befand sich der Fahnenmast mit der weithin sichtbaren marokkanischen Flagge.

Doro sah Funkantennen, Radarspiegel und Lagerhallen, sah gepanzerte Wagen und offene Jeeps, sogar ein Kettenfahrzeug, das unter einem windschiefen Blechdach parkte. Und sie sah Uniformierte, die an Feuerstellen kauerten und mit Töpfen und Löffeln hantierten, ihre Waffen in Griffnähe.

Capitaine Khatami ließ absitzen, Amir und Doro die Fesseln abnehmen und sie in einen Raum im Inneren der Kommandantur bringen. Hinter ihnen fiel die schwere Tür ins Schloss. Doro hörte, wie sich der Schlüssel drehte.

Ein paar Grasmatten lagen am Boden, sonst gab es nichts als ein vergittertes Fenster, unverputzte Wände und ein luftig aufliegendes Dach. Die Lücke zwischen Decke und oberer Mauerkante betrug höchstens zwanzig Zentimeter, genug, damit die Luft zirkulieren konnte, jedoch zu schmal, um sich hindurchzuquetschen.

»Du wirst sehen, nach ein paar Fragen geht's weiter.« Amir wollte sie aufmuntern.

Doro nickte. Eigentlich wollte sie ihm Unmengen von Fragen stellen, doch plötzlich machte es sie befangen, mit ihm allein zu sein. Sie tastete nach dem Brustbeutel, nach dem Amulett. Umm Senias Geschichte fiel ihr ein, und Kheira. Sie wandte sich ab, reckte sich, um aus dem Fenster zu sehen.

Ein alter Mann wässerte eine kleine Palme, deren Wedel mit Sackleinen gegen Austrocknung geschützt waren. Mindestens acht bis zehn Jahre dauerte es bis zur ersten Dattelernte, hatte Ibrahim erklärt. Sie beobachtete den Alten, seine Ruhe, seine Konzentration, mit der er Schluck für Schluck eine Wasserflasche ausleerte, als bringe er der Palme ein Opfer dar. Die letzten Tropfen gab er einem traurigen Büschel Minze. Amman iman, Wasser ist Leben, hatte Amir gesagt.

Er stellte sich neben Doro und sah ebenfalls hinaus. »Mit deiner Gefangennahme hat Mahmud einen Fehler begangen«, sagte er.

Doro blickte zu ihm auf. Seine gerunzelte Stirn, die dunklen Augen, dazu Bartschatten und die Narbe über seiner Braue, die fast vollständig verheilt war ... Das Atmen fiel ihr plötzlich schwer. Rasch wandte sie den Blick ab. »Wieso?«

»Du standest unter meinem Schutz, außerdem giltst du als humanitäre Helferin.«

Der Alte hatte sich neben seine Minipalme gesetzt. Wartete er darauf, dass sie groß wurde und ihm Schatten spendete?

Was redete Amir von humanitärer Hilfe und von Schutz? Wusste er überhaupt von Mahmuds Absichten?

»Er besitzt ein Foto von mir, das er Presseleuten übergeben will, und redete von internationalen Medien und dass ich von der Front berichten soll. Für ihn bin ich ein Glücksfall, ein Joker.« Doro tat, als fände sie das komisch.

Amir lachte nicht. »Mahmud kennt keine Skrupel.«

»Zuerst dachte ich noch, es ginge um Lösegeld, aber

dann … Na ja, das mit der Frontberichterstattung hat sich hiermit wohl erledigt.« Doro wies auf ihre Zelle.

»Mahmud handelt eigenmächtig, ohne die Folgen zu bedenken. Das könnte sich katastrophal auswirken.«

Bevor Amir seine politischen Sorgen weiter erläutern konnte, unterbrach ihn Doro. »Daran kannst du aber nichts mehr ändern. Ich habe übrigens deine Mutter kennengelernt. Sie erzählte von ihrer Kindheit.«

Amir nickte. »Ihre Gedanken wandern inzwischen oft weit zurück in die Vergangenheit.«

Auch seine Gedanken waren weit weg, so wie er nach draußen starrte, ohne etwas wahrzunehmen.

Sollte sie das Thema Kheira anschneiden? Aber wie? Stattdessen fragte sie: »Und Capitaine Khatami? Was wird er mit uns machen?«

Amir starrte weiter aus dem Fenster. »Es gibt Militärs, die würden uns verschwinden lassen.«

»Verschwinden?«

»König Hassan unterhält geheime Gefängnisse in der Wüste. Ich hörte von Offizieren und ihren Familien, die nach gescheiterten Putschversuchen seit Jahren verschwunden sind.« Amir dachte an den Bericht eines ehemaligen Wächters. Er hatte Löcher im Boden beschrieben, zwei Meter mal zwei Meter, abgedeckt mit Wellblech. Dort hinein wurden Gefangene gesteckt. Die Sonne brannte auf das Blechdach und nur alle zwei bis drei Tage brachte man ihnen Wasser und Essen … Endlich sah Amir auf. Er bemerkte Doros Erschrecken. Hätte er doch den Mund gehalten!

»Unsinn, verzeih. Dich wird man umgehend nach Hause verfrachten. Ein, zwei Befragungen, und schon sitzt du im Flugzeug.« Er zog sie an sich.

Sie ließ es geschehen. Er wollte sie beruhigen, war mit den Gedanken jedoch nicht bei ihr.

»Sollte Mahmud so dumm sein und mit deiner Entführung tatsächlich an die Öffentlichkeit gehen, wird das gehörig Wellen schlagen«, überlegte er. »Schmerzhafte Einschnitte beim UNO-Hilfswerk und bei der Spendenbereitschaft einiger Geberländer werden die Folge sein, fürchte ich. Du hast Smara gesehen und weißt, dass wir dort ohne internationale Hilfe nicht überleben werden. Im schlimmsten Fall führt Mahmuds blödsinnige Aktion also dazu, dass Smara und die anderen Lager ausgehungert werden.«

Doro befreite sich aus seinen Armen. »Vielleicht lässt Mahmud seine Pläne ja auch fallen, jetzt, da die Marokkaner uns geschnappt haben. Das Überraschungsmoment ist dadurch doch verspielt, oder? Denkst du, er wird trotzdem angreifen? Wenn ja, wo?«

»Ich weiß es nicht. Aber hast du die Radaranlage bemerkt? Sie wäre ein gutes Ziel. Khatami ist jedenfalls gewarnt.« Amir versuchte ein beruhigendes Lächeln, das jedoch sofort wieder erlosch.

Die Dämmerung kam. Doro setzte sich auf den Boden. Sie sah Mahmud vor sich, hatte das skandierte »Für Unabhängigkeit und Freiheit!« im Ohr. Wie ein Feldherr hatte er die Ovationen seiner Männer entgegengenommen. »Aufgeben wird er nicht?«

»Nein. Mahmud liebt den Kampf.«

»Im Gegensatz zu dir?«

»Und zu vielen anderen. Auch unser Premierminister hält wenig von militärischem Vorgehen. Daher sind die Verhandlungen um einen Waffenstillstand ja bisher auch auf einem ziemlich guten Weg gewesen.«

»Du könntest dem Capitaine von Mahmuds Plänen berichten.«

Verrat? Amir schüttelte den Kopf. »Nein.«

Beide schwiegen.

»Falls der Capitaine deinen Namen nun doch herausbekommt, wie wird er mit dir verfahren?«, fragte sie nach einer Weile.

»Gefangenenaustausch. Bei Tindouf befinden sich ungefähr dreitausend marokkanische Soldaten in Gewahrsam der Polisario. Das Lager dort ist offen, auf eigene Faust kann aber niemand entfliehen, die Wüste ist unüberwindlich. Khatami würde die entsprechenden Schritte einleiten.«

Es war dunkel geworden, Doro konnte Amirs Gesicht kaum noch erkennen. »Wie kannst du bei all dem so ruhig bleiben?«

»Ruhig?« Amir sah erneut aus dem Fenster.

Austausch von Gefangenen hatte es bereits häufiger gegeben. Solange er nicht wieder der Polizei in die Hände fiel, durfte er darauf sogar hoffen. Doch glaubte er wirklich, danach an den Verhandlungstisch in El Aiyoun zurückkehren zu können, als sei nichts geschehen? Weder konnte er so tun, als sei er Doro nicht begegnet und habe nicht ihre vorbehaltlose Hingabe erlebt, noch konnte er die bedingungslose Loyalität der jungen Polisario-Kämpfer negieren. Beurteilten der Premierminister und seine politischen Berater, ihn eingeschlossen, das Gewicht der Polisario im gesamten Gefüge noch richtig? El Aiyoun war wie eine Insel …

In den vorderen Räumen der Kommandantur klingelten plötzlich Telefone, Türen schlugen, Schritte polterten.

Amir horchte auf.

Über dem Lärm waren Capitaine Khatamis Befehle zu hören.

»Khatami lässt Schutzwesten und Munition austeilen!«

»Bedaure, aber Algerien ist für uns tabu. Als militärische Beobachter sind wir strikt an unseren eng begrenzten Auftrag gebunden: Kontrolle der Streitkräfte der Kontrahenten und Dokumentation von Überfällen und Übergriffen an der hiesigen provisorischen Grenze.«

Colonel De Rijk und Ingrid führten Betty über die Straße zum Auto.

Betty nickte. Der Niederländer sprach gut Deutsch. Doch was er ihr genau sagen wollte, verstand sie trotzdem nicht. Der Colonel versuchte es noch einmal, ausführlich und mit anderen Worten.

Dieses Gerede von Einmischung, von einem wackeligen Mandat oder von Waffenstillstandsverhandlungen, die man nicht gefährden dürfe – wahrscheinlich wollte er sie nur abwimmeln, dachte Betty.

Schwer stützte sie sich auf seinen Arm. Ihr lädierter Knöchel und die drückende Hitze setzten ihr zu. Am meisten aber plagte sie, abgewiesen worden zu sein. An wen sollten sie sich denn jetzt um Hilfe wenden?

De Rijk half ihr beim Einsteigen. Ibrahim hatte zwar im Schatten geparkt, dennoch war es im Wageninneren stickig und heiß. Betty brach der Schweiß aus.

Der Colonel beugte sich ins Auto und redete weiter auf sie ein. »Hinzu kommt, dass für die Flüchtlingslager auf algerischem Territorium nicht wir, sondern das World-Food-Programm der Vereinten Nationen zuständig ist. Es tut mir leid.« Er hatte wohl ein schlechtes Gewissen.

»Colonel Lahbabi wird das Seine unternehmen, darauf können Sie sich verlassen. Darüber hinaus aber sollten Sie dringend Ihre Botschaft verständigen. Wer weiß, welche Lösung den Diplomaten einfällt? Auch ich werde mich noch einmal mit meinen Kollegen besprechen. Versprechen kann ich natürlich nichts, aber sagen Sie mir trotzdem, wo ich Sie in der nächsten Zeit erreichen kann.«

Er zog Stift und Notizbuch aus seiner Hemdtasche.

Ingrid drehte sich zu ihm um. »Sie wohnt bei mir. Und wir werden ihren Rückflug umbuchen.«

Umbuchen? An eine solche Möglichkeit hatte Betty gar nicht gedacht!

Während Ingrid Colonel De Rijk Adresse und Telefonnummer diktierte, stieg neue Hoffnung in ihr auf.

Kapitel 41

Der Angriff kam nicht wie erwartet aus der Freien Zone, wohin Khatamis Soldaten all ihre Aufmerksamkeit gerichtet hatten. Ohne Vorwarnung schlugen plötzlich von Westen, aus dem von Marokko besetzten Gebiet, Granaten ein, und das Dauerfeuer aus Maschinengewehren zerriss die Nacht.

Gewehrfeuer hämmerte, Trümmer von Autos und Hütten flogen durch die Luft, Metallteile und Steine. Rufe ertönten und hektische Befehle, die die Verwirrung noch vergrößerten. Doro schien es, als käme der Lärm aus allen Richtungen zugleich. Sie schrie auf und machte sich klein.

Auch Amir ging in Deckung, richtete sich aber gleich wieder auf und spähte aus dem Fenster. Doro kroch an seine Seite.

Überirdisch grelles Licht segelte an Fallschirmen vom Himmel herab, Wege und Zelte erstrahlten, die Schatten unmittelbar daneben aber schienen schwärzer als schwarz. Woher genau der Beschuss kam, war aus diesem Blickwinkel nicht zu erkennen, nur die Männer, die die Wälle hinunterstürmten gegen den Feind, der unvermutet in ihrem Rücken aufgetaucht war.

Doro sah, wie der Boden aufriss, sah marokkanische Soldaten geduckt hinter Fässern und Sandhaufen, sah sie über den Boden kriechen und Schüsse abgeben, sah Mündungsfeuer, die Spuren von Leuchtmunition und reglose Körper. Sie wollte Augen und Ohren verschließen und konnte sich doch nicht abwenden.

»Khatami hätte den Rückraum seines Stützpunkts sichern müssen«, sagte Amir. »Er war gewarnt.«

»Gewarnt?«

»Es läuft genauso ab wie vor einigen Tagen, als Partisanen den Kommandoposten von Lebuirat auf marokkanischem Territorium überrannten. Ebenfalls von Westen.«

»Wer? Auch Mahmud?«

»Jedenfalls eine Einheit der Polisario. Der marokkanische Regimentskommandeur dort flüchtete und ließ eine mit fabrikneuem Kriegsmaterial gefüllte Kaserne zurück. Ein großer Sieg, aber er forderte Hunderte Tote.«

Ein wahrer Geschosshagel schlug in die Mauer der Kommandantur ein. Amir riss Doro vom Fenster fort. Er schützte sie mit seinem Körper gegen Projektile, die sich womöglich in den Raum verirrten, als eine Explosion das Gebäude erzittern ließ. Steine prasselten, Wolken von Staub quollen durch das Fenster und einen Riss in der Mauer herein.

Doro barg den Kopf an Amir Brust. Durch Staub und Hustenanfälle hörte sie ihn sagen: »Die Einschläge werden präziser, sie haben sich auf die Kommandantur eingeschossen. Wir müssen hier raus!«

Und wie? Doro untersuchte die Tür. Ausgeschlossen, dachte sie, stabiles Holz, Eisenbänder und ein schweres Schloss – da ging nichts.

Amir prüfte den etwa vier Finger breiten Riss im Mauerwerk. Er rüttelte an einem vorstehenden Ziegel und warf sich mit der Schulter dagegen, ohne Erfolg. Erneut krachten Einschläge, und Explosionen in unmittelbarer Nähe erschütterten das Gebäude.

Doro deutete nach oben. »Hilf mir rauf.«

Mit dem Rücken an der Wand legte Amir die Hände ineinander. Doro setzte ihren Fuß hinein und stemmte sich hoch.

Sie tastete den Zwischenraum zwischen Dach und Mauer ab, kniff die Augen zu, wollte nicht hinaussehen. Sie befühlte die Dachbalken und den Mauerriss, der bis hier heraufreichte. Schließlich bekam sie angebrochene Ziegel zu fassen. Kein Problem, sie nach außen zu stoßen. Der Spalt wurde breiter. Die folgenden Steine saßen fest, andere jedoch schienen gelockert. Sie hämmerte mit der Faust, bis weitere Bruchstücke herausbrachen. Jetzt öffnete Doro die Augen. Blechteile flogen, Zelte und Unterstände brannten, und ein Mann lag wie gekreuzigt auf dem Weg … Hätte sie doch nicht hingesehen!

Amir hob sie herunter. »Bleib weg vom Fenster.«

Es gelang ihm, weitere Steine zu lösen. Dadurch vergrößerte sich die Lücke, erhielt beinahe die Form einer Sanduhr, dann aber war Schluss. Mehr als eine Schulter bekam auch er nicht hindurch.

Draußen flackerte und zuckte es. »Feuer!« Amir sprang zur Tür, trat gegen das Holz, rüttelte an Schloss und Angeln und untersuchte noch einmal Fenster und Gitterstäbe. Vergeblich.

Er ließ die Hände sinken.

⁂

Ingrids Hände strichen über die Armlehnen ihres Schreibtischstuhls, ihre Blicke streiften die Ordner und die Plakate an der Wand, gingen zum Fenster, blieben am Telefon hängen. Wann klingelte es endlich?

Der Nachmittag verging. Ernüchtert von Colonel De Rijks fehlender Bereitschaft hatten Betty und sie beschlossen, die deutsche Botschaft zu informieren und in Rabat angerufen. Schon vor Stunden!

Die zuständigen Herren seien nicht im Haus, hatte der Mitarbeiter gesagt, dessen Nachfragen eher ungläubig geklungen hatten. Ob er denn den Artikel im *Figaro* nicht gelesen habe? Ingrids Stimme hatte eiskalt geklungen. Endlich schien er den Ernst des Problems zu verstehen, versprach, die Nachricht schnellstens weiterzuleiten und sofort alle notwendigen Schritte einzuleiten. Sie solle lediglich dafür sorgen, jederzeit erreichbar zu sein. Seither war nichts passiert.

Die Jacarandabäume vor dem Laden warfen die letzten Blüten ab. Wie immer malte die Sonne Schatten auf Autos und Wege. Der Wagen mit den dunklen Scheiben, der sie vor drei Tagen beunruhigt hatte, war nicht wieder aufgetaucht.

Betty ruhte nebenan, Ibrahim saß vor der Ladentür. Wie jeden Tag, und ebenso wie die benachbarten Händler, musterte er die Touristen, die vorüberschlenderten. Er wirkte entspannt. Dennoch spürte Ingrid, dass er auf der Hut war.

Ibrahim hatte sich verändert. Früher war er mit seiner unbefangenen Art eine Bereicherung für sie gewesen, hatte ihr das Leben in Marokko leicht gemacht. Mehr noch, ohne ihn hätte sie es wohl nicht geschafft, ihr Projekt durchzuziehen. Und jetzt?

Er hatte sie ausgenutzt, ein Doppelspiel gespielt, ihr gegenüber unredlich gehandelt. Das traf sie tief. Daran änderten auch seine lauteren Motive nichts.

Noch etwas machte ihr zu schaffen. Durch Ibrahims Beichte war ihr bewusst geworden, wie abseits von der marokkanischen Gesellschaft sie lebte, wie wenig sie wirklich von den Menschen hier wusste und wie selten man sie ins Vertrauen gezogen hatte.

Jeder war liebenswürdig, höflich und zuvorkommend und nahm das Leben leicht. Diese Haltung hatte ihr gutgetan, und nur zu gern hatte sie sich davon anstecken lassen. Was für eine angenehme Lebenseinstellung, hatte sie oft gedacht. Erst jetzt merkte sie, wie sehr ihr heitere Fassaden den Blick verstellt hatten.

Zu spät, dachte sie. Doch Bedauern half nicht, es war an der Zeit, nach Deutschland zurückzukehren. Ein schmerzlicher Entschluss. Sie würde Marokko vermissen, trotz allem.

Warum läutete das verflixte Telefon nicht endlich?

Angezeigt hatte sie Ibrahim nicht, natürlich nicht. Freiwillig wandte sich niemand an die Polizei, das war selbst ihr klar gewesen. Zu gern wüsste sie allerdings mehr über den Absender des anonymen Briefes, vor allem über seine Motivation. Warum hatte sich der Kerl nicht wieder gemeldet? Hatte er geblufft?

Die Händler in der Nachbarschaft grüßten freundlich wie immer, doch keiner kam wie sonst auf ein Schwätzchen vorbei. Spürten sie, dass sie nicht mehr aus vollem Herzen bei der Sache war, dass Alphabétisation des Femmes am Ende war?

Ein paar Jahre konkrete Unterstützung und hier und dort Überzeugungsarbeit, dann lief es von allein, hatte sie anfangs gedacht, und dass man nur ein Vorbild geben musste. In Wahrheit hatte sie sich eine Sisyphusaufgabe aufgeladen. Zwar sinnvoll, daran gab es keinen Zweifel, aber unterm Strich? Der sprichwörtliche Tropfen auf den heißen Stein, nicht mehr! Ernüchterung, auch in diesem Punkt. Hinzu kam die Krankheit, aber auch das Älterwerden. Diese heimtückischen kleinen Veränderungen, die das Alter ihr bescherten, forderten immer mehr Beachtung. Harmlos hatte es zunächst begonnen, doch neuerdings verspürte sie sogar Angst vor Einsamkeit …

Ingrid massierte ihre Schläfen. Sobald sie Doro in Sicherheit wusste, würde sie packen. Dieses Kapitel ihres Lebens war beendet.

Und dann? Es würde sich finden.

Betty rief von nebenan. Von der besonderen familiären Konstellation zwischen Doro und Betty hatte Ingrid dem Botschaftsmenschen nichts gesagt. Sie war in keinem Register nachweisbar, basierte allein auf Bettys Geständnis und auf mageren Indizien. So gesehen konnte sie also ebenso gut wahr sein wie unwahr. Auf jeden Fall war das Ganze eine heikle Angelegenheit, insbesondere für Doro, die nicht den Hauch einer Ahnung hatte.

Betty rief erneut. Ingrid stemmte sich hoch, ging hinüber. »Was macht der Kreislauf?«

Betty ruhte auf Ibrahims Matratze zwischen Kochplatte, Putzeimer und Regalen, zu ihren Füßen ihr Rucksack.

»Ich bin wieder in Ordnung.« Betty sah Ingrid fragend an. »Und?«

»Nichts, wir warten.«

Betty ließ sich zurückfallen. »Wie soll das eigentlich gehen, erst Rabat, dann Bonn, schließlich Algier? Gibt es in Algier überhaupt eine deutsche Vertretung? Falls nicht, mit wem dort könnten die Diplomaten verhandeln? Oder schicken sie eine Militäreinheit aus Deutschland dorthin? So etwas gab es schon einmal ...«

Ingrid beugte sich zu ihr, strich ihr über den Arm. »Mach dich nicht verrückt. Es bleibt dabei: Ab jetzt gilt der offizielle Weg. Ohne Hilfe schaffen wir es nicht.«

Kapitel 42

»Allein kommen wir hier nicht raus.« Amir entdeckte Flammen in der Nähe der Treibstofftanks, sah Einschusslöcher in den Fässern. Benzin trat aus, bewegte sich im abschüssigen Gelände auf die Kommandantur zu. Noch waren Feuer und Benzinspur nicht aufeinandergetroffen, aber nicht mehr lange …

Doro ahnte nichts von der nahenden Gefahr. Sie saß in der Ecke, hielt ihre zerschrammten Finger und fragte: »Und jetzt?«

Wenn er das wüsste!

Amir hob den Kopf, vernahm ein Geräusch, ein helles »Ku-rri, Ku-rri«. Ein Vogelruf? Er kannte ihn, sogar recht gut. Er lauschte. Tatsächlich, der Ruf eines Triel.

Überall in der Sahara traf man auf diesen kleinen Nachtvogel, und in Kindertagen hatten er und seine Freunde sich so manches Mal mit diesem Gesang zu nächtlichen Streifzügen verabredet. Jenseits der Zelte hatten sie sich gegenseitig die Sternbilder erklärt und Geschichten erzählt, Heldentaten der Vergangenheit oder ihre eigenen, noch kommenden. Im Lauf der Zeit hatten es viele Jungen in der Imitation dieser Vogelstimme zur Meisterschaft gebracht, er allerdings konnte nicht einmal eine Taube nachmachen. Und nun hier ein Triel, jetzt?

Capitaine Khatamis Minensuchtrupp bestand aus Sahraouis, aus Männern der Réguibat. Männer der Wüste wie er … Aber existierte dieser Brauch überhaupt noch?

Erneut schlug eine Granate ein.

Doro stieß einen Schrei aus.

Leise, bedeutete er ihr, und lauschte. Und wirklich, da war er wieder, der typische Vogelruf, ganz nah. Zu nah für einen echten Vogel!

Eine Stimme kam durch die Mauerlücke, sie sprach *hassaniya*. »Bist du Sheïk Amir, Sohn des Kamal Tahar?«

»Der bin ich. Und du?«

»Später. Wie viele Wachen sind im Haus?«

»Vor dem Beschuss hörte ich mehrere Stimmen, zurzeit aber nichts.«

»Wir versuchen es hiermit. Nimm.« Eine Brechstange wurde durch den Spalt geschoben. »Ich unten, du oben. Beeil dich. Jeden Moment können die Fässer hochgehen.«

Amir hob die Eisenstange.

Amir sagte etwas, doch Doro verstand kein Wort. Plötzlich hielt er eine schwere Stange in Händen, holte weit damit aus und schlug auf die Wand ein, wieder und wieder.

Sie duckte sich in die äußerste Ecke, zog die Beine an und schützte ihren Kopf. Steinbrocken flogen ihr vor die Füße. Ein Ziegel nach dem anderen zerbrach.

Amir rief: »Stopp!«, steckte Kopf und Schultern durch die verbreiterte Lücke und redete mit jemandem. Als er sich zu ihr umdrehte, lachte er. »Du zuerst«, befahl er. »Los! Unser Freund hilft dir.«

Raue Hände packten zu, zogen Doro durch den Mauerspalt, hoben sie hinaus. Einer der Minensucher, erkannte Doro. Er winkte ihr und sprang in weiten Sätzen hinter einen Sandwall. War das nicht der Garten, den der Alte Tropfen für Tropfen gewässert hatte? Amir ergriff Doros Hand. Sie rannten los.

Neben dem Mann gingen sie in Deckung. »Al hamdullillah«, sagte der Beduine und grinste. Er war groß, kantig und hatte das Gesicht eines Falken.

»*Baraka Allah u fiq*«, antwortete Amir, »ich danke dir.«

»Weiter, gleich gibt es hier ein Feuerwerk! Erst dort hinten, im Schutz der Düne sind wir in Sicherheit.« Der Beduine lief los, von einer Erhebung zur nächsten.

Querschläger heulten über ihren Köpfen. Kurz nacheinander schlugen mehrere Granaten in den Wällen ein, der Boden erzitterte, und Erde und Trümmer flogen durch die Luft. Das Getöse, die Rauchschwaden, die von Lichtblitzen durchzuckte Dunkelheit und sein dunkler Burnus – mehrmals verlor Doro den Mann aus den Augen. Amir ließ ihre Hand nicht los. Sie rannten.

Maschinengewehrfeuer knatterte, Erde spritzte. Doro und Amir ließen sich neben ihrem Retter zu Boden fallen.

»Shuf!« Der Beduine deutete in die Richtung, aus der das Gewehrfeuer kam.

Doro hob den Kopf, schaute Richtung Grenzwall. Flackernde Brände sah sie, überall, und Rauch und Mündungsfeuer. Die Kommandantur schien noch intakt, aber hatten sie wirklich erst fünfzig Meter geschafft? Von der anderen Seite näherten sich gepanzerte Fahrzeuge dem Gebäude, in ihrem Schutz polisarische Kämpfer. Zwischen den Salven ihrer Maschinengewehre dröhnten Einschläge von Panzerfäusten, die sie von den Schultern abfeuerten. Zugleich heulte neuer Motorenlärm auf. Unter Rasseln und Quietschen setzten die Marokkaner ihr Kettenfahrzeug in Gang. Es schwenkte seinen Turm den Angreifern entgegen …

»Yallah!« Der Beduine hetzte davon. Doro und Amir rannten ihm nach. Noch hatten sie den Schutz der Düne nicht erreicht, als die Druckwelle einer Explosion sie zu Boden warf.

Betty starrte auf die nackte Glühbirne voller Fliegendreck an der Decke. Mehr gab es nicht zu sehen. Nebenan wartete Ingrid auf das Läuten des Telefons. Sie könnten sich keine Alleingänge leisten, hatte sie gesagt.

In ihrem Kopf ging es drunter und drüber. Wahrscheinlich war sie ohnehin bloß noch zufällig am Leben, der Angreifer neulich nachts hatte es ernst gemeint. Dieser Schlag gegen den Kopf – nur einer der Fahrer konnte das getan haben. Falls er sie getötet hätte, wie hätte er der Reisegruppe ihren Tod erklärt und was wäre mit ihrer Leiche passiert?

Beinahe nebensächliche Fragen, verglichen mit den anderen Folgen dieses Überfalls. Ohne den Schlag hätte sie womöglich niemals von der Existenz ihrer Enkeltochter erfahren, wäre das Schattenkind weiterhin im Schatten geblieben, müsste sie nicht andauernd an Gernot denken und an die leeren Jahre an seiner Seite. Wie doch alles zusammenhing, über Jahrzehnte hinweg!

Betty presste die Hände auf die Brust. Alles war darin verschlossen gewesen. Jetzt aber wollte dort nichts mehr bleiben. Warum? Weil es einmal Wirklichkeit gewesen war? Weil es vergangenes Handeln ordnete und bewertete? Vielleicht aber auch, weil es neue Wege aufzeigte? Unter ihren geschlossenen Lidern drangen Tränen hervor.

Ingrid schaute herein. Rasch tat Betty, als schliefe sie.

Sie hörte Ibrahim und Ingrid miteinander sprechen, gedämpft und auf Französisch. Dorotheas Name fiel. Sie dachte an den Moment, als sie das Amulett erkannt hatte, an dieses flüchtige Gefühl von Nähe. Bald darauf hatte es angefangen. Ganz allmählich hatte sich die Wahrheit Bahn gebrochen, trotz ihrer Abwehr.

Das Telefon! Betty beeilte sich, auf die Füße zu kommen.

Kapitel 43

Eine Frauenstimme redete in schnellem Französisch auf Ingrid ein. Sie telefoniere mit einem Satellitentelefon und könne nur kurz sprechen, sagte sie, und dass Doro ihr diese Nummer gegeben habe, und ob sie die Frau mit den Bildern des deutschen Soldaten sei?

Es dauerte einen Moment, dann erst verstand Ingrid. »Gernot Schlüter? Ja, seine Bilder sind hier. Was ist mit Doro? Die Zeitung schreibt, sie werde in Smara gefangen gehalten?«

Die Frau nannte ihren Namen, sagte, sie sei die Mutter von dem und dem und behauptete, dass Doro wohlauf sei, sich aber nicht mehr in Smara aufhalte.

»Deswegen rufe ich an. Nazar sherifa schützt sie zwar, aber Commandant Mahmud bringt sie an die Front. Sie ist in großer Gefahr.«

»Welcher Commandant Mahmud, welche Front? Wovon sprechen Sie?«

Plötzlich stand Ibrahim neben ihr.

Die Frau zögerte. »Ich sage nur El Berm. Im nördlichen Abschnitt dieser Schandmauer wird Mahmud angreifen.«

Ibrahim murmelte etwas. Seine Kiefer arbeiteten.

»Angreifen? Und Doro ist dort?«

Rauschen in der Leitung.

Ingrid hakte nach: »Sprechen Sie, was bedeutet ›an die Front‹?« Sie hörte, dass die Frau stöhnte und um Fassung rang.

»... zu alt für noch mehr Tote ... Aber das Bild? Doro sprach von einem ertrinkenden Kind? Das war ich, mich rettete er damals aus der Flut! Bitte, was hat er gemalt?«

Es ging um das Aquarell mit dem Titel »Bou Saalam«? Rasch schilderte Ingrid, woran sie sich erinnern konnte.

»Allah segne Sie, und *le brave Allemand*. Er war ein guter Mann mit einem warmen Herzen, der mir ein zweites Leben gab. Ich hoffe, Allah in seiner Gnade schenkte ihm ein erfülltes Leben im Kreise vieler Söhne.« Rauschen und Knacken, dann war die Leitung tot.

Langsam legte Ingrid den Hörer auf.

»Das war nicht die deutsche Botschaft.« Betty umklammerte die Tischkante.

»Nein, eine Frau aus Smara. Sie hatte Neuigkeiten.« In knappen Worten wiederholte Ingrid, was die Anruferin gesagt hatte.

Betty musste sich setzen.

Ibrahims lederbraunes Gesicht legte sich in noch mehr Falten. »Es ist meine Schuld, Lâlla Ingrid, dass sich Mademoiselle Doro in dieser Lage befindet.« Er stöhnte, rang die Hände.

»Heb dir dein Lamento für später auf! Erklär lieber, worum es hier geht.«

Ibrahim nahm sich zusammen. »Wir haben zwei konkrete Hinweise. Erstens ist Mademoiselle Doro nicht mehr in Smara. Der zweite betrifft einen nördlichen Abschnitt des Grenzwalls, wo ein Angriff geplant ist.« Er schaute weder Ingrid noch Betty an. »Dort entsteht eine geheime Landebahn. Sie liegt in der Freien Zone, also weder auf algerischem noch auf marokkanischem Gebiet. Irgendwo in ihrer

Nähe stößt Mahmud gegen El Berm vor, und dort steckt auch unsere Mademoiselle.«

Er hob die Hände wie zum Gebet. »Lasst uns noch einmal zur Kaserne fahren. Mit diesen Informationen können wir Colonel De Rijk vielleicht doch überzeugen, insha'allah!«

Doro kroch auf allen vieren durch Sand, über Steine, weiter, immer weiter. Sie hörte nichts. Sie spürte Nässe im Gesicht, die nach Blut schmeckte, sah Steine und Sand, und ihre Hände und Knie brannten. Ihr Impuls sagte: Lauf! Doch aufstehen und rennen? Damit machte sie sich sichtbar.

Sie robbte weiter, rollte sich schließlich hinter einen Sandhaufen und vergrub ihren Kopf in den Armen. Außer dem Klingeln in den Ohren war kein Laut zu hören. Hatte die Schießerei aufgehört? Sie hob den Kopf. Flammen, davor dunkle Schwaden. Das Grenzlager brannte. Doro presste sich auf den Boden, leckte über ihre aufgeschürften Handflächen. Blut sickerte aus den Haaren. Sie ertastete eine Schwellung am Kopf, sonst war sie unverletzt. Die Stille fühlte sich schwerelos an. Warum hörte sie nichts? Wo war Amir, und wie lange kauerte sie schon hier? Minuten, Stunden?

Plötzlich eine Hand. Doro schrie auf. Der Beduine mit der Falkennase, er bewegte die Lippen, deutete auf etwas.

Amir! Er lief gebeugt im Zickzack, ließ sich fallen, schnellte hoch, hetzte weiter. Hinter ihm, neben ihm spritzte Erde hoch. Man schoss auf ihn!

Amir aber rannte und schlug Haken und kam dabei näher.

Doro wollte aufspringen, doch der Beduine riss sie zu Boden. Erneut sagte er etwas. Sie hörte nur ein hohes Schrillen.

Mit Riesensätzen kam Amir heran. Jetzt zog der Beduine Doro auf die Füße. »Dorthin!«, zeigte er. Er gab Amir Zeichen, und dann rannten sie.

Erst im Schutz der großen Düne hielten sie an.

Amir legte seine Arme um sie. Sie spürte, dass er nach Luft rang und dass er zu ihr sprach, verstehen konnte sie jedoch nichts. Ihre Ohren klingelten von der Explosion.

Amir wusste, dass die marokkanische Armee die dringend benötigten Fährtenleser und Minensucher der Réguibat schlecht behandelte. Trotz ihrer gefährlichen Aufgaben erhielten sie einen erbärmlichen Sold. In den Augen der Polisario aber waren sie Verräter, da sie als Sahraouis das Brot des Feindes aßen.

Dieser Trupp hatte sein Zelt abseits des Militärlagers am Fuß der hohen Düne aufgeschlagen, ein ärmliches Nomadenzelt, in dem dünne Matten und Decken lagen. Außerdem gab es nur noch einen Wassertank und einen Eisenkessel über der Feuerstelle.

Amir zählte acht Männer. Er sah einen Mehlsack, einen Ölkanister und einen Karton mit Sardinendosen. Hinter dem Zelt lagerten die Kamele und Heuballen. Demnach wurden die Tiere gut versorgt, den Menschen aber stellten die Marokkaner nur das Nötigste zur Verfügung, wissend, dass jeder zusätzliche Sack Mehl bei den Hungernden in der Wüste landen würde.

»Willkommen an unserem Feuer, Sheïk Amir, Sohn des Kamal Tahar«, sagte der Mann mit dem Falkengesicht und lud zum Sitzen ein. »Willkommen auch dir, *la blonde*. Mein Name ist Rasil Al Scha'abi. Früher waren die Al Scha'abi geehrt und geachtet als Gelehrte und Kamelzüchter. Wir«, seine Hand zeigte in die Runde, »sind die Letzten unseres einst ruhmvollen Clans. Ruht euch zunächst aus und dann berichtet.«

»Allahs Segen und unser Dank für deine Hilfe. Dein Weg führte dich gerade zur rechten Zeit zu uns! Woher kennst du mich?«

»Du bist im Fernsehen, wann immer aus El Aiyoun berichtet wird, frage dich also lieber, wer nichts von dir weiß.« Damit wandte er sich Doro zu. »Und Mademoiselle wurde gestern ebenfalls im Fernsehen gezeigt. Ich sah ihr Bild in Khatamis Büro.«

Amir schwieg. Entlang des Berm fanden sich in kurzen Abständen Masten für Telefon- und Stromleitungen und Antennen. Und Doros Foto hatte man im Fernsehen gezeigt? Demnach hatte Mahmud sein Vorhaben wahrgemacht? Ihm nützte das nichts mehr, den Verhandlungen jedoch konnte es massiv schaden.

Doro ruhte mit geschlossenen Augen, ihr Atem ging gleichmäßig. Eine mutige Frau …

Der Réguibat reichte ihm zu trinken. Rasil Al Scha'abi also. Amir kannte niemanden dieses Namens. Die Männer hatten die dunkle Haut von Mauretaniern, wirkten drahtig und erfahren. Rasil mit seinen höchstens dreißig Jahren schien ihr Sprecher zu sein. Ungewöhnlich, in dem Alter. Doch er schien besonnen zu sein. Für Minensucher, für die jede Unaufmerksamkeit den Tod bedeuten konnte, eine überlebenswichtige Eigenschaft.

»Der Vogelruf war ein Geheimzeichen aus meiner Kindheit«, sagte Amir. »Woher wusstest du davon?«

Rasil zuckte die Schultern. »Lange Wanderungen mit den Herden, Nachtstunden am Feuer, jemand erzählt Geschichten – du kennst das. Manche Geschichten bleiben dir im Gedächtnis. Wer kann sagen, warum?«

Amir nickte. Einst hatte auch er am Lagerfeuer den

Geschichtenerzählern gelauscht, die die Gegenwart zum Verschwinden bringen konnten. Oft hatte ein Wort genügt, ein Duft, und schon driftete man davon.

»Was hältst du von diesem Polisario-Einsatz?«, fragte Amir.

»Das fragst du ausgerechnet mich? Ich lasse mich von der Armee unserer Feinde bezahlen.«

»Die Marokkaner mögen deine Augen gekauft haben, nicht aber dein Herz.«

Rasil nickte. »Das Glück ist eine Oase, die nur träumende Kamele erreichen können, sagt man. Die Frente Polisario jedoch träumt nicht. Dafür bewundere ich sie. Ihr Befreiungskampf dient einer gerechten Sache. Auf der anderen Seite zweifle und sorge ich mich.«

Er zerbrach dürre Äste aus dem Holzvorrat und schob sie in die Glut. Funken sprühten. Als das Feuer ruhig brannte, sprach Rasil weiter. »Schon meine Vorväter kämpften für ihre Freiheit und setzten sich gegen Spanien zur Wehr«, sagte er. »Der derzeitige Krieg dauert jedoch nicht nur an, er wird sogar von Tag zu Tag verbissener geführt und – Allah sei es geklagt! – immer brutaler. Wie viele Generationen denn noch?«

Amir nickte. Nur zu gut konnte er Rasils Zerrissenheit nachfühlen.

»Wir alle wollen in Freiheit leben«, fuhr der Beduine fort, »Männer, Frauen, Hirten, Gelehrte, Fischer, Bauern, alle. Wollen wir dafür aber immer noch mehr Blut vergießen? Ich sage dir: Mein Herz glaubt an den Kampf der Polisario, mein Kopf jedoch nicht. Miteinander reden ist besser als Krieg! Die Hoffnungen derjenigen Réguibat, deren Träume noch nicht zerbrochen sind, ruhen auf Männern wie dir, Sheïk Amir.«

Seine Worte berührten Amir. Im gleichen Zwiespalt hatte

auch er sich lange Zeit befunden. Inzwischen war er mit sich im Reinen: Wie lang der Weg auch war, der vor ihm und seinem Volk lag, er führte ausschließlich über Verhandlungen.

In öffentlichen Verlautbarungen beteuerten die Kommandeure der Polisario, ebenfalls Verhandlungen anzustreben. Dafür, behaupteten sie jedoch im gleichen Atemzug, sei das Recht auf Einheit des Volks in seinen angestammten Gebieten und auf freie Artikulation seines Willens Voraussetzung. Dazu wiederum sei die Demonstration und Ausübung militärischer Macht unverzichtbar, denn nichts stärke die sahraouischen Positionen am Konferenztisch effektiver als die Präsenz der Frente Polisario. Früher hatte auch er ihnen geglaubt, wie die meisten jugendlichen Enthusiasten. Inzwischen hatte er verstanden, dass kein noch so erhabenes Ziel Blut und Angst und den gewaltsamen Tod von Menschen rechtfertigte.

Amir hob den Kopf, ebenso die Beduinen. Aus Richtung des Militärcamps schienen sich mehrere Autos in hohem Tempo zu nähern.

Rasil schickte ihnen zwei seiner Männer entgegen. »Wer es auch ist, haltet sie auf!«

Zu Amir sagte er: »Dort hinauf.« Er zeigte auf die Düne. »Schnell! Um eure Spuren kümmern wir uns.«

Kapitel 44

Doro erschrak, als Amir sie unvermittelt auf die Füße zog. Bis eben hatte er sich mit ihrem Befreier unterhalten.

Gehört hatte sie davon nichts, aber gern hätte sie noch länger so im Kreis der Männer gesessen. Sie wollte dem Feuer zuschauen und nicht an den Kampf denken, nicht an Schüsse, an Rauch und Feuer, an leblose Gestalten oder daran, dass Amir beschossen worden war. Sie wollte überhaupt nicht denken! Vielleicht erholten sich dann sogar ihre Ohren? Doch Amir bestand darauf, dass sie ihm folgte.

Hand in Hand erklommen sie die große Düne. An einigen Stellen war der Sand fest, an anderen fein wie Mehl, so dass sie kaum von der Stelle kamen. Amir zog sie vorwärts. Unterhalb des Dünenkamms zeigte er auf eine Mulde. Hier solle sie warten. Er kroch weiter.

Der Grat der Düne zeichnete sich gegen den Himmel ab. Doro legte den Kopf in den Nacken. Eine unfassbare Menge von Sternen, kein Mond, nur ein paar zarte Wolken und sanfter Wind. Noch vor Kurzem hätte sie eine solche Nacht als romantisch empfunden. Sie rechnete nach. Vor fünf – oder doch schon vor sechs? – Tagen war sie mit genau solchen Vorstellungen in Aït Arba aufgebrochen. Seither, so schien es, rannte sie ununterbrochen vor Gefahren weg.

Ihre Gedanken sprangen hierhin und dorthin.

Das ruhige Reihenhaus, der kleine Garten, das geregelte Leben zu Hause fielen ihr ein. Jeden Stein, jede Ecke dort kannte sie, die Nachbarn, die Wege – so vertraut. Dort drohte keine Gefahr, alles war geordnet und berechenbar und sicher. Sicherheit und Berechenbarkeit dort – und hier? Jenseits dieser Grenze werden Drachen sein … Mutter konnte das nicht gewusst haben, aber so war es tatsächlich.

Hör auf, befahl sie sich. Bis auf die paar Kratzer an den Händen und die Ohrgeräusche war sie unverletzt. In Deutschland waren nach Silvester die Zeitungen voll von Geschichten über Böllerschüsse und Knalltrauma. Wenn sie sich richtig erinnerte, wurden dagegen Infusionen empfohlen. Infusionen? Sie wäre schon selig über eine Cola mit Eis, über eine Currywurst mit scharfer Soße oder Pommes mit Majo! Das Wasser lief ihr im Mund zusammen.

Wann hatte sie eigentlich das letzte Mal richtig geschlafen, wann etwas Vernünftiges gegessen und wann geduscht? Und nur so nebenbei: Wann hatte sie zuletzt etwas frei entschieden und sich ohne Angst gefühlt?

Amir kam zurück, umfasste ihr Gesicht, küsste ihre Augen, lächelte. Ihr Herz schlug bis zum Hals. Bei allem Verlangen nach Sicherheit und Vertrautem – er war hier, bei ihr!

Alles in Ordnung, bedeutete er ihr und wies bergauf. Sie robbte ihm nach. Vor dem Dünenkamm legten sie sich auf den Bauch und krochen weiter, bis sie hinuntersehen konnten.

Doro blickte in das Lager der Minensucher. Sie sah das Zelt, die Beduinen und ihre Kamele. Daneben aber standen zwei Jeeps, und Polisariomänner mit Gewehren im Anschlag streiften suchend umher. Sie packte Amirs Arm.

Amir nickte. »Mahmud!«, formten seine Lippen. »Er sucht uns.«

Auch Doro hatte ihn erkannt. Unverkennbar, diese Feldherrnhaltung! Wut stieg in ihr auf. Warum ließ sie dieser Kerl nicht endlich in Ruhe?

»Weiß er, dass wir hier sind?«

Er könne Spuren lesen, bedeutete er ihr. Dann lenkte er ihren Blick Richtung Militärlager. Unerwartet nah rauchten dessen Trümmer.

»Du sagtest, ich hätte den Marokkanern meine Augen verkauft. Die Wahrheit ist komplizierter.«

Amir sah auf. Rasil hatte Doro vor sich im Sattel. Jetzt lenkte er sein Kamel neben das, auf dem Amir hinter einem der anderen Minensucher saß.

Kaum war Mahmuds Suchtrupp in der Nacht abgerückt, hatte Rasil den sofortigen Aufbruch befohlen. Die polisarischen Kämpfer in ihrem Siegesrausch seien unberechenbar, hatte er gesagt. Darüber hinaus seien weitere Kampfhandlungen zu erwarten, da die marokkanische Armee die Zerstörung eines ihrer wichtigsten Grenzlager nicht unerwidert lassen würde. Er aber sei nun nicht mehr nur für seine Männer verantwortlich, sondern auch für Amir und Doro. Er werde sie aus der Gefahrenzone bringen.

Daher saßen sie lange vor der Morgendämmerung im Sattel, und noch bevor marokkanische Jagdbomber im Tiefflug die Luft zum Erzittern brachten, überquerten sie den Berm in nordöstlicher Richtung. Er werde einen Bogen um die Minenfelder schlagen und sie auf sicheres Terrain in der Freien Zone führen, hatte Rasil angekündigt.

Die Kamele gingen in ihrem gewohnten Schritt. Noch eine Stunde, signalisierte Rasil.

Amir sah, wie teilnahmslos Doro vor Rasil im Sattel saß. Sie wirkte erschöpft, sogar mutlos. Inzwischen konnte sie wieder einzelne Laute hören, doch ihre anfängliche Freude darüber war rasch verflogen. Kein Wunder, nach den Schrecken der letzten Tage. Er biss die Zähne zusammen.

»Ich habe keine Kinder, ebenso wie meine Brüder. Minensucher sollten ungebunden sein. Mit meinem Tod und dem meiner Brüder erlischt also unsere Familie.« Rasil sprach, als nähme er ein gerade unterbrochenes Gespräch wieder auf. »Nur auf algerischem Gebiet gibt es noch entfernte Vettern der Al Scha'abi. Sie kämpften im Algerienkrieg gegen die Kolonialherrschaft der Franzosen. Der Wille zu Unabhängigkeit und Freiheit liegt allen Réguibat im Blut, deshalb. Algerien erreichte sein Ziel, wie du weißt, doch was wurde aus dem der Réguibat?« Die Bitterkeit in seiner Stimme sprach Bände.

Nur zu gut kannte Amir die Maßnahmen, die die algerische Regierung ergriffen hatte. Ihr waren – wie allen Staatslenkern auf der Welt – unabhängige Nomadenvölker ein Dorn im Auge. Sie gaben keine Ruhe, bevor sie nicht Mann für Mann gezählt, gezähmt und in die Sesshaftigkeit gezwungen hatten.

In diesem Fall hatten die neuen algerischen Amtsträger die Weidegebiete der Hirtenstämme mit einem Federstrich den Sowjets übertragen, die dort riesige Erdölvorkommen ausbeuteten. Wie versprochen begannen mit diesem Öl die Staatseinnahmen zu sprudeln, Schulen, Universitäten und preiswerter Wohnraum entstanden, Fabriken, die den Leuten Arbeit gaben, ein allgemeines Gesundheitswesen und andere Segnungen. Seither entwickelte sich der Norden des Landes prächtig, jedoch nicht das Sandmeer im Süden.

Sie ritten immer weiter nach Nordosten, zumeist schweigend, und passierten Steinfelder und eintönige Sandebenen. Doro starrte wie träumend vor sich hin, Amir beobachtete die Gegend aufmerksam.

Bisher waren sie unbehelligt geblieben. Trotzdem ließ

Rasil zwei seiner Minensucher den Weg der kleinen Karawane sichern.

»Niemandsland«, erklärte Rasil mit weiten Armbewegungen, »nicht mehr Freie Zone und noch nicht Algerien. Selten verirrt sich eine Patrouille in diesen Winkel. Aber siehst du die bleichen Kamelknochen? Dort verläuft eine Piste.«

Er zeigte auf eine Fahrspur, die von Norden kam. »Unsere Nabelschnur. Diesen Weg nehmen die Lastwagen, die Lebensmittel und Wasser zu uns bringen, gelegentlich benutzen ihn auch UN-Soldaten. Solange man ihn nicht verlässt, ist man sicher.«

Amir sah ihn fragend an.

»Minen, auf beiden Seiten, im Niemandsland!« Er ballte die Fäuste. »Ich will gar nicht wissen, wer sie gelegt hat oder warum, und auch nicht, wie viele Tiere hier schon verreckt sind! Wir spüren die Sprengsätze auf und entschärfen sie, aber es ist, als ob sie nachwachsen.«

»Lebt ihr ständig hier?«

»Wir sind nur wenige, und unsere Herde ist klein. Wir können nicht mehr wandern«, antwortete Rasil. »Nomadische Freiheit sieht anders aus!« Er verstummte.

Er litt sichtlich.

Erst nach einer längeren Pause schilderte Rasil die Zwangsumsiedlungen der algerischen Réguibat, ihre Verelendung, und dass die Letzten seines Stammes ihre Zelte hier im Nirgendwo aufgeschlagen hatten.

»So sind wir niemandem untergeben, doch unsere Aussichten sind miserabel, das muss ich dir nicht erklären. Die Polisario lässt uns mit Getreide beliefern, zehn Kilo pro Person und Monat, ohne Gegenleistungen zu fordern. Damit ist immerhin unser Überleben gesichert.«

Er fixierte Amir. »Du und ich halten die militärische Strategie der Polisario für falsch, aber kann ich sie unter solchen

Umständen verurteilen? Wir sind da.« Er deutete nach vorn.

Amir sah eine steinige Ebene, erodierte Hügel und niedrige Dünen, sah einen zerklüfteten Felsen, dessen Umrisse im flirrenden Licht verschwammen, und Zelte mit dem Emblem der UN in Sand und Geröll.

Der Rhythmus der Kamelschritte und das gleichmäßige Schaukeln, Rasils tiefe Stimme in ihrem Rücken und die Monotonie der Landschaft wirkten beruhigend, geradezu einschläfernd. Von Doro aus könnte es noch stundenlang so weitergehen. Die Kamele brummten, das Sattelzeug knarrte – ihre Ohren erholten sich auch ohne Infusion.

Sie kreuzten eine Lastwagenspur, die von Norden kommend zu einem Lager führte. Es bestand aus winzigen Ziegenpferchen, aus Steilwandzelten mit UN-Emblem und Bretterhütten. Dazwischen stieg eine Windhose auf. Sie kreiselte, tanzte hierhin und dorthin, riss eine Plastiktüte mit sich und wirbelte sie in die Höhe, wo sie davonsegelte wie ein Vogel.

Doro sah eine Gruppe Frauen, einen Alten, der ein handtuchkleines Zwiebelbeet wässerte, sah Kinder in Lumpen und alte Männer mit stumpfen Augen. Und sie sah verstohlene Blicke, Menschen, die sich abwandten, und Zelte, deren Eingänge verschlossen wurden, als sie sich näherten.

Kein Lachen erklang und keine Willkommensworte, und niemand kam, um die Karawane zu begrüßen.

Doro starrte nach unten. Rasils wohlgenährtes Kamel trug bunte Satteldecken, sämtliche Lederriemen zierten Stickereien, und den Kopf schmückten farbige Bommeln. Angesichts des offenkundigen Mangels in diesem Lager wirkte das angeberisch. Sie verkroch sich tief in ihre Tücher.

Rasil ließ halten. Die Männer saßen ab, nur sie thronte noch auf dem Kamel. »Bleib sitzen«, befahl er Doro. Dann sagte er etwas zu Amir, schnallte sein Bündel vom Sattel und nahm das Gewehr an sich.

Amir griff nach dem Führstrick des Kamels, zeigte irgendwohin. »Sie haben keinen Platz, wir gehen dorthin«, sagte er.

Platz gab es in diesen Zelten vermutlich mehr als genug, dachte Doro, aber nichts sonst. Ein Schluck Wasser, ein Krümel Brot, und das Gebot der Gastfreundschaft wäre erfüllt, doch offenbar verfügten die Bewohner nicht einmal darüber. Um den letzten Rest ihres Stolzes nicht auch noch zu gefährden, sahen sie beiseite und taten, als bemerkten sie die Ankömmlinge nicht.

Amir führte das Tier entlang rudimentärer Schutzzäune aus trockenen Palmwedeln, die das Lager umgaben, zum Fuß eines einzeln stehenden Felsens. Erst hier, zwei-, dreihundert Meter von den Zelten entfernt, hielt er zwischen Erosionsschutt, Steinbrocken und Sandhügeln an.

Die klobigen Trümmer schienen von innen zu glühen. Sie hielten zwar den Wind ab, und die größeren Felsquader spendeten sogar Schatten, dennoch musste dies der heißeste Ort der ganzen Sahara sein, dachte Doro. Sie sah zurück. Und der einsamste, denn nichts deutete mehr auf die Nähe von Menschen hin.

Amir ließ das Kamel niederknien und Doro absteigen. Das Tier wandte seinen langen Hals, um nach ihr zu schnappen.

»Schlechte Laune«, sagte Amir, »es will bei seiner Herde sein.«

Er breitete Decken aus und holte Wasserflasche, getrocknete Datteln und Fladenbrot aus Rasils Packtasche. »Rasil sagt, wir sollen essen und trinken und uns ausruhen.« Seine Stimme klang brüchig.

»Trinken ja, aber wie können wir ihm sein bisschen Brot wegessen?«

»Deine Ohren erholen sich!« Die Erleichterung war ihm anzusehen. »Hast du Schmerzen?«

»Nur ein wenig Kopfweh. Und außerdem …« Doro rieb ihren Hosenboden. »Auf einem Kamel reiten, stundenlang? Komfortabel ist was anderes.«

»Das vergeht. Übrigens erwartet man im Lager noch heute die Anlieferung neuer Lebensmittel, außerdem haben Rasils Männer Mehl und Fischdosen im Gepäck.«

Diese beiläufigen Worte zur Situation im Lager, leicht dahin gesagt, verschafften ihr ein besseres Gefühl.

»Gut.« Doro zeigte auf den Brotfladen. »Also dann, geben wir uns der Völlerei hin.«

Ein müder Scherz, dachte sie, doch Amir tat ihr den Gefallen und lachte. »Bismillah«, sagte er und reichte ihr die Wasserflasche.

Das Brot war von gestern. Es krachte zwischen den Zähnen und wollte nur mit Wasser rutschen.

Keiner von ihnen erwähnte die Armut im Lager, keiner das Gefecht, die Flucht oder die Explosion oder dass Amir beschossen worden war. Auch über Mahmud, die allgemeine Situation oder ihre eigene Lage – kein Wort, als hätten sie sich abgesprochen.

Doro fühlte sich zwar bedrängt von all dem, aber darüber sprechen? Später vielleicht, mit mehr Abstand, jetzt nicht.

Noch stand die Sonne hoch, ein greller Fleck in sandgeschwängerter Luft, und kein Windhauch regte sich.

Er hatte die Umgebung abgesucht und dem Kamel Fußfesseln angelegt. Obwohl es hier nichts als Sand und Steine gab, würde das Tier auf Futtersuche gehen, es war seine Natur. Man konnte lediglich seinen Radius beschränken.

Er kehrte zum Felsen zurück. Was von Weitem wie eine homogene Basaltmasse wirkte, löste sich beim Näherkommen in Licht und Schatten auf, wurde zu scharfkantigen Nadeln, Blöcken und Geröll. Dazwischen saß Doro. Sie klagte nie, dachte Amir, auch wenn sie litt, seine Wolkenfrau. Er sah ihre beschädigten Schuhe, ihre eingerissene Jeans, die fleckigen Tücher um Oberkörper und Kopf, voller Sand … Frauen hassten so etwas, wusste er, doch Doro konnte auch damit umgehen. Sogar echte Gefahr, Flucht und Angst und Ungewissheit, Schmutz und Übermüdung – womit immer sie konfrontiert wurde, sie ließ sich nicht unterkriegen. Woher nahm sie die Kraft? Wie viel Energie in dieser Frau schlummerte! Nie hätte er das erwartet, als er sie kennenlernte.

»Nimm von den süßen Datteln«, sagte er.

Helle, weit geöffnete Augen sahen zu ihm auf. Blau, dachte er, die Farbe des Wassers und des Lebens.

Er kniete vor Doro, schob das Tuch von ihrem Haar, umfasste ihren Nacken und zog sie in seine Arme. Sie und er – es fühlte sich richtig an.

»Du gehörst zu mir«, murmelte er an ihrem Hals. »Bleib, für immer.«

Sie schluchzte auf. Dann drängte sie sich an ihn, so dicht, als wolle sie mit ihm verschmelzen. Ihre Hände strichen über sein Gesicht, über seine Augen, seinen Hals, dann richtete sie sich auf, um diese Stellen auch mit den Lippen erreichen zu können. Er hielt sie und überließ sich ihren Küssen. Sie fühlten sich wunderbar an, weckten seine Stärke, sein Verlangen und löschten Unruhe und Zweifel.

Er lenkte ihre Hände, die unter sein Gewand gefunden hatten, schob Tücher und Stoffe beiseite, umfasste Doros

Brüste, ertastete ihren Schoß. Doro stöhnte. Sie streichelten einander, küssten sich, leckten und nagten an Lippen, Ohren und Brüsten, flüsterten, spürten Haut an Haut, atmeten den Duft, der zwischen ihnen aufstieg – nichts sonst existierte.

Er half Doro aus ihrer Jeans, befreite sich selbst, dann zog er sie auf seine Schenkel und drang tief in sie ein.

Kapitel 45

Der junge Internist maß Blutdruck, sprach von der Notwendigkeit, ausreichend zu trinken, und von Ruhe, dann spritzte er Betty ein Kreislaufmittel.

Sie sah zu, wie Dr. Nabil Stethoskop und Blutdruckmanschette einpackte und an Ingrids Schreibtisch Platz nahm, um Rezept und Rechnung auszustellen. Wann war sie zuletzt einem Mann im gepflegten Anzug begegnet? Gut, dieser hier trug keine Socken, dafür aber eine Weste …

Nebenan diskutierten Ibrahim und Ingrid. Immer noch wartete Ingrid auf den Rückruf der deutschen Botschaft, während Ibrahim drängte, Colonel De Rijk zu informieren.

Betty starrte an die Decke. Die Anruferin hatte von einer Front gesprochen. Front? In ihrer Vorstellung hieß das Dreck und Schützengraben, hieß Beschuss, Angst und Grauen. Und mittendrin Dorothea? Unvorstellbar.

Das Herz schlug wieder ruhiger. Diesen Schwächeanfall hatte sie überwunden, aber was kam als Nächstes? Sie wurde nicht jünger. Wie viel Zeit blieb ihr noch? Sie setzte sich auf.

Eigentlich dachte sie selten an den Tod, sehr selten, und wenn, dann eher allgemein. Plötzlich aber schien es wichtig, die eigene verbleibende Lebensspanne zu kennen.

Warum? Ging es ihr um Vergebung, um Versöhnung, um

Wiedergutmachung? Große Worte, gewaltig große, zunächst musste man das Mädchen erst mal freibekommen!

Mit neuer Energie kam Betty auf die Beine und ging in den vorderen Raum. »Das dauert mir alles zu lange. Ibrahim hat recht, wir müssen Colonel De Rijk mit den neuen Nachrichten aus Smara überzeugen. Er muss handeln. Sonst unternehmen wir etwas auf eigene Faust, das können wir zumindest ankündigen.«

Ingrid winkte ab. »Leg dich wieder hin.«

Betty schüttelte den Kopf. Dorotheas Befreiung war plötzlich das Wichtigste auf der Welt. Außerdem war es ihre Chance. Eine zweite bekam sie nicht.

»Bleib du am Telefon, falls die Botschaft anruft. Ibrahim und ich fahren zur Kaserne.«

Colonel De Rijk war sofort für sie zu sprechen. Er kam zum Auto, nahm auf dem Rücksitz Platz und breitete eine Landkarte aus. Ein Teil von ihr war großflächig blau schraffiert, der andere rot, dazwischen gab es Pfeile, Kreise, Striche. »Sie haben Neuigkeiten?«

Betty schilderte den Anruf aus Smara. De Rijk hörte zu, nickte, ließ seinen Finger über die Karte gleiten, fragte nach: »Und das haben Sie selbst gehört?«

»Mit eigenen Ohren«, behauptete Betty.

»Gut, gut.«

»Ibrahim weiß noch mehr.«

Ibrahim schloss kurz die Augen. Dann berichtete er ohne die sonst üblichen Umschweife von dem halb fertigen Flugfeld bei Gleibat El Foula.

»Ach? Wo genau liegt es?«

Ibrahim zeigte auf einen Punkt im rot schraffierten Teil der Karte. »Hilfsflüge von den Kanarischen Inseln werden uns unabhängiger von Algerien machen, zumindest teilweise. Nicht jeder Transport muss dann noch über Land gekarrt werden, das geht schneller, ist weniger strapaziös und billiger.«

»Auch ich kenne den Nutzen des Luftverkehrs.« De Rijk zwinkerte.

»Natürlich. Es befindet sich übrigens noch im Bau.«

»Aha. Besagtes Flugfeld liegt in der Freien Zone? Dann geht es mich nichts an. Sonst noch was?«

Von Mahmuds Plan zu sprechen ging fast über Ibrahims Kräfte. »Die Bauarbeiten … ihre Entdeckung würde viel Staub … Ich meine, schließlich handelt es sich ja nicht um ein offizielles Projekt. Daher soll der Grenzwall bekämpft werden, zur Ablenkung, verstehen Sie?«

Der niederländische Offizier fixierte erst Ibrahim, dann die Karte.

»Die marokkanischen Flieger würden die Baustelle sonst in Grund und Boden bomben, Freie Zone hin oder her!«, ereiferte sich Ibrahim. Etwas ruhiger fuhr er fort: »Wird aber El Berm angegriffen, konzentriert sich alles auf dessen Verteidigung. Niemand schert sich dann um irgendwelche abgelegenen Bauarbeiten.«

Der Finger des Colonel lag auf einer farbigen Markierung der Karte.

»Ein guter Plan«, schloss Ibrahim. »Nun aber, bei Allah, wird er womöglich Mademoiselle Doro zum Verhängnis!«

»Das ist wohl eher eine Vermutung, wie alles andere auch. Mal grundsätzlich gefragt: Warum sollten Kampftruppen eine Geisel nehmen, noch dazu eine junge Frau?«

Betty fuhr auf. »Sie haben doch den Zeitungsbericht gelesen!«

Colonel De Rijk redete weiter, als habe ihn Betty nicht unterbrochen. »Zweitens: Warum sollten sie die Geisel an die Front bringen und unnötig der Gefahr aussetzen?«

Das klang vernünftig, und gern hätte Betty ihm geglaubt. Aber die Frau aus Smara hatte eindeutig von Front gesprochen und von einem Angriff. »Wer weiß?«, erregte sie sich. Sie presste die Hand auf die Brust. Ihr Herz rebellierte wieder. »Der *Figaro* hat jedenfalls über den Fall berichtet!«

»Sie denken an die europäischen Medien? Absurd, für die ist diese Gegend weiter entfernt als der Mond.« De Rijk starrte auf seine Karte, folgte irgendwelchen Linien und schätzte Entfernungen ab. »Und was sollte es bringen?«, sinnierte er.

Nicht zum Aushalten, dachte Betty. »Unsere Informationen betreffen aber Ihr Mandat, oder nicht? Was werden Sie also unternehmen?«

Bevor der Colonel antworten konnte, kam sein Adjutant im Laufschritt aus der Kaserne. Er trat ans Auto, salutierte und riss die Wagentür auf. Hastig flüsterte er einige Worte in Colonel De Rijks Ohr.

»Verdammt, was sagen Sie?«

Der Adjutant wiederholte seine Botschaft.

De Rijk stieg aus. Mit gerunzelten Brauen sah er von Betty zu Ibrahim. »Warten Sie hier! Ich gebe Ihnen Bescheid.« Damit verschwand er hinter den weißen Mauern des Kasernengeländes.

Es dauerte. Ibrahim vertrat sich die Beine. Betty ließ das Kasernentor nicht aus den Augen.

Endlich kam der Colonel zurück. »Sie sind außergewöhnlich gut informiert, Sie und Ihr einheimischer Begleiter!«, knurrte er.

»Was ist passiert?«

De Rijk wandte sich an Ibrahim. »Besagter Angriff fand tatsächlich statt. Die Polisario griff von Westen an und zerstörte einen marokkanischen Grenzposten mit Treibstofflager und Radaranlagen. Es gab Tote und Verletzte, doch ob sich unter ihnen eine Frau befindet, ist nicht bekannt.«

»Um Gottes willen!« Betty erschrak.

»Wie gesagt, nicht bekannt. Überhaupt weiß man noch nichts Genaues, die Fotos der Aufklärungsflieger werden gerade erst ausgewertet.«

»La illah illalah«, murmelte Ibrahim. »Wann?«

»Letzte Nacht. Die Telefon- und Funkverbindungen sind unterbrochen, daher erfuhren wir erst jetzt davon.«

»Und das Flugfeld?«, fragte Ibrahim.

Der Colonel winkte ab. »Ich bin nicht befugt, mich näher zu äußern.«

»Nicht?« Betty funkelte ihn an. »Es ist Ihnen aber hoffentlich klar, dass Ibrahim sich ›näher geäußert‹ hat und was er damit riskiert!«

»Wie gesagt, Madame, das UN-Mandat und die marokkanische Souveränität …« Er verstummte.

»Welche Vergeltungsmaßnahmen sind geplant?« Ibrahim ließ nicht locker.

Der Colonel schwieg.

»Was wird aus Mademoiselle Doro?«

De Rijk zuckte mit den Schultern.

Ibrahim startete den Motor.

De Rijk legte seine Hand auf das Autodach. »Moment.«

Ibrahim sah stumm nach vorn.

»Wie gesagt, noch sind unsere Informationen nicht vollständig.« De Rijk sprach leise. »Wenn ich Colonel Lahbabi jedoch richtig verstanden habe, reicht die vor Ort verfügbare Truppenstärke nicht aus, großflächige Patrouillen durchzuführen. Bei Weitem nicht!«

Ibrahim schaltete den Motor aus. Was deutete dieser Offizier an?

»Frische Streitkräfte werden natürlich nachgeführt, entsprechende Befehle sind bereits raus. Doch das wird dauern, so zwei, drei Tage, denke ich.«

Ibrahim starrte den Mann an. Verstand er richtig? Gab ihm der Colonel die Empfehlung, auf eigene Faust zu handeln? Bis Guelimin waren es nur ein paar Stunden, und von dort aus …

Der Colonel klopfte auf das Dach. »Tut mir leid, Madame, mehr kann ich nicht sagen.«

Sie ruhten im Schatten von Tüchern, die Amir zwischen die Felsen gespannt hatte. Amir! Doro spürte seine Wärme, das Gewicht seiner Hand auf ihrer Hüfte und manchmal seinen Atem. Gesucht hatte sie ihn nicht und doch gefunden. Bei ihm fühlte sie sich gleichzeitig geborgen und frei und so, als hätte sie etwas immens Kostbares entdeckt. Bleib bei mir – hatte er das wirklich gesagt?

Bei Amir bleiben … An seiner Seite ihr bisheriges Leben hinter sich lassen, sich jeden Tag durch und durch lebendig fühlen, ihn immer um sich haben, ihn lieben, von ihm geliebt werden, von ihm lernen, an seinem Alltag teilhaben … Es fühlte sich richtig an.

Und was war mit Kheira? Sie zuckte zurück, als habe sie sich verbrannt.

Amir schlief nicht. Er hatte es ausgesprochen. Wunsch, Hoffnung, seine Liebe und die Sorge, sie zu verlieren, hatten sich wie von selbst artikuliert: Bleib bei mir. Keine Spur von Unsicherheit oder Abwägen. Sie gehörten zusammen.

Doro war eine Fremde, das schon, und oft erinnerte sie ihn an die jungen Frauen in London. Doch war sie die Frau, die zu ihm gehörte, daran gab es keinen Zweifel. Sie war aktiv und aufgeschlossen, war seine andere Seite, die Quelle, aus der er Stärke schöpfte, sein Horizont. Alles würden sie teilen, würden einander stützen und lieben, und das war das Entscheidende. Das Band zwischen ihnen war fest und nachgiebig zugleich, und es war belastbar, das spürte er.

Hinter geschlossenen Lidern sah er Doro vor sich, wie sie im Kreis mit anderen Frauen am Boden kauerte und Brotteig knetete. Ein Bild voller Fehler ... Die aber wollte er nicht sehen, nicht jetzt.

In der Ferne hörte er Geräusche von Lastwagen. Die Lebensmittel für Rasils Lager trafen ein. Aus militärischer Sicht mochte Mahmuds Angriff erfolgreich gewesen sein, doch was bedeutete das schon, solange Menschen hungerten?

Doros Reaktion auf den Anblick von Rasils Lager hatte ihm gezeigt, worum es wirklich ging und wie abgestumpft er bereits war. Not und Armut hatte er so oft gesehen, dass sie ihm beinahe normal vorkamen, ihr aber trieb es die Schamesröte ins Gesicht. Hatte er ihr wirklich vor wenigen Tagen erst ihren Wohlstand vorgehalten? Wie ungerecht. Dabei konnte er von ihr lernen! Sie sah nicht nur das Elend, das er schon kaum noch wahrnahm, sie litt mehr darunter als er. Deutlicher als vieles andere führte ihm dies erneut die Dringlichkeit eines Waffenstillstandsabkommens vor Augen.

Doch gesetzt den Fall, ein solches Abkommen käme tatsächlich zustande: Würden sich Leute wie Mahmud daran halten, würden er und die anderen Kommandeure der Polisario ihre Waffen abgeben?

Er bemerkte, dass sich Doro aufrichtete, tat aber, als schliefe er.

Eben noch hatte sie sich aufgehoben und auf geheime Weise vollständig gefühlt. Ein bewegendes Gefühl – das im nächsten Augenblick wieder zerrann. Vorsichtig drehte sie sich um zu Amir, sah seine geschlossenen Augen, die Sonnenfältchen, die kaum noch sichtbare Narbe, die seine Braue teilte. Bleib bei mir, hatte er gesagt … Wie denn?

Ein Schluchzen stieg ihr in die Kehle. Eilig tauchte sie unter den Schattentüchern hervor, schlüpfte in ihre Schuhe und rannte los. Fort von ihm, irgendwohin, wo sie denken konnte.

Sie lief, wurde aber schon nach kurzer Zeit langsamer, blieb schließlich stehen, kauerte sich zusammen. Abgesehen von Kheira: Gab es für Amir und sie eine gemeinsame Zukunft? Das konnte nicht gut gehen. Vielleicht aber doch? Ein Scheitern war schließlich nicht unabwendbar! Gab es nicht auch glückliche Beziehungen über kulturelle und sonstige Grenzen hinweg? Sicher gab es die, bestimmt, wahrscheinlich sogar häufig!

Doro sprang wieder auf, folgte einer Spur, die sich durch die hügelige Weite zog.

Amir und sie entstammten unterschiedlichen Welten, doch Unterschiede ließen sich überwinden. Mit Intelligenz und Liebe, und darüber verfügten sie beide. Außerdem hatten Grenzen für jemanden wie Amir ohnehin keine Bedeutung, nicht im realen und auch nicht im übertragenen Sinn. Und wie sah es bei ihr damit aus?

Ihr Kopf war schwer wie ihre Beine. Wohin war sie überhaupt gelaufen? Doro blickte sich um.

In der Ferne die Lagerzelte, weit dahinter der Felsen. Amir sah sie nicht.

Kapitel 46

»Ibrahim schlug vor …«

»Ibrahim lässt sich von Schuldgefühlen leiten.« Ingrid ordnete Unterlagen, sah nicht auf. »Gib Ruhe. De Rijk hat unsere Telefonnummer. Sollte sich etwas Neues ergeben, wird Ibrahim uns verständigen. Und so lange bereite ich meinen Umzug vor.«

Betty starrte auf den vollen Papierkorb, auf die Zettel an Truhen und Schrank mit Anweisungen, wer diese Möbel später erhalten sollte. Einer von Ingrids großen Koffern wartete bereits gepackt in einer Zimmerecke.

Vorhin hatten sie Karl-Heinz und seine Reisegruppe getroffen. Ein kühles Treffen und ein flüchtiger Abschied. Die Gruppe flog heute Abend zurück. Sie wäre dabei, hätte sie nicht der Traum geweckt, hätte sie nicht die Waffenkisten gefunden, nicht Dorothea getroffen …

Danach hatten sie die Sache mit den Flugtickets organisiert. Ingrid und sie wurden auf dieselbe Maschine gebucht! Schwieriger war es, Dorotheas noch offenen Rückflug in den Listen zu finden und ebenfalls auf diese Maschine umzubuchen. Doch nun saßen sie – mit etwas Glück – in zehn Tagen zusammen im Flieger nach Frankfurt.

Ausgesprochen hatten sie es nicht, doch für sie beide stand außer Frage, dass Dorothea rechtzeitig wieder bei ihnen sein würde. Und wenn nicht? »Notfalls buchen wir erneut um«, hatte Ingrid abgewinkt.

Sie hatte sich vorgenommen, ihre Abreise ohne großes Tamtam durchzuziehen, denn beides, der Abschied von Marokko wie die Rückkehr nach Deutschland seien schwierig für sie. Bedrückt hatte sie geklungen, sogar gereizt, und doch hatte sie mit den Vorbereitungen begonnen.

Ihre persönlichen Sachen sollten mit nach Deutschland, einiges vom Hausrat würde sie verschenken, anderes an den Straßenrand stellen. »Den Rest überlasse ich Ibrahim. Er wird wissen, wer was gebrauchen kann.«

»Wo in Deutschland wirst du eigentlich wohnen?« Ingrid hatte die Frage überhört und Betty nicht nachgehakt.

Betty schaffte es kaum, ihre innere Unruhe zu bezwingen. Sie nahm die Autogeräusche von draußen wahr, die milde Luft, die vom Balkon hereinwehte, den Blütenduft aus den umliegenden Gärten und die leichte Meeresbrise. Alles war genau wie in den letzten Tagen. Und doch waren rundum Veränderungen spürbar.

Zugleich hieß es warten, auf einen Anruf, einen neuen Hinweis, eine Idee, dabei drängte es sie, Dorothea zu helfen, sie zu sehen, mit ihr zu sprechen und sich zu erklären.

Hoffentlich fand sie bei ihrer Begegnung die richtigen Worte! Mit der Tür ins Haus fallen kam nicht in Frage. Besser, sie sprach allgemein vom Krieg und der damaligen Lebenssituation, bevor sie auf ihre eigene Geschichte kam. Bis hierher war es ihr klar. Aber dann, das Persönliche, ihre Liebe zu Gernot? Keine Details, selbstverständlich … Das »Jugendlager« musste sie natürlich erwähnen. Und das Lebensborn-Heim, die Geburt? Je länger sie darüber nachdachte, desto unsicherer wurde sie. Sie musste sich mit Ingrid beraten.

Ingrid saß am Tisch, den Kopf in beide Hände gestützt, sichtlich mit eigenen Problemen beschäftigt.

Leise zog sich Betty wieder zurück.

Gernots Heft lag auf ihrem Bett und wartete. Sie öffnete es, blätterte, schnupperte am Papier, klappte es wieder zu. Seine Notizen würden sie erneut deprimieren. Aber zurück in die Zeit des Vergessens und Ignorierens und der Illusionen konnte sie nicht mehr. Betty zog die Lampe heran.

Mai 1943, Marokko, im Lager. Endlich Schreibzeug!! Vor bald zwei Monaten wurden wir in der Nähe von Tunis von Franzosen in die Falle gelockt und entwaffnet. Und wir dachten, es seien Verbündete, die uns zu Hilfe kommen! Sie aber bezeichnen sich als Freies Französisches Afrikakorps, d.h.: Legionäre, Freiwillige & Widerstandskämpfer der Résistance, die sich auf eine »Casablanca-Konferenz« berufen. Keiner weiß, was das ist, aber wenigstens behandeln sie ihre Gefangenen einigermaßen. Waffen und Uniform abgegeben, stattdessen jetzt lange Hemden und Hosen aus Drillich. Dann per Fußmarsch und LKW nach Westen, Mannschaften und Offiziere getrennt. Ankunft Kasbah Irgendwas: Riesenburg und kleiner Ort im Tal, nennt sich Quazazarte = ursprünglich französische Garnison, jetzt übernommen von den sogen. Freien. Wilde Landschaften, unwirkliche Farbdetails, Licht, das blendet. Lager hinter Stacheldraht, rohe Holzbaracken. Nirgends Schatten, heiß! Oberleutnant Fritsche: Offiziere klagen nicht, Schwäche gehört sich nicht; zitiert Bismarck: Sind nicht auf der Welt, um glücklich zu sein, sondern um unsere Schuldigkeit zu tun. Soll er reden …

Ab hier schmierte Gernots Kopierstift, außerdem wurde seine Schrift winzig, als hätte er mit den verbleibenden Seiten geknausert.

Jeder hat 2 Eimer, 1 für die Notdurft, der andere wird täglich zur Hälfte mit Wasser gefüllt, zum Waschen und Trinken. Essen: Brot und Suppe, gelegentlich ein Ei. Lagerkommandant de Montsèrge (Elsässer, ca. 35 Jahre, Oberlippenbärtchen) trägt Kampfmontur, die marokkanischen Aufseher Mützen und Schärpen über ihren langen Hemden. Aufseher mit Schärpe stellen etwas dar, wer zudem eine Mütze besitzt, darf uns sogar das Essen verweigern. Manche schlagen mit dem Stock. Meistens wissen wir nicht, weshalb, und de Montsèrge schaut weg. Tropft Blut auf den Boden, müssen wir es aufwischen, ansonsten dürfen Offiziere nicht arbeiten. Langeweile und Abstumpfung sind die Folge, als würde sich der Stacheldraht des Lagerzauns auch um Hirn und Seele legen.

Was für ein Bild! Aber hier spürte sie den Gernot von einst: verletzbar, aufmerksam, sehr vertraut. Einen Moment lang fühlte sie sich ihm nahe.

Juni 43: Behaupten die marokkanischen Aufseher doch allen Ernstes, Kinder seien die Ernte unseres Lebens! Wieso dann dieses Ping-Ping ihrer Eisenhämmer? Von morgens bis in die Nacht hocken sie vor dem Lager, die Jüngsten vielleicht fünf Jahre alt, und zerklopfen Steinbrocken zu Schotter, mit dem die Straße und der Hof befestigt wird. Ping-Ping-Ping, ohne Unterlass. Zum Glück wird die halb ertrunkene Kleine niemals Steine klopfen müssen, nicht, solange sie solche Eltern hat! Ihren Anhänger werde ich in Ehren halten, und nach mir meine Kinder und Enkelkinder.

Das Mädchen, das er damals aus dem Wasser gerettet hatte, die Anruferin aus Smara! Sie lebte bis heute, und bis heute hatte sie Gernot nicht vergessen, den »mutigen Deutschen mit einem warmen Herzen«. Betty musste sich die Augen wischen. Das Aquarell hatte sie inzwischen wieder und wieder angeschaut. Die letzten Zeilen – winzig, eng und um die Ecke geschrieben – lauteten:

Hauptmann Klose (zivil: Lehrer): Jeder von uns weiß etwas, ist irgendwo Experte, schlägt Vorträge vor, nennt es »Lager-Universität«. Typisch Lehrer eben. Oberleutnant Fritsche hält nichts davon, ich schon. Malkurs? Bei nächster Inspektion Materialfrage mit de Montsèrge klären!

Lageruniversität, Vorträge und Malkurs hinter Stacheldraht – der junge Gernot hätte so etwas sicher gut hingekriegt, aber der enttäuschte Leutnant? Immerhin hatte er damals viel gezeichnet und gemalt. Warum nur hatte er nie von dieser Zeit und den Erlebnissen gesprochen? Hatte es wirklich nur an ihr gelegen?

Ingrid stand plötzlich in der Tür. »Im Hotel und dann im Krankenhaus. Später vielleicht in einem Heim. Muss man abwarten.«

»Wovon sprichst du?«

»Du hast gefragt, wo ich wohnen werde. Jetzt weißt du es.« Ingrid sah nach unten. »Hotel, Krankenhaus, Pflegeheim. Die letzten Stationen.«

»Damit macht man keine Witze!«

»Meine Zeit ist um.«

»Hör auf!« Betty baute sich vor Ingrid auf, stemmte die Hände in die Hüften. »Sofort! Ich habe keine Ahnung, was los ist, aber glaubst du etwa, ich lasse dich im Stich?«

Es klopfte. Ibrahim. Brachte er wieder schlechte Nachrichten?

Sie sahen sich an, suchten mit Blicken Halt aneinander.

»Losfahren? Wohin denn?«

»Nach Süden«, erklärte Ibrahim. »Zuerst bis Guelimin, ab da sehen wir weiter.«

Lâlla Ingrid sah nicht auf, sie raschelte mit ihren Papieren.

»Ich kenne mich dort aus. Und wir müssen keine Patrouillen fürchten. Das hat der holländische Colonel ausdrücklich betont, oder etwa nicht? Was ist das anderes als ein Zeichen Allahs?«

Eigentlich hatte er erwartet, zu dieser Stunde längst unterwegs zu sein. Ausdrücklich darüber gesprochen hatten sie zwar nicht, doch er hatte sich vorbereitet.

»Der Wagen ist vollgetankt, Reservekanister, Wasser und

Decken sind gepackt, wir können los, Mademoiselle Doro suchen«, versuchte er es noch einmal.

Madame Betty war sogleich bereit. Lâlla Ingrid nickte, zuckte aber gleichzeitig mit den Schultern. Das konnte alles und nichts bedeuten.

»Allah sei Dank, die Kontrollposten dort unten sind leicht zu umfahren. Wir kommen ungesehen durch, vielleicht sogar bis …« Er verstummte und wartete. Das fiel ihm besonders schwer, seitdem der Niederländer von dem Gefecht am El Berm berichtet hatte.

Kämpfe forderten Opfer, das war der Preis. Als Sahraoui hatte er sich damit abgefunden, mehr noch, sollte ihn die Polisario zum Kampf rufen, würde er sein Herz und sein Blut hergeben. Er, aber doch nicht Mademoiselle Doro! Was immer ihr zustieß, daran trug er Schuld!

Wo steckte sie? Was war ihr bei dem Angriff zugestoßen? Hatte sie ihn überlebt? Und Mahmud? Seine üblichen Quellen hatten versagt, bis jetzt hatte er nichts herausfinden können, nicht das Geringste! Was blieb ihnen also anderes, als sich selbst auf die Suche zu machen?

Warum zögerte Lâlla Ingrid? Lastete sie ihm immer noch an, was sie als »Verrat« bezeichnete? Zumindest diese Sache hatte er inzwischen geklärt.

»Ich habe herausgefunden, von wem der anonyme Brief stammt: Von deinen Nachbarn. Die Fotos von Abdu, von Salamah der Brief.«

»Wie bitte?«

»Bei Allah, ich schwöre! Salamah will dich loswerden, will, dass du unser Büro räumst, damit er die Räume nutzen kann. Gegen dich persönlich hat er nichts, sagt Abdu, im Gegenteil, noch nicht einmal gegen mich hat er etwas oder gegen die Sahraouische Befreiungsbewegung. Salamah denkt schlicht. Seine Überlegung lautet: Kein Ibrahim, keine

Lâlla Ingrid, kein Büro. Stattdessen endlich ausreichend Platz für sein Geschäft.« Er tat, als zähle er Geld. »Dirhams, du verstehst?«

Ingrid sah ihn an, als traue sie ihren Ohren nicht.

Ibrahim nickte. »Darum geht es. Und nicht um etwas so Überflüssiges wie Schulspenden für Mädchen, wenn doch er, der tüchtige Händler, die Räume für seine Taschen und Pantoffeln benötigt. So einfach ist das.«

Ingrid schüttelte den Kopf. »Wie schäbig.«

»Abdu sagt, die städtischen Beamten schoben Salamahs Anträge immer wieder zuunterst in ihre Aktenstapel, seine diversen Aufmerksamkeiten waren ihnen aber willkommen. Nur deshalb, sagt Abdu, kam ihm in einem Moment des Zorns diese Idee. Sicher tut sie ihm inzwischen leid.«

Ingrid wandte sich ab. »Kann sein, kann nicht sein, das ändert jedoch nichts an den Tatsachen.«

War das alles, mehr hatte sie dazu nicht zu sagen? Mit hängenden Schultern stand Ibrahim im Zimmer. »Und jetzt?«

»Keine Alleingänge. Wir warten, was die Botschaft sagen wird.«

Madame Betty seufzte. Unauffällig deutete sie auf die Unordnung im Zimmer.

Ibrahim sah sich um, sah Lâlla Ingrids großen Koffer, den Tisch voller Papiere, die Klebezettel an ihren Möbeln, und verstand.

Mahmud fuhr schnell, ließ die Augen nicht von der Spur der Minensucher. Ihrer Karawane hatten sie sich angeschlossen, Amir und Doro, eine andere Möglichkeit gab es nicht.

Nie hätte er geglaubt, dass Amir und diese Deutsche überlebt haben könnten, nicht nach dieser Explosion! Die berstenden Treibstofftanks, die Feuertropfen, die durch die

Nacht regneten – nie im Leben würde er das vergessen. Genauso wenig wie das wilde Triumphgefühl, das ihn bei diesem Anblick erfüllt hatte.

Dreizehn der marokkanischen Hunde waren tot, acht verletzt, während es von seinen eigenen Leuten nur fünf erwischt hatte. Aber nirgends hatte man die Leiche der Frau oder die Amirs gefunden, weder unter den Trümmern der Kommandantur noch sonst wo im zerstörten Lager. Auch unter den Verwundeten – kein Amir und keine Fremde. Also hatte er noch in der Nacht die Umgebung nach ihnen abgesucht, hatte sogar das Lager der Minensucher auf den Kopf gestellt. Erst die Spur der kleinen Karawane, die man am Morgen entdeckte, hatte ihn darauf gebracht: Sie waren entflohen, mit Hilfe dieser ehrlosen Kollaborateure!

Vor jedem Marokkaner krochen sie im Staub, und ihn, den sahraouischen Bruder, den Freiheitskämpfer, den Kommandeur, versuchten sie reinzulegen?

Mahmud knirschte mit den Zähnen. Er suchte die Gegend mit dem Fernglas ab. Die Spur führte nach Nordosten, weg vom Berm, hinein in die Freie Zone. Er gab Gas, so dass der Jeep ins Schlingern geriet.

Was für ein Geniestreich, den Militärposten von Westen anzugreifen! Dadurch hatte er das Ungleichgewicht in der Waffenstärke mehr als wettgemacht. Wie lange die Marokkaner gebraucht hatten, um zu erkennen, mit welch intelligenter Taktik sie es zu tun hatten und wie sie gerannt waren! Glorreich hingegen der Kampfesmut seiner Männer und ihre Disziplin! Sie waren die reinsten Löwen, seine Polisario-Kämpfer, al hamdullillah.

Doch allzu rasch drohte sein Siegesrausch zu verfliegen. Was half es, einander von Tapferkeit und Kühnheit zu erzählen und von waghalsigen Heldentaten zu schwärmen, solange außer den unmittelbar Beteiligten niemand davon wusste? Die Anerkennung fehlte. Erst die Hochachtung der Öffentlichkeit würde seinen Triumph vollenden.

Mahmud tastete nach Wasserflasche, Fernglas und Funkgerät. Seine Männer wussten, was zu tun war, zur Not könnten sie ihn aber auch hier erreichen. Er, ein Mann der Wüste, benötigte keine modernen Apparate, lediglich Wasser.

Halb hing er aus dem Jeep, prüfte das Gelände, wich Gräben, Sandpartien und Steinen aus und ließ die Spuren der Kamele nicht aus den Augen. Acht oder neun Tiere zählte er, und sie gingen ohne Eile. Weit konnten sie nicht mehr sein. Schon bald würde er sie eingeholt haben.

Die Deutsche zu benutzen war von Anfang an seine Idee gewesen. Schon als Ibrahim und Hassan das erste Mal von ihr geredet hatten, war ihm die Idee gekommen, jemanden wie sie bei einem verdeckten Einsatz zu verwenden. Und hätte sich Amir nicht eingemischt, wäre sein Plan aufgegangen. Noch war es nicht zu spät. Er würde sie finden und zurückbringen.

Sie musste mit den ausländischen Reportern sprechen, musste aller Welt von dem Gefecht berichten, von seinem außergewöhnlichen Sieg, und davon, wie unerschrocken Polisariomänner kämpften und sich gegen Imperialisten zur Wehr setzten. Die Krönung seines Siegs, und zugleich die längst überfällige Abrechnung mit Amir.

Amir, angesehen, diszipliniert und abwägend – und nun verliebt? Seine Blicke hatten ihn verraten. Verliebt, noch dazu in eine Fremde, entgegen aller Traditionen? Das würde sein Ansehen schwächen, jedenfalls in den Augen der meisten Sahraouis. Wer weiß, vielleicht wurde er dadurch sogar untragbar für weitere Konferenzen? Amir wusste es vielleicht nicht, doch sie war sein wunder Punkt, diese Deutsche, und zugleich der Hebel, an dem er ansetzen würde. Er würde sie sich holen, eher gab er nicht auf!

Mahmud hielt an. Vor ihm lag eine Senke, begrenzt von Dünen, einer erodierten Bergflanke und einem einzelnen Felsen, davor ein paar typische UN-Zelte, Bretterhütten und Kamele.

Er hob seinen Feldstecher. Jetzt, in der Zeit der größten Nachmittagshitze, sollte man im Lager eigentlich ruhen. Hier jedoch liefen die Leute herum und schleppten Säcke, Ölkannen und Wasserfässer in eine der Hütten. Daneben parkten zwei Lastwagen, Türen und Planen mit den typischen Peace-Corps-Symbolen gekennzeichnet. Amerikaner!

Überall tauchten sie auf, noch im letzten Winkel stieß man auf sie. Sie versuchten, den Einfluss der sozialistischen Brüder zu reduzieren, indem sie Mehl, Linsen und Reis an Hungernde verteilten. Natürlich durch Fotos dokumentiert, die dann in jeder amerikanischen Zeitung erschienen. Das bezeichneten sie als »Verbesserung der Welt durch gegenseitige Verständigung«!

Verständigung? Mahmud spuckte aus. Jeder, der es wissen wollte, wusste von den amerikanischen Waffenlieferungen an Marokko, von den Militärberatern und den Absprachen zwischen den USA und dem marokkanischen König!

Er stellte das Fernglas scharf. Im Schatten ihrer hochbeinigen Fahrzeuge saßen die LKW-Fahrer. Vier, zählte er, vier Amerikaner, die rauchten, Cola aus Dosen tranken und die Zeit verstreichen ließen. Vermutlich würden sie die Rückfahrt erst gegen Abend antreten, um die Nachtkühle zu nutzen.

Amir und die Deutsche sah er nicht.

Sein Funkgerät meldete sich. Der Vorarbeiter aus Gleibat El Foula brüllte etwas. Mahmud schaltete den Motor aus. Zunächst verstand er nichts, dann die bruchstückhaften Worte: »… flogen tief. Wir konnten die Piloten sehen … Allah, diese Bomben!«

Mahmud presste das Gerät ans Ohr. Es jaulte, es schnarrte. »Die Landebahn … Löcher, so groß wie ein Haus … komplett zerstört …« Pfeifen und Knacken, dann nichts mehr. Die Leitung war tot.

Er starrte auf das Funkgerät in seiner Hand, dann warf er es beiseite. Das Flugfeld – zerstört!

Den marokkanischen Aufklärern und Jagdbombern mit ihren hochmodernen Lenksystemen hatte die polisarische Armee nichts Vergleichbares entgegenzusetzen. Außerdem befanden sich ihre wenigen Luft-Boden-Raketen aktuell weiter nördlich in Stellung. Der zuständige Kommandeur hatte strategische Gründe angeführt … Aber ihre Infrarotsensoren zur Zielerfassung waren den marokkanischen Waffen ohnehin hoffnungslos unterlegen, auch deshalb hatte er sie für diesen Angriff nicht eingeplant. Selbst gegen die Bombardierung des Flugfelds hätten sie nichts ausrichten können.

Mahmud konnte es nicht fassen. Zuerst der triumphale Sieg und am nächsten Tag eine solch demütigende Niederlage?

Die Zerstörung des marokkanischen Militärpostens war ein Schlag gegen den Feind, und die geringen eigenen Verluste sprachen ebenfalls für ihn. Aber auch die Bombardierung der Landebahn würde man ihm zuschreiben. Schließlich basierte das Unternehmen Flugfeld ganz wesentlich auf seinen Plänen. Sie hatten ihm erst kürzlich die Anerkennung der anderen Kommandeure eingebracht, deswegen hatten sie ihn befördert. Und nun? Würde man ihm jemals wieder ein wichtiges Kommando anvertrauen?

Mahmud sprang aus dem Auto. Er schlug mit der Faust auf die Motorhaube, trat gegen die Reifen und spuckte aus, um den bitteren Geschmack loszuwerden.

Jede Erklärung aus seinem Mund könnte als Rechtfertigungsversuch, sogar als Ausrede angesehen werden. Der Bericht einer unabhängigen Person jedoch würde seinen Ruf wiederherstellen. Die Deutsche musste der Presse Gefecht und Sieg und seinen Anteil daran unbedingt mit eigenen Worten schildern!

Mahmud griff erneut nach dem Fernglas und schwenkte über das Lager und seine Umgebung. Am Rand der Ebene, auf halber Strecke zwischen den Zelten und dem Felsen, bewegte sich etwas. Ein Mensch, eine Frau. Allein?

Er justierte die Schärfe nach.

Die Deutsche! Na bitte.

Kapitel 47

Langsam ging Doro zurück. Wolkenloser, leerer Himmel und keine Grenzen, Freiheit, so weit das Auge reichte – und doch fühlte sie sich, als stünde sie mit dem Rücken an der Wand.

Sie mussten reden. Bevor sie sich irgendwelchen Träumen hingab, musste sie wissen, was sich hinter Kheiras Behauptungen verbarg.

Und dann? Mit Amir zusammenbleiben? Unwillkürlich tat sie ein paar rasche Schritte, dann zögerte sie. Der Wind frischte auf, trug feinen Sand heran. Doro drehte ihm den Rücken zu, ließ sich treiben, beobachtete das Entstehen und Verwehen winziger Dünen.

Zusammenbleiben – das bedeutete, einander berühren und halten, voneinander lernen, miteinander sprechen, lachen, weinen, sich und die Welt entdecken. Erneut spürte sie die starke Verbundenheit mit Amir.

Doro breitete die Arme aus, drehte sich im Kreis. Miteinander, jeden Morgen, jeden Abend und jede Nacht, Tag für Tag zusammen sein und zusammenbleiben …

Und wo? Amir in der Fußgängerzone, in einem Büro, in der dicht bewohnten Stadt, am Küchentisch ihres Hauses, hinter den Hecken ihres winzigen Gartens? Die Worte fügten sich nicht zu Bildern. Vor dem inneren Auge sah sie keinen Amir in ihrem Haus, nicht einmal in Deutschland, und wenn sie sich noch so anstrengte. Er war wie diese Landschaften hier, weit und offen und frei, dabei voller Widersprüche und Überraschungen. Außerdem, was sollte in Deutschland aus seiner Mission werden?

Also hierbleiben? Möglich wäre das, sie war ungebunden und hatte fürs Erste genug Geld auf dem Konto. Aber sie empfand sich als Außenstehende, ohne wirklichen Zugang zum Volk der Wolken und seiner Art zu leben. Diese Art aber gehörte zu Amir.

Demnach war es an ihr, sich anzupassen. Ob sie das Zeug dazu hatte?

Die Menschen hier verhüllten sich, nicht nur ihr Gesicht und auch nicht allein zum Schutz vor Sonne und Wind. Untereinander verständigten sie sich mit Blicken und mit Gesten, deren Bedeutung sie nicht kannte, und in einer Sprache, die sie nicht verstand. Bisher war sie Zuschauerin, angewiesen auf Beobachtungen und Deutungen, was zu Missverständnissen führte. Mit Amirs Hilfe könnte sie die Sprache lernen, doch würde sie sich dadurch heimischer oder auch nur weniger fremd fühlen?

Die Ehe ihrer Eltern kam ihr in den Sinn. Damals hatte sie keinen klaren Blick darauf gehabt, war viel zu jung gewesen. Doch von heute aus betrachtet sah es so aus, als sei sie letztlich an gegensätzlichen Bedürfnissen und Notwendigkeiten zerbrochen, trotz viel guten Willens.

Doro blickte auf. Menschen und Zelte auf der einen Seite, Amir und der zerborstene Felsen auf der anderen. Alles zog sie hin zu ihm, dennoch machte sie kehrt. Noch war sie nicht bereit.

Amir erkletterte einen der Basaltblöcke und beobachtete, wie Doros Gestalt kleiner wurde. Offenbar brauchte sie Distanz.

Die Wüste war eine Landschaft zum Denken, beständig und in Bewegung, immer alt und doch neu, dabei unvergänglich. Sie zog Blicke und umherirrende Gedanken mal hierhin, mal dorthin, bevor sie den Horizont fanden.

Er hatte Doros Unsicherheit gespürt und ihre fragenden Blicke gesehen. Wusste sie denn nicht, wie tief sie miteinander verbunden waren und was sie ihm bedeutete? Gern hätte er ihr beigestanden, doch darauf musste sie selbst kommen.

Ihm hatten diese wenigen Tage ausgereicht. Er wusste, dass er sie immer um sich haben wollte, dass er sich auf sie verlassen konnte, mehr noch, dass er ihr alles anvertrauen konnte, sogar sich selbst. Er, der sich immer bedeckt hielt, sich nicht herschenkte, sich nicht leichten Herzens öffnete, war sich sicher.

Wenigen Menschen wurde so etwas gewährt.

Er wusste das Wesentliche, allerdings kaum Konkretes aus Doros Leben. Das brauchte Zeit. Damit sie von sich erzählte, würde er von seinen Eltern sprechen, nahm er sich vor, von seiner Kindheit, vom Großvater und den Herden, von London und von seinen Reisen, sogar von Kheira. Es wäre unredlich, das nicht zu tun, auch wenn er der Abmachung schon vor Jahren entwachsen war. Sie würden ihre Familien vergleichen und ihre Erfahrungen, würden lachen und trauern und Gemeinsamkeiten entdecken. Alles Weitere würde sich finden.

Doro lief immer weiter. Achtete sie auf ihren Weg? Sie sollte nicht so weit gehen. Am liebsten wäre er ihr gefolgt. Stattdessen machte er sich auf den Weg ins Lager.

Die Hufspuren von Ziegen, denen sie absichtslos gefolgt war, waren im Sand verschwunden. Vom Wind herangetragen deckte er alles zu, Steine, die raren Pflanzen, auch die Reifenspuren.

Autospuren, Piste? Erst jetzt bemerkte Doro, wie weit sie gelaufen war.

Das Lager sah winzig aus von hier oben. Die Zelte mit den blauen Emblemen wirkten wie Fremdkörper im sandfarbenen Einerlei. Sie sank in den Sand.

Im Lager sah sie Männer herumgehen und Säcke schleppen, sah geschäftige Frauen, Kinder und Ziegen. Auch die Lastwagen, von denen Amir gesprochen hatte, sah sie, sogar die amerikanischen Fahrer. Sie waren leicht von den Lagerbewohnern zu unterscheiden, nicht nur durch ihre Kleidung. Sie hatten vor allem eine andere Körperhaltung, bewegten sich anders, machten selbstbewusste, weite Gesten.

Fast meinte Doro Lachen im Lager zu hören, und lag nicht bereits der Duft von frischem Brot in der Luft? Sie lächelte. Zusammen mit den Mehlsäcken war Hoffnung ins Lager gekommen und die Menschen fühlten, sie waren nicht vergessen.

Der Wind frischte auf, trieb Sand vor sich her. Sie sah sich um. Von hier aus konnte sie den Felsen nicht sehen, er verbarg sich hinter Dünen und Sandschleiern. Und doch existierte er, ebenso wie ihr Ruheplatz zu seinen Füßen, und wie Amir und ihre Liebe zu ihm.

Aus den Augenwinkeln nahm sie eine Bewegung wahr. Ein kantiger, offener Geländewagen schaukelte auf sie zu. Doro erhob sich. Der Jeep stoppte.

Mahmud, hier? Überdeutlich nahm sie die verspiegelte Sonnenbrille wahr, den schwarzen Chêche, das Gewehr, das mit Reservemagazin griffbereit auf dem Rücksitz lag.

Keine Täuschung! Doro fühlte sich plötzlich bleischwer.

»Ohne jeden Kratzer?«, fragte Mahmud. »Gratuliere. Und ich suchte dich schon unter den Toten.«

Er stieg aus dem Wagen. Seine staubigen Lippen verzogen sich zu einem Zähneblecken. »Ja wirklich, ich gratuliere.

Willst du ins Lager?« Sein Kinn wies auf die Zelte. »Steig ein, ich nehme dich mit.«

Sie starrte ihn an, immer noch wie gelähmt.

Mahmud packte ihren Arm, stieß sie ins Auto und jagte mit aufheulendem Motor davon.

Kinder umringten die Fremden, die mit Rasil und seinen Männern im Schatten beisammensaßen. Man war freundlich, man nickte sich zu, und die Männer äußerten ihren Dank, eine echte Unterhaltung kam aber nicht in Gang.

Was für ein armseliges Lager, dachte Joe, wegen seiner Statur von allen nur Little Joe gerufen, und was für ein entbehrungsreiches Leben die Leute in dieser Einöde führen mussten! Das griff ihm ans Herz, deshalb sah er lieber nicht zu genau hin. Hier war jedenfalls jeder Sack Mehl oder Zucker, jeder einzelne Cent mehr als angebracht. Sollte er noch einmal hierherbeordert werden, würde er für die Kinder eine extra Kleinigkeit mitbringen, nahm er sich vor.

Joe spielte an seinem Fernglas rum. Er war müde. Später würde er sich aufs Ohr legen, erst bei Anbruch der Nacht würden sie die Rückfahrt antreten. Vorher aber musste man sitzen und reden und die Form wahren. Auch sein Beifahrer Derek gähnte verstohlen.

Langsam gingen Joe die höflichen Floskeln aus. Geplauder war seine Sache ohnehin nicht, Truckfahren dagegen, möglichst durch schwieriges Gelände, das war's!

Die anderen sprachen über Kamele, über ihre Zähigkeit und über ein Kamelrennen, das sie irgendwo gesehen hatten. Joe spielte weiter mit seinem Fernglas, beobachtete Kinder, die sich scheu hinter Zelte drückten, und hatte ein Auge auf die Mutigeren, die die Lastwagen begutachteten.

Dieser groß gewachsene Typ, dieser Amir, sprach Englisch wie ein Collegestudent, und eine Ausstrahlung hatte der! Er war Gast im Lager, mehr hatte er nicht über ihn herausgefunden. Jetzt erhob er sich und ging mit Rasil, Derek und den anderen zu den Kamelen.

Während seiner Einsätze in Mittelamerika und Afrika hatte Joe schon die unterschiedlichsten Menschen getroffen, von fettem Pack in klimatisierten Büros bis zu streunenden Straßenkindern und großäugigen Babys mit Hungerbäuchen, aber einen Wüstensohn mit britischem Akzent noch nie. Leute gab's.

Das Gelächter der anderen Fahrer drang herüber. Sie ließen sich von Rasil und diesem »britischen Sahraoui« die Besonderheiten von Kamelsätteln erklären, hielten sich die Hand vor den Schritt und taten, als sei ihnen etwas abgeklemmt worden. Kindsköpfe.

Little Joe nahm sein Fernglas. Zuerst besah er sich durch die verkleinernde Seite die zwergenhaften Gestalten vor den winzigen Zelten und amüsierte sich, dann schwenkte er die Umgebung ab.

Was bedeutete die Sandfahne dort? Er drehte das Glas richtig herum und stellte es scharf.

»Wie der losbrettert! Übt er für die Rallye Paris-Dakar?«, rief er.

Rasil kam herüber. »Darf ich?« Er setzte das Fernglas an.

Die Fahrer unterbrachen ihr Geplänkel.

»Sieht mir eher nach Flucht aus«, knurrte Rasil zwischen zusammengebissenen Zähnen.

»Was?« Amir starrte Rasil an. »Wer?«

»Es scheint, als ob … Mahmud, unser Freund! Allah, und er hat *la blonde* bei sich!«

Amir riss ihm das Fernglas aus den Händen. Er stöhnte. »Nicht noch einmal!«

Rasil legte die Hand über die Augen, folgte der Sandspur,

prüfte Himmel und Sonnenstand. »Er verlässt die Piste, will wohl nach Nordwesten.«

Amir ließ den davonbrausenden Jeep nicht aus den Augen. »Was ist dort?«

»Felsen, Hügel, Täler, gute Verstecke, aber womöglich kommt er nicht bis dorthin. Weicher Sand, verstehst du, kaum passierbare Stellen. Es sei denn, er nimmt den Weg zum aufgelassenen Brunnen, von dort käme er leichter weiter. Ob er ihn aber überhaupt kennt? Außerdem liegen dort jede Menge Landminen.« Manchmal kreisten Aasvögel über dem Gebiet … Davon sagte der Réguibat jedoch nichts.

Amir senkte das Fernglas. Sein Atem ging, als sei er gerannt. Seine Augen suchten die von Rasil. Sie sahen sich an, dann schauten beide zu den Lastwagen der Amerikaner hinüber.

Drei der Amerikaner folgten mit ihren Feldstechern der Staubfahne des Jeeps, während Little Joe den stummen Austausch zwischen Rasil und Amir beobachtete.

Es ging um eine Frau, so viel hatte er verstanden, allerdings keine Details. Doch die steile Falte über Amirs Nase und sein vorgerecktes Kinn, vor allem aber Rasils Kopfbewegung in Richtung Lastwagen sprachen eine deutliche Sprache.

»Was«, fragte er, »eine Entführung?« Er sprang auf, mit einem Schlag hellwach. »Und ihr wollt ihm nach?«

Die beiden Männer nickten.

Minuten später schob Little Joe den Schirm seiner Kappe nach hinten, schwang sich hinter das Steuer seines LKWs und küsste das kleine Heiligenbild, das am Rückspiegel baumelte.

»Du fährst mit mir.« Er zeigte auf Amir. »Dein Freund im anderen Wagen. Okay? Dann los.«

Derek nahm seinen Platz neben Joe ein, daneben rutschte Amir auf die Bank. Die beiden anderen Peace-Corps-Fahrer kletterten ins Führerhaus des zweiten Lastwagens. Rasil stieg dazu.

Wenige Sätze nur, dann waren die Amerikaner bereit gewesen. Erklärungen über die Frente Polisario, über Gefechte oder gar über politische Verwicklungen? Alle hatten abgewinkt, zu kompliziert. Aber eine junge Frau, noch dazu eine aktive Helferin aus Deutschland, die hier, vor ihren Augen, entführt wurde? Selbstverständlich würde man sich das nicht bieten lassen!

»Okay, Jungs.« Mit schwarzem Qualm aus ihren Auspuffrohren erwachten die Trucks und schaukelten aus dem Lager.

Der Wagen mit Rasil, dem Fährtenleser, übernahm die Spitze. Er zeigte auf die bald untergehende Sonne, forderte mehr Tempo. Schneller? Nur zu gern kamen beide Fahrer dieser Aufforderung nach.

Little Joe grinste, schaltete und kurbelte, was das Zeug hielt, dabei fluchte und strahlte er gleichzeitig. Der Motor dröhnte, dass man sein eigenes Wort nicht verstand.

Den Lastwagen mit ihrem hohen Radstand machten die Steine der Hamada nichts aus, trotzdem klemmte Little Joe dicht an der Frontscheibe, gab Gas und prüfte zugleich die Strecke. Amir flog unter dem Geruckel des Lasters vor und zurück, der Heilige am Spiegel überschlug sich und Derek in der Mitte hielt sich mit der einen Hand am Armaturenbrett, mit der anderen an der Rückwand fest.

Rasil gab Zeichen zu halten. Wie Amir kletterte er auf das Dach des Führerhauses. »Ich sehe ihn nicht mehr. Zum alten Brunnen fährt er jedenfalls nicht, aber wohin dann? Wo steckt der Kerl?«

Stück für Stück suchten die Männer die steinige Ebene

mit Ferngläsern ab. Plötzlich hob Amir den Arm und deutete nach Südwesten. »Da!«

Rasil nickte. »Wir werden ihm den Weg abschneiden.«

Kapitel 48

»Anhalten!« Mit beiden Händen suchte Doro Halt, um nicht aus dem offenen Wagen zu fallen.

Vom Lager war nichts mehr zu sehen, auch nichts von der Piste. Vor ihnen lagen Dünen, dazwischen ein ausgedehntes, flaches Areal, übersät von schwarzen, scharfkantigen Steinen.

Mahmuds Augen konnte sie hinter der Sonnenbrille nicht erkennen, doch sie hätte schwören können, dass er triumphierte. Wie ein Paket hatte er sie auf den Sitz geworfen. Hätte sie sich doch nur mehr gewehrt!

»Halt an, sage ich.« Sie glühte geradezu vor Zorn. »Ich will aussteigen!«

Mahmud beachtete sie nicht. Weit vorgebeugt schaltete er, packte mit beiden Fäusten das Lenkrad, gab mehr Gas.

»Hörst du nicht? Anhalten!«

Mahmud tat, als lache er.

»Was willst du eigentlich von mir?«

Mahmud grinste. Immer detailliertere Bilder malte er sich aus, wie ihm diese Frau nutzen konnte. Der Herr Sheïk-Sohn wälzte sich in weichen Betten und verlustierte sich mit einer schönen Ausländerin, während junge Männer ihr Leben für sein gefangenes Volk hingaben? Hervorragend! Ein Wort hier, ein anderes dort, und Amirs Glaubwürdigkeit war dahin. Er war schon so gut wie erledigt. Besser ging es nicht!

»Was ich will? Hast du vergessen, dass die Weltöffentlichkeit auf deinen Frontbericht wartet?«

Doro verschlug es die Sprache.

Der Motor heulte. Steine krachten gegen den Unterboden, prallten ab von den Reifen, schnellten in die Höhe, knallten ins Wageninnere.

»Du wirst uns noch umbringen!« Mit einer Hand klammerte sich Doro an einen Griff, mit der anderen hämmerte sie auf Mahmuds Arm. »Kehr um!«

Der Wagen schleuderte. Mahmud schob ihre Hand zurück. Er kuppelte, stieß den Schaltknüppel vor und gab Gas, dass der Motor aufheulte.

Doro krallte sich an ihren Sitz, dennoch flog sie von einer Seite zur anderen. Der Jeep besaß keine Türen, jeden Augenblick konnte sie hinausgeschleudert werden.

Im Seitenspiegel tauchte ein Lastwagen auf, der schnell näher kam.

Mahmud hatte ihn ebenfalls gesehen. Er gab mehr Gas, donnerte über Steine und Bodenrillen und durchpflügte Sandwehen.

Das hochbeinige Fahrzeug holte auf. Die Peace-Corps-Leute! Doro erkannte das Emblem auf der Motorhaube. Ihr LKW war bereits so nahe, dass sie drei Köpfe hinter der Frontscheibe ausmachen konnte.

Und wenn sie aus dem fahrenden Wagen sprang und zu ihnen rannte? Gefährlich bei dem Tempo, andererseits würde Mahmud sie unter diesen Umständen kaum wieder einfangen.

Bevor sie sich entscheiden konnte, bockte der Jeep, rutschte und geriet ins Schleudern. Doro schrie auf. Doch Mahmud bekam den Wagen wieder unter Kontrolle und raste weiter.

Der Lastwagen blieb zurück. Doro sah es, wollte es aber nicht glauben. Und wenn sie in einem günstigen Moment doch absprang? Ob Mahmud langsamer fuhr, wenn sie ihn ablenkte?

»Weltöffentlichkeit?« Sie tat erstaunt. »Soll ich von den Toten erzählen, von den Halbwüchsigen, die dran glauben mussten? Wie viele Menschen hast du bereits auf dem Gewissen?«

Mahmud brüllte zurück: »Halt den Mund! Was weißt du denn schon!«

Verzerrtes Gesicht, gebleckte Zähne, schwarze Brille. War Mahmud verrückt? Doro blickte nach hinten. Anscheinend fuhr der Peace-Corps-Lastwagen wieder an, war aber ein gutes Stück entfernt. Viel zu weit.

Mahmud sah es ebenfalls und es schien ihn zu beruhigen. Die nächsten Steinbrocken umsteuerte er mit etwas mehr Bedacht, doch immer noch zu schnell.

»Wir brechen uns noch den Hals!«

Mahmud antwortete nicht.

»Dein Freund mit dem Goldkettchen hat dir das mit der Öffentlichkeit eingeredet, stimmt's? Er ist Algerier, oder? Jedenfalls kein Polisariomann, noch nicht einmal Sahraoui ist er, möchte ich wetten. Und ausgerechnet so jemandem traust du? Hätt ich nicht von dir gedacht.«

»Du hast keine Ahnung.« Mahmud gab Gas, dass der Motor heulte.

Doro klammerte sich fest. »Falls du übrigens denkst, ich rede zu deinen Gunsten: Kein Wort kriegst du aus mir raus!«

»Wart's ab.«

Mahmud kontrollierte die Verfolger im Rückspiegel. Erst hatte es so ausgesehen, als würden sie die Verfolgung abbrechen, jetzt waren sie erneut hinter ihm her. Er sah jedoch nur einen Lastwagen. Wo war der zweite? Liegen geblieben? Vielleicht hatte Allah für einen Achsbruch gesorgt?

Großkotzige Angeber waren das, wie alle Amerikaner. Glaubten sie etwa, mit einem einzigen Wagen könnten sie ihn stoppen? Was mischten die sich überhaupt ein? Sie fuhren wie der Teufel, der Abstand verringerte sich rasch. Diese Hunde! Aber denen würde er es zeigen. Er starrte nach vorn, kuppelte, schaltete, lenkte, trat das Gaspedal durch.

Rasil lief voraus, der Lastwagen folgte im Schritttempo. Zuvor hatten sie mit Vollgas die Ebene umfahren. Hier nun begannen die Hügel, unspektakulär, aber mit Versteckmöglichkeiten. Leuten mit geringen Ortskenntnissen wie Mahmud mussten sie verlockend vorkommen, zumal wenn ihnen ein hartnäckiger Verfolger am Hinterrad klebte.

Unmittelbar vor den Hügeln jedoch lag ein Tal mit weichem Sand und verwehten Vertiefungen, die man kennen musste, um sie umfahren zu können. Dorthinein sollte Mahmud getrieben werden. So Rasils Kalkül.

»Und wir?«, hatten die Peace-Corps-Leute gefragt. Er hatte ihnen den sicheren Weg um die Verwehungen herum gezeigt, während sie bis fast zum Talausgang weiterfuhren. Dort schwang er sich auf das Dach der Fahrerkabine und suchte die vor ihm liegende Ebene mit dem Fernglas ab.

Da! Der Jeep kam direkt auf sie zu, verfolgt vom zweiten Lastwagen. Noch zweihundert Meter, dann steckte Mahmud im weichen Sand fest. Und sollte er wider Erwarten doch ausweichen können, würden sie ihm den Weg versperren. Mit Allahs Hilfe endete diese Jagd ohne Blutvergießen. Rasil kletterte zurück ins Führerhaus. Alles klar, gestikulierte er und grinste.

Das Sprechfunkgerät knarrte. Rasil hörte Little Joes Stimme, die zwei, drei Sätze brüllte. Ein Ruck ging durch die beiden Amerikaner neben ihm. Sie sahen sich an, nickten, antworteten »Okay!«.

Das Funkgerät verstummte.

»Was?«, fragte Rasil.

Keine Antwort. Stattdessen legte der Fahrer den Gang ein und brauste los.

»Der Sand!«, warnte Rasil.

Der Fahrer lachte nur.

»Los, zeig, was du kannst! Gleich haben wir ihn!« Amir hörte Little Joe den Wagen anfeuern, sah seine glänzenden Augen, wie er schaltete, das Gaspedal durchtrat, lenkte. Der Motor dröhnte, Steine flogen und Sand staubte. Diese Jagd war offenkundig nach Little Joes Geschmack.

Ein Stein knallte gegen die Frontscheibe, durchschlug sie, prallte ins Wageninnere. Glasscherben prasselten. Derek, der Beifahrer, schrie auf, ließ sich in den Fußraum gleiten und rollte sich zusammen. Gleichzeitig hörte Amir Little Joes Schrei. Er hielt sich den Kopf, schwankte auf seinem Sitz. Er blutete. Der Wagen schlingerte nach links, nach rechts, geriet außer Kontrolle.

Amir griff nach dem Steuer. Little Joe fluchte, er brüllte nach Derek, dann kuppelte er aus und machte Platz. Amir schob sich an ihm vorbei hinters Lenkrad.

»Hände vors Gesicht, alle beide!«, rief er, während er den Wagen abbremste. Es regnete weitere messerscharfe Glassplitter.

Little Joe hielt sich die Stirn, schimpfte und protestierte. Amir achtete nicht auf ihn. Er starrte nach vorn, dem davonrasenden Jeep nach, das Lenkrad fest gepackt, gab Gas.

Mahmud entkam!

Wie von Rasil vorhergesagt, raste er auf die Hügel zu,

steuerte einen Taleinschnitt an. Jetzt neigte sich der Wagen seitwärts, schien zu kippen, kam auf die Räder zurück. Amir konnte erkennen, wie sich Doro festklammerte, und beschleunigte. Schneller, schneller!

Er konnte das Tal ausmachen, von dem Rasil gesprochen hatte. Dort hinein sollte Mahmud getrieben werden, in den weichen Sand. Und dann? Zu weiteren Absprachen hatte die Zeit nicht gereicht.

Aus dem Augenwinkel sah er, dass Little Joe mit seinem Sprechfunkgerät hantierte und seinen Jungs im zweiten Laster Anweisungen gab. Was brüllte er von zerquetschen? Wo steckte überhaupt der andere LKW? Da, jetzt sah er ihn. Noch höchstens zweihundert Meter, dann hatten sie Mahmud eingeholt.

Auch Mahmud flog hin und her, fuhr trotzdem immer rücksichtsloser. Er jagte den Hügeln entgegen. Doro sah sein hartes Kinn, seine um das Lenkrad gekrampften Hände, seine Blicke in den Spiegel. Auch sie schaute zurück.

Die Amerikaner hinter ihnen holten auf. Offenbar hatten ihre Lastwagen kein Problem mit Steinen und Unebenheiten. Aus einem Taleinschnitt tauchte plötzlich der zweite LKW auf. Wollte er den Weg versperren?

Mahmud riss das Steuer herum, trat auf die Bremse. Jetzt! Doro atmete tief ein. Sie schloss die Augen und rollte sich aus dem fahrenden Jeep.

Amir erschrak und nahm instinktiv den Fuß vom Gas. Er sah, wie Doro aufstand und weglief, humpelnd, sonst anscheinend unverletzt. Und er sah die Bremslichter am Jeep, sah, dass Mahmud stoppte und wendete. Aufgeben war noch nie Mahmuds Sache gewesen …

Amir beschleunigte erneut.

Doro versuchte zu laufen, strauchelte, fing sich, humpelte weiter.

Von der anderen Seite kam Rasils Truck dem Jeep näher.

»Okay, in die Zange nehmen!«, brüllte Little Joe in seinen Apparat. »*Roger!* Willst du oder soll ich?«

»Was?« Amir verstand nicht, was der Amerikaner meinte.

»Mach Platz«, befahl Little Joe. Über sein Gesicht sickerte Blut. Seine Kieferknochen arbeiteten, als zermahlten sie Steine. Er sah furchterregend aus, als er Derek das Funkgerät in die Hand drückte. »Den holen wir uns. Bei zehn, okay?«

Amir nahm Tempo zurück. Little Joe rutschte hinter ihm auf seinen angestammten Platz. Aus dem Fußraum drang die quakende Funkstimme.

Doro lief weiter. Amir ließ sie und Mahmud nicht aus dem Blick.

Der Jeep schlingerte über Steinbrocken, kam wieder auf alle vier Räder. Doro riss die Arme hoch. Noch befand sie sich außerhalb von Mahmuds Reichweite, aber viel fehlte nicht, dann hatte er sie wieder.

Little Joe schaltete die Sirene ein, die wie das Nebelhorn eines Ozeanriesen klang, dazu brüllte er aus voller Kehle. Rasch näherte sich auch der zweite Lastwagen.

Derek hob den Kopf. »*Ready*?«

Little Joe ballte die Faust. »*Ready*. Festhalten!«

Endlich schien Mahmud seine Lage zu erkennen. Ein Laster kam schräg von vorn, der zweite von hinten. In voller Fahrt rasten beide aufeinander zu, mit ihm in der Mitte.

Er versuchte auszubrechen, wirbelte das Steuer herum, trat das Gaspedal durch, flog über Steine, krachte in eine Bodenwelle.

Der Jeep überschlug sich.

Rasil hing weit aus dem Seitenfenster. Plötzlich flog der Jeep durch die Luft, überschlug sich, blieb liegen. Die Räder drehten leer.

Mit unverminderter Geschwindigkeit brauste Amirs Lastwagen heran.

Rasil zog den Kopf ein, rief: »Bremsen!«

Der Fahrer dachte nicht daran. Er stand auf dem Gaspedal, brüllte: »*Eight, nine … ten!*«

Es knallte. Ein Schlag, ein zweiter, dann war es still. Die Motoren schwiegen.

Alles schwieg.

Dicht vor sich sah Rasil die Schnauze des anderen LKW. Und anstelle einer Frontscheibe blickte er auf gläserne Zacken, auf Amirs Fassungslosigkeit und auf Little Joes verzerrtes Gesicht.

Zwischen ihnen – sehen konnte er es nicht, doch er wusste es auch so – die Trümmer von Mahmuds kantigem Jeep.

Kapitel 49

Die Frauen der Réguibat hatten Doros Schürfwunden versorgt und sie dann allein gelassen. Sie hatten sich um ihre eigenen Belange zu kümmern, um ihre Männer, Kinder, Tiere, um ihr Überleben. Gefragt hatten sie nichts, sie leisteten Hilfe, mehr nicht. Unmissverständlich zeigten ihr diese Frauen, was Eigenverantwortung und was Pflicht bedeutete. Und dass sie nicht dazugehörte.

Sie gehörte nicht dazu, gehörte nicht hierher, an nichts anderes konnte Doro denken.

Amir hatte sie ins Lager gebracht. Sie hatte sein nur langsam abflauendes Entsetzen gesehen. Und sie hatte seinen Koseworten gelauscht. *Gazelle,* hatte er gesagt, und *habibi,* und dass sie sein Herz in ihren Händen halte … Auf der Suche nach Halt war sie zunächst in seine Arme geflüchtet, doch je näher sie den Zelten kamen, desto mehr zog sie sich zurück.

Die Bilder des zertrümmerten Jeeps und Mahmuds Leichnam hatten sich ihr eingebrannt.

Amir wollte sie auslöschen, mit zärtlichen Worten überdecken. »Wo du bist, bekommt die Welt Glanz«, hatte er gesagt und: »Denk an unser Amulett, an dein und mein Nazar sherifa. Wir sind füreinander bestimmt.« Es hatte wie eine Bitte geklungen.

Auch dafür liebte sie ihn.

Und nun saßen sie hier im Sand, nahe beieinander und doch einzeln. Hin und wieder schüttelte es sie noch, aber allmählich ebbte der Schock ab.

Bilder, Erlebnisse, Gefühle und Einsichten, alles drängte nach vorn und schien miteinander zu ringen. Klarheit fand sie dadurch jedoch nicht.

Der äußerste Lichtkreis des Lagers reichte knapp bis zu ihnen. Sie waren allein. Amir lag eine Armlänge entfernt im Sand, sie brauchten nur die Hand auszustrecken, dann könnten sie sich berühren. Sie taten es nicht.

Dennoch war ihr, als sprächen sie ohne Worte miteinander. Er liebe sie, schien er zu sagen, werde sie immer lieben, werde sie lehren, sie leiten, führen und schützen. Sie gehörten zusammen. Illusion, hielt sie dagegen und dachte an die Frauen von vorhin. Gesagtes mischte sich mit Unausgesprochenem.

Der wilden Hoffnung auf ein Leben mit Amir stand das Wissen entgegen, die damit verbundene Härte auf Dauer nicht ertragen zu können. Eine Erkenntnis, die sich auf dem Erlebten und Gesehenen der letzten Tage gründete. Bitter und doch wahr.

Inständig wünschte sie, es wäre anders. Aber sie wusste, nie könnte sie sich mit der Erbarmungslosigkeit abfinden, die die Wüste ihren Bewohnern abforderte. Sie dachte an den Wächter, dem von einer Sekunde zur nächsten das Leben genommen wurde, an den Toten, der wie gekreuzigt vor der Kommandantur gelegen hatte, an die milchgesichtigen Polisario-Krieger … Stille, Harmonie, Schönheit – ja, das zeichnete die Sahara aus, aber mindestens ebenso Brutalität, harter Alltag, Not, Verzicht und Verzweiflung. Sie würde daran zerbrechen.

Wie hatte Ingrid früher immer gesagt? »Der richtige Weg ist kein Geheimnis, man trägt ihn in sich. Man muss auf sich selbst vertrauen.« Auf sich selbst vertrauen …

Und Amir? Könnte sie ohne ihn sein? Er verstand sie, liebte sie, er konnte und wollte nicht ohne sie sein. Was bedeuteten angesichts dessen schon äußere Umstände? Vertrauen und Liebe – zählten sie nicht doppelt und dreifach? Vielleicht ja, wer weiß.

Eines stand jedenfalls fest: Ebenso wenig wie sie sich Amir in Deutschland vorstellen konnte, sah sie sich hier in der Wüste.

Ohne hinzusehen, wusste sie, dass Amir in den Sternenhimmel starrte.

Leise, als wolle er die Nacht nicht stören, sagte er: »Habe ich dir von der Tamariske in der Nähe unseres Winterlagers erzählt? Knorrig, verzweigt, mit narbiger Rinde steht sie seit Jahrhunderten dort. Die Alten sagen, in ihr konzentriert sich die Kraft unserer Ahnen. Diesen Baum kann ich zurzeit nur in meinen Erinnerungen erreichen.«

Sein Volk der Wolken, sein Kampf um Freiheit, seine Lebensaufgabe trieb sie ebenso sehr auseinander wie ihre Mutlosigkeit. Aber seine Bestimmung hatte sie von Anfang an gekannt, wozu also jetzt damit hadern?

Dennoch drängte es sie zu einer Relativierung. »Viele Menschen sind auf der Flucht vor Dürre, Tod und Krieg oder auf der Suche nach einer neuen Heimat, einer Zukunft, nach Arbeit. Es scheint fast schon Normalität zu sein.« Sie wusste es nicht besser auszudrücken.

»Ja. Doch hier geht es darum, dass ein Volk ausgelöscht werden könnte. Unsere Toten fordern: Lasst uns nicht umsonst gestorben sein.«

Amir und seine Mission ließen sich nicht voneinander trennen.

Trotz ihrer Angst, es in Zukunft ohne ihn aushalten zu müssen, sagte Doro: »Ich könnte es nicht ertragen.«

»Ich weiß. Doch das Beständige in der Wüste ist der Wandel. Du bist eine Wolkenfrau. Wenn die Zeit kommt, findest du deinen Weg.«

Doro war es, als raune Amir seine Worte den Sternen zu.

❧

In der Ferne erschienen Gestalten, Kamele, Männer. Sie tauchten auf aus der verhangenen Sonne und schwebten über dem Sand. Menschen der Wüste, nur sie gingen mit derart langen Schritten. Die kleine Karawane verschwand hinter einer Düne, erschien kurz darauf auf ihrem Kamm und überließ sich dem Wind, der sie vorantrieb.

Rasil und seine Männer. Sie kamen, um Amir mitzunehmen. So hatten sie es entschieden.

Besser: Amir hatte entschieden.

Doro – umringt von Rasil und seinen Männern, von Amir und den Amerikanern – hatte am Satellitentelefon kein Wort herausgebracht, nicht zu Ingrid und nicht zu Ibrahim, der eine Wegbeschreibung von ihr forderte. Fragen über Fragen, und immer wieder hatte sie nur »Es geht mir gut« sagen können. Schließlich hatte Amir das Telefon übernommen.

Einen Tag hatten sie noch im Lager verbracht. In der Nacht hatten sie sich geliebt. Sie hatte geweint. Geredet hatten sie nicht mehr, es war alles gesagt.

Heute vor Morgengrauen hatten die Peace-Corps-Fahrer sie hier abgesetzt, auf marokkanischem Gebiet, am Rand des Antiatlas. Rasil, der Minensucher und Fährtenleser, hatte die Amerikaner hervorragend instruiert. Umweg, illegaler Grenzübertritt, sogar zweimal, und noch dazu bei helllichtem Tag? Sie hatten lediglich gelacht, bevor sie weiter nach Nordosten fuhren.

Dieser Treffpunkt lag nahe der Stelle, an der Amir ihre

offene Hand geküsst hatte … Ausgerechnet, dachte Doro. Doch Ingrid und Ibrahim würden keine Probleme haben hierherzufinden. Sie musste sich daran gewöhnen, wieder vernünftig zu denken. Sie starrte auf ihre Hände. Keine Tränen, hatte sie sich geschworen.

Amir erhob sich, sah den Männern entgegen.

Amir. Groß, hager, gehüllt in sein flatterndes, blaues Gewand. Seine Stirn lag in Falten, sonst regte sich kein Muskel seines Gesichts. Doros Hände, die sich unwillkürlich nach ihm ausgestreckt hatten, sanken herab.

Rasil nickte ihr im Vorbeigehen zu, erst in gehörigem Abstand ließ er lagern. Amir erklomm einen Sandhügel und schaute, ob sich bereits eine Spur von Ingrids Wagen zeigte. Nichts, sagte seine Handbewegung. Er ließ sich wieder neben ihr nieder. Er schwieg.

Doro sah Schatten über den Sand wandern, blickte zum Himmel. Wolken zogen vorüber, ballten sich, lösten sich auf, vergingen. Kein Regen.

Das Volk der Wolken, A hel es Sahel … Sie blinzelte ihre Tränen fort.

Sie musste diese Stille durchbrechen. »Amir«, begann sie.

Er schüttelte den Kopf. »Wir werden lernen, damit zu leben. Ich trage dich in meinem Herzen. Hast du deine Papiere?«

Doro tastete nach dem Brustbeutel. Ja, nickte sie. Dann griff sie nach ihrem Amulett und streifte es über den Kopf. Sie küsste den Anhänger.

»Nazar sherifa«, sagte sie mit fester Stimme, »gehört hierher, zu dir und deiner Familie. Es schütze dich und die Deinen.«

Ihre Stimme zitterte, ebenso ihre Hände, als sie Amir das Amulett umlegte. Halb blind vor Tränen zupfte sie es auf seiner Brust zurecht.

»Niemand kennt den Lauf des Schicksals. Wolkenfrauen finden ihren Weg, wenn die Zeit kommt.«

Er zog sie an sich, küsste ihre Augen, ihre Stirn, ihre Hände, dann deutete er auf die Sandfahne über der Piste. »Sie sind da.«

Rasil und seine Männer erhoben sich, griffen nach den Stricken ihrer Kamele und waren Augenblicke später hinter einer Düne verschwunden. Wortlos zog Amir Doro noch einmal an seine Brust, dann folgte er Rasils Karawane.

Als das Auto neben Doro stoppte, kamen ihr Ingrids Lachen und Ibrahims Strahlen absurd vor. Und was tat diese Betty hier?

Betty fasste nach ihrer Hand, sagte: »Komm mein Kind, jetzt fahren wir nach Hause«, und schob sie in den Wagen.

Epilog

FRÜHLING 1991

Das schmale Päckchen, das ihr der Briefträger soeben in die Hand gedrückt hatte, kam aus London. DOROTHEA VOGT, *stand in Großbuchstaben darauf, und neben der Anschrift der Vermerk* Personally!, *dick unterstrichen.*

London? Ihr Herz stolperte.

Sie schloss die Haustür, hangelte mit dem Fuß nach ihrem Pantoffel und hielt den Bademantel vor der Brust zusammen. Bald Mittag, dachte sie, sie hatte lange geschlafen. Warum auch nicht? Schließlich hatte sie Ferien. Was schadete es, ein paar Tage mit Schlafen und Lesen, mit Haus- und Gartenarbeit zu verbummeln? Für die Vorbereitung der nächsten Unterrichtseinheiten und die Klärung der letzten Fragen zur Klassenfahrt kurz vor den Sommerferien war immer noch genügend Zeit. Solche Dinge fielen ihr leicht. Nichts war eine Last, wenn man seine Klasse mochte. Lernbereit, trotzdem keine Streber, jedenfalls die meisten, und jeder Tag brachte etwas Neues. Sie liebte ihr Lehrerinnendasein.

Vielleicht, hatte sie überlegt, könnte sie in den nächsten Tagen Betty und Ingrid besuchen? Die beiden alten Damen hatten so ihre Eigenheiten, obwohl ihr Zusammenleben unter einem Dach ganz gut zu klappen schien. Sobald jedoch sie auftauchte, wurde sie von der einen mit Fachfragen, von der anderen mit Apfelkuchen und

Erzählungen von früher traktiert. Alles gut gemeint, manchmal aber kaum zum Aushalten. Und überhaupt, wie merkwürdig, plötzlich eine Großmutter zu haben …

Sie trug das Päckchen in die Küche. Dem Absender nach zu schließen hatte es ein Londoner Nobelhotel auf den Weg gebracht. Innen lagen ein Faltblatt, ein Flugticket der British European Airways *für den morgigen Tag und Amirs schweißdunkles Ledertäschchen, das er immer auf der nackten Brust getragen hatte. Es enthielt die Kugel, die seinen Vater getötet hatte, die silberne Hülse mit dem Koranvers, und ihr Nazar sherifa. Das Original. Sie küsste den rauchblauen Stein in der Mitte. Kein Nomade würde sich je von seinem* gris gris *trennen, hatte ihr Amir einmal erklärt, niemals …*

Laut dem aufwändig gestalteten Faltblatt fand in dem Londoner Hotel die »Abschlusskonferenz mit feierlicher Unterzeichnung des Waffenstillstandsabkommens zwischen dem Königreich Marokko und der Demokratischen Arabischen Republik Sahara« statt.

Weltweit zerbrachen zurzeit die alten Machtblöcke und Mauern zerfielen zu Staub, aus dem neue Hoffnungen emporwuchsen …

Auf der Rückseite stand in Großbuchstaben: »ES IST AN DER ZEIT. A.« Knappe Worte, gefolgt von dem Zusatz: »KONFERENZPAUSE VON DONNERSTAGABEND BIS SONNTAGABEND.«

Schwungvolle Buchstaben.

Donnerstag. Heute war Mittwoch.

Doro merkte, dass sie schon die ganze Zeit lächelte. Sie kannte diese Handschrift. Aber nicht gut genug, noch lange nicht.

Sie sah aus dem Fenster hinauf zu den Wolken. Dann rannte sie die Treppe hoch und packte ihre Tasche.

Nachwort

Liebe Leserin, lieber Leser,

dieser Roman beschreibt nicht nur ein Familiengeheimnis und seine abenteuerliche Enthüllung. In DIE WOLKENFRAUEN geht es auch um die Schrecken von Grenzen und Kriegen, aktuellen wie vergangenen, um verdrängte Erinnerungen und die Auswirkungen für nachfolgende Generationen sowie um das Versagen internationaler Politik. Außerdem aber erzähle ich von einer großen Liebe und von der Notwendigkeit, sich selbst und einander zu vertrauen.

Und ich erzähle von Marokko, das ich seit Langem liebe und dessen Menschen, Historie und Kultur mich faszinieren. Bis heute steckt dieses Land voller Traditionen und Wunder, voller Weisheiten und Überraschungen, ganz, wie man es von einer guten orientalischen Geschichte erwarten darf.

Der französische Schriftsteller Mathias Enard sprach mir bei seiner Dankesrede anlässlich der Preisverleihung zur Europäischen Verständigung in Leipzig aus dem Herzen, als er sagte: »... Leider vergessen wir (...) viel zu oft, dass (...) der Mittelmeerraum, der kulturelle und sprachliche Raum, den seine Ufer bilden, ein äußerst lebendiger und wichtiger Teil unserer Geschichte ist, und dass Europa, wenn es diesen Teil vergisst und sich eine ausschließende Identität schafft, wie man sich in einen Mantel der Einbildung hüllt, sich selbst zu einer Art Einsamkeit verdammt.«

Gelegentlich konnte ich in Marokko »hinter die Schleier« blicken und widersprüchliche Verhältnisse entdecken. So fand ich neben wachsendem politischem Bewusstsein, bürgerschaftlichem Engagement und einer tief wurzelnden Toleranz gegenüber Andersdenkenden eine immer noch autoritäre Politik, eingeschränkte Bürger- und Menschenrechte und wirtschaftliche Ungerechtigkeiten, sogar staatliche Überwachung und Willkür. Dennoch ist meine Zuneigung zu diesem Land ungebrochen.

Ich betone dies ausdrücklich, da ich in DIE WOLKENFRAUEN ein marokkanisches Tabuthema aufgreife, ein besonders dunkles Kapitel der jüngeren Vergangenheit: den bis heute ungelösten Westsahara-Konflikt. Invasion, Tod und Missachtung des Völkerrechts, und als Folge ein bewaffneter Freiheitskampf und ein Volk im Exil …

Etwa 150.000 Sahraouis hoffen seit über vierzig Jahren in Flüchtlingslagern der algerischen Sahara auf ihre Unabhängigkeit. Aus diesen Lagern erreichen uns schwer erträgliche Berichte, doch die Weltöffentlichkeit nimmt kaum Notiz davon. Ich aber möchte nicht schweigen.

Aus gut dokumentierten Ereignissen (Quellen siehe Historischer Abriss) über diesen vergessenen Krieg einerseits und mit schriftstellerischen Freiheiten auf der anderen Seite habe ich versucht, einen anschaulichen Roman zu schaffen.

Sollten mir trotz größtmöglicher Sorgfalt dabei Fehler unterlaufen sein, kann ich Sie, liebe Leserin und lieber Leser, nur um Vergebung bitten.

Marrakesch, im April 2017 Doris Cramer

Glossar

Arabische und berberische Begriffe, vereinfachte Schreibweise

A hel es Sahel	Stammesname vom Volk der Küste/der Wolken
Al hamdullillah	Gott sei Dank
Allah al husna	die neunundneunzig Namen Allahs
Allah u aqbar	Gott ist groß
amman iman	Wasser ist Leben
(Arabische) Republik Sahara	siehe DARS
Atlas al Khalfiyah	Antiatlas, Gebirge in Südmarokko
bahr el sheitan	arab.: Teufelsmeer; Luftspiegelungen
baraka	Segen
baraka Allah u fiq	Gott segne dich
Berm, El Berm	Eigenname; marokkanischer Grenzwall in der Westsahara, der den von Marokko kontrollierten Teil des Gebietes von der sogenannten Freien Zone trennt

bismillah	Im Namen Gottes, zu Beginn einer Handlung
chêche	Turban(-tuch)
DARS (SADR: engl.)	Demokratische Arabische Republik Sahara
Dirham	marokkanische Währung; auch Gewichtseinheit in islam. Ländern
Dschinn	Geist
Erg	große Sanddünengebiete in der Sahara
foggara	unterirdischer Bewässerungskanal
Frente Polisario	span.: Frente Popular para la liberacion de Saguia el hamra y Río de Oro = Volksfront zur Befreiung von Saguia El Hamra und Río de Oro
gandura	hemdartiges Männergewand
Grand Erg Occidental	Große westliche Sandwüste, Algerien
gris gris	Schutzamulett
Grüner Marsch	siehe historischer Anhang
habibi	Kosewort: Freund(in), Liebling
haima	Nomadenzelt
Hamada	Stein- und Geröllwüste
Hamam	Badehaus
hassaniya	arab.-maurische Sprache

Imam	Vorbeter, Prediger
insha'allah	So Gott will, vielleicht
kif kif	halb-halb, nicht gut, nicht schlecht
la illah illalah	Gottes Wille geschieht
Lâlla	Anrede: Frau (respektvoll)
le bäs	Wie geht es? (masirische Begrüßung)
Maghreb	arab.: der Westen; die drei nordafrikanischen Staaten Tunesien, Algerien und Marokko, die aufgrund ihrer Geographie und Geschichte viele Gemeinsamkeiten haben (hier inklusive Libyen u. Mauretanien)
makhel mushkil	kein Problem
makhzen	Umfasst König, Staat und Exekutive = das Geflecht der Mächtigen und Reichen
Masiren/masirisch	Eigenbezeichnung der Berber
miswak	tradit. arabisch-beduinische Zahnbürste: Zweig oder Wurzelstück des Zahnbürstenbaumes (*Salvadora persica L.*)
Medina	Altstadt
Muezzin	Gebetsrufer
Nazar sherifa	Das Auge der Edlen; Eigenname des fiktiven Amuletts

OAU	Organisation für Afrikanische Einheit
oued	Fluss
origine	Mischung aus Samen und Kraut der Hanfpflanze
qabila	sahraouische Ratsversammlung
Quran	Koran, Heiliges Buch des Islam
Republik Sahara	siehe: DARS
saalam (u aleikum)	Friede sei mit dir (Begrüßung)
Sahraoui	maurisch-masirische Ethnie, Bewohner der Westsahara
shabiha	arab.: Gespenster; hier: Partisanen
Sheïk	Clan-, Stammesführer
shuf	Schau, sieh her
shukran	Danke
Sîdi	Anrede: Herr (respektvoll)
souq	Markt
swuina	schön
Tajine	Schmorgericht, Kochgeschirr
Umm	arab.: Mutter
Union du Maghreb Arabe	nordafrikanische Wirtschaftsunion
wilaya	Ratsversammlung
yallah	Los geht's!

DEMOKRATISCHE ARABISCHE REPUBLIK SAHARA (WESTSAHARA)
El Berm Länge: ca. 2600 km
Von Marokko völkerrechtswidrig besetzte Zone
Von der POLISARIO befreite Zone
Mauer der Schande (2800 km)
Flüchtlingslager der Saharauis in Algerien (seit 1975)
0
100 km
N
KANARISCHE INSELN
LA PALMA
LANZAROTE
FUERTEVENTURA
TENERIFFA
GOMERA
HIERRO
Sidi Ifni
MAROKKO
ALGERIEN
Tarfaya
Mahbes
Tindouf
Hagunia
El Aalún
Hausa
Farsia
Saguia el Hamra
Smara
Bir Lehlou
Atlantischer
Ozean
Bucraa
Amgala
Tifariti
Cabo Bojador
Meheriz
Besetzte Zone
Guelta Zemmur
Bir Moghrein
DEMOKRATISCHE ARABISCHE REPUBLIK WESTSAHARA
Um Draiga
Befreite Zone
MAURETANIEN
Dajla
Bir Nzaran
Rio de Oro
Migik
Imilili
Auserd
Besetzte Zone
Agueinit
Bir Ganduz
Techla
Zug
Nouadhibou
Guera
Atar
© Kartographie Fischer-Leitl, München 2017

Historischer Abriss des Westsahara-Konflikts

1884 bzw. 1924	Spanische Kolonie (Rio d'Oro)
ab 1965	Wiederholt verlangt die UNO-Generalversammlung von Spanien die Dekolonialisierung der Westsahara.
Mai 1973	Gründung der sahraouischen Befreiungsfront Frente Polisario (Frente Popular para la Liberación de Saguía el Hamra y Río de Oro), die die Unabhängigkeit fordert und den bewaffneten Kampf gegen die spanische Kolonialmacht aufnimmt.
Oktober 1974	Marokkos König Hassan II. fordert den Anschluss der Westsahara an Marokko. Auch Mauretanien erhebt Ansprüche. Daraufhin schließen Marokko und Mauretanien ein Geheimabkommen, wonach die Westsahara zwischen ihnen aufgeteilt werden soll.

Mai 1975	Die UNO stellt den Wunsch der sahraouischen Bevölkerung nach Unabhängigkeit fest. Als Folge weist der Internationale Gerichtshof in Den Haag (dessen Zuständigkeit durch Marokko bestritten wird) die Ansprüche Marokkos und Mauretaniens zurück.
Oktober 1975	Der marokkanische König Hassan II. lässt 12 Kompanien und 20 Bataillone Infanterie und Artillerie (ca. 8.000 bis 12.000 Mann) an den Grenzen zur Westsahara und zu Algerien stationieren.
31. Oktober 1975	Marokkanische Truppen rücken in die nordöstliche Westsahara ein.

Grüner Marsch 6. – 7. November 1975
Zwischen 140.000 und 350.000 (je nach Quelle) unbewaffnete Marokkaner überqueren mit dem Koran in der Hand die Grenze zur Westsahara, unter ihnen etwa 30.000 bewaffnete marokkanische »Sicherheitskräfte«. Ein Großteil der sahraouischen Bevölkerung flieht, Algerien bietet den Flüchtlingen Asyl. In der Nähe von Tindouf (algerische Sahara) entstehen fünf Flüchtlingscamps. Mauretanien gibt seine Ansprüche auf, Marokko aber beansprucht seither die Westsahara als Teil seines Staatsgebietes.

20. November 1975	Der spanische General Franco stirbt, Spanien verzichtet formell auf seine ehem. Provinz Rio d'Oro (Westsahara).

Februar 1976	Ausrufung der Demokratischen Arabischen Republik Sahara (DARS) und Bildung einer Exilregierung. Zahlreiche, zumeist sozialistische Staaten erkennen die DARS an. Die Frente Polisario fordert nach wie vor die Unabhängigkeit des gesamten Territoriums der Westsahara und als ersten Schritt dazu ein Referendum, durchgeführt von der UNO. Das Referendum wird zugesagt, von Marokko jedoch immer wieder aufgeschoben (hat bis 2017 nicht stattgefunden).
1991	Waffenstillstandsvereinbarung zwischen Marokko und der Frente Polisario.

Zurzeit ist das Land durch einen von Marokko erbauten ca. 2800 Kilometer langen verminten Sandwall (El Berm) geteilt. Der westliche, von Marokko verwaltete Teil umfasst ca. Zweidrittel des Landes mit der weltgrößten Phosphatmine in Bou Craa.

Unter Verwaltung der DARS steht die hauptsächlich aus Wüste bestehende sogenannte Freie Zone sowie die Flüchtlingslager, in denen bis heute etwa 150.000 Menschen leben.

Das UN-Referendum wurde bisher nicht durchgeführt.

Der endgültige Status der Westsahara ist nach wie vor ungeklärt.

Quellen

Pohl, Reinhard: *Europa und der Krieg Marokkos in der Westsahara* in: BRD und Dritte Welt; Kiel 1991

Fenninger, Erich: *Von Freiheit träumen. Das Flüchtlingsleben der Westsaharauis.* Bilder und Gespräche über Stillstand, Hoffnung und Hilfe; Wien 2011

Höllmüller, Hubert (Hg.): *Westsahara, ein besetztes Land*, Publikation der FH Kärnten; Klagenfurt-Wien 2014

Spiegelberg, Jens: *Die Kriege 1985–1990, Analyse ihrer Ursachen*; Berlin/Münster/Wien; nur noch hier: https://books.google.de/books?id=F7huN4d4sgIC&pg=PA47&lpg=PA47&dq=marokkanische+armee&sourc

Ruf, Werner: *West-Sahara-Krieg, US-Globalstrategie und die Rolle Europas* in: epd-Entwicklungshilfe: Materialien VIII/88, Frankfurt/M. 1988, S. 52 – 58.

Links

(STAND APRIL 2017):

Medico international, Frankfurt: https://www.medico.de/die-republik-im-exil-13989/

Hendrick Specken (Uni Mainz, PDF): http://www.ifeas.uni-mainz.de/Dateien/AP139.pdf

Südwind-Magazin, Wien: http://www.suedwind-magazin.at/den-konflikt-in-die-tagespolitik-zurueckholen

Bär, Oskar, Die Phosphate Marokkos: http://www.geogr-helv.net/23/89/1968/gh-23-89-1968.pdf

SUKS (Schweizerisches Unterstützungskomitee für die Sahraouis), Bern: http://suks.ch/de/node/50

Weitergehende Informationen bieten Deutschlandfunk, NZZ, Westdeutsche Zeitung, ZEIT und andere Presseorgane im Netz unter dem Suchbegriff »Westsahara-Konflikt«, außerdem diese Organisationen:

ZEOK e.V. (Zentrum für Europäische und Orientalische

Kultur), Leipzig www.zeok.de Heinrichstr. 9, 04317 Leipzig

Volkshilfe Österreich, Wien www.volkshilfe.at Auerspergstraße 4, 1010 Wien, Österreich

Schweizerisches Unterstützungskomitee für die Sahraouis, Bern www.suks.ch Postfach 8205, 3001 Bern, Schweiz